L'année 2005 dans *Le Monde*

Les principaux événements en France et à l'étranger

Sous la direction de Didier Rioux

Gallimard

Cet ouvrage est publié sous la direction de Jean-Claude Grimal et Olivier Mazel dans la série « Le Monde Actuel ».

La chronologie a été établie sous la direction de Didier Rioux
avec la collaboration de
Marie-Hélène Barut, Évelyne Besrest,
Frédérique Lamy et Laurence Levy, du service Documentation
du journal *Le Monde*.

Janvier

- Présentation de l'Airbus A380, le plus gros avion civil de l'histoire

- Semaine de fièvre sociale

- Un Rothschild au capital de *Libération*

- Libéralisation du marché mondial du textile

- Mahmoud Abbas élu président de l'Autorité palestinienne

- 60e anniversaire de la libération des camps d'Auschwitz-Birkenau

- Premières élections en Irak

- Premières photos du sol de Titan, satellite de Saturne

France

1er* DROIT CIVIL : Les parents peuvent désormais transmettre à leurs enfants le nom du père, celui de la mère ou les deux accolés. Le même jour, la loi modifiant les procédures du divorce adoptée le 26 mai 2004 entre en vigueur. Ne bouleversant pas les principes mis en place en 1975, elle entend raccourcir les délais et multiplier les passerelles.

1er ASSURANCE-MALADIE : La réforme de l'assurance-maladie adoptée en 2003 commence à s'appliquer. Les patients doivent acquitter une contribution d'un euro par consultation et par acte médical et ont six mois pour choisir un médecin généraliste. Le forfait hospitalier passe de 13 à 14 euros, la CSG est relevée. **Le 21**, selon un sondage IFOP publié par *Le Quotidien du médecin*, et qui suscite la controverse, 78% des praticiens libéraux se déclarent «*opposés*» à la nouvelle convention médicale supprimant la formule du «*médecin référent*» lancée en 1998 par le gouvernement de Lio-

---

* *Les chiffres en début de paragraphe indiquent la date de l'événement.*

nel Jospin. Les généralistes stigmatisent une « *inéga-
lité de traitement* » avec les spécialistes.

1ᵉʳ DÉLINQUANCE : Plus de 330 véhicules
sont incendiés dans la nuit de la Saint-Sylvestre,
essentiellement en Alsace et en région parisienne.

4 INDUSTRIE : Lors de la cérémonie des vœux
des « *forces vives* » (syndicats et patronat), Jacques
Chirac annonce l'octroi, d'ici à 2007, de 2 milliards
d'euros en faveur d'une dizaine de programmes
industriels innovants. Il s'appuie sur les conclusions
du rapport préparé par Jean-Louis Beffa, P-DG de
Saint-Gobain, préconisant le cofinancement par
l'État et le privé de ces programmes, par l'intermédiaire d'une Agence de l'innovation. Le président de
la République déclare souhaiter « *déployer le projet
de la France à l'horizon des dix ans qui viennent* ». **Le
17**, le président de la République confie à Jean-
Louis Beffa, P-DG de Saint-Gobain, la mission de
mettre en place cette Agence de l'innovation industrielle (AII).

4 JUSTICE : Christophe Morat, qui se savait
atteint du sida, est condamné à six ans de prison
ferme en appel pour avoir transmis le virus à deux
femmes ; l'une d'elles s'est suicidée deux mois avant
l'audience.

4 ISLAM : Dounia Bouzar, seule femme parmi
les « personnalités cooptées » membres du bureau du
Conseil français du culte musulman (CFCM), démissionne, estimant que cette instance n'a jamais mené
un « *débat de fond* » sur l'avenir « *des jeunes musulmans nés en France* ».

6 SÉCURITÉ : Le ministre de l'intérieur, Dominique de Villepin, organise des opérations de sécu-
risation autour des écoles, soulevant une polémique sur la pertinence et la légalité de ce type
d'action.

6 CORSE : Un groupuscule clandestin corse

parmi les plus dangereux, l'Armée du peuple corse (APC), menace dans un communiqué de s'en prendre, «*dans les jours à venir*», à un représentant de l'État «*en poste dans l'île*».

8 SANTÉ : Les pédiatres organisent la première Journée nationale de dépistage de l'obésité infantile.

8 SÉCURITÉ SOCIALE : L'assemblée générale de la Confédération des syndicats médicaux français (CSMF) approuve à 79,2 % le projet de convention médicale qui va décliner concrètement la réforme de l'assurance-maladie.

9 IMPÔTS : Hervé Gaymard, ministre de l'économie et des finances, juge «*réalisable*» l'objectif de baisser de 20 % l'IRPP (impôt sur le revenu) fixé par Jacques Chirac. **Le 15**, dans un entretien accordé à *Libération*, le premier ministre Jean-Pierre Raffarin confirme que cet objectif sera intégré dans le projet de budget 2006.

9 TERRORISME : Une lettre de menace d'attentat au gaz Zyklon B à l'aéroport de Nice déclenche un important exercice d'alerte NRBC (nucléaire, radiologique, bactériologique et chimique) mobilisant près de 350 personnes, civils et militaires.

9 RELIGION : Participant à l'assemblée générale du Congrès juif mondial (CJM) à Bruxelles, Jean-Marie Lustiger, archevêque de Paris, défend l'héritage juif de l'Europe.

10 DÉCENTRALISATION : Treize ans après la décision prise par Édith Cresson, la première rentrée de l'École nationale d'administration (ENA) entièrement délocalisée se déroule à Strasbourg (Bas-Rhin).

10 RÉFÉRENDUM : Jean-Pierre Raffarin plaide, lors de ses vœux à la presse, pour un «*oui arc-en-ciel*» au référendum sur le Traité constitutionnel européen. **Le 11**, François Hollande, premier secrétaire du PS, refusant de mêler son «oui» à celui du premier ministre, lui oppose un « *oui clair, fort et socialiste* ». **Le 12**, Jacques Chirac entame une série de rencontres avec les représentants des principaux partis politiques sur le sujet.

12 ÉDUCATION : François Fillon, ministre de l'éducation nationale, présente en conseil des ministres son projet pour l'école, instaurant, entre autres, un socle commun de connaissances indispensables à l'issue de la scolarité obligatoire, et élargissant la place du contrôle continu pour le baccalauréat. Son application progressive est prévue à partir de septembre 2005.

12 JUSTICE : Le ministre de la justice, Dominique Perben, demande une enquête après les propos sur la Seconde Guerre mondiale tenus par Jean-Marie Le Pen dans l'hebdomadaire d'extrême droite *Rivarol*. Le président du Front national y a déclaré que « *l'occupation allemande n'a pas été particulièrement inhumaine* ». **Le 12**, Marine Le Pen, sa fille, déclare « *suspendre sa participation au bureau exécutif* » du Front national. **Le 17**, Jean-Marie Le Pen, fait inhabituel, doit s'expliquer devant le bureau politique, mais ne s'excuse pas.

13 IMMIGRATION : En présentant ses vœux à la presse, Nicolas Sarkozy relance le débat sur la politique d'immigration en proposant l'instauration de quotas par compétence professionnelle et par pays.

13 POLITIQUE : Nicolas Sarkozy propose que les militants de l'UMP, qu'il préside, désignent leur candidat à l'élection présidentielle de 2007. Visant Jacques Chirac, cette proposition suscite une polémique au sein du parti majoritaire.

13 BANQUE : Cinq ans après avoir été racheté par la banque HSBC, le Crédit commercial de France (CCF) prend le nom de son actionnaire.

13 SOCIAL : Le conseil constitutionnel valide

« *l'essentiel* » de la loi de programmation pour la cohésion sociale présentée par le ministre Jean-Louis Borloo.

13 SYNDICALISME . Décès de Charles Savouillan, ancien dirigeant CFTC de la métallurgie et cofondateur du groupe « Reconstruction » à la Libération.

14 CRIMINALITÉ : Présentant ses vœux à la presse, le ministre de l'intérieur, Dominique de Villepin, indique que le nombre des crimes et délits a baissé de 3,76 % en 2004. Ces chiffres, « *les meilleurs depuis 1995* » selon lui, sont sujets à caution selon le PS.

14 PARFUMERIE : Le milliardaire chinois Li Ka-shing lance, par l'intermédiaire du groupe Watson, une OPA amicale de 900 millions d'euros sur Marionnaud, première chaîne de parfumeries française, la deuxième en Europe.

15 FEMMES : Environ 10 000 féministes défilent à Paris pour fêter les trente ans de la loi Veil légalisant l'avortement.

16 ÉCOLOGIE : Évitant de justesse une crise majeure, les Verts finissent par élire un nouvel exécutif, avec le plus jeune secrétaire national qu'ils aient jamais porté à leur tête, Yann Wehrling, 33 ans, Alsacien pro-européen venu dans le parti par la mouvance waechtérienne.

17 SYNDICALISME : Décès de Robert Cottave, ancien secrétaire général de l'Union des ingénieurs et cadres (UCI-FO), ancien président de la Mission sur les retraites en 1991.

18 POPULATION : Selon les premiers résultats du recensement 2004, réalisé par l'INSEE selon une nouvelle méthode de comptage, la métropole compte désormais 60,2 millions d'habitants, soit une hausse de 0,58 % par rapport à 1999. Cette évolution est d'abord due à une natalité soutenue et profite au sud et à l'ouest du pays.

18-22 SOCIAL : Une semaine de mouvements sociaux débute, **le 18**, par la grève des postiers, suivie à 15 % selon la direction de La Poste, de 25 à 30 % selon les syndicats. **Le 19**, la mobilisation touche la SNCF (entre 36 et 40 % de grévistes) et EDF-GDF. **Le 20**, outre la journée d'action contre le projet de loi d'orientation sur l'école, la journée nationale d'action dans la fonction publique sur les salaires est très suivie. Les cortèges rassemblent de 200 000 à 300 000 personnes à Paris et dans les principales villes de province.

19 VITICULTURE : Le Sénat, en adoptant le compromis du gouvernement pour encadrer la publicité sur le vin, consacre le consensus trouvé entre défenseurs de la loi Évin et viticulteurs.

20 CONSOMMATEURS : Le Parlement adopte définitivement une proposition de loi sur la protection du consommateur qui vise à faciliter la résiliation d'un contrat tacitement reconductible en obligeant le prestataire à rappeler la date de renouvellement au moins un mois avant l'échéance. À défaut, le consommateur pourra résilier le contrat gratuitement à tout moment.

20 DISTRIBUTION : Décès de Christian Dubois, fondateur de Castorama, un des leaders du bricolage.

20 PRESSE : Les salariés de *Libération* approuvent, à 57 %, l'acquisition de 37 % du capital du quotidien par Édouard de Rothschild, la société des personnels conservant sa minorité de blocage. Le quotidien reçoit ainsi un investissement de 20 millions d'euros.

LIBÉRATION : DE JEAN-PAUL SARTRE
À ÉDOUARD DE ROTHSCHILD

Fondé en 1973 par Jean-Paul Sartre et Serge July, *Libération* a vécu trente ans de changements d'actionnaires et de nouvelles formules :

18 avril 1973 : Premier numéro de quatre pages, vecteur d'une souscription pour le financement d'« *un organe quotidien entièrement libre* ».

22 mai 1973 : Première apparition dans les kiosques, au prix de 0,80 franc.

Novembre 1974 : Création d'une SARL. Zina Rouabah remplace Jean-Paul Sartre comme directeur de la publication.

Février 1981 : Arrêt provisoire de la parution, licenciements.

Mai 1981 : Lancement de *Libération 2*.

Février 1982 : Apparition des premières publicités. Les ventes atteignent 60 000 exemplaires.

Septembre 1986 : Lancement de *Lyon-Libération*, une édition locale qui vivra sept ans.

Mai 1993 : Antoine Riboud, Gilbert Trigano et Jérôme Seydoux entrent au capital.

Septembre 1994 : Sous la direction de Serge July et de Dominique Pouchin, directeur adjoint de l'information, lancement de *Libération 3*, qui sera un échec.

Novembre 1995 : Nouvelle formule révisée ; création du site Internet.

Janvier 1996 : Prise de contrôle par le groupe Chargeurs, de Jérôme Seydoux, recapitalisation et réduction d'effectifs.

Juin 1996 : Laurent Joffrin devient directeur de la rédaction, Serge July conserve la fonction de P-DG.

Février 1999 : Frédéric Filloux succède à Laurent Joffrin.

Février 2000 : Jacques Amalric succède à Frédéric Filloux.

Février 2001 : Le personnel devient le premier actionnaire (36,4 %). Au capital, figurent la société de capital-risque britannique 3i (20,7 %), Pathé (21,7 %) et Communication et Participation (13,6 %).

22 avril 2002 : Tirage à un million d'exemplaires (700 000 ventes) au lendemain du premier tour de l'élection présidentielle. À la « une », un portrait de Jean-Marie Le Pen barré d'un énorme « Non ».

Octobre 2002 : Antoine de Gaudemar succède à Jacques Amalric.

Octobre 2003 : Nouvelle formule pour un « Libération *encore plus* Libé ».

16 novembre 2004 : Vincent Bolloré se dit « *intéressé* » par une prise de participation.

29 novembre 2004 : Édouard de Rothschild discute avec *Libération* en vue d'y investir 20 millions d'euros.

1ᵉʳ décembre 2004 : Vincent Bolloré laisse le champ libre à Édouard de Rothschild.

21 POSTE : Au terme de débats vifs, mais concentrés sur deux jours, les députés adoptent en première lecture le projet de loi de régulation des activités postales. Le texte crée une banque postale et accorde une marge de manœuvre importante à l'établissement pour gérer ses 14 000 points de présence.

21 TÉLÉCOMMUNICATIONS : L'Autorité de régulation des télécommunications (ART) donne un avis favorable à la nouvelle politique de tarifs de France Télécom, présentée par son P-DG Thierry Breton. L'opérateur prévoit une augmentation du prix de l'abonnement au téléphone fixe de 23 % d'ici à 2008 avec, en contrepartie, une baisse d'« *au moins 26 %* » du tarif des communications. **Le 24**, France Télécom annonce vouloir racheter les 45,8 % du capital qu'il ne détient pas encore de sa filiale Equant, dédiée aux entreprises, pour une somme de 564 millions d'euros.

21 ENSEIGNEMENT : Le rectorat de Créteil confirme l'exclusion de deux élèves du lycée Jean-Jaurès de Montreuil en raison de leur comportement inacceptable lors d'une visite du camp d'extermination d'Auschwitz.

23 GOUVERNEMENT : Invité de l'émission «Vivement dimanche» sur France 2, le premier ministre Jean-Pierre Raffarin, confiant qu'il «*ne ressemble pas aux autres*», se déclare tenté, «*pour l'avenir*», par «*des responsabilités européennes*».

23 UDF : Lors de son congrès réuni à Paris, l'UDF réélit François Bayrou, seul candidat à la présidence, à 98,45 % des voix.

24 PRESSE : Un mois après sa nomination, la nouvelle direction de la rédaction du *Monde* met en place une première série de changements rédactionnels, avec une «une» remaniée, et de nouveaux rendez-vous.

24 JUSTICE : Le parquet général près la Cour de cassation se déclare favorable à la révision du procès de Guillaume Seznec, condamné en 1924 par la cour d'assises du Finistère aux travaux forcés à perpétuité sur «*de simples présomptions*».

L'UNE DES GRANDES ÉNIGMES JUDICIAIRES DU XXe SIÈCLE

25 mai 1923 : Le négociant en bois Guillaume Seznec quitte Rennes avec Pierre Quémeneur, conseiller général du Finistère, pour négocier à Paris la vente de voitures américaines. Pierre Quémeneur ne donne plus signe de vie ; son corps n'a jamais été retrouvé.

4 novembre 1924 : Guillaume Seznec, qui proteste de son innocence, est condamné aux travaux forcés à perpétuité par la cour d'assises du Finistère pour «*assassinat*» et «*faux en écritures privées*».

1927 : Départ de Guillaume Seznec au bagne de Cayenne.

Août 1938 : Sa peine est commuée en vingt ans de travaux forcés.

Juillet 1947 : Gracié pour « *bonne conduite* » par le général de Gaulle, Guillaume Seznec rentre en France après vingt ans de bagne.

Février 1954 : Guillaume Seznec meurt, trois mois après avoir été renversé par une camionnette dont le conducteur a pris la fuite.

Août 1982 : Une première requête en révision, déposée en 1977 par la fille de l'ancien condamné, est rejetée.

1989 : Adoption d'une loi assouplissant les conditions de la révision criminelle. Nouvelle requête en révision, déposée par Denis Le Her-Seznec, petit-fils du condamné.

28 juin 1996 : Rejet de la demande de révision par trois voix contre deux.

30 mars 2001 : Marylise Lebranchu, garde des Sceaux, dépose une nouvelle requête.

24 janvier 2005 : Après trois ans d'instruction, la commission de révision des condamnations pénales se réunit pour examiner le dossier.

24 PRESSE : *France-Soir*, racheté en octobre 2004 par l'homme d'affaires franco-égyptien Ramy Lakah, et dont la diffusion est tombée à moins de 70 000 exemplaires, adopte une nouvelle maquette pour tenter d'enrayer son recul.

25 COMMÉMORATION : Inaugurant, dans le 4e arrondissement de Paris, le Mémorial de la Shoah à l'occasion du 60e anniversaire de la libération des camps nazis d'Auschwitz-Birkenau, Jacques Chirac rappelle aux Français leur devoir de mémoire à l'égard du martyre du peuple juif et qualifie l'antisémitisme de « *perversion* » qui « *n'a pas sa place en France* ».

25 BUDGET : Jean-François Copé, ministre délégué au budget, annonce qu'impôts et taxes ont rapporté en 2004 à l'État 9,2 milliards d'euros de plus que prévu. Le déficit public a pu ainsi être ramené de 56,9 milliards à 43,9 milliards d'euros en un an. **Le 27**, Jean-Pierre Raffarin réunit un séminaire gouvernemental pour lancer la réforme de la procédure budgétaire, en gestation depuis près de cinq ans.

26 JUSTICE : L'État est condamné pour «*faute lourde du service public de la justice*» par le tribunal de grande instance de Paris dans l'affaire dite des «disparus de Mourmelon». Il devra verser au total 900 000 euros au titre de réparations aux familles de deux jeunes hommes assassinés et de huit autres disparus à proximité du camp militaire de Mourmelon (Marne) dans les années 1980, victimes de l'adjudant Pierre Chanal, qui s'est suicidé en octobre 2003.

27 POLITIQUE : Invité de France 2, le ministre de l'intérieur, Dominique de Villepin, déclare qu'il dira «oui» si le chef de l'État lui propose d'aller à Matignon, et se démarque de Nicolas Sarkozy sur la discrimination positive et les quotas.

27 AGRICULTURE : Le Sénat adopte, en deuxième lecture, le projet de loi sur le développement des territoires ruraux, présenté par le gouvernement comme une «*boîte à outils*» à la disposition du monde rural.

28 MALADIE : Les autorités européennes révèlent que, pour la première fois, l'agent de la maladie de la «vache folle» (encéphalopathie spongiforme bovine, ESB) a été décelé chez une chèvre en France, en 2002.

29 PARTI SOCIALISTE : Laurent Fabius appelle son parti à «*une opposition ferme et non pas en caoutchouc*». **Le 30**, François Hollande, premier secrétaire, lui répond : «*L'opposition, ce n'est pas seulement un refus, c'est déjà être aux responsabilités.*»

30 GOUVERNEMENT : À Tunis, où il effectue un voyage officiel, le premier ministre Jean-

Pierre Raffarin fête ses 1 000 jours à Matignon et assure que « *l'horizon se dégage* ».

31 DISTRIBUTION : Décès à l'âge de 86 ans d'André Essel, cofondateur de la Fnac avec Max Théret en 1954. ∎

International

1er COMMERCE : La disparition du système des quotas, en vigueur dans le commerce international des textiles depuis trente ans, ouvre aux pays producteurs des marchés jusqu'ici artificiellement protégés. Cette mesure devrait surtout favoriser l'Inde et la Chine au détriment des pays les plus pauvres, comme le Bangladesh, qu'elle devait initialement soutenir.

UN DÉMANTÈLEMENT
COMMENCE EN 1995

1974 : Signature de l'Accord multifibre (AMF), qui inaugure le principe des quotas d'importation que les pays occidentaux attribuent aux pays en voie de développement afin de leur garantir des débouchés sur leurs marchés.

1994 : Six régions membres de l'Organisation mondiale du commerce (OMC) utilisent encore ces quotas : les États-Unis, le Canada, l'Union européenne, la Norvège, la Suède et l'Autriche (entrées depuis dans l'UE). Elles protègent ainsi leurs industries nationales.

1995 : Négociation à Marrakech de l'Accord sur les textiles et les vêtements (ATV), qui instaure trois étapes (en 1998, 2002 et 2005) pour aboutir à la suppression des quotas. En novembre, la confé-

rence de Barcelone jette les bases d'un partenariat euroméditerra-
néen. Celui-ci est censé notamment accélérer le développement
économique de la zone et va d'abord profiter au textile.

2002 : La moitié des échanges commerciaux des tissus et des
vêtements ne sont plus soumis aux quotas. En janvier, la Chine
adhère à l'OMC. Le pays bénéficie rétroactivement de la levée des
quotas sur 11 catégories de produits (dont 8 concernent les vêtements) en Europe et de 23 aux États-Unis.

1er TURQUIE : L'introduction de la nouvelle
livre turque parachève le plan de redressement économique mis en œuvre par le pays avec l'appui du
FMI : 1 nouvelle livre turque (YTL, environ 1,90 euro)
remplace 1 million d'anciennes livres turques (TL).

1er CATASTROPHE : Après le séisme et le raz
de marée qui ont ravagé les côtes des pays bordant
l'océan Indien le 26 décembre 2004, la France est
chargée de coordonner les moyens européens de
secours. **Le 2**, avant de partir pour le Sri Lanka à
bord d'un avion transportant de l'aide, le ministre
français de la santé, Philippe Douste-Blazy, déclare
regretter que l'Europe n'ait pas réagi assez rapidement et « *concrètement* ». Mais l'ampleur des destructions freine la distribution de l'aide, particulièrement au nord de Sumatra (Indonésie), région la
plus dévastée. Les États-Unis envoient deux groupes
navals d'une douzaine de navires, dont le porte-
avions *USS Abraham Lincoln*, afin de pouvoir intervenir par hélicoptère, seul moyen d'accès possible.
Le 3, le président George W. Bush charge ses prédécesseurs, son père George Bush et Bill Clinton, de
collecter des fonds privés. **Le 4**, l'organisation humanitaire Médecins sans Frontières (MSF) annonce
qu'elle suspend sa collecte « *par honnêteté vis-à-vis
des donateurs* », estimant avoir reçu suffisamment de
fonds, ce qui suscite des réactions parfois vives
d'autres ONG en quête de fonds pour une aide à long

terme. **Le 6**, à Djakarta (Indonésie) s'ouvre le sommet réunissant les pays de la région et les bailleurs de fonds. Le secrétaire général de l'ONU, Kofi Annan, évalue à 977 millions de dollars, pour les six mois à venir, les besoins des quelque 5 millions de déplacés dans la région, alors que les promesses financières s'élèvent à 3,8 milliards de dollars (l'Allemagne étant le premier contributeur, avec 790 millions de dollars). Les États-Unis dissolvent la « coalition » d'aide qu'ils avaient formée le 29 décembre avec le Japon, l'Inde, l'Australie et le Canada, l'ONU prenant ainsi la tête de l'opération de secours. **Le 7**, les ministres des finances du Groupe des Sept (G7), réunis à Londres, s'accordent pour suspendre les remboursements de la dette due par les pays frappés. Le même jour, les ministres européens des affaires étrangères, du développement et de la santé, réunis à Bruxelles en conseil extraordinaire, donnent leur feu vert à la création d'une structure européenne pour faire face à des catastrophes comme celle qui a frappé l'Asie. **Le 9**, le premier ministre luxembourgeois, Jean-Claude Juncker, qui préside l'Union européenne, se prononce pour l'annulation intégrale de la dette des pays touchés. **Le 11**, la conférence des institutions et 80 pays donateurs, organisée à Genève par l'ONU, débloque « *immédiatement* » 717 millions de dollars sur les 8 milliards de dollars d'intentions formulées. **Le 12**, les pays créanciers du Club de Paris annoncent un moratoire « *immédiat et sans condition* » sur la dette des pays d'Asie qui en feront la demande. Seuls l'Indonésie et le Sri Lanka manifestent leur intérêt. Le même jour, l'Indonésie annonce souhaiter un départ des troupes étrangères participant à l'aide dans la province d'Aceh « *le plus vite possible* », et au terme d'un maximum de trois mois. **Le 13**, trois semaines après le désastre, le dispositif militaire français d'aide à l'Indonésie devient opérationnel avec l'arrivée de deux navires et de 11 hélicoptères. **Le 18**, lors de son audition par le Sénat américain, la secrétaire d'État Condoleezza Rice déclare que le tsunami en Asie a fourni une « *merveilleuse occasion* » de relancer la politique américaine dans la région. **Le 22**, la Conférence mondiale sur la prévention des catastrophes naturelles, qui se tient depuis le 18 à Kobe (Japon), s'achève sans résultats concrets, les divergences entre États freinant la création d'un système d'alerte mondial pour les désastres naturels. **Le 25**, un nouveau bilan fait état de 280 000 morts, dont 228 000 pour la seule Indonésie. **Le 29**, les ministres de 43 pays, réunis à Phuket (Thaïlande) pour une conférence sur un système d'alerte aux tsunamis dans l'océan Indien, tombent d'accord sur la mise sur pied d'un système d'alerte, mais pas sur le pays coordinateur.

→ *Banda Atjeh, la ville amputée, page « Horizons » (17 janvier)* *.

3 ALGÉRIE : Dans la wilaya de Biskra, 18 membres des forces de sécurité sont tués dans une embuscade.

4 CHILI : La Cour suprême donne son feu vert au jugement d'Augusto Pinochet. L'ancien dictateur est poursuivi pour neuf enlèvements et un homicide, commis dans le cadre de l'opération Condor, liquidations conjointes des opposants organisées par les régimes militaires sud-américains dans les années 1970. Une deuxième procédure vise ses comptes secrets aux États-Unis.

4 IRAK : Le gouverneur de Bagdad, Ali Radi al-Haïdari, un chiite adepte d'une ligne dure contre

* *Les mentions en italique introduites par* → *renvoient à des articles, ou des suppléments, consultables sur le site Internet www.lemonde.fr à la date indiquée entre parenthèses.*

les rebelles, est abattu dans une embuscade, et dix personnes, dont huit policiers, sont tuées dans un attentat-suicide, le troisième en deux jours dans la capitale. Devant une telle montée de la violence, le président intérimaire Ghazi al-Yaouar envisage un éventuel report des élections législatives prévues le 30.

6 UKRAINE : En rejetant le recours pour irrégularités du scrutin émis par l'ancien premier ministre Viktor Ianoukovitch, battu par Viktor Iouchtchenko le 26 décembre, lors du *« troisième tour »* de l'élection présidentielle, la Cour suprême de Kiev ouvre la voie à la proclamation officielle de la victoire de Viktor Iouchtchenko, figure de proue de la *« révolution orange »*. **Le 10**, sa victoire est proclamée par la commission électorale centrale, avec 51,99 % des suffrages, contre 44,2 % pour son adversaire, Viktor Ianoukovitch. **Le 13**, les députés européens approuvent une résolution invitant à offrir à l'Ukraine une perspective d'adhésion à l'Union européenne. **Le 23**, l'investiture du nouveau président est l'occasion d'une grande cérémonie sur la place de l'Indépendance, haut lieu de la *« révolution orange »*. **Le 24**, pour sa première visite à l'étranger, Viktor Iouchtchenko se rend à Moscou, où il est reçu par Vladimir Poutine. **Le 27**, il plaide, devant le Parlement européen, la cause de l'intégration ukrainienne dans l'Union européenne (UE).

6 RELIGIONS : Le premier congrès des imams et des rabbins pour la paix, organisé à Bruxelles par la fondation Hommes de paroles, se clôt par la décision de créer un Comité d'alerte permanent, réunissant juifs et musulmans, élargi aux chrétiens, capable de réagir aux attaques islamophobes et antisémites.

7 ITALIE : Près de Bologne, sur une portion de

ligne à voie unique, une collision frontale entre un train régional et un convoi de marchandises fait 13 morts et une soixantaine de blessés, dont cinq graves. C'est le plus grave accident ferroviaire depuis vingt-cinq ans.

7 ÉTATS-UNIS : Condoleezza Rice, secrétaire d'État, choisit pour adjoint Robert Zoellick, un pragmatique, partisan du multilatéralisme, de la coopération et de l'aide au développement.

7 RÉPUBLIQUE CENTRAFRICAINE : La République centrafricaine (RCA) saisit le procureur de la Cour pénale internationale (CPI) pour crimes contre l'humanité et crimes de guerre commis sur son territoire depuis le 1er juillet 2002.

7 IRAK : Le quotidien français *Libération* annonce être sans nouvelles depuis le 5 de son envoyée spéciale à Bagdad, Florence Aubenas, et de son guide et interprète irakien, Hussein Hanoun al-Saadi. Aussitôt, lors de la cérémonie des vœux à la presse, Jacques Chirac déconseille «*formellement*» aux journalistes de se rendre en Irak pour couvrir le conflit, indiquant que, «*s'il y avait moins de journalistes sur place, il y aurait moins de risques*». **Le 13**, reçu à L'Élysée au cours d'une visite de deux jours en France, le président irakien Ghazi al-Yaouar évoque pour la première fois un «*enlèvement*», hypothèse refusée par la France, mais écarte, **le 17**, l'hypothèse du rapt politique. **Le 18**, le député UMP Didier Julia, auteur d'une tentative ratée de libération, fin septembre 2004, de deux otages français, les journalistes Christian Chesnot et Georges Malbrunot, est condamné par son groupe parlementaire, mais non exclu. **Le 22**, huit techniciens chinois enlevés au début du mois sont libérés. **Le 31**, une soirée de soutien à Florence Aubenas réunit à Paris, au Théâtre du Rond-Point, comédiens, journalistes, chanteurs et intellectuels à l'initiative de Reporters sans Frontières (RSF) et de *Libération*.

8-9 EUROPE DU NORD : Une tempête balaie les pays d'Europe du Nord, faisant 14 morts au Danemark, en Suède et en Grande-Bretagne, quatre disparus, et menace Saint-Pétersbourg d'inondation. Le pays le plus touché est la Suède, avec sept morts et 405 000 foyers privés d'électricité.

9 PALESTINE : Le chef de l'OLP Mahmoud Abbas est élu président de l'Autorité palestinienne par 62,32 % des suffrages contre 19,8 % à son principal rival, l'indépendant Moustapha Barghouthi, lors d'un scrutin sans incidents, contrôlé par des observateurs internationaux, dont Michel Rocard et John Kerry. **Le 10**, le successeur de Yasser Arafat reçoit un appel téléphonique de George Bush, qui se déclare prêt à l'« *aider* » et l'invite à Washington. **Le 11**, Ariel Sharon, qui lui téléphone également, évoque avec lui « *les moyens de réanimer le processus de paix* » ainsi qu'une éventuelle rencontre. **Le 15**, il est officiellement intronisé président.

9 SOUDAN : Plus de 20 chefs d'État ou de gouvernement et de ministres, parmi lesquels le secrétaire d'État américain Colin Powell, assistent à Nairobi (Kenya) à la signature de l'accord de paix mettant fin à vingt et un ans de guerre entre l'armée et les rebelles du sud du Soudan. Si les principales revendications des rebelles sont satisfaites (partage du pouvoir et des richesses pétrolières), la guerre continue néanmoins au Darfour, dans l'ouest du pays.

9 NICARAGUA : Un parlementaire du Front sandiniste de libération nationale (FSLN, gauche), l'ancien guérillero René Nunez, est élu à la présidence de l'Assemblée nationale.

9 ISRAËL : La nomination de Stanley Fisher, citoyen américain et vice-président de Citigroup, à la tête de la Banque centrale d'Israël, provoque une polémique dans le pays.

10 ITALIE : L'Italie complète sa législation antitabac en interdisant de fumer dans tous les lieux publics.

10 AFRIQUE : Réunis à Libreville, au Gabon, le Conseil de paix et de sécurité (CPS), émanation de l'Union africaine (UA), tient son premier sommet au niveau des chefs d'État, qui se disent sceptiques sur l'organisation d'un référendum en Côte d'Ivoire.

10 ISRAËL : Le nouveau gouvernement de coalition du premier ministre israélien Ariel Sharon reçoit de justesse la confiance du Parlement, 58 députés votant pour, 56 contre et six s'abstenant.

10 IRAK : L'Ukraine annonce le retrait de ses troupes de la coalition dans les six mois, après la mort, la veille, de huit soldats ukrainiens et d'un Kazakh dans une explosion apparemment accidentelle, qui a également fait dix blessés (six militaires ukrainiens et quatre Kazakhs).

11 ÉTATS-UNIS : Washington accepte de libérer quatre Britanniques et un Australien prisonniers à Guantanamo. Après avoir obtenu des États-Unis l'élargissement de cinq autres ressortissants en mars 2004, le gouvernement de Tony Blair a eu gain de cause après des « *négociations complexes* ».

11 ÉTATS-UNIS : Apple lance un Mac Mini à 499 dollars, mais sans écran, ni souris, ni clavier.

12 IRAK : La Maison-Blanche confirme l'information du *Washington Post* selon laquelle les recherches d'armes massives ont cessé peu avant Noël. **Le 15**, le soldat américain Charles Graner, l'un des principaux auteurs de tortures et sévices infligés à des détenus de la prison d'Abou Ghraib, près de Bagdad, est condamné à dix années de prison et à la radiation de l'armée par la cour martiale de Fort Hood, au Texas.

12 ARGENTINE : Le ministre argentin de l'économie, Roberto Lavagna, annonce que l'Argentine ne veut rembourser qu'un quart de ses 81 milliards de dollars de dette.

12 UNION EUROPÉENNE : Le Parlement européen appelle à une écrasante majorité (500 voix pour, 137 contre et 40 abstentions) à « *une ratification sans réserve de la Constitution* ». Mais le « non » majoritaire des députés polonais, britanniques et tchèques inquiète Bruxelles.

13 GRANDE-BRETAGNE : Le quotidien *The Sun* publie une photo du prince Harry, second fils du prince de Galles, déguisé en nazi pour une soirée costumée.

13 PROCHE-ORIENT : Six civils israéliens sont tués au cours d'une attaque perpétrée par trois Palestiniens contre le point de passage de Karni, à l'est de la ville de Gaza. Ce premier attentat depuis l'élection de Mahmoud Abbas amène le premier ministre israélien Ariel Sharon à geler tous contacts officiels avec l'Autorité palestinienne.

16 CROATIE : Le président sortant, le centriste Stipe Mesic, est réélu président pour un second et dernier mandat de cinq ans, avec 66 % des voix, au second tour de scrutin. La conservatrice Jadranka Kosor, candidate du parti au pouvoir du premier ministre Ivo Sanader, la Communauté démocratique croate (HDZ), obtient 34 % des voix.

16 ROUMANIE : Adriana Iliescu, 67 ans, donne naissance à des jumelles, devenant la femme la plus âgée au monde à avoir accouché. L'une des jumelles ne survit pas, l'autre pèse 1,4 kilo. La patiente a suivi des traitements hormonaux pendant neuf ans.

17 PAUVRETÉ : À l'occasion du 3e Forum sur le développement humain organisé à Paris par le Programme des Nations unies pour le développe-

ment (PNUD), la Grande-Bretagne propose un
« *nouveau plan Marshall* » pour l'Afrique.

17 CHINE : Décès à Pékin de l'ancien secrétaire
général réformateur du PCC Zhao Ziyang. Il avait
tenté en vain d'empêcher la sanglante répression du
mouvement de la place Tienanmen, en juin 1989. **Le
29**, après un deuil non officiel qui donne lieu à des
incidents, ses funérailles ont lieu en catimini. Aucun
dirigeant de premier plan n'assiste à cette cérémonie.

17 IRAN : Seymour Hersch, journaliste américain au *New Yorker*, affirme que des forces spéciales
multiplient, depuis l'été 2004, des opérations secrètes
en territoire iranien, Washington étant déterminé à
mettre fin au programme nucléaire de Téhéran.
L'administration Bush dément.

17 RUSSIE : Devant les défilés qui ont mobilisé
des milliers de retraités dans tout le pays, le président russe propose de restaurer la gratuité des transports qui leur a été supprimée et promet une hausse
des pensions.

18 ÉTATS-UNIS : Entendue par la commission des affaires étrangères du Sénat, la future secrétaire d'État américaine Condoleezza Rice annonce
une diplomatie offensive des États-Unis à l'encontre
des six « *postes avancés de la tyrannie* » que sont à ses
yeux Cuba, la Birmanie, la Corée du Nord, l'Iran, la
Biélorussie et le Zimbabwe, qui succèdent ainsi à
l'« axe du Mal » défini en 2002.

18 AÉRONAUTIQUE : L'Airbus A380, le plus
gros avion commercial du monde, est présenté pour
la première fois à près de 4 500 invités, dont les
quatre chefs d'État ou de gouvernement des pays participant au programme (Grande-Bretagne, Espagne,
Allemagne et France) à Blagnac, près de Toulouse
(Haute-Garonne). Le premier vol d'essai aura lieu en

mars. 139 commandes fermes sont déjà passées par 13 compagnies aériennes.

18-19 MAROC : La visite d'État du roi Juan Carlos consacre un rapprochement spectaculaire entre le Maroc et l'Espagne.

20 POLOGNE : Décès à l'âge de 92 ans de Jan Nowak-Jezioranski, grande figure de la résistance polonaise contre le nazisme, puis directeur, pendant la guerre froide, de la section polonaise de Radio Free Europe.

20 ÉTATS-UNIS : Réélu le 2 novembre 2004 pour un second mandat, le président George W. Bush prête serment à Washington. Dans son « *discours de la liberté* », il insiste sur la nécessité pour la démocratie américaine de combattre la « *tyrannie* » jusque « *dans les recoins les plus sombres de notre monde* ».

23 IRAK : Alors que se multiplient les attentats meurtriers prenant pour cible des sites chiites, le terroriste jordanien Abou Moussab al-Zarkaoui déclare dans un communiqué « *une guerre sans merci* » au scrutin prévu le 30.

24 COMMÉMORATION : À l'occasion du 60ᵉ anniversaire de la libération par l'Armée rouge du plus grand camp d'extermination nazi, Auschwitz-Birkenau, l'Assemblée générale de l'ONU se réunit en session spéciale pour rendre hommage aux victimes de la barbarie nazie. **Le 25**, à Berlin, le chancelier Gerhard Schröder fait part de la « *honte* » de l'Allemagne aux victimes et survivants de la Shoah. **Le 27**, les dirigeants de 45 pays, d'anciens détenus et des libérateurs assistent à la cérémonie organisée par la Pologne dans l'enceinte même du camp, où Jacques Chirac inaugure une nouvelle exposition dans le « pavillon français ». Parlant au nom des déportés juifs, Simone Veil déclare que « *soixante ans après, un nouvel engagement de "plus jamais ça"* *doit être pris* ». Seul Vladimir Poutine amène une note discordante en évoquant, sans les nommer, les « *terroristes* » tchétchènes.

→ *Témoignage de Roger Perelman, série de 3 articles (25, 26, 27 février).*

24-28 ENVIRONNEMENT : La Conférence internationale sur la biodiversité, réunie à Paris à l'initiative de Jacques Chirac, appelle les gouvernements à passer à l'action, treize ans après la Convention sur la diversité biologique, jusqu'ici impuissante à enrayer l'extinction des espèces.

25 CROISSANCE : La Chine annonce un taux de croissance de 9,5 % en 2004, le plus fort depuis sept ans. **Le 28**, les États-Unis annoncent à leur tour une croissance de 4,4 % pour la même année, la plus élevée depuis 1999.

25 PROCHE-ORIENT : À la suite des efforts déployés par le président de l'Autorité palestinienne, Mahmoud Abbas, pour ramener le calme sur le terrain, un accord est conclu entre Israéliens et Palestiniens qui devrait permettre le déploiement de forces de police palestiniennes dans le centre et le sud de Gaza.

26-30 FORUM ÉCONOMIQUE MONDIAL : Le 35e Forum de Davos (Suisse) aborde les questions de développement, jusqu'alors largement ignorées. Tony Blair y exhorte les États-Unis à s'associer à la lutte contre la pauvreté, et Jacques Chirac, qui s'y rend pour la première fois, défend la proposition d'une taxe internationale en faveur des pays pauvres.

26-31 ALTERMONDIALISTES : Le 5e Forum social mondial réunit à Porto Alegre (Brésil) près de 150 000 participants. Le président vénézuélien Hugo Chavez y prêche la « *révolution* » et l'unité sud-américaine au cours de débats centrés sur les droits de l'homme qui débouchent sur 352 « *propositions* ».

27 ALLEMAGNE : Klaus Kleinfeld, 47 ans,

succède à Heinrich von Pierer, 64 ans, à la présidence du directoire de Siemens, le troisième groupe industriel allemand.

28 ÉTATS-UNIS : Le géant américain Procter & Gamble, spécialisé dans les produits d'hygiène personnelle et les lessives, annonce son intention de racheter le groupe Gillette pour environ 57 milliards de dollars (43,7 milliards d'euros). Cette fusion donnera naissance au premier groupe mondial du secteur, devant l'anglo-néerlandais Unilever.

29 CHINE : Reprise à l'occasion du Nouvel An chinois des vols aériens entre la République populaire et l'île de Taïwan, interrompus depuis 1949.

30 ISRAËL : Cent trente mille colons manifestent en masse à Jérusalem contre le plan de retrait de Gaza voulu par le premier ministre Ariel Sharon, conspué par la foule.

LA GENÈSE D'UNE TRÊVE

11 novembre 2004 : Décès à Paris de Yasser Arafat. Mahmoud Abbas devient numéro un de l'Organisation de libération de la Palestine, Farouk Kaddoumi responsable du Fatah et Raouhi Fattouh président par intérim de l'Autorité palestinienne.

23 décembre 2004 : Élections municipales partielles en Cisjordanie.

9 janvier 2005 : Mahmoud Abbas est élu président de l'Autorité palestinienne.

13 janvier 2005 : Attaque palestinienne au point de passage de Karni, entre Israël et la bande de Gaza.

14 janvier 2005 : Ariel Sharon gèle les contacts avec les Palestiniens.

17 janvier 2005 : Mahmoud Abbas ordonne à ses services de sécurité d'empêcher les attaques contre Israël, ainsi que l'intégration des Brigades des martyrs d'Al-Aqsa au sein de ces mêmes services.

19 janvier 2005 : Reprise des contacts israélo-palestiniens sur

les questions de sécurité.

20 janvier 2005 : Premier déploiement palestinien dans le nord de la bande de Gaza.

22 janvier 2005 : Les Brigades des martyrs d'Al-Aqsa, le Front démocratique de libération de la Palestine (FDLP) et le Front populaire de libération de la Palestine (FPLP) se déclarent prêts à un cessez-le-feu conditionnel avec Israël.

23 janvier 2005 : Le Hamas et le Djihad islamique affirment être prêts à une « *période d'accalmie* ».

26 janvier 2005 : Israéliens et Palestiniens reprennent leurs discussions politiques. Le gouvernement israélien annonce la suspension des « *liquidations* » ciblées dans les secteurs où les policiers palestiniens assureront la sécurité. Le premier ministre, Ahmed Qoreï, signe un décret interdisant le port d'armes dans les territoires palestiniens.

28 janvier 2005 : Les policiers palestiniens achèvent leur déploiement dans l'ensemble de la bande de Gaza.

30 IRAK : Malgré les menaces islamistes, et plusieurs semaines de violences meurtrières, les premières élections générales irakiennes visant à former une assemblée provisoire chargée d'élaborer une Constitution se déroulent dans un calme relatif. Sept attentats-suicides ont lieu à Bagdad, et 13 sont revendiqués à l'échelle nationale par le groupe de l'islamiste Al-Zarkaoui. Au total, 30 civils et six policiers trouvent la mort. La participation est élevée à Bagdad et dans les régions chiites et au Kurdistan. Selon les premières évaluations, plus de la moitié des 12 à 14 millions d'électeurs enregistrés a pris part au scrutin organisé sous la haute surveillance des forces de la coalition multinationale menée par les États-Unis. La communauté internationale, unanime, salue le courage des électeurs irakiens. George Bush, qui évoque un « *succès éclatant* », téléphone au chancelier allemand Gerhard Schröder et au président Jacques Chirac, pour commenter avec eux le bon déroulement du scrutin.

LE SCRUTIN IRAKIEN ACCÉLÈRE LE DÉGEL ENTRE AMÉRICAINS ET EUROPÉENS LA CRISE DE 2002-2003

29 janvier 2002 : Le président George Bush déclare que l'Irak de Saddam Hussein fait partie de l'« *axe du Mal* » des pays soutenant le terrorisme.

30 juillet 2002 : Rencontrant le chancelier allemand Gerhard Schröder, Jacques Chirac déclare qu'une guerre contre l'Irak doit être décidée par le Conseil de sécurité de l'ONU.

8 novembre 2002 : La résolution 1441 sur le désarmement irakien est votée à l'unanimité des membres du Conseil de sécurité.

19 décembre 2002 : Analyse à l'ONU du rapport irakien sur ses programmes d'armement. Washington y voit une « *violation patente* » de la résolution 1441.

17 mars 2003 : À l'ONU, Londres et Washington retirent, faute de majorité, un projet de résolution permettant une guerre contre l'Irak. Celle-ci commence trois jours plus tard.

9 avril 2003 : Bagdad tombe devant les forces américaines.

14 août 2003 : La résolution 1500 de l'ONU approuve l'établissement, à Bagdad, du conseil de gouvernement transitoire de l'Irak, sans le reconnaître explicitement.

31 GRIPPE AVIAIRE : Une fillette de 10 ans testée positive à la grippe aviaire décède dans le sud du Vietnam, portant le bilan de la maladie dans le pays à 12 victimes depuis un mois. ■

Science

6 ASTRONOMIE : La revue *Nature* publie un article de l'Américain Brian McNamara, professeur associé de physique et astronomie de l'université de l'Ohio, signalant un gigantesque trou noir, aussi étendu que notre système solaire, dont le rayon d'action atteint un volume six cents fois supérieur à celui de la Voie lactée. Il s'agirait de la plus grande explosion cosmique jamais observée.

12 SCIENCES : Le conseil d'administration de l'Institut Pasteur, en crise, enregistre la démission de 16 de ses 20 membres.

14 ESPACE : À 1,2 milliard de kilomètres de la Terre, la sonde européenne Huygens se pose sur Titan. Cet exploit lui permet de transmettre des centaines d'images du sol de ce satellite de Saturne, qui présente des points communs avec la Terre. ■

Culture

1ᵉʳ MUSÉE : Publication au *Journal officiel* du décret créant officiellement la Cité nationale de l'histoire de l'immigration. Un musée devrait ouvrir ses portes en 2007 sur le site de l'ancien musée des Arts d'Afrique et d'Océanie (MAAO), porte Dorée, à Paris dans le 12ᵉ arrondissement.

3 BANDE DESSINÉE : Décès à l'âge de 87 ans

du dessinateur américain Will Eisner, le père de la BD moderne. Également scénariste, éditeur et pédagogue, il créa en 1940 l'anti-héros Le Spirit, puis développa le genre du roman graphique.

3 HISTOIRE : Décès à l'âge de 84 ans d'Yves Benot, journaliste et historien de la colonisation et de l'esclavage.

3 MUSÉES : Stéphane Martin est reconduit à la présidence du musée du quai Branly pour une période de cinq ans.

7 VOLS : Stéphane Breitwieser, surnommé « *le pilleur de musées* », est condamné par le tribunal correctionnel de Strasbourg à vingt-six mois de prison ferme pour une vingtaine de vols d'œuvres d'art dans des musées européens. Des peines de six mois et dix-huit mois fermes sont prononcées à l'encontre de l'ex-compagne et de la mère du prévenu, qui a détruit une partie du butin.

7 LITTÉRATURE : Décès de l'écrivain Pierre Daninos, à l'âge de 91 ans. Il était l'auteur des célébrissimes *Carnets du major Thompson*, vendus à plus de 2 millions d'exemplaires en 1954 et traduits dans de nombreuses langues.

8 ARCHITECTURE : Inauguration de l'immeuble aménagé et décoré par l'architecte Francis Soler pour abriter plusieurs services du ministère de la culture, dans le 1er arrondissement de Paris.

8 TÉLÉVISION : Décès de Jacqueline Joubert, la première speakerine de l'unique chaîne de la télévision publique des années 1950-1960, puis productrice d'émissions. Elle était âgée de 83 ans.

9 TÉLÉVISION : Créée en 1987 par Christian Blachas, l'émission « Culture Pub », diffusée sur M6, fête sa 500e édition, exemple rare de longévité télévisuelle.

10 TÉLÉVISION : La chaîne américaine CBS annonce le licenciement de quatre de ses collaborateurs, sanctionnés après la diffusion, le 8 septembre 2003, d'une enquête controversée accusant George Bush d'avoir obtenu un traitement de faveur pour échapper à la guerre du Vietnam. Le même jour, TF1 lance Eurosport 2, canal dédié à l'information sportive et aux directs. La chaîne, diffusée dans 30 pays, ne sera proposée en France que dans quelques mois.

10 PRESSE : Décès de l'humoriste Georges Bernier, alias le «Professeur Choron», à l'âge de 75 ans. Il avait été de l'aventure de nombreux titres satiriques, dont *Hara-Kiri*, baptisé en 1961 *«journal bête et méchant»*.

12 MUSÉES : Thomas Grenon, ancien directeur de la Cité des sciences et de l'industrie, est nommé administrateur de la Réunion des Musées nationaux, en remplacement de Sophie Aurand, remerciée en août 2004.

12 PATRIMOINE : Le ministre de la culture, Renaud Donnedieu de Vabres, présente ses vœux dans l'enceinte du Grand Palais, à Paris, dont la première tranche des travaux de rénovation vient de s'achever.

15 CIRQUE : Avec son spectacle «Bravo», la famille Bouglione fête ses 70 ans de présence au Cirque d'Hiver de Paris.

15 LITTÉRATURE : Décès à l'âge de 84 ans de l'auteur de science-fiction allemand Walter Ernsting, plus connu sous son nom de plume de Clark Darlton.

15 OPÉRA : Décès à Barcelone, à l'âge de 81 ans, de Victoria de Los Angeles. La soprano espagnole laisse des enregistrements d'anthologie et a marqué son époque par son répertoire extrêmement étendu.

15 OPÉRA : Après six ans de travaux et de critiques, Copenhague inaugure son nouvel opéra, installé à l'emplacement d'anciens docks. Le bâtiment, dessiné par l'architecte Henning Larsen, a été entièrement financé par l'homme d'affaires danois Maersk McKinney Moeller, qui a imposé ses choix.

17 CINÉMA : Décès de l'actrice hollywoodienne Virginia Mayo, à l'âge de 84 ans. Épouse du gangster qu'incarnait James Cagney dans *L'enfer est à lui*, partenaire des comiques Danny Kaye et Bob Hope, elle a également donné la réplique à deux reprises au futur président Ronald Reagan.

17 ARCHITECTURE : L'Équerre d'argent 2004 est décernée au Centre national de la danse de Pantin, reconversion d'un ancien centre administratif municipal réalisée par deux femmes maîtres d'œuvre, Antoinette Robain et Claire Guieysse.

18 ÉCHANGES CULTURELS : Trois ministres, les Français Michel Barnier, ministre des affaires étrangères, et Renaud Donnedieu de Vabres, ministre de la culture et de la communication, ainsi que son homologue brésilien, Gilberto Gil, donnent à Paris le coup d'envoi de l'Année du Brésil en France, « Brésil, Brésils », qui aura lieu de mars à décembre 2005.

18-23 TÉLÉVISION : Le 18e Festival international des programmes audiovisuels (FIPA) se tient à Biarritz, et décerne son FIPA d'or à *Mein Vater, meine Frau und meine Geliebte* (*Mon père, ma femme et mon amour*) de l'Autrichien Michael Kreihsl.

19 MUSÉE : Le mécène américain Peter Lewis quitte le conseil d'administration de la fondation Guggenheim en signe de désapprobation face à la multiplication des succursales à travers le monde (Bilbao, Venise, Berlin, Las Vegas).

22 CHANSON : Décès de la Mexicaine Consuelito Velasquez, compositrice en 1941 de l'hymne à l'amour hispanophone, le boléro *Besame mucho*. Elle était âgée de 88 ans.

25 MODE : Christian Lacroix présente, à l'École

des Beaux-Arts de Paris, son défilé haute couture printemps-été 2005, le dernier sous la bannière du groupe LVMH, qui vient de céder la maison de couture au groupe américain Falic.

25 ARCHITECTURE : Décès de l'architecte américain Philip Johnson, à l'âge de 98 ans, dans sa maison de verre du Connecticut. Apôtre de la transparence, il a signé à New York des gratte-ciel célèbres : le Seagram Building, l'AT&T et le « Lipstick ».

25-29 DISQUE : Le 39e Marché international du disque et de l'édition musicale (Midem), qui se tient à Cannes, est marqué par une fréquentation en hausse et par l'institution des premiers Midem Classical Awards. Les 12e Victoires de la musique classique attribuent leurs Victoires d'honneur au chef d'orchestre Georges Prêtre, aux cantatrices Montserrat Caballé et Felicity Lott, ainsi qu'au pianiste Nelson Freire.

26-30 MUSIQUE : La 11e édition de La Folle Journée de Nantes, consacrée à « Beethoven et ses amis », attire plus de 150 000 spectateurs.

27 PEINTURE : Décès à l'âge de 94 ans du peintre abstrait Aurélie Nemours.

27-30 BANDE DESSINÉE : Le 32e Festival international de la bande dessinée d'Angoulême (Charente) décerne son Grand Prix au dessinateur Georges Wolinski, récompense de nombreux auteurs étrangers, dont l'Iranienne Marjane Satrapi, honore Art Spiegelman, le créateur de *Maus*, et accueille 210 000 visiteurs.

28 MUSIQUE : Décès du batteur, pianiste et chanteur du groupe anglais Traffic. De son vrai nom Nicola James Capaldi, il était âgé de 60 ans. Le même jour, Janos Komives, compositeur et chef d'orchestre d'origine hongroise, décède à Hédouville (Val-d'Oise) à l'âge de 72 ans.

28 DÉCÈS du comédien Jacques Villeret, dont la popularité doit beaucoup à la pièce de Francis Veber *Le Dîner de cons*, créée en 1993 et portée à l'écran en 1998. Son interprétation de François Pignon lui a valu le César du meilleur acteur en 1999.

28 TÉLÉVISION : France 2 se sépare de Christophe Hondelatte, qui est aussitôt remplacé par Benoît Duquesne comme présentateur du journal télévisé de 13 heures.

29 LITTÉRATURE : Décès d'Ephraïm Kishon, écrivain satirique israélien. Auteur, mais aussi réalisateur et metteur en scène, Ephraïm Kishon, né Ferenc Hoffmann à Budapest, avait été honoré en 2003 par le prestigieux prix d'Israël.

29 MUSIQUE : Henri Dutilleux reçoit le prix Ernst-von-Siemens. Il est le troisième compositeur français, après Olivier Messiaen et Pierre Boulez, à recevoir ce prix considéré comme le *« Nobel de musique »*. ■

Sport

2 FOOTBALL : Loïc Amisse, démis de ses fonctions d'entraîneur du Football Club Nantes Atlantique (FCNA), est remplacé par Serge Le Dizet. Il s'agit d'une première étape dans la grave crise que traverse le club appartenant à la Socpresse, dont le patron, Serge Dassault, déclare, **le 5**, qu'il ne veut *« pas perdre de l'argent »* avec le club nantais.

10 RALLYE : Le motard espagnol José Manuel Perez, victime d'une chute lors de la septième étape du Dakar, entre Zouérate et Tichit (Mauritanie), décède peu après son arrivée à l'hôpital d'Alicante

(Espagne). **Le 11**, le motard italien Fabrizio Meoni est victime d'un arrêt cardiaque en Mauritanie, lors de la onzième étape. **Le 12**, deux suiveurs sont tués à leur tour en marge de la compétition, et **le 13**, une fillette sénégalaise décède après avoir été heurtée, si bien que, **le 14**, le député UMP Jean-Marc Roubaud demande l'«*interdiction pure et simple*» de la course. **Le 16**, Stéphane Peterhansel (auto) et Cyril Despres (moto) signent à l'arrivée un nouveau doublé français.

13 DOPAGE : Les locaux de l'hebdomadaire *Le Point*, du quotidien *L'Équipe*, et les domiciles de deux journalistes sont perquisitionnés par le tribunal de Nanterre dans le cadre de l'enquête sur les soupçons de dopage de l'équipe cycliste Cofidis.

20 ÉQUITATION : Décès, à l'âge de 64 ans, de Jean-François Ballereau, pionnier du tourisme équestre, cavalier au long cours, écrivain-voyageur et chantre infatigable du cheval.

23 RALLYE : Le Français Sébastien Loeb remporte, sur Citroën Xsara, le 73ᵉ rallye de Monte-Carlo, marqué par l'irresponsabilité de quelques spectateurs qui déversent de la neige sur la route.

26 PATINAGE ARTISTIQUE : Au championnat d'Europe de Turin, les Russes Tatiana Totmianina, 24 ans, et Maxime Marinin, 28 ans, remportent la médaille d'or des couples. **Le 27**, le Russe Evgueni Plouchenko souffle la médaille d'or au Français Brian Joubert, médaille d'argent.

27 FOOTBALL : Un arbitre de la Fédération allemande de football, Robert Hoyzer, avoue avoir arrangé quatre matches en accord avec une «*mafia croate*».

29 TENNIS : L'Américaine Serena Williams bat sa compatriote Lindsay Davenport, numéro un mondiale, en finale de l'Open d'Australie à Melbourne. Le 30, en finale hommes, le Russe Marat Safin domine l'Australien Lleyton Hewitt. ∎

Février

- L'agitation lycéenne fait reculer le gouvernement sur la réforme du baccalauréat

- Hervé Gaymard, ministre de l'économie, démissionne à la suite de révélations sur la location de son appartement de fonction

- Le Parlement révise la Constitution en vue de l'adoption de la Constitution européenne et y inscrit la Charte de l'environnement

- Sommet israélo-palestinien

- Les chiites remportent les élections irakiennes

- Le protocole de Kyoto entre en vigueur

- L'assassinat de Rafic Hariri à Beyrouth galvanise le mouvement antisyrien au

Liban et entraîne la démission du gouvernement

- George Bush renoue les liens avec l'Union européenne

- L'Espagne dit «oui» à la Constitution européenne

- Les Césars consacrent le cinéma indépendant et les Oscars sacrent Clint Eastwood

- Décès d'Arthur Miller

- Vincent Riou remporte le Vendée-Globe Challenge et Ellen MacArthur améliore le tour du monde en solitaire

France

1er CONSTITUTION : Le projet de loi de révision constitutionnelle, préalable à la ratification du traité européen, est adopté à l'Assemblée nationale par 450 voix contre 34 et 64 abstentions, dont 56 socialistes, ce qui souligne la division du PS sur l'Europe. Une vingtaine d'élus UMP sont absents.

1er FONCTION PUBLIQUE : Le ministre de la fonction publique, Renaud Dutreil, présente au conseil des ministres un projet de loi créant un contrat à durée indéterminée (CDI) pour les « contractuels » de droit public, recrutés jusqu'à présent par le biais de contrats à durée déterminée (CDD) indéfiniment renouvelables.

1er IMMOBILIER : Le nouveau dispositif de prêt à taux zéro pour l'achat de logements anciens, sans exigence de travaux, entre en vigueur. Il s'agit de favoriser l'accession à la propriété de ménages qui en sont exclus en raison de la hausse des prix des logements.

1er URBANISME : Le Conseil de Paris adopte le plan local d'urbanisme (PLU) qui vise à rééquilibrer la capitale en développant les bureaux à l'est et en augmentant le logement, notamment social, dans les beaux quartiers de l'Ouest. Il s'appliquera en 2006.

1er PSYCHIATRIE : Romain Dupuy, 21 ans, souffrant de graves troubles mentaux, reconnaît être l'auteur du double meurtre de l'hôpital psychiatrique de Pau commis dans la nuit du 18 décembre 2004, ce qui provoque une polémique sur la responsabilité et sur les moyens de l'hospitalisation psychiatrique en France. **Le 4**, le ministre de la santé, Philippe Douste-Blazy, présente un plan « santé mentale » comportant 750 millions d'euros d'investissements sur cinq ans et prévoyant la création de 2 500 postes d'ici à 2008.

2 STUPÉFIANTS : Le ministre de la santé Philippe Douste-Blazy présente la première campagne de sensibilisation sur les effets de la consommation de cannabis. Elle a doublé en dix ans chez les jeunes de 17 ans, dont la moitié en a déjà fumé une fois.

2 CGT : Le comité confédéral national (CCN), « parlement » de la centrale syndicale, opte pour le « non » au référendum sur le Traité constitutionnel européen. Il désavoue ainsi son secrétaire général, Bernard Thibault, qui souhaitait ne pas donner de consigne de vote.

2 CATHOLICISME : Décès de Mgr Armand Le Bourgeois, ancien évêque d'Autun (Saône-et-Loire), à l'âge de 93 ans. Grande figure de l'épiscopat français, il s'est illustré par son combat en faveur de la réunification des Églises chrétiennes.

2 DISTRIBUTION : Deux des principaux groupes français de distribution créent la surprise en changeant de dirigeant. Chez Pinault-Printemps-Redoute (PPR), le président Serge Weinberg cède volontairement son fauteuil qui est repris par François-Henri Pinault, héritier du fondateur. Chez Carrefour, le P-DG Daniel Bernard est évincé, les actionnaires estimant que la fusion Carrefour-Promodès n'a pas porté les fruits escomptés.

3 HANDICAP : Le Parlement adopte définitivement le projet de loi «*pour l'égalité des droits et des chances, la participation et la citoyenneté des personnes handicapées*» présenté comme l'un des «*trois grands chantiers*» du quinquennat de Jacques Chirac.

4 JUSTICE : L'ex-maire UDF-PR de Cannes, Michel Mouillot, est condamné à six ans de prison ferme par le tribunal correctionnel de Nice pour «*corruption*» dans une affaire de pots-de-vin réclamés en 1996 à des dirigeants de casinos en échange de l'autorisation d'exploiter des machines à sous.

5 SOCIAL : 118 cortèges réunissent entre 248 000 et 517 000 manifestants, selon les sources policières ou syndicales, à l'appel des syndicats — sauf la CGC — sur les salaires, l'emploi et la durée du temps de travail. **Le 7**, commentant cette mobilisation, le premier ministre déclare «*entendre*» ces protestations, tout en maintenant le cap des réformes, y compris celle des 35 heures, en cours de discussion à l'Assemblée nationale.

8 POLITIQUE ÉCONOMIQUE : Le ministre de l'économie et des finances, Hervé Gaymard, présente «*les grandes lignes*» de sa politique pour les trente mois à venir afin de soutenir la consommation, le pouvoir d'achat et l'activité des entreprises, en tablant sur une croissance de 2,5 % en 2005. Pour les ménages, Hervé Gaymard veut poursuivre la baisse des impôts, particulièrement pour les classes moyennes, amplifier la mesure en faveur des donations entre générations, revoir le mode d'indexation des loyers. Il a aussi décidé d'autoriser la rémunération des comptes courants bancaires.

8 JUSTICE : Six mois après la fin du procès pour pédophilie d'Outreau (Pas-de-Calais), le garde des Sceaux, Dominique Perben, présente des pistes de réforme s'appuyant sur les conclusions du groupe de travail réuni autour de Jean-Olivier Viout, procureur général près la cour d'appel de Lyon. Les mesures proposées concernent la parole des enfants, les experts, le travail du juge d'instruction et la détention provisoire.

8 UMP : Une violente passe d'armes oppose Nicolas Sarkozy, président du parti, à Jean-Louis Debré, président de l'Assemblée nationale, au sujet du voyage de ce dernier en Turquie, dans la perspective de l'adhésion de ce pays à l'Union européenne.

9 JUSTICE : Le Sénat adopte la proposition de loi sur le traitement de la récidive des infractions pénales, mais il a supprimé la disposition prévue par les députés concernant le bracelet électronique pour les délinquants sexuels.

10 ENSEIGNEMENT : Environ 100 000 lycéens manifestent dans les principales villes (entre 15 000 et 40 000 à Paris) contre le projet de réforme du baccalauréat, introduisant une partie de contrôle continu. **Le 13,** le ministre de l'éducation, François Fillon, annonce que le volet de sa loi de réforme de l'enseignement concernant le baccalauréat ne sera finalement pas discuté au cours du débat parlementaire. **Le 15**, alors que débute à l'Assemblée nationale l'examen du projet de loi, de nouvelles manifestations donnent lieu à quelques violences à Paris. **Le 16**, le premier ministre Jean-Pierre Raffarin déclare adopter la procédure d'urgence sur le projet de loi d'orientation pour l'avenir de l'école.

LE GOUVERNEMENT RENONCE
À SA RÉFORME DU BACCALAURÉAT
LES PRÉCÉDENTS RECULS
FACE AUX JEUNES

En vingt ans, plusieurs gouvernements ont retiré leurs projets à la suite de protestations d'étudiants ou de lycéens :

Réforme Devaquet (1986) : Le gouvernement de Jacques Chirac prévoit d'introduire une sélection à l'entrée de l'université. Le projet, défendu par Alain Devaquet, ministre délégué à l'enseignement supérieur, est retiré face à l'ampleur des manifestations.

Projet du CIP (1994) : Le contrat d'insertion professionnelle (CIP), conçu par Édouard Balladur pour lutter contre le chômage des jeunes, provoque d'importants défilés. Édouard Balladur abandonne son projet.

Projet Fillon sur les IUT (1995) : Le ministre de l'enseignement supérieur, François Fillon, lance une réforme des IUT, puis y renonce.

Loi Ferry sur les universités (2003) : Après une mobilisation des universités, Jacques Chirac demande au ministre de l'éducation nationale, Luc Ferry, de retirer son projet.

11 CATHOLICISME : Mgr André Vingt-Trois, archevêque de Tours, est nommé par le pape archevêque de Paris. Il succède au cardinal Lustiger, en fonctions depuis 1981. **Le 20**, celui-ci célèbre sa dernière messe à Notre-Dame de Paris, en présence du premier ministre et de Bernadette Chirac.

→ *Portrait de Mgr Lustiger, page «Horizons» (12 février).*

11 COMMERCE EXTÉRIEUR : Selon les chiffres publiés par la direction des douanes, le déficit commercial français a atteint 7,8 milliards d'euros en 2004. Il s'agit du plus mauvais chiffre enregistré depuis 1991.

11 BOURSE : L'indice CAC 40 de la Bourse de Paris, en gagnant 1,17 %, clôture au-dessus du seuil de 4 000 points pour la première fois depuis deux ans et demi. La veille, l'indice Footsie de Londres avait franchi la barre des 5 000 points.

11 SÉCURITÉ ROUTIÈRE : Jean-Pierre Raffarin annonce la mise en place du « *permis à un euro par jour* » à partir du 1er juillet. La mesure est destinée aux moins de 25 ans, dont la mortalité sur la route est en hausse et qui constituent une fraction importante des automobilistes roulant sans permis.

12 AFFAIRES : Décès à l'âge de 77 ans d'Alfred Sirven, ex-directeur des affaires générales de la compagnie pétrolière Elf. Condamné à cinq ans de prison en 2003, il attendait l'arrêt de la cour d'appel. Sa mort éteint toute action publique.

  → *Portrait d'Alfred Sirven, page « Horizons »*
    (15 février).

13 POLYNÉSIE : L'élection territoriale partielle des îles du Vent, remportée par Oscar Temaru, chef de file des indépendantistes, permet à ces derniers d'être à égalité dans la nouvelle Assemblée avec les partisans de Gaston Flosse (UMP), l'homme fort du Territoire. **Le 18**, l'adoption d'une motion de censure déposée à l'initiative du leader indépendantiste Oscar Temaru met fin à plus de deux décennies de « règne » de Gaston Flosse.

15 ACCIDENT : Selon le rapport sur l'effondrement du terminal 2E de l'aéroport de Paris-Roissy, qui avait fait quatre morts et trois blessés le 23 mai 2003, l'accident serait dû à des fissures.

15 EUTHANASIE : Après cinq années d'enquête, une ordonnance de non-lieu général est prononcée dans l'affaire de la clinique de La Martinière. Selon le juge, le docteur Bourayne, ayant administré des substances potentiellement létales et poursuivi en 2000 pour neuf «*assassinats*», s'est «*strictement conformé*» au code de déontologie médicale.

16 SERVICES : Le ministre de la cohésion sociale, Jean-Louis Borloo, présente en Conseil des ministres son plan pour le développement des services à la personne, dont l'objectif est de créer 500 000 emplois en trois ans. Il prévoit, entre autres, un arsenal de mesures fiscales et sociales grâce à la création d'un «*chèque emploi-service universel*».

16 GOUVERNEMENT : *Le Canard enchaîné* révèle que le ministre de l'économie, Hervé Gaymard, occupe un logement de fonction dont le loyer mensuel est de 14 000 euros. Celui-ci fait part le jour même de son intention de déménager, et le premier ministre, Jean-Pierre Raffarin, édicte de nouvelles règles plus restrictives de prise en charge par l'État des frais de logement des membres du gouvernement. **Le 17**, Hervé Gaymard déclare sur France 2 n'avoir pas connu le montant de son loyer lors de son emménagement. **À partir du 23**, de nouvelles révélations viennent contredire les affirmations du ministre, qui déclare dans *Paris Match* qu'il est d'origine trop modeste pour être propriétaire, alors qu'il loue à un ami un appartement de 190 mètres carrés et possède plusieurs biens immobiliers. **Le 25**, il démissionne finalement, et reconnaît, dans une intervention télévisée, avoir commis une «*erreur*». Aussitôt, l'Élysée annonce la nomination de Thierry Breton, P-DG de France Télécom, et proche de Jacques Chirac et de Jean-Pierre Raffarin, qui lui succède **le 28** à Bercy. Thierry Breton devient ainsi le neuvième ministre de l'économie en dix ans.

→ *Portrait d'Hervé Gaymard, page « Horizons » (19 févier).*

→ *Portraits croisés de Clara et d'Hervé Gaymard, page « Horizons » (27-28 février).*

16 ANTISÉMITISME : L'humoriste noir Dieudonné évoque, à Alger, une «*pornographie mémorielle*» à propos des commémorations de la libération du camp d'Auschwitz. **Le 19**, il tente de se justifier lors d'une conférence de presse, à Paris. **Le 20**, le wagon témoin du camp de Drancy (Seine-Saint-Denis) est visé par un incendie de nature criminelle. **Le 22**, Dieudonné porte plainte contre le site proche-orient.info, qui a révélé ses déclarations.

17 PÉTROLE : Le groupe Total annonce avoir réalisé un profit record de plus de 9 milliards d'euros en 2004, année où les cinq grandes compagnies mondiales ont réalisé 85 milliards de dollars de bénéfices nets cumulés.

18 CROISSANCE : Selon l'INSEE, la croissance en France a été de 2,5 % en données brutes en 2004 et de 2,3 % en données corrigées.

18 JUSTICE : Après onze ans d'instruction, Jean Tiberi obtient un non-lieu dans l'affaire des HLM de Paris. Le juge Armand Riberolles conclut qu'il existait un système de financement occulte du RPR, mais aucun dirigeant politique ne comparaîtra en procès. Le même jour, Jean Tiberi est convoqué par la justice pour être mis en examen dans l'affaire des faux électeurs du 5e arrondissement de Paris.

18 TRANSPORT AÉRIEN : Un mouvement de grève surprise des agents d'Air France perturbe le trafic aérien à l'aéroport d'Orly, en plein départ des vacances d'hiver, en raison de la mise à pied par la direction d'un agent de piste après le décès accidentel d'une hôtesse, survenu le 1er février. **Le 22**, les grévistes suspendent leur mouvement, tandis qu'une polémique se développe avec l'inspection du travail sur la sécurité des passerelles de piste.

18 EUROTUNNEL : Le groupe franco-britannique annonce le remplacement du président Jacques Maillot par Jacques Gounon.

21 BOURSE : Le premier et le second marché de la Bourse de Paris disparaissent au profit d'une liste unique destinée à attirer les PME sur sa cote.

21 MARÉE NOIRE : La cour d'appel de Paris rejette la demande du parquet d'établir une nouvelle expertise sur les conséquences du naufrage de l'*Erika*, survenu le 12 décembre 1999. La voie est désormais ouverte à la tenue d'un procès, qui devra notamment déterminer la responsabilité du groupe Total.

22 PRESSE : En vendant *Presse-Océan* (Nantes), *Le Courrier de l'Ouest* (Angers) et *Le Maine libre* (Le Mans), la Socpresse, premier groupe de presse en France avec quelque 70 titres, racheté en juin par l'industriel Serge Dassault, réalise la première cession au sein de l'empire fondé par Robert Hersant.

22 AUTOMOBILE : Renault annonce s'être associé avec Mahindra, le quatrième constructeur automobile indien, pour produire en Inde la Logan, la voiture « bon marché » de la marque.

23 JUSTICE : La cour d'appel de Paris confirme les condamnations infligées à Jean-Yves Haberer et François Gille dans l'affaire des comptes irréguliers du Crédit lyonnais pour diffusion de bilans inexacts.

24 JUSTICE : Jean-Marie Le Pen est condamné par la cour d'appel de Paris pour « *incitation à la haine raciale* » en raison des propos tenus dans *Le Monde* du 19 avril 2003.

25 CHÔMAGE : Pour la première fois depuis février 2000, les statistiques du chômage pour le mois de janvier remontent au-dessus de la barre des 10 % (+ 0,7 % par rapport à décembre 2004) avec 2 461 600 demandeurs d'emploi.

25 JUSTICE : L'ancien ministre des affaires étrangères Roland Dumas est relaxé de sa « *complicité d'abus de confiance* » dans l'affaire de la succession du sculpteur Alberto Giacometti grâce à la prescription, l'affaire remontant à 1994.

27 FRANCE TÉLÉCOM : À la présidence, Didier Lombard succède à Thierry Breton, nommé ministre de l'économie et des finances en remplacement d'Hervé Gaymard.

28 CONSTITUTION : Députés et sénateurs, réunis en Congrès à Versailles, adoptent définitivement la révision de la Constitution préalable à l'adoption de la Constitution européenne, par 730 voix contre 66. Le Congrès inscrit également, par 531 voix contre 23, la Charte de l'environnement dans la Constitution, les groupes UMP, UDF et Verts votant pour, les communistes s'abstenant, les socialistes ne participant pas au scrutin.

28 IMPÔTS LOCAUX : Le conseil régional du Languedoc-Roussillon vote son budget comportant une hausse d'impôts régionaux de 52 %, la plus forte de France.

28 ÉNERGIE : Conséquence directe de la vague de froid qui sévit en France, la consommation électrique atteint le niveau record de 86 024 mégawatts (un mégawatt vaut un million de watts), contraignant EDF à importer de l'électricité des pays voisins. ∎

International

1er ALLEMAGNE : L'Agence pour l'emploi annonce que, pour la première fois depuis l'après-guerre, le chiffre de 5 millions de chômeurs a été atteint fin 2004. Le précédent record datait de janvier 1998, avec 4,823 millions.

1er ESPAGNE : Lors d'un débat qualifié d'«*historique*», et qui a duré près de huit heures, le Congrès des députés espagnols rejette le plan de «*libre association du Pays basque à l'État espagnol*», dit «*plan Ibarretxe*».

1er CÔTE D'IVOIRE : Le Conseil de sécurité de l'ONU adopte la résolution 1584, présentée par la France, qui renforce l'embargo sur les armes à destination de la Côte d'Ivoire.

1er VATICAN : Le pape, âgé de 84 ans, est admis en urgence à l'hôpital Gemelli de Rome en raison de problèmes respiratoires aigus liés à une grippe. **Le 6**, la brève apparition de Jean-Paul II à la fenêtre de sa chambre et les quelques mots inaudibles qu'il prononce ne lèvent pas les inquiétudes sur son état de santé. **Le 7**, le cardinal Angelo Sodano, secrétaire d'État du Vatican, évoque pour la première fois une éventuelle «*renonciation*» du pape à ses fonctions, affirmant qu'elle ne dépend que de sa seule volonté. **Le 10**, apparemment remis, le pape regagne le Vatican, mais, **le 24**, il doit être réhospitalisé en urgence pour subir une trachéotomie nécessitant une courte anesthésie générale. «*Succès*» selon le Vatican, cette opération réalimente les inquiétudes sur son état de santé. **Le 27**, pour la première fois de son pontificat, rendu muet par son opération, il ne peut prononcer l'angélus dominical mais apparaît, contre toute attente, à la fenêtre de sa chambre d'hôpital.

1er CATASTROPHE : L'ancien président américain Bill Clinton est nommé envoyé spécial du secrétaire général de l'ONU Kofi Annan pour les régions affectées par le raz de marée du 26 décembre 2004 en Asie du Sud. **Le 7**, le nombre des personnes mortes, ou présumées telles, est chiffré à 295 000 après l'annonce par l'Indonésie d'un bilan revu à la hausse.

1er ALGÉRIE : Abdelaziz Bouteflika, chef de

l'État, accepte l'offre « *honorifique* » du congrès du parti, cumulant désormais ses fonctions avec celles de président du Front de libération nationale (FLN), l'ex-parti unique hérité de la guerre d'indépendance.

2 NÉPAL : Le roi Gyanendra du Népal limoge le gouvernement, nomme un cabinet à sa main et décrète l'état d'urgence. La rébellion maoïste appelle à la grève générale.

2 UNION EUROPÉENNE : Le président français Jacques Chirac demande une « *remise à plat* » de l'avant-projet de directive européenne libéralisant les services, préparée par l'ancien commissaire au marché intérieur, Frits Bolkestein, et dont la clause du « *pays d'origine* » suscite une inquiétude grandissante en France. **Le 4**, le chancelier allemand Gerhard Schröder se déclare également partisan d'une « *modification* » de cet avant-projet. **Le 24**, par 269 voix contre 242, et 33 abstentions, le Parlement européen rejette une proposition, introduite par la droite, consistant à demander l'adoption « *dans les meilleurs délais* » de la directive.

2 PROCHE-ORIENT : Le président George Bush promet, dans son discours sur l'état de l'Union, que les États-Unis apporteront leur aide en vue de l'établissement d'une paix entre deux États « *démocratiques* » au Proche-Orient, Israël et la Palestine, objectif qu'il juge « *à portée de main* ». **Les 6 et 7**, la secrétaire d'État américaine Condoleezza Rice, qui effectue sa première tournée en Israël et dans les territoires palestiniens depuis sa prise de fonctions, incite les deux parties à aller de l'avant et à « *saisir* » cette « *période d'occasions* ».

3 GÉORGIE : Le premier ministre de Géorgie, Zourab Jvania, âgé de 41 ans, est retrouvé mort dans un appartement de Tbilissi, la capitale. Il s'agirait, selon l'enquête, d'un « *accident lié à une fuite de gaz* ». **Le 8**, le président Mikhaïl Saakachvili nomme premier ministre le libéral Zourab Nogaïdeli, ministre des finances, en remplacement de Zourab Jvania.

4 UKRAINE : Ioulia Timochenko est investie premier ministre à l'unanimité par le Parlement. **Le 21**, l'Union européenne signe avec Kiev un accord de coopération sur trois ans.

4 UNION EUROPÉENNE : Réunies à Florence (Italie), 20 régions de l'Union européenne, soucieuses de protéger l'agriculture de qualité qu'elles estiment menacée par les cultures transgéniques, lancent un défi à la Commission de Bruxelles en adoptant une charte prévoyant la protection des cultures traditionnelles et biologiques.

4 IRAK : La journaliste italienne Giuliana Sgrena, envoyée spéciale du quotidien de gauche *Il Manifesto* à Bagdad, est enlevée. Un groupe islamiste revendique cet enlèvement et donne 72 heures à l'Italie pour retirer ses troupes du pays. **Le 16,** malgré la diffusion par cassette de l'émouvante supplique de la journaliste, le Sénat italien approuve le maintien de troupes en Irak. **Le 17**, on apprend l'enlèvement de deux journalistes indonésiens. **Le 20**, des centaines de milliers de personnes défilent à Rome pour réclamer la libération des journalistes otages en Irak.

4 AFRIQUE : En visite officielle au Sénégal, Jacques Chirac participe au premier Forum international sur l'adaptation des agricultures des pays pauvres, qu'il qualifie de « *Davos de l'agriculture* ». **Le 5**, il assiste avec le secrétaire général de l'ONU Kofi Annan à Brazzaville (Congo-Brazzaville) au deuxième sommet des chefs d'État d'Afrique centrale sur la conservation et la gestion durables des forêts.

5 G7 : Réunis à Londres, les ministres des finances des pays du G7 se disent prêts à étudier « *au cas par cas* » la dette des pays pauvres, en vue d'allégements allant jusqu'à 100 % de la dette bilatérale aussi bien que multilatérale. C'est la première fois que les grandes puissances s'engagent sur la possibilité d'une annulation totale de la dette des pays pauvres.

5-8 TERRORISME : La conférence internationale organisée à Riyad à l'initiative de l'Arabie saoudite décide la création d'un Centre international de lutte contre le terrorisme.

6 TOGO : Immédiatement après le décès du président Gnassingbé Eyadéma, 69 ans, au pouvoir depuis trente-huit ans, l'armée désigne son fils, Faure, pour lui succéder. **Le 7**, l'Assemblée nationale modifie à la hâte la Constitution selon laquelle, en cas de décès du chef de l'État, ses fonctions sont assurées par le président de l'Assemblée nationale. L'Union africaine dénonce un *« coup d'État »* et Paris, qui appelle à une élection présidentielle en règle, place ses troupes dans la région en état d'alerte. **Le 12**, les six partis de l'opposition manifestent à Lomé, où l'on déplore plusieurs morts. **Le 17**, le président nigérian, Olusegun Obasanjo, le chef de l'État le plus influent de la région, s'efforce en vain de convaincre le nouveau chef de l'État togolais de respecter la Constitution et de céder le pouvoir. **Le 18**, après une semaine de silence, le président Faure Gnassingbé annonce l'organisation d'une élection présidentielle dans un délai de soixante jours. L'opposition rejette ce compromis, le qualifiant d'*« ubuesque »*. **Le 19**, les États-Unis déclarent ne pas reconnaître la légitimité du président et réclament sa *« démission immédiate »*. **Le 21**, le Parlement, réuni en session extraordinaire, restaure la Constitution. **Le 25**, cédant enfin aux pressions, Faure Gnassingbé renonce à la présidence, tout en se portant candidat à l'élection présidentielle qui devrait se tenir dans les deux mois.

6 THAÏLANDE : Le parti Thaï Rak Thaï (TRT)

du premier ministre thaïlandais, Thaksin Shinawa-tra, remporte les élections législatives en obtenant à la Chambre des représentants 377 sièges sur 500.

7 GRANDE-BRETAGNE : Tony Blair lance un sévère plan de contrôle de l'immigration pré-voyant l'instauration d'une carte d'identité obliga-toire et le fichage des passagers avant leur arrivée sur le sol britannique. Le gouvernement travailliste entend ainsi contrer l'opposition conservatrice sur ce terrain, à trois mois des élections législatives.

8 DANEMARK : La coalition de droite — Parti libéral, Parti conservateur et Parti du Peuple danois (PPD, extrême droite) — du premier ministre sortant Anders Fogh Rasmussen remporte les élections législatives en obtenant 95 des 179 sièges de la chambre unique du Parlement, le Folketing. La poli-tique restrictive de l'immigration qu'il prône n'est sans doute pas étrangère à cette première recon-duction d'un chef de gouvernement libéral.

8 GRÈCE : Le socialiste Carolos Papoulias, 75 ans, élu président de la République par le Parle-ment grec pour un mandat de cinq ans, succède au conservateur Costis Stéphanopoulos à ce poste honorifique.

8 FRANCE - ÉTATS-UNIS : Au cours de sa tournée européenne, Condoleezza Rice choisit Paris pour exposer, dans un discours prononcé à l'Insti-tut d'études politiques (« Sciences-Po »), la nouvelle politique étrangère américaine. La secrétaire d'État demande aux Européens de « *travailler avec l'Amé-rique* » pour écrire ensemble un « *nouveau chapitre* » des relations transatlantiques et pour réformer un « *inacceptable statu quo* », en particulier au Moyen-Orient.

8 PROCHE-ORIENT : Pour la première fois depuis 2000, le premier ministre israélien Ariel Sha-ron et le président de l'Autorité palestinienne Mahmoud Abbas se réunissent en sommet à Charm el-Cheikh, à l'invitation du président égyptien Hosni Moubarak. Ils y affirment leur détermination à consolider la trêve en proclamant la cessation de tous les actes de violence. **Le 16**, en votant la loi d'indemnisation des colons qui doivent être évacués de la bande de Gaza et de quatre petites colonies du nord de la Cisjordanie, les députés israéliens donnent le coup d'envoi au processus de désengagement. **Le 17**, le ministre israélien de la défense, Shaoul Mofaz, annonce la fin de la politique de démolition des maisons des Palestiniens auteurs d'attaques anti-israéliennes. **Le 20**, le gouvernement israélien entérine le plan de retrait des colonies de peuplement de la bande de Gaza par 17 voix contre 8. Ce démantèlement d'implantations juives sur ce territoire occupé depuis 1967 concerne environ 8 000 colons. **Le 25**, un attentat-suicide à Tel-Aviv, qui fait six morts, dont le kamikaze, et environ 40 blessés, rompt la trêve. L'Autorité palestinienne assure que les responsables seront «*traqués et punis*» ; le président Abbas tient une réunion d'urgence des services de sécurité à Ramallah.

ISRAÉLIENS ET PALESTINIENS S'ENGAGENT À UN CESSEZ-LE-FEU GÉNÉRAL DEPUIS 2000, DES TRÊVES JAMAIS RESPECTÉES

11-25 juillet 2000 : Deux semaines de négociations à Camp David entre le premier ministre israélien, Ehoud Barak, le président palestinien Yasser Arafat et le président américain Bill Clinton.

29 septembre 2000 : Début de la deuxième Intifada Al-Aqsa.

Début juin 2001 : George Tenet, directeur de la CIA, élabore un accord de cessez-le-feu qui reste lettre morte.

18 septembre 2001 : Israéliens et Palestiniens proclament un cessez-le-feu réclamé par Washington. L'accord vole rapidement en éclats.

15 mars 2002 : Le président Bush dépêche le général Anthony Zinni dans la région. L'attentat-suicide palestinien du 27 mars à Netanya (29 morts) sonne le glas de ces efforts.

12-14 avril 2002 : Échec d'une mission de médiation du secrétaire d'État Colin Powell pour un cessez-le-feu.

21 février 2003 : Mahmoud Abbas évoque une démilitarisation de l'Intifada et un projet de trêve, proposition rejetée par le Hamas et le Djihad islamique.

4 juin 2003 : Sommet d'Aqaba, en Jordanie, et lancement officiel de la « *feuille de route* » par George Bush, les premiers ministres israélien, Ariel Sharon, et palestinien, Mahmoud Abbas.

29 juin 2003 : Quatre des principaux mouvements palestiniens proclament une suspension de trois mois de leurs attaques contre Israël. La fin de la trêve intervient le 22 août.

12 novembre 2003 : Le nouveau premier ministre, Ahmed Qoreï, affirme que la conclusion d'un cessez-le-feu est sa priorité numéro un.

Décembre 2004 : Mahmoud Abbas appelle à la fin de l'Intifada armée. Les mouvements radicaux rejettent ses appels à renoncer aux armes.

Fin janvier 2005 : Mahmoud Abbas, devenu président de l'Autorité palestinienne, obtient des groupes radicaux armés une « *période d'accalmie* ».

9 UNION EUROPÉENNE : La Commission européenne présente son « *agenda social* » pour les cinq prochaines années, destiné à compléter ses engagements en matière de croissance et de compétitivité définis par la stratégie dite de Lisbonne.

9 ÉTATS-UNIS : Carly Fiorina, P-DG depuis six ans de Hewlett-Packard (HP), deuxième groupe informatique mondial, est limogée, le conseil d'administration lui reprochant d'avoir raté en 2002 son pari de la fusion avec Compaq.

9 OTAN : Les 26 ministres de la défense de l'Al-

liance atlantique tiennent à Nice une réunion informelle sur la présence de l'OTAN en Irak, le renforcement des interventions en Afghanistan, ainsi que la
question de la transformation de l'OTAN. C'est la première fois que la France accueille une réunion ministérielle de l'OTAN depuis 1966, année où elle avait
quitté la structure militaire intégrée de l'Alliance.

10 TUNISIE : Décès à l'âge de 69 ans de Nour-
redine Ben Khedher, figure de proue du mouvement
contestataire estudiantin tunisien des années 1960-
1970.

10 ARABIE SAOUDITE : Pour la première
fois dans l'histoire du royaume, les Saoudiens de
plus de 21 ans de la région de la capitale, Riyad,
votent pour élire la moitié des conseils municipaux.
Des « *islamistes technocrates* » remportent les sept
sièges en jeu. Réservé aux hommes, le scrutin se
poursuivra le 3 mars et le 21 avril dans les autres
provinces.

10 CORÉE DU NORD : L'agence officielle de
presse de la République populaire démocratique de
Corée (RPDC) annonce que le pays « *a fabriqué des
armes nucléaires par mesure d'autodéfense face à la
politique de moins en moins déguisée d'isolement et
d'étouffement* » des États-Unis à son égard.

LA MONTÉE EN PUISSANCE DE LA CRISE

Octobre 2002 : Washington affirme, après des entretiens bilaté-
raux à Pyongyang, que le régime conduit un programme secret
d'enrichissement d'uranium malgré ses engagements passés. La
crise ainsi ouverte conduit à arrêter les livraisons de pétrole, puis
à suspendre la construction de deux centrales nucléaires à eau
légère (difficiles à détourner à des fins militaires), qui étaient les
contreparties d'un accord de 1994 par lequel Pyongyang gelait son
programme nucléaire.

Janvier 2003 : Pyongyang se retire du traité de non-prolifération (TNP) et affirme commencer l'extraction du plutonium de 8 000 barres de combustible nucléaire.

Août 2003 : Des pourparlers à six pays s'ouvrent à Pékin. Après trois cycles de rencontres, ils se trouvent dans l'impasse depuis le mois de juin.

10 GRANDE-BRETAGNE : La cour britannique annonce officiellement que le prince Charles, héritier de la Couronne, épousera le 8 avril Camilla Parker-Bowles, sa compagne depuis trente-quatre ans. Mais **le 22**, la reine Elizabeth, souhaitant « *que l'événement reste discret* », fait savoir qu'elle n'assistera pas à la cérémonie civile.

10 UNILEVER : Le groupe anglo-néerlandais de produits de grande consommation annonce la suppression de sa structure de direction bicéphale. Unilever aura, d'ici le 1er avril, un P-DG unique, le Français Patrick Cescau, qui dirige actuellement la branche britannique du groupe.

11 ESPAGNE : Jacques Chirac participe à Barcelone à une réunion, organisée par le premier ministre espagnol socialiste José Luis Zapatero, en faveur du « oui » au référendum sur le projet de traité constitutionnel européen. **Le 18**, le premier secrétaire du PS, François Hollande, se rend également en Espagne pour demander au peuple espagnol de « *montrer l'exemple* » aux autres peuples européens. **Le 20**, le « oui » l'emporte par 76,73 % des voix contre 17,24 % de « non » et 6,03 % de votes blancs. Cette victoire est toutefois entachée par une abstention record de 42,3 %. Pour le premier ministre, les Espagnols ont lancé « *un message au reste de nos concitoyens européens à nous suivre* ».

12 ÉTATS-UNIS : Howard Dean, ex-candidat malheureux à l'investiture présidentielle, est élu président du Parti démocrate, succédant à Terry McAuliffe.

12-13 ESPAGNE : Un violent incendie détruit la tour d'affaires Windsor, un des plus hauts gratte-ciel de Madrid (106 mètres).

13 IRAK : Avec un taux de participation de 59%, les résultats officiels des élections du 30 janvier donnent 48,1% des suffrages exprimés à la liste de l'Alliance unifiée irakienne, liste chiite parrainée par le grand ayatollah Ali Sistani, qui obtient 140 des 275 sièges du Parlement. L'Alliance des partis kurdes, avec 25,7%, obtient 75 sièges et la liste du premier ministre Iyad Allaoui, avec 13,8% des voix, 40 sièges. **Le 18**, des attaques contre des chiites, en plein deuil de l'Achoura, qui commémore la mort du prophète Hussein, font au moins 34 morts, révélant un réveil des extrémistes sunnites. **Le 27**, le gouvernement intérimaire annonce l'arrestation du dernier des trois demi-frères de Saddam Hussein encore en liberté, Sabaoui Ibrahim al-Hassan al-Tikriti. **Le 28**, un attentat à la voiture piégée frappe le marché de Hilla (province de Babylone), causant la mort de plus de 110 personnes. Un site islamiste exhorte les Irakiens à poursuivre le djihad pour contraindre les chiites « *à la rage contre les sunnites* ».

LE MASSACRE D'HILLA RELANCE
LES CRAINTES DE GUERRE CIVILE EN IRAK
LES ATTENTATS N'ONT PAS CESSÉ
DEPUIS L'ANNONCE
DE LA FIN DES COMBATS

L'action terroriste commise lundi 28 février à Hilla est la plus meurtrière depuis que Washington a annoncé, le 1er mai 2003, la fin des opérations militaires majeures.

19 août 2003 : Vingt-deux personnes, dont le représentant de l'ONU en Irak Sergio Vieira de Mello, sont tuées dans un attentat au camion piégé contre le siège de l'ONU à Bagdad.

29 août 2003 : Au moins 83 personnes, dont le dignitaire chiite Mohammad Baqer Hakim, chef du Conseil suprême de la révolution islamique en Irak (CSRII), périssent dans un attentat à la voiture piégée devant la mosquée de l'imam Ali à Nadjaf (sud de Bagdad).

27 octobre 2003 : Des attentats-suicides contre quatre postes de police et le siège du Comité international de la Croix-Rouge (CICR) font 43 morts à Bagdad.

12 novembre 2003 : Dix-neuf Italiens et neuf Irakiens sont tués dans un attentat contre une base italienne à Nassiriya (Sud).

18 janvier 2004 : Un attentat-suicide à la voiture piégée devant le quartier général américain à Bagdad fait 24 morts, pour la plupart irakiens.

1er février 2004 : Cent cinq personnes sont tuées lors de deux attentats-suicides contre les sièges à Erbil (Nord) des deux principaux partis kurdes, le PDK et l'UPK.

10 février 2004 : Un attentat-suicide devant un commissariat de police d'Iskandariya (sud de Bagdad) fait 55 morts. Le lendemain, 47 Irakiens sont tués à Bagdad dans un attentat-suicide devant un centre de recrutement de la nouvelle armée irakienne.

2 mars 2004 : Plus de 170 personnes sont tuées lors d'attentats quasi simultanés dans la ville sainte de Kerbala (sud de Bagdad) et dans une mosquée de la capitale, alors que des millions de chiites observent le deuil de l'Achoura.

21 avril 2004 : Cinq attentats à la voiture piégée contre la police à Bassora et Zoubeïr (Sud) tuent 74 personnes.

24 juin 2004 : Une série d'attentats coordonnés contre la police font plus de 100 morts dans les bastions sunnites de Mossoul, Baaqouba et Ramadi.

28 juillet 2004 : Soixante-dix personnes sont tuées dans un attentat-suicide commis devant un bâtiment de la police à Baaqouba.

30 septembre 2004 : Quarante-deux personnes, dont 37 enfants,

sont tuées dans l'explosion de voitures piégées dans le sud-ouest de Bagdad.

23 octobre 2004 : Quarante-neuf recrues de l'armée irakienne et trois chauffeurs civils sont massacrés dans une embuscade tendue au nord de Bagdad.

6 novembre 2004 : Trente-six personnes, dont 26 policiers, sont tuées dans une série d'attentats à Samarra (nord de Bagdad) revendiqués par le groupe de l'islamiste jordanien Abou Moussab al-Zarkaoui.

3 décembre 2004 : Vingt-six personnes, dont 12 policiers, sont tuées dans des attaques conduites à Bagdad contre deux postes de police et un lieu de prière chiite, qui sont revendiquées par le groupe Zarkaoui.

19 décembre 2004 : Nadjaf et Kerbala sont secouées par deux attentats qui font 66 morts.

21 décembre 2004 : Vingt-deux personnes, dont 18 Américains, meurent lors d'une attaque contre une base américaine à Mossoul.

28 décembre 2004 : Trente personnes, en majorité des civils, périssent dans l'explosion d'une maison piégée lors d'une embuscade tendue aux forces de l'ordre.

18 février 2005 : Trente-quatre Irakiens sont tués dans six attaques visant des chiites en plein deuil de l'Achoura. Le lendemain, plusieurs attaques à Bagdad, dont l'une contre un bus transportant des pèlerins, tuent 27 personnes.

13 ALLEMAGNE : Cinq mille manifestants néo-nazis, défilant à l'appel du parti NPD, perturbent la commémoration du bombardement de Dresde en 1945 par l'aviation anglo-américaine, qui avait fait 35 000 morts et détruit « *la Florence de l'Elbe* ».

13 PORTUGAL : Décès à l'âge de 97 ans de sœur Lucia de Jesus dos Santos, la dernière survivante des trois enfants qui auraient vu la Vierge Marie en 1917 près de Fatima, et à qui elle aurait confié trois « *secrets* ».

13 AUTOMOBILE : General Motors et Fiat

trouvent un accord à l'amiable pour dénouer leur alliance conclue en 2000. Le premier versera au second 1,55 milliard d'euros pour prix de son divorce.

13-14 KOSOVO : Le président de la Serbie, Boris Tadic, se rend au Kosovo pour deux jours de visite dans ce qui reste formellement une province de la Serbie administrée depuis 1999 par l'ONU. C'est la première visite d'un chef d'État serbe au Kosovo depuis celle effectuée en 1995 par Slobodan Milosevic, jugé à La Haye par le Tribunal pénal international pour l'ex-Yougoslavie.

14 LIBAN : Un attentat à la voiture piégée à Beyrouth tue l'ancien premier ministre Rafic Hariri, ainsi que 14 personnes, et fait 137 blessés. L'attentat, revendiqué par un groupe inconnu «*pour la victoire et la guerre sainte dans la Grande Syrie*», cause une énorme émotion dans le pays. Depuis sa démission en octobre 2004, l'ancien premier ministre avait rejoint l'opposition antisyrienne. **Le 16**, les funérailles donnent lieu à une puissante manifestation populaire d'hostilité envers la présence et l'influence de la Syrie dans le pays. Seul chef d'État à se rendre à Beyrouth, Jacques Chirac y dénonce «*l'acte abominable*» qui a coûté la vie à son «*ami*» Hariri. **Le 21**, l'opposition à la présence syrienne au Liban rassemble à Beyrouth environ 100 000 manifestants. **Le 24**, sous la pression des manifestations quotidiennes hostiles à sa présence, la Syrie annonce un repli de ses troupes dans l'est du pays. **Le 28**, malgré l'interdiction de la manifestation, des dizaines de milliers de personnes demandent, à Beyrouth, le départ des troupes syriennes. Le premier ministre, Omar Karamé, annonce la démission collective de son gouvernement. C'est la première fois dans un pays arabe que l'hostilité combinée de l'opposition politique et de la population fait chuter un cabinet ministériel.

Paris et Washington saluent la victoire de la rue et demandent l'organisation d'élections « *libres et honnêtes* ».

14 CHINE : Un coup de grisou éclate dans la mine de charbon de Sunjiawan à Fuxin, dans la province de Liaoning (Nord-Est), causant 209 morts, victimes du plus grave accident minier qu'ait connu le pays depuis quinze ans.

14 IRAN : Cinquante-neuf personnes sont tuées et 210 autres blessées lors de l'incendie accidentel de la mosquée Ark, au centre de Téhéran.

14 ÉTATS-UNIS : Grâce au rachat de MCI, Verizon conforte sa place de numéro un des télécommunications aux États-Unis. L'opération valorise MCI à 6,7 milliards de dollars.

15 AMÉRIQUE LATINE : Les présidents Alvaro Uribe et Hugo Chavez célèbrent à Caracas la réconciliation entre la Colombie et le Venezuela, après une crise d'un mois qui avait entraîné la suspension de leurs relations économiques.

15 BRÉSIL : Le Parti des travailleurs (PT) du président Luis Iñacio Lula da Silva perd la présidence de la Chambre des députés. Le candidat appuyé par le gouvernement, Luis Eduardo Greenhalgh, n'obtient que 195 voix contre 300 au député conservateur Severino Cavalcanti, du Parti progressiste (PP), qui présidera la Chambre pour deux ans.

16 ENVIRONNEMENT : Le protocole de Kyoto sur la lutte contre l'effet de serre, signé en 1997 et ratifié par 141 États, entre en vigueur. Jacques Chirac, rejoignant la Grande-Bretagne, propose de diviser par quatre les émissions de CO_2 d'ici à 2050, alors que le protocole de Kyoto n'exige que 5 % en 2010 pour les pays développés. Le même jour, au 3ᵉ Sommet mondial de la Terre, à Bruxelles, une soixantaine de pays, dont ceux de l'Union européenne, décident de mettre en commun les données fournies sur la planète par les satellites et les stations au sol en créant le Geoss (Global Earth Observation System of Systems). **Le 26**, la France publie au *Journal officiel* la version définitive du Plan national d'allocation des quotas (PNAQ) d'émissions de CO_2.

16 FRANCE - ÉTATS-UNIS : Un accord définitif entre le Crédit lyonnais et le département des assurances de Californie met fin aux poursuites civiles de l'affaire Executive Life, qui aura coûté 700 millions de dollars aux contribuables français.

17 TRANSPORTS : De nouvelles règles renforcent les droits des passagers des compagnies aériennes européennes. Elles concernent les dédommagements en cas de refus d'embarquement, d'annulation ou de retard des vols.

17 ÉTATS-UNIS : Le président George W. Bush nomme John Negroponte, ambassadeur américain en Irak, au poste de directeur du renseignement national (DNI), nouvelle fonction créée dans le cadre de la réforme des services de renseignements.

19-20 CACHEMIRE : Des avalanches causent la mort de plus de 200 personnes.

20 PORTUGAL : En obtenant 45 % des suffrages et 120 sièges sur 230, soit la majorité absolue, contre 28,7 % des voix et 72 députés au parti du gouvernement conservateur sortant, le Parti social-démocrate, le Parti socialiste (PS) de José Socrates remporte une victoire « historique » aux élections législatives anticipées. Il forme, **le 4 mars**, un gouvernement composé de 16 ministres, confiant le portefeuille des affaires étrangères à Dioga Freitas do Amaral, ancien président de l'Assemblée générale des Nations unies.

20 SUISSE : En prenant le contrôle à 100 % d'Hexal, numéro deux en Allemagne sur le marché du médicament générique (1,26 milliard d'euros de

chiffre d'affaires en 2004), le laboratoire pharmaceutique suisse Novartis devient le leader mondial
du secteur.

20 ALLEMAGNE : Les sociaux-démocrates du
chancelier Gerhard Schröder, en recul aux élections
régionales du Schleswig-Holstein avec 38,7 % des
voix, contre 43,1 % en 2000, ne conservent le Land
que grâce à l'appoint du parti de la minorité danoise.

20 ONU : L'ancien premier ministre néerlandais
Ruud Lubbers, au centre d'une controverse à propos
d'allégations de harcèlement sexuel au sein des
Nations unies, démissionne de ses fonctions à la tête
du Haut-Commissariat pour les réfugiés (HCR).

20 CHYPRE : Le premier ministre chypriote
turc Mehmet Ali Talat, partisan de la réunification
de Chypre dans le cadre de l'Union européenne, remporte les élections législatives anticipées dans la partie nord de l'île avec 44,4 % des voix, contre 31,7 %
au Parti de l'unité nationale (UBP, nationaliste).

20-24 ÉTATS-UNIS - EUROPE : Le président George Bush entame à Bruxelles une tournée
européenne. **Le 21**, il dîne à Bruxelles avec Jacques
Chirac. Les deux chefs d'État accentuent la pression
sur la Syrie en demandant l'application « *immédiate* » de la résolution 1559 et des « *élections libres* »
au Liban. **Le 22**, toujours à Bruxelles, le président
américain rencontre le premier ministre britannique
Tony Blair, le président ukrainien Viktor Iouchtchenko et le chef du gouvernement italien, Silvio
Berlusconi. Il déjeune avec les chefs d'État et de gouvernement des pays de l'OTAN, et participe pour la
première fois au sommet de l'Union européenne au
siège de la Commission. **Le 23**, George Bush se rend
en Allemagne, et rencontre, à Mayence, le chancelier
Gerhard Schröder. **Le 24**, le président américain
rencontre à Bratislava (Slovaquie) le président russe
Vladimir Poutine, à qui il exprime sa préoccupation

sur les évolutions non démocratiques du régime russe, les opposant à la marche vers la liberté des pays de l'ex-Union soviétique.

→ *Bush, Chirac : sourire de rigueur, page « Horizons » (22 février).*

LE DÉGEL ENTRE AMÉRICAINS ET EUROPÉENS
LA CRISE DE 2002-2003 SUR L'IRAK

29 janvier 2002 : Le président George Bush déclare que l'Irak de Saddam Hussein fait partie de l'« *axe du Mal* » des pays soutenant le terrorisme.

30 juillet 2002 : Rencontrant le chancelier allemand Gerhard Schröder, Jacques Chirac déclare qu'une guerre contre l'Irak doit être décidée par le Conseil de sécurité de l'ONU.

8 novembre 2002 : La résolution 1441 sur le désarmement irakien est votée à l'unanimité des membres du Conseil de sécurité.

19 décembre 2002 : Analyse à l'ONU du rapport irakien sur ses programmes d'armement. Washington y voit une « *violation patente* » de la résolution 1441.

17 mars 2003 : À l'ONU, Londres et Washington retirent, faute de majorité, un projet de résolution permettant une guerre contre l'Irak. Celle-ci commence trois jours plus tard.

9 avril 2003 : Bagdad tombe devant les forces américaines.

14 août 2003 : La résolution 1500 de l'ONU approuve l'établissement à Bagdad du conseil de gouvernement transitoire de l'Irak, sans le reconnaître explicitement.

---

22 IRAN : Un violent tremblement de terre fait au moins 459 morts et un millier de blessés autour de la ville de Zarand, dans la province de Kerman, à environ 700 kilomètres au sud-est de Téhéran.

24 TCHÉTCHÉNIE : La Cour européenne des droits de l'homme condamne la Russie pour des

exactions commises en Tchétchénie. C'est la première fois que la responsabilité de Moscou est ainsi
mise en cause par un organisme international.

24 PALESTINE : Les députés palestiniens
investissent par 54 voix contre 10 le gouvernement
de « *technocrates* » formé par le premier ministre
Ahmed Qoreï.

27 IRAN : Malgré l'hostilité des États-Unis, qui
accusent Téhéran de chercher à se doter de l'arme
nucléaire, la Russie signe avec l'Iran un accord de
coopération nucléaire selon lequel Moscou fournira
du combustible et récupérera l'uranium usagé.

27 KIRGHIZSTAN : L'Organisation pour la
sécurité et la coopération en Europe (OSCE) critique
le déroulement des élections législatives, les jugeant
non conformes aux normes démocratiques internationales.

28 FRANCE - POLOGNE : Les chefs d'État
Jacques Chirac et Aleksander Kwasniewski président à Arras, région de forte immigration polonaise,
le premier sommet annuel franco-polonais.

28 AÉRONAUTIQUE : EADS remporte contre
Boeing un gros contrat avec la Royal Air Force. Le
consortium européen livrera à l'armée de l'air britannique une quinzaine d'avions ravitailleurs pour
18,8 milliards d'euros.

28 BOSNIE : Rasim Delic, l'ancien chef d'état-
major de l'armée des Musulmans de Bosnie, se rend
volontairement au Tribunal pénal international pour
l'ex-Yougoslavie (TPIY), à La Haye. Il est accusé
pour les crimes de guerre commis par les « Moudja-
hidins », volontaires islamiques qu'il avait intégrés à
l'armée des Musulmans de Bosnie en 1993, au plus
fort de la guerre. ■

Science

---

3 BIOLOGIE : Décès du biologiste américain d'origine allemande Ernst Mayr, considéré comme l'un des plus grands évolutionnistes du xxe siècle.

4 RECHERCHE : Environ 2000 chercheurs défilent à Paris contre le projet de loi gouvernemental sur la recherche.

PROJET DE LOI SUR LA RECHERCHE : CINQ DATES CLÉS

7 janvier 2004 : Lancement de l'appel « Sauvons la recherche ! ». Il recueillera 75 000 signatures.

9 mars 2004 : « Démission » de plus de 2 000 directeurs d'unité. Création du Comité d'initiative et de proposition (CIP).

7 avril 2004 : Première victoire des chercheurs : 550 postes rétablis dans les organismes et 1 000 créés dans les universités.

22 septembre 2004 : Le budget 2005 injecte un milliard d'euros dans la recherche publique et privée.

28 et 29 octobre 2004 : États généraux de la recherche à Grenoble.

---

6 RECHERCHE : Décès de l'ancien ministre français de la recherche Hubert Curien, à l'âge de 80 ans. Ce grand serviteur de la recherche européenne, l'un des «pères» de la fusée Ariane et de l'Europe spatiale, avait été ministre de la recherche de 1984 à 1986, puis à nouveau de mai 1988 à mars 1993.

8 CLONAGE : Ian Wilmut, le créateur britannique de la brebis clonée Dolly, reçoit l'autorisation de cloner des embryons humains dans le cadre de ses recherches sur les maladies neurologiques.

11 SIDA : Les autorités new-yorkaises lancent une alerte publique après la découverte d'une souche multirésistante et fulgurante du VIH faisant redouter une nouvelle épidémie virulente.

12 FUSÉE : Lancement réussi à Kourou (Guyane) de la plus puissante des fusées européennes Ariane, l'Ariane-5 ECA, porteuse du satellite de télécommunications hispano-américain XTAR-EUR et du microsatellite scientifique américain Sloshsat. L'échec de l'explosion de décembre 2002 est ainsi effacé.

17 PHYSIQUE : Le scientifique italien Gabriele Veneziano, initiateur d'une discipline à mi-chemin entre physique et philosophie, entre au Collège de France où il prononce la leçon inaugurale de sa chaire, « Particules élémentaires, gravitation et cosmologie ».

17 MÉDICAMENTS : Sans recommander un retrait total des coxibs (Celebrex, Vioxx...), l'Agence européenne du médicament déconseille, dans un avis, de les délivrer à des patients hypertendus. Après les États-Unis, la polémique sur la crédibilité des agences sanitaires s'étend ainsi à l'Europe.

18 MATHÉMATIQUES : Un chercheur allemand, Martin Nowak, découvre, à l'issue de cinquante jours de calcul effectués par son ordinateur personnel, le nouveau plus grand nombre premier connu, $2 \, (25\,964\,951) - 1$.

26 INFORMATIQUE : Décès, à l'âge de 61 ans, de l'Américain Jef Raskin, inventeur de l'interface graphique du Macintosh.

26 PSYCHANALYSE : Décès, à l'âge de 101 ans, du psychanalyste Béla Grunberger, spécialiste du narcissisme au carrefour de trois des premiers centres historiques qu'ont été l'Allemagne, la Hongrie et la France. ∎

Culture

2 PIRATAGE : Le tribunal de Pontoise condamne un professeur de lettres de 28 ans à de lourdes sanctions financières pour avoir téléchargé et mis à disposition d'autres internautes environ 10 000 morceaux de musique.

3 RADIO : Un an après la grève des journalistes, un accord salarial est signé entre la direction, le Syndicat national des journalistes (SNJ), majoritaire chez les journalistes de Radio France, et la CGC.

ACCORD SUR LES SALAIRES À RADIO FRANCE : UN LONG CONFLIT

21 janvier 2004 : Un préavis de grève est déposé pour le 27 janvier par le Syndicat national des journalistes (SNJ), le SNJ-CGT, le SJA-FO et la CFDT de Radio France. Ils demandent l'ouverture de négociations sur les disparités salariales entre les journalistes de France 3 et ceux de Radio France et le respect du plan Servat de 1994, qui prévoit un réexamen annuel des disparités du service public.

27 janvier 2004 : France-Info est quasi muette.

29 janvier 2004 : La direction indique que le budget 2004 de Radio France bénéficie de 13,2 millions d'euros pour, notamment, la numérisation de France-Inter.

2 février 2004 : Les grévistes écrivent aux parlementaires et créent un site. Une pétition circule.

3 février 2004 : Le syndicat SJA-FO mandate un cabinet d'avo-

cats afin de faire constater une remise en cause de l'acquis social que constitue l'accord Servat.

5 février 2004 : Les négociations entre la direction et l'intersyndicale (SNJ, SJA-FO, SNJ-CGT, CFDT, CFTC, CGC) tournent court.

8 février 2004 : L'intersyndicale tient table ouverte pour les auditeurs devant la Maison ronde.

12 février 2004 : Jean-Marie Cavada annonce une remise à plat du système salarial.

13 février 2004 : La fin de la grève est votée. La base valide l'accord qui prévoit la création d'un nouvel instrument salarial.

6 MUSIQUE : 300 000 personnes assistent à Addis-Abeba au concert géant organisé pour le 60ᵉ anniversaire du musicien jamaïcain Bob Marley, mort en 1981. Il avait érigé l'Éthiopie de l'empereur Haïlé Sélassié en « *terre promise* » des descendants d'esclaves africains.

7 PEINTURE : Décès à l'âge de 78 ans, du peintre français Paul Rebeyrolle, considéré comme l'un des plus grands artistes contemporains. Il laisse derrière lui une œuvre immense, souvent méconnue du grand public et de la plupart des institutions officielles.

7 HISTOIRE : Décès à l'âge de 84 ans de l'historienne et présidente d'honneur de la Ligue des droits de l'homme, Madeleine Rebérioux.

8 MUSIQUE : Décès de James Oscar Smith, dit Jimmy Smith, maître de l'orgue électrique Hammond B 3.

8 ÉDITION : Le livre du docteur Claude Gubler, médecin de François Mitterrand pendant deux septennats, ressort en librairie. *Le Grand Secret*, qui révélait le cancer du président, avait été interdit en 1996 par la justice française pour violation du secret médical.

8 ARCHITECTURE : Le Conseil de Paris

valide le choix de l'architecte David Mangin pour le réaménagement des Halles, dont le chantier débutera en 2006.

9 ART : Inauguration à Paris de l'Institut national d'histoire de l'art (INHA), qui regroupe institutions, associations et départements spécialisés des universités et sert de passerelle entre le monde de la recherche et celui des musées.

10 LITTÉRATURE : Décès à l'âge de 93 ans du romancier et éditeur Jean Cayrol. Auteur des *Poèmes de la nuit et du brouillard* (1947) et de *Muriel*, ouvrages portés à l'écran par Alain Resnais, il avait obtenu le prix Renaudot en 1947 et avait fait partie de l'académie Goncourt.

10 CINÉMA : Suicide du producteur Humbert Balsan, P-DG de la société Ognon Pictures, à l'âge de 50 ans.

11 LITTÉRATURE : Décès de l'auteur de science-fiction américain Jack Chalker à Baltimore. Il était âgé de 60 ans.

11 THÉÂTRE : Décès du dramaturge américain Arthur Miller, à l'âge de 89 ans. Son théâtre aborde les problèmes politiques et sociaux qui ont agité les États-Unis pendant un demi-siècle. *Mort d'un commis voyageur* ou *Les Sorcières de Salem* ont triomphé à Broadway, puis sur les scènes du monde entier. Il avait tenu tête avec courage aux attaques du maccarthysme, et son mariage avec Marilyn Monroe en avait fait une vedette.

11 THÉÂTRE : Décès du comédien et metteur en scène Raymond Hermantier qui mena une expérience rare en Afrique, où il travailla pendant près de trente ans, en particulier au théâtre Daniel-Sorano de Dakar.

11 ART : Les nouveaux espaces du Fonds régional d'art contemporain (FRAC) de la région Aquitaine sont inaugurés à Bordeaux, avec une exposition du plasticien Richard Fauguet.

12 ART : Inauguration à New York, dans Central Park, de l'installation monumentale *The Gates*, conçue par l'artiste Christo et sa femme Jeanne-Claude. Les 7 500 arches orange remportent un grand succès populaire mais les réactions du monde de l'art sont plus mitigées.

CHRISTO : AUX ORIGINES D'UNE ŒUVRE MONUMENTALE

1952-1956 : Christo étudie aux Beaux-Arts de Sofia. Il est chargé d'aménager les abords du train Orient-Express afin de donner aux passagers occidentaux une image riante de la Bulgarie.

1956-1958 : À Paris, Christo et Jeanne-Claude empaquettent des objets, se situant ainsi dans le Nouveau Réalisme.

1962 : Le 27 juin, à Paris, Christo barre la rue Visconti en empilant 240 bidons de pétrole sur 3,80 mètres de hauteur. L'œuvre s'intitule *Rideau de fer*.

1968 : Début des œuvres monumentales avec l'empaquetage de 5 600 mètres cubes d'air à la Documenta de Cassel.

1976 : *Running Fence* : une barrière de 40 kilomètres de tissu tendue entre la ville de Petaluma (Californie) et le Pacifique.

1983 : Il cerne onze îlots de Floride d'auréoles fuchsia.

1985 : Il emballe le Pont-Neuf à Paris.

1995 : Il emballe le Reichstag à Berlin (Allemagne).

1998 : Il emballe les arbres de la Fondation Bayeler à Bâle (Suisse).

→ *Portrait : Jeanne-Claude, l'art de n'être qu'un avec Christo (12 février).*

15 CHANSON : Décès à l'âge de 60 ans, des suites d'une longue maladie, du compositeur et chanteur Pierre Bachelet. Natif du Nord, grand admirateur de Jacques Brel, il avait chanté la poésie du pays des corons.

15 CINÉMA : Décès à l'âge de 57 ans du cinéaste philosophe et théoricien du film documentaire Pierre Baudry.

15 ÉDITION : Jacques Malaurie, fondateur de la célèbre collection des éditions Plon « Terre humaine » qui fête son cinquantième anniversaire, est reçu à l'Élysée par Jacques Chirac, qui rend un hommage public à cette *« formidable et exaltante aventure éditoriale »*.

15-24 MUSIQUE : Pierre Boulez dirige, pour ses 80 ans, deux concerts en France, l'un à la Cité de la musique de la Villette, l'autre à Orléans.

19 MUSÉES : Inauguration à Lyon du Musée international de la miniature qui accueille les œuvres de 150 artistes sur 1 500 mètres carrés d'exposition, sur une idée du réalisateur et producteur Luc Besson, qui souhaitait rendre hommage aux maquettistes du cinéma.

19 CINÉMA : La 55ᵉ Berlinale, festival international du film de Berlin, attribue son Ours d'or à *U-Carmen eKayelitsha* de Mark Dornford-May, adaptation sud-africaine de l'œuvre de Bizet.

20 LITTÉRATURE : Le journaliste et écrivain américain Hunter Thompson, auteur de *Las Vegas Parano* et inventeur du *gonzo journalism*, se suicide dans sa maison de Woody Creek, dans l'ouest du Colorado. Il était âgé de 67 ans.

21 LITTÉRATURE : Décès, à l'âge de 75 ans, de Guillermo Cabrera Infante, écrivain cubain auteur de *Trois tristes tigres*. En exil à Londres depuis près de quarante ans, cet anticastriste virulent a mêlé audace littéraire et culture populaire.

22 POÉSIE : Décès de Pierre Toreilles à Montpellier (Hérault), à l'âge de 84 ans. Il avait fondé dans cette ville la librairie Sauramps.

22 ART : Décès à Rome de Titina Maselli, peintre et scénographe italienne, des suites d'un problème cardiaque.

22 CINÉMA : Décès, à l'âge de 93 ans, de l'actrice Simone Simon. Ancien mannequin ayant débuté au cinéma en 1931, sa carrière lui a donné, en France avec Jean Renoir — dans *La Bête humaine* —, aussi bien qu'à Hollywood —dans *La Féline* (*Cat People*) de Jacques Tourneur —, des rôles au charme acide.

26 CINÉMA : La 30ᵉ cérémonie des Césars consacre le cinéma indépendant, en attribuant quatre Césars, dont ceux du meilleur film et du meilleur réalisateur, à *L'Esquive*, d'Abdellatif Kechiche, et deux à *Quand la mer monte...* de Yolande Moreau (meilleure actrice) et Gilles Porte. Les favoris, et succès grand public de l'année 2004, *Les Choristes* de Christophe Barratier et *Un long dimanche de fiançailles* de Jean-Pierre Jeunet, obtiennent respectivement deux et cinq Oscars (dont trois « techniques »).

26 LITTÉRATURE : Décès, à l'âge de 77 ans, à Angers, de Geneviève Bollème, historienne de la littérature populaire.

27 CINÉMA : En fermant sa salle du Palais de Chaillot, la Cinémathèque française clôt une période historique, avant de se réinstaller dans de nouveaux locaux à Paris-Bercy.

27 CINÉMA : La 77ᵉ cérémonie de remise des Oscars distingue *Million Dollar Baby*, de Clint Eastwood, avec quatre trophées, dont celui du meilleur film et du meilleur réalisateur, alors que le favori, *Aviator*, de Martin Scorsese, nommé onze fois, n'obtient que celui du meilleur second rôle féminin.

28 ITALIE : Décès, à l'âge de 90 ans, de Mario Luzi, figure majeure de la poésie italienne, à Florence où il résidait. En octobre 2004, il avait été nommé sénateur à vie, honneur qui compensait, au niveau national, un prix Nobel auquel on le disait chaque année promis, mais qu'il n'obtint jamais. ■

Sport

1er ALPINISME : Décès de l'Allemand Anderl Heckmair, à l'âge de 98 ans, soixante-six ans après la première ascension de la face nord de l'Eiger, entre le 21 et le 24 juillet 1938.

2 BOXE : Décès de l'ancien champion du monde allemand des poids lourds, Max Schmeling, à l'âge de 99 ans. Il devint le seul et unique boxeur allemand champion du monde toutes catégories en battant l'Américain Jack Sharkey le 12 juin 1930 à New York.

2 VOILE : Le Français Vincent Riou, sur monocoque *PRB*, remporte aux Sables-d'Olonne la 5e édition du Vendée-Globe, le tour du monde à la voile en solitaire, sans escale et sans assistance. Avec 87 jours, 10 heures et 47 minutes de course, il bat le record de Michel Desjoyeaux de plus de cinq jours, sur le même bateau. **Le 3**, le Français Jean Le Cam (sur *Bonduelle*) prend la deuxième place, sept heures seulement après Riou, suivi, **le 4**, par l'Anglais Mike Golding (sur *Ecover*), qui finit troisième.

6 MOTO : Le Français Arnaud Demeester (Yamaha) remporte la 30e édition de l'Enduro du Touquet (Pas-de-Calais), devant ses compatriotes Timoteï Potisek et Thierry Béthys, tous deux sur Honda. Entre 300 000 et 500 000 personnes assistent à la dernière édition de la course dans la version empruntant une section de dunes, la municipalité ayant renoncé à l'organiser sous cette forme après

2005 en raison des recours des défenseurs de l'environnement.

6 HANDBALL : À Radès, en Tunisie, l'équipe d'Espagne remporte aisément (40-34) la finale des championnats du monde face à la Croatie, tenante du titre. L'équipe de France, dirigée pour la dernière fois par Jackson Richardson, ramène une médaille de bronze en battant la Tunisie, pays organisateur, d'un seul point (26-25).

7 VOILE : La navigatrice britannique Ellen MacArthur, 28 ans, bat le record du tour du monde en solitaire à bord de son trimaran *Castorama* en franchissant, au large de l'île d'Ouessant, la ligne d'arrivée de ce périple de 42 000 kilomètres sans escale après 71 jours, 14 heures, 18 minutes et 33 secondes, améliorant d'un jour, 8 heures, 35 minutes et 49 secondes le record établi en 2004 par le Français Francis Joyon.

8 FOOTBALL : Dix-neuf mois après son arrivée à la tête de l'équipe du Paris-Saint-Germain, Vahid Halilhodzic est démis de ses fonctions, payant ainsi pour les mauvais résultats du club. Il s'agit du septième entraîneur de Ligue 1 remercié depuis le début de la saison 2004-2005.

9 VOILE : L'hydroptère, trimaran volant au-dessus des flots, barré par le skipper Alain Thébault, bat le record symbolique de traversée de la Manche établi en 1909 par l'aviateur Louis Blériot, en parcourant la distance Douvres-Calais en 34 minutes 24 secondes.

12 FOOTBALL : Jean-Pierre Escalettes, élu président de la Fédération française de football en remplacement de Claude Simonet qui ne briguait pas de nouveau mandat, veut « *faire entendre la voix de la base* » au football français.

13 FORMULE 1 : Décès à l'âge de 87 ans du pilote français Maurice Trintignant, à l'hôpital de Nîmes (Gard). L'oncle de l'acteur Jean-Louis, surnommé « Pétoulet » sur les circuits, a couru 82 grands prix de Formule 1 et remporté deux fois le Grand Prix de Monaco, en 1955 sur Ferrari puis en 1958 sur Cooper.

13 SKI ALPIN : La France n'obtient qu'une seule médaille aux championnats du monde : le bronze pour une nouvelle épreuve par équipe qui comprend le superG et le slalom.

16 DOPAGE : Le ministre de la jeunesse et des sports, Jean-François Lamour, présente devant le Conseil des ministres sa loi antidopage, qui prévoit notamment la mise en conformité des règles françaises avec les normes internationales édictées par l'Agence mondiale antidopage (AMA).

17 FOOTBALL : Le ministère des finances lance une opération « *mains propres* » en faisant effectuer 19 perquisitions aux sièges de clubs, de chaînes de télévision, d'instances dirigeantes et de sociétés de marketing. Cette vaste opération cherche à vérifier si les règles de la concurrence sont respectées en matière de droits TV, mais aussi de vente de produits dérivés.

20 SKI DE FOND : En remportant le titre de la double poursuite, Vincent Vittoz devient, à 29 ans, le premier Français champion du monde dans la discipline, deux semaines après avoir été blanchi de soupçon de dopage après un contrôle.

22 SKI : Décès d'Honoré Bonnet, ancien entraîneur de l'équipe de France de ski alpin, le « Père la Victoire » des JO de Grenoble en 1968, à la suite d'un malaise cardiaque. Il était âgé de 85 ans.

23 RUGBY : Décès de Jean Prat, « Monsieur Rugby », à l'âge de 81 ans, à Tarbes. Sélectionné cinquante et une fois dans l'équipe de France dans les années 1940 et 1950, il en a été le capitaine à douze reprises.

Mars

- Le succès de la journée d'action sur les salaires amène le gouvernement à «lâcher du lest» sur ceux des fonctionnaires

- La montée du «non» au référendum sur la Constitution européenne alarme la classe politique

- L'adoption de la loi Fillon réformant l'éducation nationale provoque des manifestations lycéennes

- La journaliste française Florence Aubenas, otage en Irak, lance un appel à Didier Julia

- Le projet de directive Bolkestein sur la libéralisation des services sera modifié

- La Syrie entame son retrait du Liban

- Révolution au Khirgizstan

- Assassinat du chef des indépendantistes tchétchènes

- Lancement de la télévision numérique terrestre (TNT)

- Bruno Peyron bat le record du tour du monde en équipage à la voile et s'empare du Trophée Jules-Verne

France

1er RÉFÉRENDUM : Au lendemain de la victoire en Espagne du « oui » au référendum sur le projet de Traité constitutionnel européen, le 20 février, le président du gouvernement espagnol, José Luis Rodriguez Zapatero, vient à Paris s'exprimer à la tribune de l'Assemblée nationale, et répond aux questions d'un orateur de chaque groupe politique. **Le 4**, après avoir consulté les chefs des partis politiques sur la date du scrutin, Jacques Chirac annonce que le référendum français aura lieu le dimanche 29 mai. **Le 6**, le conseil national de l'UMP, réuni à Paris, plébiscite à 90,8 % le *« oui franc et massif »* préconisé par Nicolas Sarkozy, et défend un *« partenariat privilégié »* avec la Turquie. **Le 12**, François Hollande réunit à Paris les partisans socialistes du « oui », alors que les prises de position de Laurent Fabius, Henri Emmanuelli et Jean-Luc Mélenchon en faveur du « non » ouvrent une crise au sein du PS. **Le 18**, pour la première fois, un sondage publié par *Le Parisien* est favorable au « non », qui l'emporterait par 51 %, notamment chez 59 % des sympathisants socialistes, tendance qui sera confirmée par les sondages suivants et qui accroît l'inquiétude au sein du PS. **Le 21**, François Bayrou demande à Jacques Chirac de s'engager «*fortement*» pour le oui. **Le 24**, le premier ministre déclare, sur TF1, qu'il sera «*le chef de la campagne d'explication*» de la Constitution, balayant les craintes que son impopularité suscite dans son propre camp. **Le 27**, depuis le Japon, où il est en visite officielle, Jacques Chirac déclare que le résultat du référendum engagera, «*pour les décennies à venir, la France et les Français*».

1ᵉʳ FINANCES PUBLIQUES : L'INSEE publie les chiffres pour 2004 du déficit public, qui a atteint 3,7 % du PIB, et de la dette publique, qui enregistre un nouveau record, à 1 065,7 milliards d'euros, soit 65,6 % du PIB. Dans les deux cas, la France dépasse les limites fixées par le pacte de stabilité européen.

2 POLITIQUE ÉCONOMIQUE : Intervenant pour la première fois à l'Assemblée nationale, ainsi que le soir même au journal télévisé de France 2, le nouveau ministre de l'économie Thierry Breton promet aux élus et aux Français de leur «*rendre des comptes tous les six mois*». Il déclare vouloir baisser les déficits afin de dégager des marges de manœuvre pour l'emploi.

→ *Portrait de Thierry Breton, page «Horizons» (24 mars).*

2 TRANSPORTS : Au terme de plusieurs mois de négociations, la Commission européenne autorise les aides publiques à la SNCF en échange d'une baisse de 10 % du trafic marchandises sur trois ans.

2 JUSTICE : Ancien responsable nationaliste et président de la Chambre de commerce et d'industrie (CCI) de Corse-du-Sud de 1994 à 1998, Gilbert Casanova est condamné à trois ans de prison ferme pour

« *banqueroute et abus de biens sociaux* » par la cour d'appel de Bastia.

2 ENSEIGNEMENT : Acte exceptionnel dans la haute fonction publique, Nicole Belloubet-Frier, rectrice de l'académie de Toulouse, démissionne, estimant ne pas disposer de moyens suffisants pour accomplir correctement sa mission. Elle est remplacée à sa demande par un nouveau recteur, Christian Merlin, jusqu'alors en poste à la Réunion.

3 ENSEIGNEMENT : L'université Lyon III exclut Bruno Gollnisch pour cinq ans en raison des propos ambigus sur la Shoah tenus lors d'une conférence de presse, le 11 octobre 2004. C'est la première fois dans l'histoire de l'université française qu'un enseignant soupçonné de propos négationnistes écope d'une sanction aussi lourde. Le bras droit de Jean-Marie Le Pen, âgé de 55 ans, qualifie cette décision d'« *illégale et injuste* ».

3 POLYNÉSIE : Le dirigeant indépendantiste Oscar Temaru est élu président par l'Assemblée polynésienne en remplacement du sénateur UMP Gaston Flosse, renversé le 18 février par une motion de censure. Oscar Temaru, 60 ans, chef de file de l'Union pour la démocratie (UPLD), a obtenu 29 voix sur 57, contre 26 à son rival Gaston Tong Sang, 55 ans, candidat du Tahoera Huiraatira (parti de Gaston Flosse).

3 DISCRIMINATIONS : Jacques Chirac nomme Louis Schweitzer, l'actuel P-DG de Renault, à la présidence de la Haute Autorité de lutte contre les discriminations et pour l'égalité (Halde), qui comptera également parmi ses membres Nicole Notat et Fadela Amara.

5 SERVICES PUBLICS : Une journée de défense des services publics, à Guéret (Creuse), zone de désertification rurale, se transforme en manifestation en faveur du « non » à la Constitution européenne. François Hollande, premier secrétaire du PS, et partisan du « oui », y est accueilli à coups de boules de neige.

5 IMPÔTS : Le nouveau ministre de l'économie Thierry Breton porte plainte pour « *disparition de documents* » concernant les déclarations d'impôts de Claude Chirac, fille du chef de l'État, des anciens premiers ministres socialistes Laurent Fabius et Lionel Jospin, de la ministre des affaires européennes Claudie Haigneré, ainsi que celle d'Hervé Gaymard, ancien ministre de l'économie. **Le 16**, on apprend qu'un inspecteur des impôts serait à l'origine de cette disparition, déclarant les avoir détruits « *par inadvertance* ». Sans être déféré devant la justice, il risque des « *sanctions internes* ».

6 SYNDICALISME : Décès, à l'âge de 78 ans, de Claude Massu, ancien président de la Confédération nationale du logement (CNL). Il avait consacré sa vie au logement social et à la reconnaissance du syndicalisme de locataires.

7 BOURSE : L'indice CAC 40 franchit le seuil des 4 100 points, retrouvant ainsi son niveau de juin 2002.

8 NUCLÉAIRE : Frédéric Lemoine, un inspecteur des finances de 39 ans, remplace Philippe Pontet à la présidence du conseil de surveillance du groupe nucléaire Areva — le seul au monde à maîtriser tout le cycle nucléaire (extraction de l'uranium, construction de centrales, retraitement des déchets).

8 DISTRIBUTION : Les Centres Leclerc lancent une enseigne d'articles de sport en inaugurant leur premier magasin à Chambly, dans l'Oise.

8 ENSEIGNEMENT : De 165 000 à 200 000 élèves défilent à Paris, où la manifestation est ternie par les exactions de casseurs, et dans plusieurs grandes villes de province, pour demander le retrait du projet de loi sur l'école. Le ministre de l'éducation nationale, François Fillon, leur répond le soir même qu'il n'abandonnera pas son texte. **Le 15**, jour où le projet de loi est examiné par le Sénat, ont lieu de nouvelles manifestations lycéennes, moins suivies que la précédente. À Paris, le défilé réunit de 6 000 à 20 000 lycéens, sous haute surveillance pour éviter les agressions des casseurs qui s'en prennent, fait nouveau, aux jeunes manifestants eux-mêmes, ce qui génère une polémique sur l'existence d'un « *racisme anti-Blancs* » chez certains jeunes des banlieues. **Le 24**, les syndicats lycéens tentent de freiner l'essoufflement de la mobilisation en appelant à multiplier les opérations d'occupation des lycées. Le même jour, l'Assemblée nationale et le Sénat adoptent définitivement le projet de loi Fillon sur l'école, rebaptisé « loi d'orientation et de programme pour l'avenir de l'école ». Elle entrera en application de manière échelonnée à partir de la rentrée scolaire de septembre.

LES PRÉCÉDENTES MOBILISATIONS DANS L'ENSEIGNEMENT SECONDAIRE

4 décembre 1986 : 192 000 lycéens et étudiants, selon la police, un million selon les organisateurs, défilent à Paris lors d'une manifestation nationale contre le projet de loi sur les universités présenté par Alain Devaquet. Le 27 novembre, 600 000 manifestants avaient été recensés par la police sur l'ensemble du territoire, dont 92 000 à Paris.

12 novembre 1990 : 300 000 lycéens ont manifesté dans toute la France, dont 100 000 à Paris, pour réclamer au ministre de l'éducation nationale, Lionel Jospin, une amélioration de leurs conditions de travail.

25 mars 1994 : Les défilés contre le projet de création du contrat

d'insertion professionnelle (CIP) défendu par le gouvernement Balladur ont rassemblé 30 000 manifestants à Paris, 20 000 à 30 000 à Lyon, de 12 000 à 15 000 à Toulouse, 11 000 à Nantes, 10 000 à Grenoble…

20 octobre 1998 : 300 000 lycéens se sont mobilisés dans toute la France pour réclamer de meilleures conditions d'études à Claude Allègre. Le 15 octobre, ils étaient 500 000 lycéens à défiler, dont 30 000 à Paris.

1ᵉʳ octobre 1999 : 156 000 lycéens, selon la police, ont manifesté dans 80 départements pour exiger l'application du plan d'urgence sur les lycées promis par le ministre de l'éducation nationale, Claude Allègre.

→ *La sage révolte des lycéens de Blois, page « Horizons » (8 mars).*
→ *Portrait de Constance Blanchard, page « Horizons » (9 mars).*

8 PRESSE : L'assemblée générale de la Société des rédacteurs du *Monde* (SRM) approuve, à 63,5 %, le projet de recapitalisation qui prévoit l'entrée au capital du Monde SA de nouveaux actionnaires, dont le groupe Lagardère (entre 15 et 17 %) et le groupe espagnol Prisa (*El Pais*, de 13 à 15 %). **Le 16,** le conseil de surveillance du *Monde* approuve ce plan de recapitalisation.

8 VITICULTURE : Près de 7 000 viticulteurs de la région Languedoc-Roussillon manifestent à Montpellier pour protester contre l'insuffisance des soutiens à leur politique de restructuration.

9 ENVIRONNEMENT : Le ministre de l'écologie et du développement durable, Serge Lepeltier, présente au Conseil des ministres un projet de loi sur l'eau, qui ménage les agriculteurs et irrite les écologistes.

9 RECHERCHE : 7 000 chercheurs manifestent à Paris et en province pour *« un autre projet »* De jeunes scientifiques signent une lettre de *« non* *démission* », un an après l'action collective de leurs aînés qui avaient démissionné de leurs responsabilités administratives.

10 SOCIAL : La Journée nationale d'action sur les salaires, l'emploi et les 35 heures mobilise entre 570 000 et un million de manifestants, selon les sources — policières ou syndicales. Aux salariés du secteur public — les transports sont particulièrement perturbés — se joignent des délégations du secteur privé. **Le 13**, le premier ministre Jean-Pierre Raffarin se déclare prêt à entamer des négociations sur la rémunération des fonctionnaires, en échange d'une modernisation profonde de l'État. **Le 15**, dans un entretien au *Monde*, Ernest-Antoine Seillière, président du Medef, renvoie aux entreprises la responsabilité de fixer le niveau des rémunérations, et juge le SMIC trop élevé. Le même jour, l'Institut national de la statistique et des études économiques (INSEE) publie une étude montrant qu'en 2003 le salaire net moyen mensuel, dans le secteur privé et semi-public, a baissé de 0,3 % par rapport à l'année précédente en prenant en compte l'inflation. De son côté, *Les Échos* révèlent qu'en 2004, le nombre de bénéficiaires du revenu minimum d'insertion (RMI) a augmenté de 9 %, s'élevant à 1,061 million contre 973 000 fin 2003. **Le 16**, lors de sa première conférence de presse en tant que ministre de l'économie, Thierry Breton annonce la possibilité pour les entreprises bénéficiaires de distribuer une prime exceptionnelle d'intéressement. **Le 17**, lors de la convention sociale de l'UMP, son président, Nicolas Sarkozy, défend l'idée d'un contrat de travail unique et se prononce pour une « *augmentation immédiate* » du pouvoir d'achat. **Le 18**, les premières discussions patronat-syndicats se soldent par un échec. **Le 19**, le viceprésident du Medef, Guillaume Sarkozy, déclare sur Europe 1 qu'« *il n'y aura pas d'ouverture* *de négociations salariales dans le secteur privé* ». **Le 23**, devant le Conseil économique et social, Jean-Pierre Raffarin annonce des mesures destinées à relancer la consommation. Les sommes qui sont versées par les entreprises à leur personnel, au titre de la participation, seront immédiatement disponibles.

13 ENVIRONNEMENT : Selon *Le Journal du Dimanche*, la tour Montparnasse à Paris, le plus haut édifice d'Europe, où travaillent 5 000 personnes, serait « *truffée d'amiante* ».

13 ÉLECTION LÉGISLATIVE : Le président de l'UMP, Nicolas Sarkozy, retrouve dès le premier tour son siège de député des Hauts-de-Seine, à la faveur d'une élection législative partielle dans la 6e circonscription de ce département (communes de Puteaux et de Neuilly).

14 BANQUES : Le groupe Caisse d'épargne entérine sa décision d'entrer dans le capital de la banque d'affaires Lazard à l'occasion de sa future entrée en Bourse.

15 ARMÉE : Le Parlement adopte définitivement la réforme du statut des militaires. Le texte les libère de l'autorisation préalable avant toute prise de parole publique, et leur permet d'exercer des responsabilités associatives. Mais il réaffirme l'interdiction de faire grève et d'adhérer à un parti politique.

15 ISLAM : Bondy inaugure la première mosquée édifiée en Seine-Saint-Denis. La construction de ce lieu de culte dans le premier département musulman de France a été financée par les fidèles eux-mêmes et non, comme auparavant, par des pays étrangers. **Le 21,** la création d'une Fondation pour l'islam de France devrait permettre de rassembler les capitaux nécessaires à la construction de lieux de culte. **Le 26,** lors de leur 22e rencontre annuelle, organisée par l'Union des organisations islamiques de France (UOIF), les musulmans de France donnent des signes d'union et de modération et font l'éloge d'un islam républicain.

16 PRIVATISATIONS : Thierry Breton, ministre des finances, annonce la mise en Bourse partielle de Gaz de France « *avant l'été* » et réaffirme sa volonté de faire de même avec EDF « *avant la fin de l'année* ». Mais le groupe nucléaire Areva attendra, lui, 2006.

16 BANQUES : La France autorise officiellement la rémunération des comptes bancaires.

17 ACCIDENT : Aéroports de Paris (ADP) choisit la solution de la démolition, puis de la reconstruction, de la voûte de la jetée d'embarquement du terminal 2E, à la suite de l'effondrement d'une partie de cette jetée, le 23 mai 2004.

17 JUSTICE : En déclassant des documents classés secret-défense depuis 1994, le premier ministre Jean-Pierre Raffarin relance le procès des écoutes téléphoniques menées par la cellule de l'Élysée sous la présidence de François Mitterrand. Débutée le 15 novembre 2004, la dernière audience, le 23 février, avait différé le jugement en avril. Le procès devrait reprendre en septembre.

18 INDUSTRIE : Le premier conseil de surveillance du nouveau groupe Snecma-Sagem choisit le nom de Safran pour sa holding de tête, concrétisant le rapprochement entre le motoriste public et l'électronicien privé.

21 JUSTICE : Mis en examen par le juge Jean-Louis Périès pour « *manœuvres frauduleuses de nature à porter atteinte à la sincérité du scrutin* », Jean Tiberi réfute, au cours de son audition, les soupçons dont il est l'objet dans l'affaire des faux électeurs du 5e arrondissement de Paris.

21 GRÈVES : Un mouvement de grève touche

le réseau de Paris-Est, puis s'étend le 23 à Paris-Nord. Les agents de conduite contestent le nouveau système de notation au mérite.

24 PARITÉ : La ministre de la parité et de l'égalité professionnelle, Nicole Ameline, présente au Conseil des ministres un projet de loi sur l'égalité salariale entre hommes et femmes, prévoyant de rendre l'ouverture de négociations sur l'égalité obligatoire pour que les accords salariaux entre syndicats et patronat soient appliqués.

25 RADIOACTIVITÉ : Selon un rapport remis par les experts au juge d'instruction Marie-Odile Bertella-Geoffroy, les autorités françaises ont dissimulé les informations sur les retombées du nuage radioactif consécutif à l'explosion de la centrale de Tchernobyl (ex-URSS) en 1986.

25 JUSTICE : Le non-lieu dans le volet *« viols et proxénétisme aggravé »* de l'affaire Alègre blanchit Dominique Baudis et Marc Bourragué, qui avaient été accusés par des prostituées.

29 FONCTIONNAIRES : N'ayant pu trouver un accord avec les syndicats, le ministre de la fonction publique, Renaud Dutreil, décide d'appliquer unilatéralement une revalorisation supplémentaire de 0,8 % des salaires en 2005. Cette hausse s'ajoute à celle de 1 % décrétée en décembre 2004.

30 SOLIDARITÉ : Jean-Pierre Raffarin met en place un « comité d'évaluation » du dispositif de la journée nationale de solidarité, prévue le lundi de Pentecôte. Le lundi de Pâques, censé être travaillé dans le Gard pour des raisons économiques locales (la feria de Nîmes), donne lieu à la plus grande confusion.

31 AFFAIRE ELF : La cour d'appel de Paris alourdit les peines contre André Tarallo et André Guelfi en les condamnant respectivement à sept ans de prison et dix-huit mois fermes.

31 AGRICULTURE : Jean-Michel Métayer est réélu à la présidence de la FNSEA pour trois ans. ◼

International

1er URUGUAY : Avec la prise de fonctions de Tabaré Vazquez, élu en octobre 2004, et premier président socialiste de l'histoire de l'Uruguay, une coalition allant des anciens guérilleros Tupamaros à des centristes arrive au pouvoir dans l'ancienne « *Suisse de l'Amérique latine* ».

1er ÉTATS-UNIS : Par cinq voix contre quatre, les juges de la Cour suprême des États-Unis abolissent la peine de mort pour les mineurs. 72 mineurs attendent leur exécution dans les « *couloirs de la mort* ».

1er IRAK : La diffusion de deux cassettes vidéo prouve que la journaliste de *Libération* Florence Aubenas, dont on était sans nouvelles depuis son enlèvement à Bagdad le 5 janvier, est vivante. Particulièrement éprouvée, elle appelle à l'aide le député français Didier Julia (UMP), qui avait tenté, en septembre 2004, de faire libérer les deux journalistes français Christian Chesnot et Georges Malbrunot, initiative qui avait alors été décriée. **Le 2**, à l'Assemblée nationale, le premier ministre Jean-Pierre Raffarin demande au député de livrer les informations qu'il possède. Mais **le 3**, dans une déclaration solennelle, le premier ministre écarte tout recours à des intermédiaires pour obtenir la libération de la journaliste et de son guide-traducteur Hussein Hanoun. **Le 4**, la libération de la journaliste italienne d'*Il Manifesto*, Giuliana Sgrena, tourne au drame. Le convoi qui la conduisait à l'aéroport est pris sous le feu de tirs américains, et l'otage, blessée à l'épaule, n'est sauvée que grâce au sacrifice du chef des services secrets italiens en Irak, Nicola Calipari. Le président du conseil italien, Silvio Berlusconi, demande au chef de la Maison-Blanche «*des éclaircissements sur le comportement des militaires américains*»; celui-ci exprime ses «*regrets*» et promet une «*enquête complète*». **Le 7**, l'Italie rend à Nicola Calipari un hommage émouvant lors d'obsèques nationales célébrées à Rome, en présence d'une foule immense. **Le 8**, cédant à la pression de ses pairs, le député Didier Julia se met «*en congé*» du groupe UMP de l'Assemblée nationale, suite à sa déclaration la veille sur une chaîne de télévision italienne : «*Si c'était la fille de M. Raffarin qui était prisonnière, [...] les négociations auraient déjà commencé et seraient peut-être déjà achevées.*» **Le 11**, Serge July, directeur de *Libération*, se rend à Bagdad pour une visite de trois jours.

→ *Le cas Julia, page «Horizons» (10 mars).*

1er ARGENTINE : Le président Nestor Kirchner prononce la fin du moratoire sur la dette argentine, qui durait depuis trois ans.

1er LIBAN : Dans un entretien au magazine *Time*, le président syrien, Bachar al-Assad, déclare que l'armée syrienne retirera ses troupes du Liban «*dans les prochains mois*». **Le 5**, devant le Parlement, il confirme cette annonce, mais sans donner de calendrier précis, alors que la résolution 1559 de l'ONU prévoyait un retrait «*immédiat*». Washington déclare vouloir «*maintenir la pression*» sur la Syrie. **Le 8,** à l'appel du Hezbollah, parti chiite pro-syrien, environ 200 000 personnes défilent à Beyrouth, huant la France et les États-Unis. **Le 10**, le président libanais Émile Lahoud charge le pro-syrien Omar Karamé, premier ministre démissionnaire le

28 février, de former un nouveau gouvernement.
Pour l'opposition, il s'agit d'« *un nouvel assassinat de
Rafic Hariri et d'un défi à l'opinion publique* », tandis
que Walid Joumblatt affiche sa « *déception* ». **Le 14**,
un mois jour pour jour après l'assassinat de l'ancien
premier ministre Rafic Hariri, l'opposition réunit à
Beyrouth plusieurs centaines de milliers de manifestants afin de contrecarrer l'impression de force
donnée, le 8 mars, par les loyalistes sous l'égide du
Hezbollah. Ce nouveau rassemblement de masse
intervient au lendemain d'une autre manifestation
qui a regroupé entre 200 000 et 300 000 personnes à
Nabatiyé, au sud du Liban, dans le fief du Hezbollah. **Le 16**, les agents des services de renseignements
syriens quittent leur quartier général de Beyrouth.
Le 17, Damas considère que la première phase de
son repli est terminée. **Du 19 au 26**, trois attentats
à la voiture piégée à Beyrouth, faisant deux morts et
une vingtaine de blessés, font craindre une tentative
de déstabilisation du pays.

1ᵉʳ SUISSE : Le banquier français Édouard
Stern est retrouvé mort à Genève, où il vivait depuis
plus de quinze ans. **Le 15**, sa maîtresse reconnaît
être l'auteur de l'assassinat, dont les motifs pourraient être personnels ou financiers.

2 GRANDE-BRETAGNE : Shabina Begum,
16 ans, britannique et musulmane fervente, défen-
due par l'avocate Cherie Booth, épouse du premier
ministre, obtient de la justice l'autorisation de porter à l'école le *jilbab*, une longue robe traditionnelle
qui ne laisse apparaître que les mains et le visage.

→ *Portrait de Cherie Blair, page «Horizons»*
(9 mars).

2 TOGO : Six partis de l'opposition togolaise
«radicale» acceptent de prendre part à l'élection
présidentielle qui doit marquer, le 24 avril, la fin de
la période de transition troublée ouverte le 5 février

par la mort brutale du président Gnassingbé Eyadéma. **Le 13**, ses obsèques rassemblent des milliers de Togolais et se déroulent en présence de cinq chefs d'État africains.

3   IRAK : Selon un décompte de l'agence américaine Associated Press, le nombre des militaires américains tués en Irak depuis le début de l'invasion du pays a atteint le seuil symbolique des 1 500 victimes. **Le 15**, le président du conseil Silvio Berlusconi annonce le retrait progressif du contingent italien d'Irak (3 000 hommes) à partir de septembre, mais doit revenir sur son annonce le lendemain, après intervention de George Bush et de Tony Blair. **Le 16**, les 275 élus de l'Assemblée nationale transitoire irakienne issue des élections du 30 janvier se réunissent pour la première fois. Mais **le 29**, ils se révèlent incapables de se doter d'un président. **Le 31**, la Bulgarie, l'Italie et l'Ukraine annoncent le retrait partiel ou total de leurs troupes.

3   CORÉE DU NORD : Après s'être proclamée puissance nucléaire, la Corée du Nord met fin au moratoire sur les essais de missiles qu'elle avait souscrit, en 1999, après le survol de l'archipel japonais par un Taepondong-1 d'une portée de 2 500 kilomètres.

3   PÉTROLE : Conséquence de la vague de froid qui touche l'hémisphère Nord, le prix du baril de la mer du Nord atteint le prix de 53 dollars à Londres, dépassant largement son précédent record (51,65 dollars le 26 octobre 2004).

3   TEXTILE : L'Organisation mondiale du commerce (OMC) confirme en appel la condamnation des subventions américaines sur le coton, donnant ainsi raison au Brésil.

4   UKRAINE : L'ancien ministre de l'intérieur Iouri Kravtchenko est retrouvé mort dans sa datcha des environs de Kiev. Il devait être entendu par le parquet sur le meurtre, en 2000, du journaliste Georgui Gongadzé. **Le 10**, l'ancien président Léonid Koutchma est entendu dans le cadre de l'enquête.

6 MOLDAVIE : Les communistes au pouvoir remportent les élections législatives avec 46,1 % des voix, obtenant ainsi 56 des 101 sièges de l'assemblée, contre 71 précédemment. Mais ce score est toutefois insuffisant pour assurer la réélection du président sortant Vladimir Voronine.

6 BOURSE : La direction de l'entreprise qui gère la Bourse de Francfort annonce qu'elle retire l'offre informelle de rachat du London Stock Exchange (LSE) qu'elle avait déposée le 27 janvier.

6 CHILI : Décès à l'âge de 63 ans de Gladys Marin, « *la Pasionaria chilienne* », ancienne présidente du Parti communiste chilien.

7 JAPON : Pour la première fois de son histoire, Sony confie le poste de P-DG à un Américain. Howard Stringer, P-DG de la filiale américaine du groupe, est nommé à un moment où le groupe japonais perd sa suprématie dans l'électronique grand public.

7 RÉPUBLIQUE DOMINICAINE : Une mutinerie lors d'un incendie dans la prison d'Higüey, près de Saint-Domingue, provoque au moins 133 morts.

7 ONU : Le président George Bush nomme John Bolton ambassadeur des États-Unis auprès de l'ONU. Le choix de ce « *faucon* » néo-conservateur est jugé « *inexplicable* » par l'ancien candidat démocrate John Kerry.

7 TERRORISME : Après trois ans de détention, les derniers prisonniers français de Guantanamo sont libérés et regagnent la France, où ils sont placés en garde à vue dès leur arrivée. Redouane Khalid, Khaled Ben Mustapha et Mustaq Ali Patel ne présenteraient plus un grand intérêt pour les services antiterroristes américains. **Le 9**, deux d'entre eux sont remis en liberté, dont un sans être mis en examen, les enquêteurs s'étonnant que cet homme, qui n'a jamais eu d'engagement radical, ait été emprisonné durant trois ans. **Le 25**, Redouane Khalid est incarcéré après deux semaines de liberté.

7 AÉRONAUTIQUE : Le P-DG de Boeing, Harry Stonecipher, est démis de ses fonctions pour avoir entretenu une liaison avec une cadre de l'entreprise. **Le 8**, dans un entretien publié par le *Wall Street Journal Europe*, il avoue avoir violé les règles qu'il avait lui-même édictées.

7 INFORMATIQUE : Les gouvernements des 25 pays de l'Union européenne adoptent le projet controversé de directive destiné à breveter les innovations informatiques.

7 AFRIQUE DU SUD : Le conseil municipal de la capitale, Pretoria, entérine le changement de nom de la ville, qui s'appellera désormais Tshwane, nom donné par un ancien chef de tribu à une petite rivière de la région.

8 BOLIVIE : Le Parlement rejette la démission du président Carlos Mesa par un vote à main levée. Les partis d'opposition et les chefs indigènes avaient appelé Mesa à revenir sur une démission surprise annoncée deux jours auparavant, face aux manifestations de la majorité indienne.

8 TCHÉTCHÉNIE : Le chef des indépendantistes tchétchènes Aslan Maskhadov, est tué au cours d'une opération spéciale des services secrets dans un village des environs de la capitale, Grozny. Le président russe Vladimir Poutine se réjouit d'avoir «*éliminé*» ce «*terroriste international*». **Le 10**, les séparatistes tchétchènes se rangent derrière un nouveau chef, Abdoul Khalim Sadoulaev. **Le 14**, des défenseurs russes des droits de l'homme demandent aux autorités russes de rendre à sa famille la dépouille de l'ancien dirigeant indépendantiste.

TCHÉTCHÉNIE :
DEUX GUERRES EN DIX ANS

11 décembre 1994 : Boris Eltsine ordonne le début de l'opération militaire russe en Tchétchénie pour « *rétablir l'ordre constitutionnel* ». République de la Fédération de Russie, peuplée de 1,2 million d'habitants, la Tchétchénie s'était proclamée indépendante en 1991. Elle avait élu le 27 octobre 1991 un président, l'ex-général de l'armée soviétique Djokhar Doudaev. Une opposition armée, soutenue par Moscou, tentait de le renverser. Aslan Maskhadov devient chef d'état-major des Tchétchènes.

Juin 1995 : Prise d'otages dans le sud de la Russie par un commando du chef de guerre tchétchène Chamil Bassaev.

21 avril 1996 : Un missile russe tue Djokhar Doudaev alors qu'il utilise un téléphone satellite.

Août 1996 : Les forces tchétchènes commandées par Maskhadov reprennent Grozny. Moscou accepte des négociations de paix et retire ses troupes. Le conflit a fait entre 50 000 et 80 000 morts.

1996-1999 : Indépendance *de facto* de la Tchétchénie. Élu président début 1997, Aslan Maskhadov signe en mai un traité de paix au Kremlin. Il voyage à l'étranger, mais perd du terrain en Tchétchénie face aux islamistes. La charia est proclamée.

Août-septembre 1999 : Des attentats, attribués par Moscou aux Tchétchènes, font 300 morts en Russie. Des hommes de Bassaev mènent des attaques au Daghestan pour édifier un « califat » islamiste dans le Caucase du Nord.

1er octobre 1999 : Nouvelle intervention russe en Tchétchénie. La popularité du nouveau premier ministre, Vladimir Poutine, qui a promis de « *buter les bandits dans les chiottes* », grimpe.

31 décembre 1999 : Vladimir Poutine devient président. Les exactions se multiplient contre les civils en Tchétchénie.

Octobre 2002 : Prise d'otages dans un théâtre à Moscou par un groupe tchétchène se revendiquant de Bassaev. L'assaut lancé par les forces de l'ordre, après diffusion d'un gaz toxique, fait 130 morts.

Septembre 2004 : Prise d'otages dans l'école de Beslan en Ossétie, par un groupe islamiste composé de Tchétchènes, d'Ingouches et d'un Ossète. Plus de 344 morts.

8 KOSOVO : Le premier ministre du Kosovo, Ramush Haradinaj, démissionne de ses fonctions après avoir été inculpé de crimes de guerre par le Tribunal pénal international pour l'ex-Yougoslavie. **Le 18**, le président Ibrahim Rugova propose pour sa succession un de ses proches, Bajram Kosumi, numéro deux de l'Alliance pour l'avenir du Kosovo (AAK).

10 ENVIRONNEMENT : Le Conseil des ministres de l'environnement de l'Union européenne définit, contre l'avis de la Commission, des objectifs chiffrés de 15 % à 20 % de réduction des émissions de gaz à effet de serre au-delà de 2012, date de fin d'application du protocole de Kyoto.

11 IRAN : Deux semaines après son voyage en Europe, le président George Bush décide de soutenir la position de ses alliés face à l'Iran, soupçonné de chercher à se doter de l'arme atomique. Les États-Unis lèvent leur opposition à la candidature de l'Iran à l'Organisation mondiale du commerce (OMC) ainsi qu'à la vente de pièces détachées aéronautiques. Mais **le 12**, le président Mohammad Khatami déclare que l'Iran ne va pas renoncer à ses droits.

11 CHINE : Premier vol de la première compagnie aérienne privée, Okay Airways, créée après le récent accord de l'administration générale de l'aviation civile (CAAC).

11 GRANDE-BRETAGNE : Le Parlement renforce les dispositions de la loi antiterroriste remplaçant celle de 2001, qui offre aux forces de l'ordre toute une gamme de mesures nouvelles.

11 AFRIQUE : Le premier ministre britannique Tony Blair présente le rapport de la commission mise en place par le G8 sur l'aide à l'Afrique. Il y propose un doublement de l'aide des pays riches, tout en les mettant en garde contre les risques de corruption.

13 KIRGHIZSTAN : Le second tour des élections législatives se déroule dans le calme, mais l'opposition, qui dénonce des fraudes massives, n'obtient que six des 75 sièges. **Le 15**, des manifestations demandent le départ du président Askar Akaev, au pouvoir depuis 1990. **Le 20**, des heurts violents se produisent avec les forces de l'ordre, faisant craindre à Moscou une dérive à l'ukrainienne. **Le 24**, en quelques heures, les manifestants envahissent le palais présidentiel et renversent le régime du président Akaev, qui prend la fuite. L'intérim est assumé par l'ancien premier ministre Kourmanbek Bakiev, qui assure que l'élection présidentielle aurait lieu au mois de juin. De nombreux pillages sèment la confusion dans la capitale, Bichkek. L'armée russe déclare prendre une position de neutralité dans cette « *révolution des tulipes* », tandis que les États-Unis se réjouissent de voir basculer cet ancien satellite de Moscou.

13 VATICAN : Jean-Paul II quitte la polyclinique Gemelli, où il a subi une trachéotomie le 24 février, et regagne les appartements pontificaux. **Le 20**, il renonce, pour la première fois de son pontificat, à présider la cérémonie des Rameaux. **Le 25**, vendredi saint, il suit de sa chapelle le chemin de croix du Colisée par vidéo, la foule ne le voyant sur écran que de dos. **Le 27**, dimanche de Pâques, il apparaît de face à sa fenêtre et bénit la foule, mais il ne peut s'exprimer, et doit déléguer à ses cardinaux la présidence des célébrations. **Le 30**, on apprend que le pape, dont la convalescence est « *lente* », a commencé à être alimenté au moyen d'une sonde nasale. **Le 31**, son état devenant « *critique* » il reçoit le sacrement des malades (autrefois extrême-onction).

13 CHILI : L'ex-caporal nazi Paul Schaefer, condamné par contumace pour pédophilie au Chili et accusé de tortures pendant la dictature d'Augusto Pinochet (1973-1990), fondateur de la mystérieuse Colonia Dignidad, est expulsé par l'Argentine vers Santiago du Chili. En fuite depuis 1996, l'ancien sous-officier du III⁻ᵉ Reich est âgé de 83 ans.

14 ÉTATS-UNIS : Maurice « Hank » Greenberg, 79 ans, quitte la direction générale d'AIG (American International Group), la première compagnie mondiale d'assurance, qu'il occupait depuis trente-sept ans, plusieurs enquêtes criminelles étant en cours sur le groupe américain et sur son patron, qu'on surnomme le « *parrain de l'assurance* ».

14 CHINE : L'Assemblée nationale populaire (ANP) adopte une « loi anti-sécession » destinée à légitimer une possible intervention militaire contre Taïwan. **Le 26**, plusieurs centaines de milliers de personnes manifestent contre cette loi à Taipei, à l'appel du président Chen Shui-bian.

15 JUSTICE INTERNATIONALE : La Cour pénale internationale (CPI) ouvre sa première audience à huis clos à La Haye (Pays-Bas).

15 UNION EUROPÉENNE : Jacques Chirac demande au président de la Commission de Bruxelles, José Barroso, de « *remettre à plat* » le projet de directive Bolkestein sur la libéralisation des services, très controversé en France. Il redoute que les initiatives des commissaires ne favorisent le « non » au référendum. **Le 20**, environ 60 000 manifestants défilent contre la directive à Bruxelles, à l'appel de la Confédération européenne des syndicats (CES). **Les 22 et 23**, au Conseil européen de Bruxelles, les chefs d'État et de gouvernement décident de remanier la directive sur les services, le texte devant être examiné au Parlement européen en septembre. C'est un soutien pour Jacques Chirac, pour qui la France, si elle votait « non » au référendum, « *perdrait une grande part de son autorité* ».

→ *Portrait de Frits Bolkestein, page « Horizons »* *(30 mars)*.

15 FRANCE - ISRAËL : Jean-Pierre Raffarin assiste à Jérusalem à l'inauguration du nouveau musée de l'Holocauste de Yad Vashem. C'est la première visite d'un premier ministre français en Israël depuis cinq ans.

15 PHILIPPINES : Vingt-deux membres du groupe islamiste Abou Sayyaf sont tués lors de l'assaut d'une prison de Manille où ils s'étaient mutinés.

16 PROCHE-ORIENT : Israël transmet officiellement aux Palestiniens le contrôle de Jéricho, en Cisjordanie, après le départ des forces israéliennes de la ville. Mais la population palestinienne dénonce une « *mise en scène* ». **Le 28**, le Parlement israélien donne son accord au plan d'évacuation de la bande de Gaza présenté par le premier ministre Ariel Sharon, provoquant la colère des colons qui décident de porter « *le combat dans la rue* ».

16 CORRUPTION : Dans son rapport 2005, Transparency International (TI) évalue à 300 milliards de dollars les pots-de-vin versés à l'occasion de contrats de construction dans le monde.

16 PÉTROLE : Malgré la décision des pays membres de l'OPEP, réunis à Ispahan (Iran), de relever leur quota de production d'un million de barils par jour, le prix du baril franchit la barre des 56 dollars. Le même jour, le Sénat américain autorise les forages pétroliers dans une réserve de l'Alaska, provoquant un tollé de la part des écologistes.

17 ALLEMAGNE : Faisant le bilan des réformes lancées il y a deux ans et regroupées sous le titre générique d'« Agenda 2010 », le chancelier Gerhard Schröder annonce la baisse de l'impôt sur les bénéfices des entreprises, qui passera de 25 à 19 %.

17 ÉTATS-UNIS : Affrontant la concurrence des jouets chinois, le réseau américain Toy'R'Us se vend à trois investisseurs pour un montant de 6,6 milliards de dollars.

17 ÉTATS-UNIS : Décès du diplomate et historien américain George Kennan à Princeton, New Jersey, à l'âge de 101 ans. Dans les années 1940, il avait été le concepteur de la politique américaine à l'égard de l'Union soviétique, pendant le demi-siècle de la guerre froide.

18 DIPLOMATIE : Jacques Chirac reçoit à l'Élysée le président russe Vladimir Poutine, le chancelier allemand Gerhard Schröder et le président du gouvernement espagnol José Luis Rodriguez Zapatero, pour un entretien et un dîner de travail au cours desquels les chefs d'État européens assurent le président russe de leur soutien, sans évoquer la crise tchétchène.

20 ONU : Dans un rapport, le secrétaire général des Nations unies Kofi Annan propose des réformes destinées à restaurer l'autorité de l'ONU, en élargissant, entre autres, le Conseil de sécurité.

20 UNION EUROPÉENNE : Les ministres des finances s'accordent sur un assouplissement du pacte de stabilité et de croissance, donnant satisfaction à Paris et à Berlin qui demandaient des dérogations à la limite des 3 % du PIB du déficit des dépenses et des 60 % de la dette publique. **Les 22 et**

23, le Conseil européen de Bruxelles valide ces assouplissements.

20 ALGÉRIE : Une loi libéralisant les secteurs du gaz et du pétrole, et ouvrant plus largement ce secteur stratégique aux capitaux étrangers, est adoptée par l'Assemblée nationale à une large majorité.

21 AUTOMOBILE : Renault signe à Bombay une coentreprise avec le conglomérat familial Mahindra & Mahindra pour fabriquer en Inde la Logan, sa voiture *« à 5 000 euros »*. Cet accord prévoit la fabrication de 50 000 voitures par an à partir de 2007.

21 TOURISME : Filiale de TUI, groupe allemand du tourisme, Nouvelles Frontières rachète la marque Havas Voyages à Vivendi Universal.

21 ÉTATS-UNIS : Un lycéen de 15 ans abat dix personnes, en blesse une quinzaine d'autres et se suicide dans le lycée de Red Lake (Minnesota), ville rurale proche de la frontière canadienne.

21-22 ÉNERGIE NUCLÉAIRE : Une conférence internationale sur *« l'énergie nucléaire pour le xxi* siècle »* réunit à Paris ministres de l'énergie et experts de plus de 60 pays.

22 AGROALIMENTAIRE : Le numéro un mondial de la bière, le groupe belgo-brésilien InBev, annonce la commercialisation simultanée de la bière brésilienne Brahma dans 15 pays, une première dans ce secteur.

22 TRANSPORTS AÉRIENS : Les actionnaires helvétiques de Swiss approuvent le rachat de la compagnie aérienne par la compagnie allemande Lufthansa pour une somme comprise entre 45 et 300 millions d'euros. Le transporteur suisse gardera sa marque et son emblème.

22 TAUX : La Réserve fédérale américaine (Fed) relève ses taux d'un quart de point, à 2,75 %. C'est la septième hausse d'affilée depuis juin 2004, qui se veut « *mesurée* ».

23   AMÉRIQUE : À l'issue d'un sommet entre les chefs de gouvernement des trois pays, les États-Unis, le Mexique et le Canada signent un accord renforçant leur coopération en matière de sécurité et de commerce. George Bush cherche ainsi à relancer l'Accord de libre-échange nord-américain (Alena), en vigueur depuis janvier 1994.

24   JAPON : L'Expo Aichi 2005, première Exposition universelle du XXIe siècle, est inaugurée, près de Nagoya, dans le centre du pays. Réunissant 121 pays, quatre organisations internationales et des dizaines d'organisations non gouvernementales, elle a pour thème les rapports entre l'homme et son milieu. **Le 26 mars,** Jacques Chirac, qui effectue sa troisième visite présidentielle au Japon, se rend au pavillon que la France partage, pour la première fois, avec l'Allemagne.

26   GRANDE-BRETAGNE : Décès, à la veille de ses 93 ans, de James Callaghan, premier ministre de 1976 à 1979.

28   BRÉSIL : Pour la première fois depuis sept ans, le ministre de l'économie, Antonio Palocci, annonce que l'accord signé en septembre 2002 avec le FMI ne serait pas renouvelé, le pays bénéficiant d'une forte croissance économique.

28   TURQUIE : Ankara étend aux pays de l'élargissement, et donc à Chypre, l'accord douanier signé avec l'Union européenne. L'UE faisait de ce geste un préalable à l'ouverture des négociations d'adhésion avec la Turquie, le 3 octobre.

29   SÉISME : Trois mois après le tsunami meurtrier du 26 décembre, une nouvelle secousse d'une magnitude de 8,7 sur l'échelle de Richter se produit au large de Sumatra (Indonésie), sans créer cette fois de raz de marée, mais ravivant la panique. Selon

Djakarta, plus d'un millier de personnes auraient péri sur l'île de Nias.

29 INTERNET : Le groupe italien d'accès à Internet Tiscali annonce la vente de sa filiale française, l'ex-Liberty Surf, à son compatriote Telecom Italia, lançant ainsi la concentration du marché français de l'ADSL.

30 ENVIRONNEMENT : À la demande de l'ONU, 1 300 chercheurs de 95 pays dressent un état alarmant des milieux naturels de l'état de la planète, en publiant un rapport sur «L'évaluation des écosystèmes pour le Millénaire».

31 SOUDAN : Le Conseil de sécurité de l'ONU adopte la résolution 1593 prévoyant de traduire les auteurs présumés des exactions commises au Darfour devant la Cour pénale internationale (CPI).

31 BANQUE MONDIALE : Le néo-conservateur secrétaire adjoint américain à la défense, Paul Wolfowitz, proposé par le président George Bush, et seul candidat en lice, est désigné à l'unanimité dixième président de la Banque mondiale. Ce partisan de la guerre en Irak succédera le 1er juin 2005 à James Wolfensohn.

31 ZIMBABWE : Le parti du président Robert Mugabe, au pouvoir depuis vingt-cinq ans, l'Union nationale africaine du Zimbabwe-Front patriotique (Zanu-PF), remporte les élections législatives en obtenant 81 sièges, contre 35 au Mouvement pour le changement démocratique (MDC). Cette nouvelle victoire est aussi contestée que les précédentes, même si, pour la première fois en cinq ans, le scrutin s'est déroulé sans violence.

31 EUTHANASIE : Terri Schiavo, une Américaine de 41 ans dans le coma depuis quinze ans, privée d'alimentation artificielle depuis le 18 mars, décède à Pinellas Park (Floride, États-Unis). Son cas a soulevé une vive polémique, le président américain

George W. Bush, le Congrès fédéral et le gouverneur de Floride Jeb Bush, frère du président, ayant pris fait et cause pour son maintien en vie.

31 ALGÉRIE : Un rapport remis au président Abdelaziz Bouteflika juge l'État algérien *«responsable mais pas coupable»* des disparitions des années 1990. Le document recense 6 146 civils disparus

31 UNION EUROPÉENNE : La Banque centrale européenne (BCE) vend 6 % de ses réserves en or.

31 RWANDA : Les rebelles hutus des Forces démocratiques de libération du Rwanda (FDLR), impliqués dans le génocide de 1994, s'engagent à déposer les armes.

31 MONACO : Le prince héréditaire Albert, 47 ans, se voit confier la régence de la Principauté par le conseil de la Couronne, qui a constaté *«l'empêchement»* du prince Rainier, 81 ans, hospitalisé depuis trois semaines. ∎

Science

6 PHYSIQUE : Décès de Hans Bethe, physicien théoricien de la bombe nucléaire, prix Nobel de physique en 1967, à son domicile d'Ithaca (États-Unis). Il était âgé de 98 ans.

8 CLONAGE : L'Assemblée générale des Nations unies adopte une déclaration controversée exhortant les gouvernements à interdire toute forme de clonage humain, y compris à visée thérapeutique, ce qui marque une victoire des États-Unis.

11 ESPACE : Michael Griffin, 55 ans, est nommé à la direction de la Nasa, l'agence spatiale américaine, en remplacement de Sean O'Keefe qui avait démissionné en décembre 2004.

15 ESPACE : L'Agence spatiale russe Roskosmos et le Centre national d'études spatiales (CNES) signent à Paris un accord de coopération destiné à étudier les lanceurs de nouvelle génération (NGL), appelés à succéder, à partir de 2020, à la famille des fusées européennes Ariane-5 dont le modèle le plus puissant — l'Ariane-5ECA — a réussi son vol de qualification le 12 février.

15 INSTITUT PASTEUR : Après la démission collective intervenue le 12 janvier, l'assemblée de l'Institut Pasteur élit 16 nouveaux membres à son conseil d'administration, les quatre sièges restants étant occupés par des représentants de l'État. **Le 23**, François Ailleret est élu à la présidence de ce nouveau conseil d'administration. ∎

Culture

1ᵉʳ DROITS D'AUTEUR : La cour de cassation décide que l'installation par un syndicat de copropriétaires (Parly II, Yvelines, la plus grande copropriété de France) d'une antenne de télévision collective permettant la réception de programmes par voie hertzienne ou satellitaire est assujettie au paiement de droits d'auteur.

2 PEINTURE : Décès, à l'âge de 47 ans, près d'Auvers-sur-Oise où il vivait, du peintre et dessinateur argentin Fabian Cerredo.

4 TÉLÉVISION : Condamnée dans une affaire de délit d'initié, la femme d'affaires et ex-vedette de la télévision américaine Martha Stewart est libérée de prison après un séjour de cinq mois, non sans avoir signé un contrat pour une émission de télé-réalité.

5 VARIÉTÉS : La 20ᵉ cérémonie des Victoires de la musique consacre M (Mathieu Chédid) qui remporte quatre trophées, Françoise Hardy recevant celui de l'interprète féminine de l'année.

5 MUSIQUE : Le chef d'orchestre américain Sergiu Comissiona est retrouvé mort dans la chambre d'un hôtel d'Oklahoma City, ville des États-Unis où il devait diriger un concert. Il était âgé de 76 ans.

6 INTERMITTENTS : Participant au « Grand Jury RTL-*Le Monde*-LCI », le ministre de la culture Renaud Donnedieu de Vabres lance l'idée d'un « *protocole sur l'emploi dans le spectacle* », écartant ainsi la proposition élaborée par le « *comité de suivi* » de l'Assemblée nationale.

8 LITTÉRATURE : Décès à Londres, à l'âge de 72 ans, de la romancière anglaise Alice Thomas Ellis, également éditrice et éditorialiste pour *The Spectator*.

9 TÉLÉVISION : Dan Rather, journaliste-présentateur vedette de la chaîne américaine CBS, présente, à 73 ans, son dernier journal télévisé. Il a été poussé à partir après la présentation d'un reportage sur le service militaire de George W. Bush utilisant un faux document.

9 COMMÉMORATION : Le musée de la Marine, à Paris, donne le coup d'envoi des célébrations de l'année du centenaire de la mort de l'écrivain Jules Verne en inaugurant une exposition consacrée à la mer dans son œuvre. Une trentaine de manifestations sont prévues dans l'année, aussi bien à Paris qu'à Nantes, où il est né en 1828, et Amiens, où il est mort.

10 VARIÉTÉS : Johnny Hallyday lance *Limited Access*, un bimensuel dont l'objectif est de raconter la vie du chanteur. La parution de ce magazine fait partie d'un projet plus large de la vedette : reprendre en main ses relations avec ses admirateurs.

13 MUSIQUE : Décès à Paris du compositeur d'origine japonaise Yoshihisa Taira. Élève d'André Jolivet, il se révéla être un maître dans l'art de l'orchestration.

17 MUSIQUE : Décès du chef d'orchestre franco-israélien Gary Bertini, à Tel-Aviv (Israël), des suites d'un lymphome. Il était âgé de 77 ans.

17 ANTHROPOLOGIE : L'anthropologue René Girard est élu à l'Académie française à l'unanimité (28 voix). Il occupera le fauteuil du père Ambroise-Marie Carré, mort le 15 janvier 2004.

17 LITTÉRATURE : Décès d'Andre Norton, née Alice Mary Norton, auteure américaine de science-fiction, à Nashville (Tennessee). Elle était âgée de 93 ans. Elle a écrit plus de cent romans, des nouvelles et publié des anthologies de science-fiction. Elle fut la première femme à obtenir en 1977 le Grand Master of Fantasy Award décerné par les Science Fiction Writers of America.

20 CINÉMA : Exactement dix ans après sa création, le réalisateur danois Lars von Trier et les cofondateurs prononcent la dissolution du Dogme, censé estampiller les films correspondant à une certaine éthique de création.

20 ARCHITECTURE : L'architecte américain Thom Mayne obtient le prix Pritzker 2005, souvent qualifié de *« prix Nobel d'architecture »*. Âgé de 61 ans, il prône depuis la fin des années 1960 une architecture alternative, souvent radicale.

22 MUSÉES : Décès de Magdeleine Hours, inspecteur général des musées de France, directrice du laboratoire de recherche des musées de France, productrice de la série télévisée « Le secret des chefs-d'œuvre » à partir de 1959.

22 ARCHITECTURE : Décès, à 91 ans, de l'architecte japonais Kenzo Tange, bâtisseur du Mémorial de la paix à Hiroshima, et des stades de Tokyo construits pour les Jeux olympiques de 1964. À la tête de la plus grande agence d'architecture de son pays, il a précédé ou accompagné toutes les mutations de l'urbanisme nippon.

PRINCIPALES RÉALISATIONS DE KENZO TANGE

1950-1995 : Bâtiments du Parc de la paix d'Hiroshima.

1958 : Préfecture de Kagawa.

1960 : Hôtel de ville de Kurashiki.

1962 : Centre culturel de Nichinan.

1963 : Stades couverts des Jeux olympiques de Tokyo.

1964 : Gymnase national Yoyogi, Tokyo.

1965 : Cathédrale Sainte-Marie, Tokyo.

1966 : Centre de communication de Yamanashi.

1968-1970 : Plan général de l'Exposition internationale d'Osaka de 1970.

1972 : Hôtel Akasaka Prince, Tokyo.

1978 : Hanae Mori Building, Tokyo.

1985-1997 : Tours à Singapour (Overseas United Bank, United Engineers, etc.).

1989 : Tour de l'American Medical Association Chicago (Illinois).

1989 : Musée d'Art moderne de Yokohama.

1990-1998 : Coordination du quartier d'affaires San Donato à Milan (Italie) ; siège de BMW Italia et d'AGIP.

1991 : Tours jumelles des bureaux de la préfecture de Tokyo dans le quartier de Shinjuku.

1991 : Immeuble et cinéma Grand Écran à Paris.

1996 : Siège social de Fuji Television, Tokyo.

1998 : Musée des Arts asiatiques de Nice.

2000 : Hôtel Tokyo Dome.

23 ÉDITION : Le 25ᵉ Salon du livre de Paris, ouvert depuis le 18, se clôt après avoir connu une baisse de fréquentation (165 000 visiteurs contre 185 000 en 2004). La littérature russe en était l'invitée d'honneur.

24 ÉDITION : Teresa Cremisi, directrice éditoriale de Gallimard depuis seize ans, est nommée P-DG de Flammarion et conseillère éditoriale européenne du groupe italien RCS Mediagroup, propriétaire de Flammarion.

→ *Portrait de Teresa Cremisi, page « Horizons »*
   (25 mars).

24 PEINTURE : Décès du peintre et scénographe Gilles Aillaud, fils de l'architecte et urbaniste Émile Aillaud.

27 MUSIQUE : Le pianiste américain Grant Johannesen meurt chez des amis à Berlin. Il était âgé de 83 ans.

28 MUSIQUE : Avec Dame Moura Lympany, disparue lundi 28 mars à Menton (Alpes-Maritimes) à l'âge de 88 ans, le monde du piano perd une des grandes virtuoses du XXᵉ siècle, et l'Angleterre sa dernière légende vivante.

29 LITTÉRATURE : Décès à Paris de l'écrivain et scénariste Michel Grisolia, des suites d'un accident vasculaire cérébral. Il était âgé de 56 ans.

31 TÉLÉVISION : Lancement des quatorze chaînes de la télévision numérique terrestre (TNT). Cinq nouvelles venues — France 4, NRJ 12, NT1, Direct 8 et W9 —, rejointes par France 5 et Arte, par les deux chaînes parlementaires qui partagent le même canal (LCP Assemblée nationale et Public Sénat) et enfin par TMC, vont affronter sur le même terrain TF1, France 2, France 3, M6 et Canal +.

31 ARCHITECTURE : Inauguration à Milan du nouveau Parc des expositions, bâtiment de verre conçu par l'architecte romain Massimiliano Fuksas, d'un coût de 750 millions d'euros.   ∎

Sport

3 AVIATION : Le milliardaire américain Steve Fossett bat un nouveau record du monde en réussissant son vol autour du monde en 67 heures, 2 minutes et 13 secondes à bord du monoréacteur *GlobalFlyer*. Il est le premier à parcourir le globe en solitaire, sans escale et sans ravitaillement.

4-7 ATHLÉTISME : Au terme des championnats d'Europe en salle, à Madrid, la France se classe troisième, derrière la Russie et la Suède, avec deux médailles d'or (Ladji Doucouré au 60 mètres haies, et le 4×400 mètres masculin) et deux de bronze.

6 FORMULE 1 : L'Italien Giancarlo Fisichella est vainqueur, au volant d'une Renault RS25, du premier Grand Prix de la saison de Formule 1 disputé à Melbourne (Australie). Il devance d'un peu plus de cinq secondes le Brésilien Rubens Barrichello sur Ferrari, tandis que Michael Schumacher, septuple champion du monde, est contraint à l'abandon après un accrochage.

7 GOLF : En gagnant l'Open de Miami, Tiger Woods retrouve sa place au sommet du classement mondial et met fin à la domination du Fidjien Vijay Singh.

9 FOOTBALL : Les domiciles de neuf agents de joueurs de football sont perquisitionnés dans le cadre de l'enquête sur les transferts suspects au Paris-Saint-Germain (PSG).

9-12 SKI : La 20ᵉ édition de la Pierra-Menta,

course de ski-alpinisme dans le massif du Beaufortin, est remportée par les Français Stéphane Brosse et Patrick Blanc.

10 ÉCHECS : L'ancien champion du monde, le Russe Garry Kasparov, annonce sa retraite sportive. **Le 24**, le champion du monde américain Bobby Fischer, naturalisé islandais, quitte la prison japonaise où il était retenu depuis huit mois et retrouve la liberté à Reykjavik, échappant ainsi à la justice américaine qui lui reproche d'avoir violé l'embargo en participant en 1992 à un tournoi au Monténégro.

12 FOOTBALL : Menacé de mort, l'arbitre suédois Anders Frisk met un terme à sa carrière. Il avait été mis en cause par le joueur José Mourinho après la défaite du club londonien Chelsea contre Barcelone (1-2) le 23 février, en match aller des 8e de finale de la Ligue des champions de football.

12 JEUX OLYMPIQUES : Au terme d'une visite de quatre jours, la commission d'évaluation du Comité international olympique (CIO) félicite Paris pour son « *excellente préparation* ». « *Nous avons senti les Français respirer l'amour des Jeux* », déclare la Marocaine Nawal el-Moutawakel, championne olympique du 400 mètres haies à Los Angeles en 1992 et présidente de la commission.

→ *Portrait de Nawal el-Moutawakel, directrice du comité d'évaluation du CIO, page « Horizons » (10 mars).*

13 SKI : La Coupe du monde s'achève dans la station suisse de Lenzerheide au terme d'une saison 2004-2005 marquée par la domination des polyvalents Bode Miller chez les hommes, et Anja Pärson chez les dames.

13 CYCLISME : L'Américain Bobby Julich (CSC) remporte, au terme de la septième étape, la course Paris-Nice. Il est le premier Américain à remporter cette épreuve.

16 VOILE : Bruno Peyron et son équipage, à bord du maxi-catamaran *Orange II*, battent le record du tour du monde à la voile en équipage de Steve Fossett de 2004 en réalisant une performance de 50 jours et 16 heures. Il s'empare ainsi du trophée Jules-Verne d'Olivier de Kersauzon.

17 PATINAGE : Déjà en tête à l'issue du programme court, le jeune Suisse Stéphane Lambiel, 19 ans, devient champion du monde de patinage artistique. Le Français Brian Joubert, qui espérait le titre, ne se classe que sixième, après une chute.

19 CYCLISME : L'Italien Alessandro Petacchi remporte la classique Milan-San Remo devant l'Allemand Danilo Hondo.

19-20 ATHLÉTISME : Aux championnats du monde de cross-country, l'Éthiopien Kenenisa Bekele réalise un doublé en remportant les épreuves du cross court et long.

20 FORMULE 1 : Fernando Alonso donne à Renault son deuxième succès en s'imposant à Sepang, en Malaisie.

20 RUGBY : Le pays de Galles remporte son premier Grand Chelem depuis 1978 dans le tournoi des Six-Nations, avec une victoire 32-20 sur l'Irlande, à Cardiff. Avec quatre victoires, la France prend la deuxième place après avoir battu 56-13 l'Italie, qui, dernière, obtient la *« cuillère de bois »*.

22 SKI : L'américain Quiksilver annonce un accord pour la prise de contrôle du français Rossignol, premier fabricant mondial de skis, pour devenir le *« numéro un mondial »* des équipements et vêtements de sport et d'activités de plein air.

23 HANDBALL : Neuf ans après avoir quitté l'OM-Vitrolles, Jackson Richardson, 35 ans, ancien capitaine de l'équipe de France, annonce qu'il s'apprête à signer un contrat de deux ans pour le club de Chambéry.

24 ÉQUITATION : L'Agha Khan rachète l'élevage de chevaux de la famille Lagardère pour environ 40 millions d'euros.

26 NAVIGATION : Après plus de 72 jours de traversée à la rame en solitaire, Maud Fontenoy, 26 ans, partie le mercredi 12 janvier de Puerto Callao à Lima (Pérou), rejoint l'île marquisienne d'Hiva Oa, ligne d'arrivée d'une traversée du Pacifique de plus de 8 000 kilomètres à bord d'*Oceor*, frêle esquif de 7,50 mètres de long sur 1,60 mètre de large.

27 VOLLEY-BALL : Le Tours Volley-Ball (TVB) devient le deuxième club français à remporter la Ligue des champions en battant (3 sets à 1) les Grecs d'Iraklis Salonique. ∎

Avril

- Jacques Chirac et Lionel Jospin interviennent dans la campagne du référendum sur la Constitution européenne

- Premier vol de l'Airbus A380

- Carlos Ghosn succède à Louis Schweitzer à la direction de Renault

- L'incendie d'un hôtel hébergeant des immigrés fait 24 morts à Paris

- Disparition de Jean-Paul II. Le cardinal Ratzinger lui succède sous le nom de Benoît XVI

- À Monaco, Albert II succède à son père Rainier III, décédé

- Troubles au Togo après l'élection présidentielle

- Gouvernement d'union nationale au Liban. Retrait des troupes syriennes

- Guerre du textile entre la Chine, l'Europe et les États-Unis

- La Constitution européenne approuvée par l'Italie et la Grèce

- Tom Boonen, étoile montante du cyclisme belge, Lance Armstrong annonce sa retraite

- Troisième victoire d'affilée pour l'Espagnol Fernando Alonso en Formule 1

France

1er FRANC-MAÇONNERIE : Bernard Brand-meyer, grand maître de la principale obédience maçonnique, le Grand Orient de France (GODF), démissionne après avoir été mis en minorité lors du conseil de l'ordre.

5 MICROCRÉDIT : Jean-Louis Borloo, ministre de l'emploi, du travail et de la cohésion sociale, et Nelly Olin, ministre déléguée à l'intégration, lancent officiellement le Fonds de cohésion sociale (FCS) qui permet d'accroître considérablement les moyens de garantie du microcrédit.

7 EMPLOI : Jacques Chirac invite les ministres à soutenir « *avec force et efficacité* » la politique de l'emploi menée par le gouvernement. Le premier ministre, Jean-Pierre Raffarin, réunit ensuite un séminaire au cours duquel il demande l'accélération de la mise en œuvre des emplois de service et des contrats d'avenir. **Le 11**, dans un entretien à *Nice-Matin*, Jean-Pierre Raffarin admet qu'il ne pourra pas faire reculer le chômage de 10 % en 2005.

7 ENSEIGNEMENT : Au cours d'une nouvelle journée d'action contre la loi d'orientation et de programme sur l'avenir de l'école, dite loi Fillon, les lycéens occupent ou bloquent une centaine d'établissements. Les interventions musclées des forces de l'ordre sont condamnées par les syndicats d'enseignants et par la gauche. **Le 22**, le Conseil constitutionnel censure deux des articles de la loi : l'article 7, qui définissait les missions de l'école « *en raison de l'évidence de son contenu* », et l'article 12, qui donnait force de loi au rapport annexé qui avait monopolisé l'essentiel des débats parlementaires.

DEUX ANNÉES DE DÉBATS

Avril 2003 : Luc Ferry, ministre de l'éducation nationale, lance le « *grand débat sur l'école* ».

17 septembre 2003 : Jean-Pierre Raffarin nomme une commission présidée par Claude Thélot pour émettre des propositions.

12 octobre 2004 : Après des milliers de réunions, la commission Thélot rend public son rapport. Un million de participants ont été recensés.

12 janvier 2005 : François Fillon présente son projet de loi d'orientation et de programme pour l'avenir de l'école en Conseil des ministres.

15 février 2005 : L'Assemblée nationale commence l'examen du projet de loi. Le gouvernement décide d'appliquer la procédure d'urgence pour raccourcir les débats parlementaires. Les lycéens multiplient les manifestations contre le texte en février et mars.

24 mars 2005 : Le Parlement adopte la loi. Des députés et sénateurs socialistes déposent un recours devant le Conseil constitutionnel.

---

11 JUSTICE : Quatre-vingts ans après la condamnation de Guillaume Seznec pour le meurtre de Pierre Quémeneur, la commission de révision des condamnations pénales estime que des « *failles* » dans l'enquête justifient la révision du procès.

11 POLICE : Le premier ministre, Jean-Pierre Raffarin, approuve le programme «Identité nationale électronique et sécurisée» (INES), qui fera l'objet d'un projet de loi. Les nouvelles procédures de délivrance des titres reposeront sur l'utilisation de données biométriques numérisées.

11 AFFAIRES : La tentative de médiation entre Bernard Tapie et le Crédit lyonnais sur sa dette estimée à 168 millions d'euros se concluant sur un échec, un nouveau procès devrait intervenir dans les deux mois.

12 FIN DE VIE : Le Sénat vote définitivement, par 116 voix sur 331, la proposition de loi déposée par Nadine Morano (UMP) et Gaëtan Gorce (PS) relative aux droits des malades et à la fin de vie instaurant un droit au «*laisser mourir*». Les députés l'avaient adoptée à l'unanimité le 30 novembre 2004.

13 ÉCONOMIE : Thierry Breton, ministre de l'économie et des finances, présente au Conseil des ministres son projet de loi «*pour la confiance et la modernisation de l'économie*» et Christian Jacob son plan de soutien aux PME.

13 OGM : Un rapport adopté par la mission d'information de l'Assemblée nationale sur les organismes génétiquement modifiés (OGM) recommande une «*pause sur les essais de développement*» de ces substances en 2005.

14 BANQUES : Les Caisses d'épargne sont les premières à proposer à leur clientèle la rémunération des comptes de dépôt, le taux d'intérêt offert variant de 0,50 % à plus de 1 %.

14 RÉFÉRENDUM : Alors que le «non» au projet de Constitution européenne semble s'enraciner dans l'opinion, avec un quatorzième sondage le donnant gagnant à 55 %, Jacques Chirac intervient pour la première fois en participant sur TF1 à un débat télévisé avec 83 jeunes sélectionnés par la

Sofres. Les échanges mettent en lumière le décalage entre les inquiétudes concrètes des jeunes présents et le président de la République, qui leur demande de «*ne pas avoir peur*» de l'Europe. La France y deviendrait, selon lui, «*le mouton noir*» si le «non» l'emportait. Le même soir, au Zénith de Paris, les partisans du «non» de gauche, la communiste Marie-George Buffet, le trotskiste Olivier Besancenot, le socialiste Jean-Luc Mélenchon et l'ancien leader paysan José Bové réunissent 6 000 personnes. **Le 16**, deux nouveaux sondages donnent 56 % d'intentions de vote au «non», mais, les jours suivants, les chiffres sont contradictoires. **Le 23**, lors de la célébration du 100ᵉ anniversaire de la création de la SFIO, ancêtre du PS, Lionel Jospin intervient dans la campagne en attaquant durement les partisans du «non» du PS, l'extrême gauche et les communistes. **Le 26**, la réunion du Conseil des ministres franco-allemand à Paris est l'occasion, pour le président Jacques Chirac et le chancelier Gerhard Schröder, d'afficher la solidité de l'entente entre la France et l'Allemagne, et de justifier leur approbation de la Constitution européenne. **Le 28**, pour la première fois depuis son élimination de l'élection présidentielle en avril 2002, Lionel Jospin intervient à la télévision pour soutenir le «oui». Il demande aux Français de ne pas régler «*leurs problèmes politiques en prenant l'Europe en otage*». **Le 30**, *Le Monde*, RTL et LCI publient un sondage montrant que 52 % des personnes interrogées se prononcent pour le traité. C'est la première fois depuis deux mois que le «oui» redevient majoritaire.

15 INCENDIE : Vingt-quatre personnes périssent, dont 11 enfants, et 27 autres sont blessées dans l'incendie qui dévaste, peu après 2 heures du matin, un hôtel du 19ᵉ arrondissement de Paris, le Paris-Opéra. Ce sinistre met en lumière les conditions d'hébergement d'urgence des étrangers, la plupart des victimes y étant logées par les services sociaux et le SAMU social, faute de places dans les structures d'accueil. **Le 19**, une femme qui avoue en être l'auteur involontaire est inculpée et écrouée.

17 GOUVERNEMENT : Le ministre de l'intérieur, Dominique de Villepin, demande sur Europe 1 un changement de politique au lendemain du référendum «*quel que soit le résultat du référendum*». **Le 19**, le premier ministre, Jean-Pierre Raffarin, répond sur RTL : «*Il a dérapé, je l'ai recadré*», et affirme bénéficier de la confiance «*confirmée*» de Jacques Chirac.

18 POLICE : La Commission nationale de déontologie de la sécurité (CNDS), autorité administrative indépendante créée en 2000, souligne dans son rapport 2004 une hausse de 34% des saisines pour entorses à la déontologie policière, la plupart liées à des discriminations.

18 BOURSE : Le CAC 40 perd 2,05% et décroche des 4 000 points au cours de cette «*journée noire*». L'indice ne progresse plus que de 3,36% depuis le début de 2005, contre près de 8% dix jours plus tôt.

19 HOMOSEXUALITÉ : La cour d'appel de Bordeaux confirme l'annulation du premier mariage homosexuel de France, célébré le 5 juin 2004 par Noël Mamère, député-maire (Verts) de Bègles (Gironde). **Le 20**, le mensuel pour gays et lesbiennes *Têtu* fête ses dix ans en publiant un numéro spécial pour sa centième parution.

20 PATRONAT : Lors de l'assemblée générale de Carrefour, les actionnaires apprennent que Daniel Bernard, le P-DG qui a quitté ses fonctions en février, pourrait recevoir à l'occasion de ce départ jusqu'à 38 millions d'euros. François Hollande (PS) réclame une réforme des «*retraites chapeau*» des dirigeants. **Le 26**, les syndicats CFTC, FO et CFDT appellent les 7 000 salariés d'une filiale gérant les entrepôts de Carrefour à « *la grève illimitée* » pour exiger des revalorisations salariales.

21 ALCOOL : En annonçant l'acquisition du britannique Allied Domecq (Ballantine's, Beefeater, etc.) pour un montant de 10,7 milliards d'euros, le groupe Pernod-Ricard confirme son intention de devenir le leader mondial du secteur, hors États-Unis.

21 PAUVRETÉ : Chargé par le ministre de la santé, des solidarités et de la famille, Philippe Douste-Blazy, d'un rapport sur « *la famille, la vulnérabilité et la pauvreté* », Martin Hirsch, président d'Emmaüs-France, rend ses conclusions. S'inspirant en partie de la politique menée par Tony Blair en Grande-Bretagne, il préconise la création d'un revenu de solidarité active (RSA) permettant de « *combiner revenus du travail et revenus de solidarité* ».

21 MÉDECINS : Les urgentistes suspendent leur grève, commencée le 4 pour dénoncer « *l'engorgement* » des services d'urgence, après avoir obtenu une rallonge budgétaire de 15 millions d'euros. Le ministre de la santé, Philippe Douste-Blazy, promet d'être vigilant face aux fermetures de lits pendant l'été et appelle les médecins libéraux à reprendre le chemin des gardes.

21 JUSTICE : Le procès en appel de l'affaire de pédophilie d'Outreau, qui devait débuter le 10 mai à Paris, est reporté à une date indéterminée après l'ouverture d'une nouvelle enquête. Un supplément d'information, sollicité par l'avocat de l'un des accusés, Daniel Legrand, est en effet demandé après la découverte par des journalistes belges d'une possible erreur d'identification.

25 EXTRÊME DROITE : Cinq anciens cadres du Front national et du Mouvement national républicain (MNR) annoncent la création d'un nouveau parti, le Parti populiste, qui sera présidé par Christian Pérez.

28 SOLIDARITÉ : Lors d'un séminaire gouvernemental consacré à la *«journée de solidarité»* pour les personnes âgées, le premier ministre réaffirme sa volonté de faire respecter la loi et annonce le lancement d'une campagne d'explication sur le lundi de Pentecôte travaillé, le 16 mai. La confusion est grande à ce sujet, aussi bien dans les services publics que dans le privé.

28 SERVICES : Jean-René Fourtou, qui avait succédé à Jean-Marie Messier, quitte, à l'occasion de l'assemblée générale des actionnaires, la direction opérationnelle de Vivendi Universal, dont il présidera désormais le conseil de surveillance. Jean-Bernard Lévy est nommé président du directoire.

VIVENDI : LES GRANDES ÉTAPES DE LA RECONSTRUCTION

3 juillet 2002 : Jean-René Fourtou est nommé P-DG de Vivendi Universal, après la démission de Jean-Marie Messier.

14 août 2002 : Situation critique. Un plan de cession de 10 milliards d'euros est annoncé.

25 septembre 2002 : Annonce de la vente du pôle édition, Vivendi Universal Publishing (VUP).

25 novembre 2002 : Cession de Vivendi Environnement. Le groupe n'en conserve que 20 %.

4 décembre 2002 : Le groupe rachète la participation de British Telecom dans SFR-Cegetel et en prend la majorité.

8 octobre 2003 : Cession de Vivendi Entertainment à NBC, filiale de GE. Vivendi reste actionnaire minoritaire.

8 novembre 2004 : VU prend le contrôle à 51 % de Maroc Telecom.

9 décembre 2004 : Vivendi cède sa participation dans Veolia Environnement (ex-Vivendi Environnement).

29 AUTOMOBILE : L'assemblée générale de Renault, à Paris, entérine la nomination de Carlos Ghosn à la tête de Renault. Le successeur de Louis Schweitzer conservera la présidence du groupe japonais Nissan, allié de Renault, se partageant donc entre la France et le Japon.

DE LA RÉGIE NATIONALE
À L'ALLIANCE JAPONAISE

Avril 1986 : Louis Schweitzer, ex-directeur de cabinet de Laurent Fabius, est recruté par Georges Besse, P-DG de Renault. Il est nommé directeur du contrôle de gestion en décembre.

23 février 1990 : Signature de l'alliance Renault-Volvo.

27 mai 1992 : Louis Schweitzer succède à Raymond Lévy à la tête de Renault.

6 septembre 1993 : Signature de la fusion entre Renault et Volvo.

2 décembre 1993 : Volvo renonce à fusionner avec Renault.

13 septembre 1994 : Ouverture du capital de l'ex-Régie.

1er juin 1995 : Renault décide d'implanter une usine au Brésil. Elle sera inaugurée en 1998.

3 juillet 1996 : Privatisation de Renault. L'État, qui détenait 52 % du capital, passe à 46 %.

1er décembre 1996 : Carlos Ghosn est nommé directeur général adjoint.

27 février 1997 : L'annonce de la fermeture de l'usine belge de Vilvorde provoque un tollé.

27 mars 1999 : Renault acquiert 36,7 % du japonais Nissan. Carlos Ghosn en prend la direction.

2 juillet 1999 : Renault prend le contrôle du roumain Dacia.

21 avril 2000 : Renault rachète le constructeur sud-coréen Samsung Motors.

26 avril 2000 : Renault cède ses camions à Volvo, en échange de 20 % du groupe suédois.

30 octobre 2001 : Nissan prend 15 % de Renault, qui monte à

44,4 % au capital du constructeur japonais. L'État s'engage à descendre à 25 % de Renault.

Septembre 2004 : Commercialisation de la Logan, la « voiture à 5 000 euros », fabriquée par Dacia.

8 février 2005 : Louis Schweitzer annonce des résultats records pour l'exercice 2004. Le bénéfice net s'élève à 3,55 milliards d'euros, en hausse de 43 %, pour un chiffre d'affaires de 40,7 milliards. ∎

International

1er ALLEMAGNE : Le fisc est désormais autorisé à lever en partie le secret bancaire.

1er PÉTROLE : Dans une étude révélée par les journaux espagnol *Expansion* et britannique *Financial Times*, l'Agence internationale de l'énergie (AIE) recommande aux pays consommateurs de se préparer à restreindre leur consommation de pétrole et préconise une limitation de la vitesse à 90 km/h sur autoroute. **Le 27**, le président George Bush déclarant qu'« *un avenir énergétique plus sûr aux États-Unis doit inclure plus de nucléaire* », le prix du baril de pétrole redescend en dessous de 52 dollars.

1er AUTOMOBILE : Le constructeur automobile DaimlerChrysler annonce la suppression de 700 emplois au sein de sa filiale Smart, qui en compte 2 200.

2 VATICAN : Le pape Jean-Paul II, atteint de la maladie de Parkinson depuis neuf ans, décède à 21 h 37. La foule se rassemble spontanément sur la place Saint-Pierre, alors que les hommages affluent du monde entier. **Le 3**, le corps du pontife est exposé dans le palais apostolique, où les officiels italiens et ecclésiastiques viennent lui rendre hommage. L'émotion est immense en Pologne, pays où était né Karol Wojtyla en 1920. En France, la mise en berne des drapeaux suscite les protestations des partisans de la laïcité. Des pays non catholiques (Inde, Égypte), ainsi que Cuba, s'associent à l'hommage universel en décrétant trois jours de deuil national. **Le 4**, son corps est transféré dans la basilique Saint-Pierre, où des centaines de milliers de fidèles défilent devant sa dépouille. **Le 6**, les autorités romaines doivent bloquer l'accès à la basilique, 2 millions de pèlerins affluant vers la ville, posant de graves problèmes de logistique et de sécurité. **Le 7**, la publication de son « *testament* » révèle qu'il a songé à démissionner en 2000. Une grande messe réunit un million de personnes à Cracovie (Pologne), région d'origine du pape. **Le 8**, les dirigeants du monde entier — 15 rois, reines et princes, 44 chefs d'État, dont Jacques Chirac, George Bush accompagné de ses deux prédécesseurs, 25 premiers ministres, 200 délégations officielles, des représentants des autres grandes religions mondiales — assistent aux funérailles célébrées par le cardinal allemand Josef Ratzinger. Seules la Russie et la Chine, pays où le pape n'a pas pu se rendre, ne sont pas représentées. La cérémonie est retransmise en direct dans presque tous les pays du monde. Au cours de la cérémonie, des panneaux dans la foule demande sa canonisation immédiate (*Santo subito*). Il est ensuite inhumé dans la crypte des papes, sous la basilique Saint-Pierre, dans l'ancien caveau de Jean XXIII.

3 ISRAËL : Les tombes de l'ancien premier ministre Itzhak Rabin, de Theodor Herzl, fondateur du sionisme, ainsi que de David Ben Gourion, créateur de l'État en 1948, sont découvertes profanées dans le cimetière du mont Herzl, à Jérusalem.

3 IRAK : Le ministre sortant de l'industrie,

Hajem al-Hassani, sunnite et proche des Frères musulmans, est élu président de l'Assemblée nationale intérimaire. **Le 6**, celle-ci élit le dirigeant kurde Jalal Talabani, chef de l'Union patriotique du Kurdistan (UPK), président de la République par 228 voix des 257 députés présents sur un total de 275 membres. Il sera assisté de deux vice-présidents, le sunnite Ghazi al-Yaouar (le président sortant) et le chiite Adel Abdel Mahdi (le ministre sortant des finances). **Le 7**, le Kurde Ibrahim al-Jaafari est nommé premier ministre. **Le 9,** le deuxième anniversaire de la chute de Saddam Hussein est célébré par une grande manifestation antiaméricaine à Bagdad. Le djihadiste jordanien Abou Moussab al-Zarkaoui appelle à la poursuite de la guerre sainte après l'offre du président irakien d'amnistier les rebelles qui déposeraient les armes. Les violences continuent, au moins 40 personnes trouvant la mort les 9 et 10. **Le 12**, la Pologne annonce le retrait de ses troupes de la coalition pour la fin de l'année. **Le 20**, le premier ministre sortant, Iyad Allaoui, échappe à un attentat, tandis que 57 corps de civils sont découverts dans le Tigre. Dix-neuf soldats sont assassinés, les attentats à la voiture piégée se multipliant à Bagdad. **Le 21**, le Sénat américain approuve à l'unanimité l'enveloppe de 81 milliards de dollars réclamée par l'administration Bush pour financer, principalement, les opérations militaires en Irak et en Afghanistan. **Le 24**, une série d'attaques contre les chiites et la police fait 29 morts et une centaine de blessés. **Le 28**, un gouvernement est formé de manière incomplète (il manque deux des quatre vice-premiers ministres et cinq ministres sur 32). Pour la première fois dans l'histoire du pays, l'exécutif est dominé par les chiites. Sept attentats accueillent cette annonce, faisant 18 morts. **Le 30**,

une douzaine d'attentats font au moins 30 morts et
110 blessés.

3-4   ITALIE : Le président du conseil Silvio Berlusconi enregistre une cuisante défaite aux élections
régionales partielles, l'opposition de centre-gauche
l'emportant dans 11 des 13 régions. **Le 15**, l'Union
des démocrates du centre (UDC), petite formation
héritière de la démocratie chrétienne, décide de retirer ses quatre ministres du gouvernement. **Le 20**,
Silvio Berlusconi démissionne afin de pouvoir refor-
mer un nouveau cabinet. **Le 23**, le nouveau gouvernement est constitué, il est composé de 24 ministres,
dont huit nouveaux venus. L'ultralibéral Giulio Tremonti, ancien ministre de l'économie, est promu
vice-président du conseil. **Le 26**, Silvio Berlusconi
présente à la Chambre des députés un programme
de gouvernement qui poursuit les baisses d'impôts,
sur lequel il obtient, **le 27**, la confiance des députés
par 334 voix contre 240 et deux abstentions.

4   KIRGHIZSTAN : Une délégation parlementaire venue de Bichkek obtient à Moscou la démission du président kirghize déchu, Askar Akaev. Des
garanties pour sa sécurité et celle de sa famille ont
été proposées au président, exilé en Russie depuis le
24 mars.

4   AUTRICHE : Le chef de l'extrême droite
autrichienne, Jörg Haider, provoque une scission du
parti populiste FPÖ en annonçant la création d'un
nouveau mouvement, le BZÖ (Bündnis Zukunft
Österreichs, l'« Alliance pour l'avenir de l'Autriche »).
Elle compte rester dans la coalition gouvernementale avec les chrétiens-conservateurs du chancelier
Wolfgang Schüssel.

4   PÉTROLE : ChevronTexaco rachète Unocal
pour se renforcer sur les marchés asiatiques du
pétrole et du gaz. La compagnie californienne va
débourser 18 milliards de dollars et devenir ainsi la

quatrième « major » par sa production, devant le français Total.

4 CANADA : Edward Bronfman, bâtisseur avec son frère Peter de l'empire financier canadien Edper— devenu Brascan— décède à l'âge de 77 ans. Avec lui s'éteint la lignée « financière » de la branche torontaise des Bronfman, famille d'éminents hommes d'affaires canadiens.

5 AUTOMOBILE : Renault lance la fabrication de la Logan en Russie, où elle sera vendue plus de 8 000 euros.

5-6 UNION EUROPÉENNE : Frits Bolke-stein, ancien commissaire européen, vient en France pour expliquer le contenu du projet de directive sur les services dont il est l'auteur.

6 CÔTE D'IVOIRE : Le président sud-africain Thabo Mbeki propose un plan de paix pour la Côte d'Ivoire. Après trois jours de négociations à huis clos, il invite les belligérants à signer un texte déclarant la fin des hostilités et préparant le démantèlement des milices. Tous les leaders ivoiriens devraient pouvoir être candidats à la présidence. **Le 26**, le président Laurent Gbagbo accepte que son principal opposant, Alassane Ouattara, musulman originaire du Nord en exil à Paris, participe à l'élection d'octobre.

D'UN COUP D'ÉTAT À LA GUERRE CIVILE

Décembre 1999 : Henri Konan Bédié, président de la Côte d'Ivoire, est destitué par le général Robert Gueï au terme d'une mutinerie.

22 octobre 2000 : Laurent Gbagbo, leader de l'opposition socia-liste, remporte l'élection présidentielle. Le général Gueï, qui se pré-tend aussi vainqueur, est renversé lors de manifestations san-glantes. L'inéligibilité de l'ancien premier ministre Alassane

Ouattara pour cause de « *nationalité douteuse* » est au cœur de la crise.

19 septembre 2002 : Un coup d'État manqué contre le président Gbagbo donne lieu à des règlements de comptes mortels. Coupé en deux, le pays bascule dans la guerre civile.

24 janvier 2003 : Les partis politiques et les rebelles signent un accord de paix à Linas-Marcoussis (Essonne). Les « *patriotes* » du président Gbagbo dénoncent un « *coup d'État constitutionnel* » imposé par la France.

6 novembre 2004 : Neuf soldats français et un visiteur américain trouvent la mort, bombardés par des avions de l'armée ivoirienne. La riposte française provoque de violentes manifestations des partisans du président Gbagbo, qui s'en prennent aux expatriés. Huit mille personnes quittent le pays.

6 MONACO : Le prince Rainier III de Monaco décède à l'âge de 81 ans des suites des affections broncho-pulmonaire, cardiaque et rénale qui avaient nécessité son hospitalisation le 7 mars. Le « *patron* » de la Principauté, monté sur le trône en 1949, était le plus ancien souverain régnant. Le prince Albert, 47 ans, fils de Rainier et de l'actrice américaine Grace Kelly, lui succède. **Le 15**, après que les Monégasques lui ont rendu hommage, de nombreuses personnalités assistent à ses funérailles dans la cathédrale du Rocher, où il est inhumé.

6 ITALIE : L'Italie ratifie le traité instituant une Constitution européenne. Confirmant le vote de la Chambre des députés en janvier, le Sénat italien clôt la procédure en approuvant le traité par 217 voix contre 16.

7 INDE - PAKISTAN : Pour la première fois depuis 1948, des autocars relient les Cachemires indien et pakistanais. Les groupes séparatistes armés luttant contre le pouvoir de Delhi tentent en vain d'empêcher cette liaison. **Le 17**, un match de cricket est organisé entre les deux pays, confortant un processus de paix qualifié d'«*irréversible*» par les deux dirigeants, Pervez Musharraf et Manmohan Singh.

7 ÉGYPTE : Au Caire, un attentat-suicide fait quatre morts : deux touristes français, un Américain et le kamikaze égyptien. Il s'agit de la première attaque visant des touristes dans un quartier très fréquenté de la capitale égyptienne depuis les actions terroristes anti-israéliennes d'octobre 2004 à Taba et dans ses environs. **Le 30,** deux nouveaux attentats, dont l'un est perpétré pour la première fois par des femmes, visent les lieux touristiques du Caire. Le bilan est de trois morts (les assaillants) et huit blessés, dont quatre touristes.

7-8 NÉPAL : L'attaque par les rebelles maoïstes d'un camp militaire à Khara (district de Rukum) fait 113 morts du côté des rebelles.

8 AUTOMOBILE : Le dernier constructeur britannique, MG-Rover, est placé sous administration judiciaire après l'échec des pourparlers portant sur sa reprise par le groupe chinois Shanghai Automotive Industry Corporation (SAIC). Quelque 6 100 emplois directs et 18 000 indirects sont menacés par la faillite du constructeur.

MG ET ROVER : UNE HISTOIRE PLUS QUE CENTENAIRE

1877 : John Kemp Starley et William Sutton créent à Coventry une société qui produit des bicyclettes, puis des motocyclettes.

1904 : Première automobile Rover.

1923 : Création de la marque MG.

1930 : La Light Six installe Rover sur le marché des modèles bourgeois.

1948 : Création de Land Rover.

1949 : Lancement de la Rover P4, puis de la P5 en 1958.

1967 : Rover est intégré dans le groupe Leyland, qui fusionne avec BMC (Austin-Morris, Jaguar, MG).

1975 : Nationalisation de Leyland.

1988 : Privatisation et rachat de Rover par British Aerospace. Rapprochement engagé avec Honda pour réaliser les séries 200, 400 et 600.

1994 : Prise de contrôle par BMW.

2000 : Le consortium Phenix rachète MG-Rover pour le montant symbolique de 10 livres. BMW conserve la marque Mini et cède Land Rover à Ford.

9 GRANDE-BRETAGNE : Le prince héritier Charles épouse Camilla Parker-Bowles, qui devient duchesse de Cornouailles et seconde femme du royaume après la reine, qui n'assiste qu'à la bénédiction religieuse au château de Windsor. Cette union régularise une liaison datant de 1970. Le mariage, initialement prévu la veille, a dû être retardé en raison des funérailles pontificales au Vatican.

9-10. CHINE - JAPON : Le régime chinois autorise des manifestations antijaponaises pendant tout le week-end. La réédition au Japon de manuels d'histoire minimisant les atrocités commises en Chine par les Japonais a en effet déchaîné les passions xénophobes dans plusieurs villes. **Le 13**, la tension entre les deux pays s'accroît après la décision du gouvernement japonais d'accorder des droits de forage à des compagnies pétrolières dans une zone de la mer de Chine orientale dont la souveraineté est contestée par Pékin. **Le 16**, le consulat général nippon à Shanghai est la cible de jets de pierres et de bouteilles. **Le 22**, à Djakarta, où se célèbre le 50e anniversaire de la conférence de Bandoung, inspiratrice du mouvement des non-alignés, le premier ministre japonais Junichiro Koizumi présente ses *« excuses sincères »* pour « *les torts et les souffrances* » infligés par le Japon impérial aux peuples et nations asiatiques.

11 PROCHE-ORIENT : Reçu par George W. Bush dans le ranch présidentiel de Crawford (Texas) pour leur dixième rencontre, le premier ministre israélien Ariel Sharon est rappelé à l'ordre sur la colonisation en Cisjordanie. Sans céder sur ce point, il obtient de nouveau l'aval du président américain pour son plan de retrait de la bande de Gaza.

12 DJIBOUTI : Le Conseil constitutionnel valide, malgré une abstention massive, la réélection du président sortant Ismaïl Omar Guelleh, seul candidat à sa succession.

13 LIBAN : Constatant qu'il était arrivé à « *une impasse* », le premier ministre Omar Karamé, désigné le 10 mars, démissionne de ses fonctions. **Le 15**, un homme d'affaires pro-syrien, Najib Miqati, 49 ans, ministre des travaux publics de 1998 à 2004, est chargé de former un nouveau gouvernement grâce aux voix des députés de l'opposition. **Le 19**, Najib Miqati annonce la composition de son cabinet, mettant ainsi fin à la crise de l'exécutif qui durait depuis la démission du cabinet d'Omar Karamé, le 28 février. **Le 21**, Saad Hariri, fils de l'ex-premier ministre assassiné le 14 février, annonce qu'il continue le combat de son père. Il est reçu le même jour à l'Élysée par Jacques Chirac. **Le 26**, avec quatre jours d'avance sur l'échéance prévue, les derniers des quelque 14 000 militaires syriens qui y stationnaient quittent le territoire libanais. Mais Kofi Annan, secrétaire général de l'ONU, émet, dans un rapport, des doutes sur le retrait total des agents des services de renseignements syriens.

13 TERRORISME : Les Nations unies adoptent, après plus de sept ans de négociations, une convention internationale pour la répression du terrorisme nucléaire. Le texte est adopté par consensus par les 191 États membres de l'ONU, réunis en Assemblée générale.

13 UNION EUROPÉENNE : Le Parlement européen vote un « *avis conforme* » à la signature par la Roumanie et la Bulgarie de leur traité d'adhésion à l'Union européenne en 2007, à une large majorité (497 voix contre 93 et 71 abstentions, pour Bucarest, 522 voix contre 70 et 69 abstentions, pour Sofia).

13 CONCENTRATION : Le groupe d'électro-ménager espagnol Fagor annonce le rachat de 90 % du capital du français Brandt pour 162,5 millions d'euros. Il devient ainsi le numéro cinq du secteur en Europe.

14 ÉTATS-UNIS : La justice fédérale inculpe à New York plusieurs personnes, dont trois dirigeants de la société texane Bayoil soupçonnés d'avoir versé plusieurs millions de dollars de pots-de-vin au régime de Saddam Hussein dans le cadre du scandale lié au plan « Pétrole contre nourriture ».

17 CHYPRE : Le premier ministre chypriote turc Mehmet Ali Talat, partisan d'une réunification de Chypre, divisée depuis 1974, remporte sans surprise, avec 55,6 % des voix, l'élection présidentielle organisée dans la partie nord de l'île.

17 ESPAGNE : Les quelque 1 800 000 électeurs du Pays basque donnent la majorité à la coalition nationaliste formée par les modérés du Parti nationaliste basque (PNV) et Eusko Alkartasuna (EA) qui gouvernaient déjà la région, avec 29 sièges et 38,6 % des voix. Ces résultats constituent un échec pour le président du gouvernement basque, Juan José Ibarretxe, qui avait demandé une « *clameur populaire* » pour appuyer son projet de faire du Pays basque « *une nation librement associée à l'État espagnol* ».

18 VATICAN : Les 115 cardinaux électeurs de moins de 80 ans, dont 113 nommés par Jean-Paul II, originaires de 52 pays, entrent en conclave pour élire

le successeur de Jean-Paul II. Lors de la messe dite
« *pour l'élection du pape* » célébrée dans la basilique
Saint-Pierre par le cardinal Josef Ratzinger, celui-ci
s'en prend à la « *dictature du relativisme* ». Fait rarissime, son homélie est applaudie. **Le 19**, les cardinaux électeurs élisent au quatrième tour de scrutin
le cardinal allemand Josef Ratzinger pour succéder
au Polonais Karol Wojtyla, au terme d'un des
conclaves les plus brefs de l'histoire. Âgé de 78 ans,
né en Bavière, le nouveau pape choisit de régner
sous le nom de Benoît XVI. Nommé archevêque de
Munich à 50 ans, il avait été nommé en 1981 par
Jean-Paul II préfet pour la Congrégation de la doctrine de la foi. Dans sa première homélie, Benoît XVI
revendique l'héritage de Vatican II et déclare vouloir
« *travailler sans épargner l'énergie à la reconstitution
de l'unité pleine et visible de tous les chrétiens* », sem-
blant ainsi amorcer une ouverture vis-à-vis des partisans de l'œcuménisme, que son élection inquiète.
Le 21, Benoît XVI confirme dans leurs fonctions à
la curie les collaborateurs de Jean-Paul II. **Le 24**,
350 000 personnes assistent à Rome à la messe
d'inauguration du pontificat. Le nouveau pape
reprend la formule de son prédécesseur, répétant au
monde : « *N'ayez pas peur !* » **Le 27**, au cours de sa
première audience publique, Benoît XVI exprime
son « *regret* » que les « *racines chrétiennes* » de l'Europe ne soient pas explicitement mentionnées dans
le projet de Constitution européenne.

19 ARGENTINE - ESPAGNE : L'ancien capitaine de corvette Adolfo Scilingo est condamné par
l'Audience nationale, la plus haute instance pénale
espagnole, à 640 années de prison pour crimes
contre l'humanité, détentions illégales et tortures.
Pour la première fois, un militaire argentin est
condamné à l'étranger, en sa présence, lors d'un pro-

cès contradictoire, pour des crimes commis en Argentine pendant la dictature (1976-1983).

19 UNION EUROPÉENNE : Le Parlement grec ratifie, par 268 voix contre 17, la Constitution européenne. La Grèce est le sixième pays de l'Union à approuver le texte, après la Lituanie, la Hongrie, la Slovénie, l'Espagne et l'Italie.

20 ÉQUATEUR : Le président Lucio Gutierrez, destitué par le Congrès, se réfugie au Brésil, après que ce pays lui a accordé l'asile politique. Le vice-président Alfredo Palacio, 66 ans, lui succède. Depuis le 13, des manifestations se déroulaient tous les soirs à Quito pour exiger le départ du chef de l'État.

21 CHINE : En visite à Pékin, le premier ministre Jean-Pierre Raffarin plaide pour la levée de l'embargo sur les armes et signe plusieurs contrats, dont la vente de 30 Airbus, pour un montant de 2,5 milliards d'euros. Le même jour, Zhang Chunqiao, un des membres de la *« bande des quatre »* maoïste mis en cause après la mort de Mao, décède.

21 ESPAGNE : Par 183 voix pour, 136 contre et 6 abstentions, les députés votent en faveur de la législation autorisant le mariage entre personnes du même sexe. Si ce vote est confirmé par la suite au Sénat, l'Espagne deviendra le troisième pays européen, après les Pays-Bas et la Belgique, à autoriser les unions entre homosexuels.

22 TERRORISME : Le Français Zacarias Moussaoui, 36 ans, seul accusé par la justice américaine pour complicité dans les attentats terroristes du 11 septembre 2001, plaide coupable lors de sa comparution devant le tribunal fédéral d'Alexandria, en Virginie, tout en démentant son implication. Selon lui, il préparait une attaque séparée contre la Maison-Blanche. Il risque ainsi la peine de mort.

22 COMMÉMORATION : À l'occasion du 90ᵉ anniversaire du génocide arménien de 1915, Jacques Chirac reçoit son homologue arménien Robert Kotcharian. Il estime que l'entrée de la Turquie dans l'UE *« nécessitera un devoir de mémoire »* de la part des autorités d'Ankara, et participe pour la première fois aux cérémonies en déposant une gerbe au pied d'un monument dédié aux Arméniens de France, érigé en 2003 à Paris, dans le 8ᵉ arrondissement.

23 ARABIE SAOUDITE : La publication des résultats des élections municipales partielles qui se sont déroulées dans l'ouest et le nord du royaume fait apparaître la victoire des islamistes modérés, soutenus par d'influents oulémas.

23 ÉCONOMIE : Décès au Luxembourg de l'économiste allemand Andre Gunder Frank. Docteur en économie, enseignant dans plusieurs universités aux États-Unis, en Amérique latine et en Europe, il est l'auteur de nombreux ouvrages sur le sous-développement et l'un des théoriciens de l'échange inégal.

24 ISRAËL : Décès, à l'âge de 81 ans, de l'ancien président de l'État d'Israël Ezer Weizman. Général d'aviation et ancien commandant de l'armée de l'air israélienne, il a été le septième président d'Israël de 1993 à 2000.

24 TEXTILE : Le commissaire européen au commerce, Peter Mandelson, se déclare *« préoccupé »* par les importations chinoises de produits textiles, dont les quotas ont été supprimés au 1ᵉʳ janvier. **Le 25**, la France demande officiellement à Bruxelles l'ouverture de la procédure d'urgence afin de mettre en œuvre des clauses de sauvegarde sur neuf catégories de produits. **Le 26**, la Chine avertit l'UE que les relations commerciales sino-européennes pourraient être affectées en cas de limitation des exportations de textile chinois. **Le 28**, l'Europe et les

États-Unis engagent officiellement des enquêtes sur les importations de vêtements et tissus fabriqués en Chine. Aux États européens qui réclament des clauses immédiates, le président en exercice de l'Union, le Luxembourgeois Jean-Claude Juncker, répond en évoquant « *une guerre commerciale dont les conséquences ne seraient pas réfléchies* ».

25 RUSSIE : Dans son discours annuel à la nation, le président Vladimir Poutine cherche à rassurer les investisseurs inquiets du démantèlement du géant pétrolier Ioukos en annonçant un assouplissement du droit des affaires.

25 ÉTATS-UNIS : En rachetant Premcor pour 6,9 milliards de dollars, Valero devient le premier raffineur de pétrole américain.

25 RÉPUBLIQUE TCHÈQUE : Le premier ministre Stanislav Gross, discrédité par un scandale concernant sa fortune personnelle, est remplacé par le social-démocrate Jiri Paroubek.

25 JAPON : Un train déraille et percute un immeuble à Amagasaki, dans la banlieue d'Osaka (ouest du pays). La catastrophe, qui fait au moins 106 morts et 450 blessés, est la plus meurtrière depuis quarante ans et provoque une polémique sur la course aux profits après la privatisation de la compagnie JR West.

26 TOGO : La proclamation de la victoire à l'élection présidentielle, par 60,22 % des suffrages, de Faure Gnassingbé, 38 ans, fils du précédent général-président Gnassingbé Eyadéma, décédé le 5 février, provoque la colère de l'opposition qui dénonce de graves irrégularités dans le déroulement du scrutin. Pour le ministre français des affaires étrangères, Michel Barnier, l'élection a eu lieu dans « *des conditions globalement satisfaisantes* ». **Le 27**, le candidat de l'opposition Emmanuel Akitani Bob, prête-nom de l'opposant historique Gilchrist Olympio, exilé à Paris, s'autoproclame président. Des heurts éclatent dans les rues de la capitale, Lomé, causant la mort de plusieurs dizaines de personnes, et le centre culturel allemand est incendié. Des centaines de personnes se réfugient au Bénin voisin.

27 AÉRONAUTIQUE : L'Airbus A380, le plus gros avion de ligne du monde, effectue devant 50 000 spectateurs son premier vol d'essai au départ de l'aéroport de Toulouse-Blagnac. Il a déjà fait l'objet de 154 engagements de la part de 15 compagnies aériennes, dont 144 commandes fermes. **Le 28**, Jacques Chirac se rend à Toulouse pour féliciter le personnel d'Airbus Industrie. Pour lui, l'A380 est « *le symbole de ce que les Européens peuvent faire ensemble* ».

27-28 PROCHE-ORIENT : Après l'Égypte, le président russe Vladimir Poutine se rend en Israël, où il effectue ainsi la première visite officielle d'un chef du Kremlin en Israël. Il rencontre ensuite le président de l'Autorité palestinienne Mahmoud Abbas en Cisjordanie, à Ramallah.

28 COMMERCE INTERNATIONAL : L'Organisation mondiale de la santé (OMC), saisie par une plainte de l'Australie, du Brésil et de la Thaïlande, condamne les subventions versées par l'Union européenne à ses producteurs.

28 GRANDE-BRETAGNE : Tony Blair fait publier l'intégralité de l'avis confidentiel du procureur général Lord Goldsmith sur la légalité de la guerre en Irak — ce qu'il refusait de faire depuis deux ans — après la révélation la veille par la BBC et Channel Four des principaux extraits de ce document. Celui-ci avait été transmis au gouvernement le 7 mars 2003, soit treize jours avant le début du conflit.

29 UNION EUROPÉENNE : La Lettonie, Chypre et Malte adhèrent au mécanisme de change bis (MCEII), antichambre de l'euro. Ils suivent ainsi l'Estonie, la Slovénie et la Lituanie, qui ont signé leur adhésion à cet héritier du serpent monétaire européen dès juin 2004, dans l'espoir d'adopter l'euro en 2007.

29 CHINE - TAÏWAN : Pour la première fois depuis la victoire des troupes de Mao Zedong en 1949 sur celles de feu Tchang Kaï-chek, qui se réfugia à Taïwan avec son armée à la fin de la guerre civile, le président et chef du Parti communiste chinois, Hu Jintao, et Lien Chan, le leader du Kuomintang, principale formation d'opposition à Taïwan, se rencontrent à Pékin, au cours d'une visite qualifiée d'« *historique* ». ◼

Science

1ᵉʳ INFORMATIQUE : Décès à Paris, à l'âge de 69 ans, de l'ingénieur et pionnier de l'informatique personnelle André Truong. Son nom demeurera étroitement associé à celui du Micral, précurseur des micro-ordinateurs modernes.

2 HISTOIRE : Selon les résultats d'analyses scientifiques révélés lors de la réinhumation des ossements de la Dame de Beauté, à Loches (Indre-et-Loire), Agnès Sorel, maîtresse et inspiratrice du roi de France Charles VII au xvᵉ siècle, est morte des suites d'une intoxication au mercure.

5 SANTÉ : Décès à l'âge de 82 ans du professeur Jacques Roux, ancien membre de la direction nationale du Parti communiste français (PCF) et ancien directeur général de la santé. Sa brillante carrière médicale a été ternie par le scandale du sang contaminé, pour lequel il fut condamné à trois ans de prison avec sursis.

6 RECHERCHE : Après une entrevue avec le premier ministre Jean-Pierre Raffarin, le ministre de l'éducation nationale et de la recherche, François Fillon, et le ministre délégué à la recherche, François d'Aubert, les représentants du comité de suivi des États généraux de la recherche obtiennent 3 000 embauches pour 2006, niveau qualifié d'«*historique*» par François d'Aubert.

7 RECHERCHE : L'hôpital des Quinze-Vingts, à Paris, s'offre un centre de recherche en partenariat public-privé (PPP), le premier conclu en France depuis qu'une ordonnance a autorisé ce type d'accord en septembre 2003.

11 VACCINS : Décès dans un hôpital de Philadelphie de Maurice Hilleman, spécialiste américain de vaccinologie.

13 BIOLOGIE : Un groupe de dix lauréats du prix Nobel (de médecine et de physiologie, de chimie et de la paix) lance un appel en faveur d'un développement plus éthique des sciences du vivant et d'un partage plus équitable des acquis dans ce domaine.

22 PHYSIQUE : Décès, à l'âge de 89 ans, du physicien américain Philip Morrison, à son domicile de Cambridge (Massachusetts). En 1942, il avait été associé au projet Manhattan, auprès du professeur Robert Oppenheimer, pour concevoir les premières armes nucléaires.

26 RECHERCHE : Microsoft et l'Institut national de recherche en informatique et automatique (Inria) annoncent la signature d'un protocole d'accord pour créer un laboratoire de recherche commun. Situé à Orsay (Essonne), il sera opérationnel en janvier 2006. ∎

Culture

2 OPÉRA : Le chef d'orchestre italien Riccardo Muti démissionne de la Scala de Milan, dont il était le directeur musical depuis 1987. Ce départ est la conséquence d'un conflit l'ayant opposé d'abord à l'administration, puis à l'orchestre. **Le 21**, Stéphane Lissner, 52 ans, directeur du Festival d'Aix-en-Provence, lui succède. Il cumule les fonctions de surintendant, c'est-à-dire de directeur général chargé de l'administration et de la gestion, et de directeur artistique, responsable de la programmation, ce cumul étant une première à la Scala.

2 PHILOSOPHIE : Décès du philosophe et métaphysicien Stanislas Breton, longtemps professeur aux Instituts catholiques de Paris et de Lyon.

5 MUSÉES : Inauguration au Louvre de la salle des États, rénovée après quatre ans de travaux. *La Joconde* de Léonard de Vinci y est présentée dans un nouveau décor, en compagnie d'une cinquantaine d'œuvres de l'école vénitienne.

5 LITTÉRATURE : Décès de l'écrivain américain Saul Bellow, prix Nobel de littérature en 1976. En une vingtaine de romans, dont le fameux *Herzog*, ce fils d'immigrants juifs avait contribué à mettre un terme à la domination « Wasp » (blanche, anglo-saxonne, protestante) sur la littérature des États-Unis

6 TÉLÉVISION : L'ancien ministre de la culture et de la communication Jean-Jacques Aillagon, 58 ans, est élu P-DG de la chaîne francophone TV5

Monde à l'unanimité des membres de son conseil d'administration.

7 PATRIMOINE : Les députés adoptent à l'unanimité la proposition de loi du président de l'Assemblée nationale, Jean-Louis Debré, visant à transférer à l'établissement public de Versailles les locaux qui y sont utilisés par le Parlement. Mais la salle du Congrès de l'aile du Midi restera «*exclusivement réservée aux réunions parlementaires*».

7 MUSÉES : Dominique Païni, directeur du développement culturel du Centre Pompidou, succède à Jean-Louis Prat, démissionnaire, comme directeur de la fondation Maeght à Saint-Paul-de-Vence.

8 RADIO : Arnaud Lagardère, P-DG de la filiale médias du groupe Lagardère, nomme Jean-Pierre Elkabbach directeur d'Europe 1. Il succède ainsi à Jérôme Bellay, directeur de l'antenne depuis 1996. **Le 15**, Robin Leproux, président du groupe RTL (RTL, RTL2 et Fun Radio), cède son poste à Axel Duroux, nommé président du directoire.

10 MUSIQUE : Décès, à l'âge de 82 ans, du violoniste autrichien Norbert Brainin, fondateur en 1947 du Quatuor Amadeus.

10 MUSIQUE : Privé de sa subvention annuelle de 3,3 millions d'euros, le Berliner Symphoniker donne son dernier concert, tout en espérant survivre grâce au mécénat privé.

11 ARCHITECTURE : Le prix Mies van der Rohe de l'Union européenne pour l'architecture contemporaine est remis à Barcelone (Espagne) à Rem Koolhaas et Ellen van Loon, de l'agence néerlandaise OMA (Rotterdam), pour la nouvelle ambassade des Pays-Bas à Berlin, inaugurée en novembre 2003.

11 DESSIN : Décès à l'âge de 89 ans d'André François, peintre, dessinateur, affichiste, illustrateur de nombreux livres et de journaux, du *New Yorker* au *Monde* et au *Nouvel Observateur*.

14 ARCHITECTURE : Ouverture à Porto (Portugal) des deux auditoriums de 1 300 et 300 places de la Casa da Musica, construits par l'architecte néerlandais Rem Koolhaas, réputé pour ses formes radicales.

19 JAZZ : Décès du contrebassiste Niels-Henning Ørsted Pedersen — connu sous ses initiales NHOP—, dernier contrebassiste attitré d'Oscar Peterson.

19-24 MUSIQUE : La 29e édition du Printemps de Bourges connaît un beau succès public avec 65 000 spectateurs, contre 58 900 en 2004.

22 AUDIOVISUEL : Reprise progressive des programmes à Radio France après 18 jours de grève portant sur la revalorisation des bas salaires techniques et administratifs.

22 SCULPTURE : Décès, à l'âge de 81 ans, d'Eduardo Paolozzi. Le sculpteur britannique, d'origine italienne, était considéré comme un des fondateurs du pop art.

23 LITTÉRATURE : Le troisième centenaire de la mort de Miguel de Cervantès, auteur du célèbre *Don Quichotte*, devenu héros emblématique national, est célébré dans tout le pays par des centaines de manifestations.

23 CINÉMA : Décès, à l'âge de 97 ans, de Sir John Mills, acteur et comédien très populaire au Royaume-Uni. Sa carrière avait commencé sur scène en 1929 et s'était conclue par une apparition dans *Bright Young Things* de Stephen Fry, en 2003.

26 CINÉMA : Décès, à l'âge de 79 ans, de l'actrice autrichienne Maria Schell. Elle avait tourné dans les années 1950 sous la direction de Sacha Guitry (*Napoléon*, 1954), René Clément (*Gervaise*, 1955), Luchino Visconti (*Nuits blanches*, 1957), mais son plus grand rôle reste celui de l'héroïne d'*Une vie*, d'Alexandre Astruc (1958).

28 JAZZ : Le contrebassiste américain Percy Heath, ultime mémoire du célèbre Modern Jazz Quartet, décède à Southampton, dans l'État de New York, des suites d'un cancer des os, à deux jours de son quatre-vingt-deuxième anniversaire.

30 FRANCOPHONIE : Montréal inaugure la nouvelle Bibliothèque nationale du Québec (BNQ), la deuxième plus grande médiathèque francophone du monde. Située en plein centre-ville, elle réunit les fonctions de bibliothèque de prêt et de dépôt légal du Québec. Ses espaces d'exposition et ses deux auditoriums en font un véritable centre culturel. ∎

Sport

3 CYCLISME : Tom Boonen, jeune coureur belge de 24 ans de la formation Quick Step, remporte le Tour des Flandres. **Le 10**, il justifie sa réputation d'étoile montante du cyclisme belge en gagnant la classique Paris-Roubaix, dont le départ a été donné à Compiègne.

3 FORMULE 1 : Le pilote espagnol Fernando Alonso remporte à Barheïn son deuxième Grand Prix d'affilée, le troisième pour Renault en 2005.

10 GOLF : Tiger Woods remporte le Masters d'Augusta (États-Unis), première victoire dans un tournoi majeur depuis 2002.

12 FOOTBALL : Le match au sommet opposant les deux clubs milanais, le Milan AC et l'Inter Milan, en demi-finale de la Ligue des champions, doit être interrompu à la 74ᵉ minute en raison des débordements des supporters de l'Inter Milan qui jettent projectiles et fumigènes sur le terrain.

17 TENNIS : Le jeune Espagnol Rafael Nadal, âgé seulement de 18 ans, bat l'Argentin Guillermo Coria (6-3, 6-1, 0-6, 7-5) en finale du tournoi de Monte-Carlo, joué sur terre battue.

18 CYCLISME : Lors d'une conférence de presse organisée à Augusta (Texas) en prélude au Tour de Géorgie, Lance Armstrong annonce qu'il prendra sa retraite à l'issue du Tour de France, le 24 juillet.

21 FOOTBALL : Fabien Barthez est suspendu trois mois fermes et trois mois avec sursis pour avoir craché sur l'arbitre du match Wydad-Marseille, à Casablanca (Maroc), le 12 février. La faiblesse de la sanction soulève une polémique, et, **le 22**, la Fédération française de football fait appel de cette décision, fait rarissime.

24 FORMULE 1 : L'Espagnol Fernando Alonso donne à Renault sa troisième victoire d'affilée en remportant le Grand Prix de Saint-Marin, quatrième épreuve du championnat du monde de Formule 1, devant l'Allemand Michael Schumacher (Ferrari), sur le circuit d'Imola (Italie).

29 BOXE : Le boxeur français d'origine iranienne Mahyar Monshipour conserve à Marseille son titre mondial des super-coqs WBA face au Japonais Shigeru Nakazato qu'il met KO à la sixième reprise.

Mai

- La France rejette par référendum la Constitution européenne ; l'Allemagne, l'Autriche et la Slovaquie l'adoptent

- Démission du gouvernement de Jean-Pierre Raffarin

- Dominique de Villepin devient premier ministre

- Nicolas Sarkozy, ministre d'État, conserve la présidence de l'UMP

- Premier lundi de Pentecôte travaillé

- Le chancelier Schröder convoque des élections anticipées en Allemagne

- Tony Blair premier ministre britannique pour la troisième fois

- L'oligarque russe Mikhaïl Khodorkovski condamné à neuf ans de prison

- Watergate : « Gorge profonde » était le numéro deux du FBI

- Avancées sur la voie du clonage thérapeutique

- Décès du philosophe Paul Ricœur

- François Pinault renonce à installer sa fondation d'art contemporain à Boulogne-Billancourt

France

2 HÉRITAGE : Le ministre de la justice, Dominique Perben, présente devant le congrès des notaires, à Nantes, les grandes lignes de son projet de réforme du droit des successions visant à «*simplifier*» et «*accélérer*» les procédures.

2 CONFLIT SOCIAL : Un accord, signé à la préfecture de Nîmes, entre les délégués syndicaux et la direction de Nestlé Waters Supply, met fin à dix-neuf mois de conflit à l'entreprise Perrier de Vergèze (Gard).

2 SOLIDARITÉ : En installant la Caisse nationale de solidarité pour l'autonomie (CNSA), le premier ministre Jean-Pierre Raffarin consacre la création d'une quatrième branche de la Sécurité sociale, s'ajoutant aux branches maladie, retraite et accidents du travail. **Le 16**, le premier lundi de Pentecôte travaillé, déclaré «*journée de solidarité*» avec les handicapés et les personnes âgées, se déroule dans une certaine confusion. Les transports urbains sont perturbés par des grèves en régions, et les écoles, collèges et lycées ne font pas le plein de leurs élèves, même si les examens se déroulent comme

prévu. **Le 20**, un accord signé chez Total met fin
à une grève des salariés qui bloquaient cinq des
six raffineries du groupe pétrolier. La direction
accepte de leur donner, en compensation du lundi
de Pentecôte travaillé, un jour de congé supplémentaire en 2005.

3 POLITIQUE : Décès, à l'âge de 92 ans, de
Michel Maurice-Bokanowski, ancien député et sénateur, ancien ministre, et compagnon de la Libération.

3 RÉFÉRENDUM : Jacques Chirac, invité par
France 2, liste les raisons de dire « oui » à une Constitution européenne «*fille de 1789*», précisant qu'«*on
ne peut pas dire "je suis européen" et voter non*». **Le
8**, sur TF1, Laurent Fabius, numéro deux du PS et
partisan du non, exprime sa crainte d'une menace
sur les salaires en cas de victoire du « oui ». **Le 12**,
Jacques Delors déclare au *Monde* que «*la vérité
impose de dire qu'il peut y avoir un plan B*» de renégociation en cas de victoire du non, même si «*une
solution rapide est impossible*». **Le 17**, un sondage
réalisé pour *Le Monde*, RTL et LCI, montre que le
« non » retrouve la faveur de 53 % des personnes
interrogées, alors que des journalistes de l'audiovisuel public remettent au Conseil supérieur de l'audiovisuel une pétition dénonçant le «*matraquage
pour le oui*». Le soir même, Jean-Pierre Raffarin
évoque le risque de «*crise économique*» en cas de
victoire du « non », et refuse de lier son sort de premier ministre au résultat du référendum. **Le 19**, à
Nancy, le sommet du Triangle de Weimar est l'occasion pour le président Jacques Chirac de recevoir
l'appui du président polonais Aleksander Kwasniewski et du chancelier allemand Gerhard Schröder. Lionel Jospin participe le même jour, à Nantes,
à un meeting du PS en faveur du « oui » avec François Hollande. **Le 21**, dans *Le Monde*, Laurent

Fabius affirme qu'«*il y a un plan C de la droite pour l'après-oui*» en évoquant «*des mesures retardées qui ressortiront*» après le 29 mai si le «oui» l'emporte. **Le 24**, dans une nouvelle intervention dans la campagne, Lionel Jospin dénonce le caractère «*incompatible*» des «non». **Le 26**, alors que les sondages persistent à donner le «non» vainqueur, Jacques Chirac prononce son ultime intervention radiotélévisée avant le scrutin. Il en appelle à la «*responsabilité*» des Français, et promet «*une nouvelle impulsion*» de sa politique après le scrutin.

LES PRÉCÉDENTS RÉFÉRENDUMS
DE LA Ve RÉPUBLIQUE

Depuis le début de la Ve République, en 1958, huit référendums ont eu lieu :

8 janvier 1961 : Autodétermination du peuple algérien.

8 avril 1962 : Ratification des accords d'Évian sur l'autodétermination de l'Algérie.

28 octobre 1962 : Élection du président de la République au suffrage universel.

27 avril 1969 : Réforme du Sénat et des régions, dont le rejet provoque le départ du général de Gaulle.

23 avril 1972 : Entrée de la Grande-Bretagne, de l'Irlande et du Danemark dans la Communauté européenne.

6 novembre 1988 : Accords de Matignon sur la Nouvelle-Calédonie.

20 septembre 1992 : Traité de Maastricht.

24 septembre 1995 : Passage du septennat au quinquennat pour la présidence de la République.

---

5. BANQUES : La banque franco-américaine Lazard, l'une des deux dernières grandes banques d'affaires privées au monde, fait son entrée à la Bourse de New York. À cette occasion, Michel

David-Weill, dernier dirigeant « *historique* » de la banque, cède ses parts au profit de managers qui privilégient les États-Unis.

5 AÉRONAUTIQUE : Le Falcon 7X, nouveau modèle haut de gamme des avions d'affaires de Dassault Aviation, effectue avec succès son premier vol d'essai durant 1 heure 30, depuis l'aéroport de Mérignac (Gironde).

6 PRESSE : Décès, à l'âge de 79 ans, de Claude Julien. Journaliste au service étranger du *Monde* dès 1951, il devient chef de ce service en 1969. Nommé rédacteur en chef du *Monde diplomatique* en 1973, il en assume la direction de 1982 à 1990.

6 IMMIGRATION : Après l'intervention de l'abbé Pierre, la préfecture de police régularise 12 sans-papiers qui faisaient une grève de la faim depuis le 17 mars.

6 ISLAM : L'Union des organisations islamiques de France (UOIF) quitte le bureau du Conseil français du culte musulman (CFCM), tout en en restant membre. La nomination de Moulay el-Hassan el-Alaoui Talibi au poste d'aumônier général musulman des prisons est à l'origine de cette décision.

7 GOUVERNEMENT : Le jour du troisième anniversaire de son arrivée au poste de premier ministre, Jean-Pierre Raffarin est hospitalisé pour une ablation de la vésicule biliaire. Le 9, il regagne l'hôtel de Matignon.

9 AMIANTE : La mission interministérielle d'enquête sur la rénovation du campus de Jussieu, à Paris, remet au gouvernement un rapport fustigeant ses dérives. L'opération, qui comporte un volet désamiantage, devrait coûter 1,39 milliard d'euros au lieu des 135 millions estimés initialement.

10 MÉDECINS : Trois cents chirurgiens libéraux s'exilent symboliquement pour quatre jours en Grande-Bretagne pour dénoncer la « *non-application* » de l'accord d'août 2004 sur les revalorisations d'honoraires, et la hausse de leurs primes d'assurance.

10 ÉTHIQUE MÉDICALE : Philippe Douste-Blazy, ministre des solidarités, de la santé et de la famille, met en place la nouvelle Agence de la biomédecine, qui aura la responsabilité des activités de procréation, d'embryologie et de génétique humaines.

11 TÉLÉCOMMUNICATIONS : Pour contrer la prééminence de France Télécom, les opérateurs Neuf Telecom et Cegetel annoncent leur fusion. La nouvelle entité ainsi créée détiendra 15 % du marché du téléphone fixe pour les entreprises et 13 % de l'offre Internet à haut débit.

11 IMMIGRATION : Le ministre de l'Intérieur, Dominique de Villepin, dévoile son *« plan d'action »* contre l'immigration clandestine. Il souhaite augmenter de 30 % le nombre de reconduites à la frontière afin d'atteindre le chiffre de 20 000 pour l'année 2005.

11 JUSTICE : Le Conseil d'État suspend l'application de deux circulaires sur le plaider-coupable, mesure phare de la loi Perben 2. **Le 19,** dans toute la France, les avocats manifestent pour s'opposer aux dispositions de cette même loi ayant abouti à l'emprisonnement, du 18 avril au 12 mai, de leur consœur toulousaine Me France Moulin. Ils demandent le vote d'une loi qui *« rééquilibrerait la procédure pénale au bénéfice de la défense »*.

12 POSTE : Le Parlement adopte la loi de régulation postale permettant à La Poste de devenir un établissement bancaire.

17 BOURSE : Alternext, le nouveau marché boursier parisien, ouvre officiellement ses portes à l'occasion de la première cotation des actions du courtier en crédits immobiliers Meilleurtaux.

17 JOUET : Smoby Majorette annonce son

intention de racheter son concurrent Berchet pour conforter sa place de leader français du jouet. Le groupe ainsi constitué réalise un chiffre d'affaires de 500 millions d'euros et devient le numéro deux européen de ce secteur, menacé par la fabrication chinoise.

20 CORSE : Le tribunal correctionnel de Paris condamne le nationaliste corse Charles Pieri à dix ans d'emprisonnement, la totalité de la peine requise par le ministère public pour « *abus de biens sociaux, recel, complicités, extorsion de fonds en relation avec une entreprise terroriste* ». Jean-Guy Talamoni, porte-parole de Corsica Nazione à l'Assemblée territoriale, est relaxé.

23 INTERNET : Patrick Devedjian, ministre délégué à l'industrie, publie dix propositions destinées à améliorer les relations entre les clients et les fournisseurs d'accès à Internet (FAI), visant particulièrement à rendre gratuit le temps d'attente des lignes téléphoniques.

23 FRANCE : Le paquebot *Norway* (ex-*France*) quitte le port de Bremerhaven (Allemagne), où il était immobilisé depuis deux ans, pour une destination inconnue.

23 VIOLENCES : Des incidents éclatent à Perpignan après la mort d'un jeune Franco-Algérien tué à coups de barre de fer. **Le 25**, deux Gitans sont mis en examen pour « *meurtre en bande organisée* ». **Le 29**, un nouveau meurtre d'un Maghrébin provoque des violences dans la cité, où huit personnes sont blessées et 37 interpellées. Le sénateur-maire (UMP) Jean-Paul Alduy tente d'apaiser les tensions entre les communautés gitane et maghrébine. **Le 31**, quatre des interpellés sont condamnés à des peines de prison ferme en comparution immédiate.

25 VITICULTURE : Environ 10 000 viticulteurs manifestent à Nîmes (Gard) pour réclamer des mesures d'urgence pour leur venir en aide. La dispersion donne lieu à de nombreux incidents dans la région Languedoc-Roussillon, dont font les frais magasins, chais, ainsi que les voies ferrées, ce qui bloque quelque 19 TGV.

26 JUSTICE : Décès, à l'âge de 72 ans, de Mᵉ Jean-Marc Varaut. Il fut le défenseur de Maurice Papon lors de son procès en 1998.

26 CATHOLICISME : Décès, à l'âge de 75 ans, de Mgr Max Couplet. Ancien secrétaire général de l'enseignement catholique, il avait été l'artisan de l'apaisement de la guerre scolaire après l'arrivée de la gauche au pouvoir en 1981.

29 RÉFÉRENDUM : Confirmant les sondages qui le donnaient gagnant, le « non » au Traité constitutionnel européen l'emporte par 54,68 % des voix, avec un fort taux de participation (69,34 %). Jacques Chirac prend acte de la « *décision souveraine* » des Français, tout en assurant que la France « *reste dans l'Union* » et « *continuera à y tenir toute sa place* ». Il confirme également sa volonté de donner « *une impulsion forte à l'action gouvernementale* ». Des partisans du « non » de gauche se réunissent place de la Bastille à Paris pour fêter leur victoire, tandis que Philippe de Villiers, partisan du « non » de droite, demande la démission du président de la République, ou une dissolution. **Le 31**, alors que l'euro, affaibli par le rejet de la Constitution, perd 1,37 % face au dollar, le président de l'Assemblée nationale, Jean-Louis Debré, plaide pour un relâchement des contraintes économiques posées par le pacte de stabilité et de croissance européen.

LA FRANCE, LE DANEMARK ET L'IRLANDE
ONT DÉJÀ DIT NON PAR LE PASSÉ

À trois reprises déjà, un refus de ratification a ralenti la marche de l'Union européenne :

Le 30 août 1954, l'Assemblée nationale française refuse, par 319 voix contre 264, de ratifier le projet de Communauté européenne de défense (CED) adopté deux ans auparavant par la France, l'Allemagne, l'Italie et les trois pays du Benelux.

Le 2 juin 1992, le Danemark dit « non » au référendum sur le traité de Maastricht. 50,7 % des électeurs refusent le passage à la monnaie unique. Aussitôt, les 11 partenaires de Copenhague déclarent que le processus de ratification doit continuer et que renégocier le traité est exclu. Le Danemark obtient le droit de ne pas adopter l'euro ainsi que des clauses d'exemption sur la défense commune, la citoyenneté européenne et la coopération policière. Le 18 mai 1993, le « oui » l'emporte avec 56,8 % des voix.

Le 8 juin 2001, l'Irlande, seul pays à se prononcer par référendum, rejette, par 54 % des suffrages, le traité de Nice, avec une participation réduite de 34 %. À Séville, en juin 2002, les Quinze garantissent la neutralité de l'Irlande, et, le 19 octobre 2002, 62,89 % des Irlandais approuvent le traité lors d'un second référendum.

30 PRESSE : Axel Ganz annonce qu'il quitte la direction de Prisma Presse (filiale de Gruner + Jahr, pôle presse du géant allemand des médias Bertelsmann) le 1er juillet. Il passe le relais à Fabrice Boé, qu'il a recruté il y a deux ans. Âgé de 67 ans, il abandonnera le directoire de Prisma à la fin de l'année pour créer une société destinée à *« développer des magazines pour le marché français »*.

31 AFFAIRES : Le tribunal de Nanterre prononce une ordonnance de non-lieu dans l'enquête conduite sur les pressions subies par trois juges qui avaient, le 30 janvier 2004, condamné Alain Juppé à dix-huit mois d'emprisonnement avec sursis et dix ans d'inéligibilité dans l'affaire des emplois fictifs du RPR.

31 GOUVERNEMENT : Tirant les conséquences de la victoire du « non » au référendum sur le Traité constitutionnel européen, le premier ministre Jean-Pierre Raffarin remet la démission de son gouvernement au président de la République. Après consultations, en particulier avec François Bayrou, président de l'UDF, qui refuse de participer à un gouvernement constitué dans une *«ambiance d'opéra bouffe»*, Jacques Chirac charge Dominique de Villepin, ancien ministre de l'intérieur, de le constituer. Le soir même, intervenant à la télévision pour la troisième fois en une semaine, Jacques Chirac affirme sa volonté de *«donner une nouvelle impulsion à la politique de la France»*, qui passe par la mobilisation pour l'emploi, ainsi que par le *«rassemblement»*. C'est pourquoi il demande à Nicolas Sarkozy, président de l'UMP, de *«rejoindre le gouvernement comme ministre d'État»*, revenant ainsi sur la règle posée, le 14 juillet 2004, de non-cumul de fonction gouvernementale et de présidence d'un parti politique. ■

International

2 OEA : Le socialiste José Miguel Insulza, ministre chilien de l'intérieur, est élu secrétaire général de l'Organisation des États américains (OEA). Son intention de réformer l'organisation, souvent considérée comme inféodée à Washington, n'en faisait pas le candidat favori des États-Unis.

3 IRAK : Plus de trois mois après les premières

élections multipartites du 30 janvier, le gouvernement irakien prête serment devant l'Assemblée, sans ministres de la défense ni du pétrole, sept ministères en tout n'étant pas pourvus. **Le 4**, un attentat-suicide fait au moins 45 morts à Erbil, la «*capitale*» du Parti démocratique du Kurdistan (PDK) de Massoud Barzani. **Le 6**, au moins 40 personnes sont tuées, et plus de 50 autres sont blessées dans deux attentats à la voiture piégée à Soueïra (sud de Bagdad) et Tikrit. **Le 11**, cinq attentats à Tikrit font au moins 54 morts. Cette recrudescence des attaques de la guérilla sunnite et de leurs alliés djihadistes étrangers amène les États-Unis à lancer l'opération Matador, visant à bloquer l'approvisionnement des rebelles par la Syrie. **Le 13**, le nouveau gouvernement prolonge de 30 jours l'état d'urgence décrété le 7 novembre 2004 dans le pays, à l'exception des trois provinces kurdes du Nord. **Le 16**, le grand ayatollah Ali al-Sistani et le leader radical chiite Moqtada al-Sadr lancent un appel au calme et à «*la fraternité*» entre chiites et sunnites. **Le 20**, les États-Unis annoncent l'ouverture d'une enquête après la publication à la «une» des quotidiens britannique *The Sun* et américain *The New York Post* de photographies de Saddam Hussein prisonnier, dont une en sous-vêtements. Le Pentagone estime que ces photos violent les règlements et les conventions de Genève sur le traitement des détenus. **Le 24**, un site Internet annonce qu'Abou Moussab al-Zarkaoui, chef d'Al-Qaida en Irak, aurait été blessé. **Le 29**, 40 000 soldats et policiers lancent l'opération Éclair, destinée à sécuriser Bagdad.

3 TOGO : Neuf jours après le scrutin largement contesté qui l'a porté au pouvoir, la Cour constitutionnelle du Togo confirme l'élection de Faure Gnassingbé, fils de feu le général-président Gnassingbé Eyadéma, à la présidence du pays par 60,15 % des suffrages exprimés.

3 SOMALIE : Au moins 15 personnes sont tuées et une quarantaine d'autres blessées dans l'explosion d'une bombe à Mogadiscio, lors d'un meeting du premier ministre somalien, Ali Mohammed Gedi, qui échappe à l'attentat.

4 TERRORISME : Les autorités pakistanaises annoncent l'arrestation, dans les zones tribales, d'Abou Faraj al-Libi, présenté comme le «*numéro trois*» du réseau terroriste Al-Qaida d'Oussama Ben Laden. George Bush se félicite de cette «*victoire majeure*».

LES PRINCIPAUX CADRES D'AL-QAIDA CAPTURÉS OU ÉLIMINÉS DEPUIS MARS 2002

28 mars 2002 : Zein al-Abidine Mohammed Hussein, alias «Abou Zubeida», responsable du recrutement dans les camps afghans d'Al-Qaida, est arrêté à Faisalabad, au Pakistan, et remis aux Américains.

11 septembre 2002 : Un an jour pour jour après la tragédie du World Trade Center de New York, Ramzi Ben al-Shaiba, Yéménite, membre de la cellule dite de Hambourg, et proche de Mohammed Atta, le chef des commandos-suicides, est arrêté à Karachi (Pakistan) et remis aux Américains.

Octobre 2002 : Abdel Rahim al-Nachiri, un Saoudien qui aurait organisé les attentats contre les ambassades américaines au Kenya et en Tanzanie en août 1998 (224 morts), est arrêté aux Émirats arabes unis et remis aux États-Unis.

1er mars 2003 : Khaled Cheikh Mohammed, arrêté au Pakistan et détenu par les Américains, est présenté, à Washington, comme le véritable cerveau des attentats du 11 septembre 2001. Sa tête avait été mise au même prix que celles d'Oussama Ben Laden et de son lieutenant, l'Égyptien Ayman al-Zawahiri : 25 millions de dollars.

19 juin 2004 : Abdel Aziz Ben Issa al-Mouqrine, considéré comme le chef d'Al-Qaida dans son pays, l'Arabie saoudite, est tué

par les forces saoudiennes, comme son prédécesseur, le Yéménite Khaled Ben Ali Haj, éliminé début avril 2004.

13 juillet 2004 : Mohammed Naïm Nour Khan, 25 ans, informaticien pakistanais, est arrêté à Lahore. C'est lui qui aurait « donné » Ghailani. Les ordinateurs des deux hommes contenaient des fichiers indiquant une surveillance de cibles potentielles américaines et britanniques. Leur découverte avait provoqué une brusque alerte à la menace terroriste aux États-Unis en été 2004.

25 juillet 2004 : Ahmed Khalfan Ghailani, un Tanzanien qui aurait joué un rôle important dans les attentats de 1998 contre les ambassades américaines à Nairobi (Kenya) et à Dar-es-Salaam (Tanzanie), est arrêté à Gujrat (Pakistan oriental) à l'issue d'une bataille de douze heures.

26 septembre 2004 : Amjad Farooqi, militant pakistanais, sergent recruteur d'Al-Qaida dans son pays, inculpé dans le meurtre du journaliste américain Daniel Pearl, est tué par la police. Il aurait organisé, avec Abou Faraj al-Libi, les deux attentats manqués contre le président pakistanais Pervez Musharraf, en décembre 2003.

4 INFORMATIQUE : Le groupe informatique américain IBM annonce son intention de supprimer entre 10 000 et 13 000 emplois, sur près de 319 000 salariés répartis dans 170 pays, soit 3 à 4 % de ses effectifs mondiaux. En Europe, des plans sociaux sont déjà en négociation, en Allemagne et en France.

4 COMMERCE : Les ministres du commerce d'une trentaine de pays membres de l'Organisation mondiale du commerce (OMC), réunis à Paris, concluent un accord sur les tarifs agricoles, donnant ainsi un nouvel élan aux négociations commerciales sur la libéralisation du commerce. **Le 26**, le Français Pascal Lamy, ancien commissaire européen au commerce, est formellement désigné pour occuper le poste de directeur général de l'Organisation mondiale du commerce (OMC) par les 148 pays membres réunis en conseil général au siège de l'institution, à Genève. Il entrera en fonction le 1er septembre pour un mandat de quatre ans.

4 MONACO : Selon *Paris Match*, le prince Albert II aurait eu un fils d'une liaison avec une ancienne hôtesse de l'air.

5 IRLANDE DU NORD : Le révérend Ian Paisley, 79 ans, chef des Démocrates unionistes (DUP), sort gagnant des élections générales, avec neuf députés (+ 3). Son adversaire, David Trimble, démissionne de son poste de chef des Unionistes d'Ulster (UUP).

5 GRANDE-BRETAGNE : Les travaillistes de Tony Blair remportent une victoire historique aux élections législatives, la troisième d'affilée, en obtenant 356 sièges (– 60), contre 197 aux conservateurs et 62 aux démocrates-libéraux. **Le 6**, reconduit premier ministre pour la troisième fois, égalant ainsi le record de Margaret Thatcher, Tony Blair procède à un remaniement gouvernemental qui n'affecte pas les trois piliers du cabinet, Gordon Brown (finances), Jack Straw (affaires étrangères) et Charles Clarke (intérieur). **Le 17**, dans le discours du trône, lu comme le veut la tradition par la reine Elizabeth II, le premier ministre met l'accent sur la lutte contre la criminalité et la petite délinquance.

5 PALESTINE : Aux élections municipales, le Fatah, mouvement du chef de l'Autorité palestinienne, Mahmoud Abbas, devance le Hamas, Mouvement de la résistance islamique, qui fait pourtant une percée dans les grandes villes. **Le 9**, le premier ministre israélien, Ariel Sharon, confirme que les évacuations forcées des colonies n'interviendront qu'à partir du 15 août.

6 ITALIE : Mettant un terme à quatre ans d'imbroglio juridique et de tensions entre Paris et Rome, le gouvernement italien lève le blocage des droits de vote d'EDF dans Edison, lui permettant ainsi de lancer une OPA qui en fera le numéro deux de l'électricité en Italie.

6 ALGÉRIE : À l'occasion de la commémoration du 60ᵉ anniversaire de la répression des manifestations indépendantistes, qui firent entre 15 000 et 20 000 morts en mai 1945, le président Abdelaziz Bouteflika, dans une déclaration lue par son ministre des anciens combattants, retient du *« règne »* colonial français un *« génocide »* et des *« fours »*. **Le 11**, les autorités françaises appellent au *« travail de mémoire et de vérité »*.

7 LIBAN : Après quatorze ans d'exil, le général Michel Aoun rentre à Beyrouth, où, devant plusieurs milliers de personnes, il expose ses idées sur la réforme du pays. **Le 29**, la liste du Courant du futur, parti de Saad Hariri, fils de l'ancien premier ministre assassiné le 14 février, remporte l'ensemble des 19 sièges à pourvoir à Beyrouth, où s'ouvre la première phase des élections législatives libanaises.

7 ESPAGNE : Au terme du processus de régularisation, près de 600 000 immigrés clandestins, dont la moitié de Latino-Américains, se sont enregistrés auprès des autorités. Qualifiée de succès par le gouvernement du socialiste José Luis Rodriguez Zapatero, cette régularisation est contestée par les conservateurs du Parti populaire, qui dénoncent un *« effet d'appel »* sur les candidats à l'immigration.

7 COMMÉMORATION : George Bush, se rendant à Moscou pour les cérémonies du 60ᵉ anniversaire de la fin de la Seconde Guerre mondiale, fait escale à Riga (Lettonie), où il évoque *« l'oppression communiste »* subie par les pays baltes après 1945. **Le 8**, à Moscou, Vladimir Poutine reçoit une soixantaine de chefs d'État et de gouvernement, dont Jacques Chirac, Gerhard Schröder, le Chinois Hu

Jintao, le Japonais Junichiro Koizumi. Mais ni les dirigeants estoniens, lituaniens et géorgiens n'assistent à ces célébrations, qui donnent l'occasion de revoir sur la place Rouge des portraits de Staline et des drapeaux rouges frappés de la faucille et du marteau. **Le 10**, George Bush se rend pour la première fois en Géorgie, dernière étape de sa tournée européenne. Il est acclamé à Tbilissi par la foule et propose au président Mikhaïl Saakachvili l'aide américaine pour résoudre la question des enclaves séparatistes d'Ossétie du Sud et d'Abkhazie, soutenues par la Russie. **Le 12**, la Géorgie exige l'évacuation des deux bases militaires russes installées sur son territoire.

TROIS DATES
POUR UNE MÊME CAPITULATION

7, 8 et 9 mai 1945 : Trois dates pour une même capitulation sans conditions, qui fut signée à Reims, où s'était installé quelques semaines auparavant le quartier général des Forces expéditionnaires alliées en Europe sous le commandement du général Eisenhower. L'acte de capitulation fut paraphé le 7 mai à 2 h 41 par le chef d'état-major allié, le général américain Bedell Smith, le chef de la Mission militaire soviétique en France, le général Sousloparov, avec le chef d'état-major de l'armée allemande, le général Jodl. Le général français François Sevez signa comme témoin. L'arrêt des combats était prévu pour le 8 mai. La capitulation donna lieu, au lendemain de la signature de Reims, à une seconde cérémonie de signature au quartier général de l'Armée rouge à Berlin, dans le quartier de Karlshorst, où se trouve aujourd'hui un petit musée dédié à l'événement. Les Soviétiques, qui avaient pris Berlin, tombé le 2 mai après dix jours de combats, ne voulaient pas être en reste. Pour eux, le jour effectif de la fin de la guerre est donc le 9 mai.

7 CATHOLICISME : Prenant possession de la cathédrale Saint-Jean-de-Latran de Rome, dont il est l'évêque, le pape Benoît XVI condamne toute légalisation de l'avortement et de l'euthanasie, reprenant ainsi le combat mené par son prédécesseur, Jean-Paul II. **Le 13,** jour anniversaire des apparitions de Fatima, en 1917, et de l'attentat de 1981 contre Jean-Paul II, Benoît XVI annonce que la «*cause*» de béatification de ce dernier a été ouverte. Le même jour, il nomme William Levada, 69 ans, archevêque de San Francisco, pour lui succéder à la tête de la Congrégation pour la doctrine de la foi. **Le 29**, pour son premier déplacement hors du Vatican, le nouveau pape se rend à Bari, port italien de l'Adriatique, où il défend l'«*expression de l'identité chrétienne*» contre la «*consommation effrénée*» et prêche le dialogue avec l'orthodoxie.

8 CENTRAFRIQUE : Le président sortant, le général François Bozizé, 58 ans, remporte avec 64,6% des voix l'élection présidentielle face à l'ancien premier ministre François Ziguélé (35,4% des suffrages).

8 TUNISIE : Le Rassemblement constitutionnel démocratique (RCD), parti du président Ben Ali, remporte, avec 94% des voix, une victoire sans surprise aux élections municipales.

8 URUGUAY : La coalition de gauche du président Tabaré Vazquez élargit son assise en remportant les élections locales dans cinq des départements les plus peuplés du pays.

9 BANQUES : En rachetant pour 4,3 milliards d'euros la banque sud-africaine Absa, l'établissement britannique Barclays détient 21% du marché bancaire sud-africain et réalise le plus important investissement étranger depuis la fin de l'apartheid.

9 ALLEMAGNE : Désavoués par leurs actionnaires, les dirigeants de la Deutsche Börse, Werner Seifert et Rolf Breuer, démissionnent. Alors qu'ils voulaient racheter la Bourse de Londres, un fonds suggère plutôt un rapprochement avec Euronext, qui gère les places de Paris, Bruxelles, Amsterdam et Lisbonne.

10 ALLEMAGNE : Le mémorial aux victimes de la Shoah, dédié aux seules victimes juives du nazisme, est inauguré à Berlin. Situé tout près de la porte de Brandebourg, il est l'œuvre de l'architecte Peter Eisenman.

10 ASSURANCES : Après deux mois d'audience, la justice californienne rend son verdict dans l'affaire Executive Life, compagnie d'assurance-vie en faillite, rachetée par les Français. Si Artémis, la holding du groupe Pinault, est reconnue partiellement coupable, François Pinault est personnellement innocenté.

QUINZE ANNÉES
D'UN IMBROGLIO FINANCIER
ET POLITIQUE

Avril 1991 : Faillite de l'assureur américain Executive Life, repris par l'État de Californie.

Novembre 1991 : Altus, une filiale du Crédit lyonnais, achète le portefeuille de junk bonds (obligations à haut risque) d'Executive Life. Un ensemble d'actionnaires, mené par la MAAF, assure la poursuite de l'activité de la compagnie, rebaptisée Aurora.

Décembre 1992 : Artémis, holding de François Pinault, achète la majeure partie du portefeuille de junk bonds pour 2 milliards de dollars, financés à 100 % par le Crédit lyonnais.

Août 1994 et juin 1995 : Artémis prend le contrôle d'Aurora.

Juillet 1998 : L'homme d'affaires François Marland dénonce aux États-Unis le portage d'Executive Life par Altus et la MAAF.

Début 1999 : Le département des assurances de Californie obtient copie des conventions de portage qui ont permis à Altus et à ses partenaires d'acquérir Executive Life. Le Crédit lyonnais remet ces pièces à la justice et à la Réserve fédérale (Fed).

Janvier 1999 : L'avocat américain du Crédit lyonnais déclare à la Fed avoir été trompé par Altus et reconnaît des déclarations mensongères et le caractère frauduleux du montage.

Février 1999 : Une procédure est engagée contre Altus, le Crédit lyonnais, la MAAF et le Consortium de réalisation (CDR), qui gère l'héritage d'Altus. Le parquet de Californie et la Fed mènent l'enquête.

À partir d'avril 2001 : Le dossier devient une affaire d'État. Le « *camp français* » négocie avec le ministère américain de la justice et la Fed. Les attentats du 11 septembre repoussent *sine die* les négociations.

Juin 2002 : Un nouvel accord aboutit à une amende de 200 millions de dollars au profit de la Fed. Le ministère de la justice américain ne fixe pas de seuil pour son indemnisation. Il existe encore une chance de protéger le Crédit lyonnais. Mais Washington annule une rencontre prévue et confie le dossier au parquet de Los Angeles. C'est la fin des espoirs français.

15 décembre 2003 : Le Crédit lyonnais et le CDR concluent avec la justice américaine une transaction amiable d'un montant de 771 millions de dollars. Cet accord met fin à la procédure pénale, mais il exclut Jean Peyrelevade.

2005 : Le CDR et le Lyonnais signent un accord amiable de 600 millions de dollars avec les Américains pour mettre un terme au procès. MAAF Assurances, n'ayant pas d'actifs aux États-Unis, quitte le tribunal, laissant Artémis seule devant les plaignants. Le procès civil débute le 15 février à Los Angeles.

10-11 SUD : Brasília accueille le premier sommet des pays d'Amérique du Sud et des pays arabes. Destiné à stimuler les échanges entre les deux régions, il ébauche un axe économique et politique Sud-Sud, la déclaration finale soutenant les Palestiniens et critiquant Israël et les États-Unis.

11 ISLAM : Des émeutes éclatent en Afghanistan, faisant au moins quatre morts, après les révélations de l'hebdomadaire américain *Newsweek*, selon lesquelles un exemplaire du Coran aurait été profané sur la base de Guantanamo (Cuba), où sont détenus les suspects islamistes. La rancœur antiaméricaine s'étend dans le pays les jours suivants. **Le 15**, l'hebdomadaire présente ses excuses, expliquant qu'il a pu publier une information qui est peut-être « *erronée* », avant de se désavouer le lendemain, sous forte pression du gouvernement américain.

12 UNION EUROPÉENNE : La Chambre des députés autrichienne ratifie le Traité constitutionnel européen par 182 voix pour et une seule contre. Le même jour, le Parlement de Slovaquie l'adopte également, par 116 voix contre 27 et 4 abstentions, ainsi que la chambre basse allemande, le Bundestag, à 94 % des voix.

12 TURQUIE : La Cour européenne des droits de l'homme (CEDH) juge inéquitable le procès qui a conduit, en 1999, à la condamnation à mort — commuée en peine de prison à perpétuité en 2002 — du leader kurde Abdullah Öcalan. Un nouveau procès devra donc avoir lieu.

SIX ANS DE PROCÉDURE

15 février 1999 : Abdullah Öcalan, chef du Parti des travailleurs du Kurdistan (PKK), est capturé à Nairobi (Kenya) par les services de sécurité turcs.

28 avril 1999 : Ouverture du procès d'Abdullah Öcalan devant la Cour de sûreté de l'État.

29 juin 1999 : Abdullah Öcalan est condamné à mort pour « *trahison* » et « *tentative de diviser la Turquie* ».

3 octobre 2002 : La peine de mort prononcée contre Abdullah Öcalan est commuée en réclusion à perpétuité.

12 mars 2003 : La Cour européenne des droits de l'homme (CEDH) donne partiellement raison aux plaintes d'Abdullah Öcalan, estimant son procès « *inéquitable* ». La Turquie fait aussitôt appel.

9 juin 2004 : Réexamen devant la CEDH d'un recours d'Abdullah Öcalan contre ses conditions de détention.

12 mai 2005 : La CEDH confirme la condamnation de la Turquie pour « *procès inéquitable* » et recommande un nouveau procès.

13 COMMERCE : Le Français Pascal Lamy,
ancien commissaire européen au commerce, est
désigné comme seul candidat au poste de directeur
général de l'Organisation mondiale du commerce
(OMC). **Le 26**, ayant bénéficié du soutien des États-
Unis, sa nomination est formellement confirmée lors
de l'assemblée générale de l'OMC. Il entrera en fonction le 1er septembre pour un mandat de quatre ans.

13 OUZBÉKISTAN : Une manifestation opposée au président Islam Karimov à Andijan, ville de
l'est du pays, est réprimée à la mitrailleuse lourde.
Le 17, Tachkent reconnaît 169 tués, majoritairement des « *terroristes* », tandis que des observateurs
et des militants des droits de l'homme parlent de 500
à 700 morts.

13 RUSSIE : Le groupe pétrolier Ioukos est
condamné à verser 62,4 milliards de roubles
(2,2 milliards de dollars, soit 1,7 milliard d'euros) au
groupe public Rosneft, qui a acquis en décembre
Iouganskneftegaz, principale filiale de production
pétrolière de Ioukos.

15 CROATIE : Le Parti conservateur au pouvoir sort affaibli des élections municipales et régionales, l'opposition de gauche remportant les principales villes, et arrivant en tête dans neuf des
21 assemblées régionales.

16 KOWEÏT : Les femmes obtiennent les droits
de vote et d'éligibilité par un amendement de la loi
électorale voté par le Parlement.

16 AFGHANISTAN : L'enlèvement d'une humanitaire italienne, Clementina Cantoni, est revendiqué

par le groupe criminel de Tela Mohammed. Elle est libérée le 9 juin.

16 ÉLECTRONIQUE : Le fabricant de semi-conducteurs franco-italien STMicroelectronics (STM) annonce un plan de réduction des effectifs portant sur 3 000 emplois hors Asie d'ici à mi-2006, la restructuration la plus importante de son histoire. 2 300 de ces postes concernent l'Europe.

17 ÉTATS-UNIS : Antonio Villaraigosa, un démocrate fils d'immigrés mexicains, devient le premier maire « latino » de la mégalopole de Los Angeles.

17 ESPAGNE : Le Congrès des députés approuve par 192 voix contre 147 une motion du Parti socialiste ouvrier espagnol (PSOE) permettant au gouvernement d'entamer un processus de dialogue avec l'ETA, à condition que ce mouvement séparatiste armé basque, inscrit sur la liste européenne des organisations terroristes, abandonne les armes.

18 CÔTE D'IVOIRE : À Paris, les quatre principales forces d'opposition ivoirienne annoncent leur alliance en vue des élections générales (présidentielle et législative) d'octobre. Cet accord menace directement le président Gbagbo.

18 PAYS BALTES : L'Estonie et la Russie signent un traité régularisant leur frontière, Tallin cédant à Moscou une parcelle de territoire annexée par l'URSS en 1945.

20 TEXTILES : Devant les protestations entraînées par la libération de ses exportations textiles, la Chine accepte de relever les taxes sur certaines de ses productions. **Le 25**, la Commission européenne décide de saisir l'Organisation mondiale du commerce (OMC) au sujet de deux produits particulièrement envahissants : les tee-shirts et les fils de lin. **Le 30**, refusant de se voir imposer des restrictions à ses exportations, la Chine supprime les taxes à compter du 1er juin sur 81 catégories de produits.

22 ALLEMAGNE : Le Parti social-démocrate (SPD) enregistre une lourde défaite aux élections régionales dans son fief de Rhénanie-du-Nord-Westphalie, où il n'obtient que 37,1 % des voix (−5,7 %), la CDU recueillant 44,8 % des voix (+7,8 %). Cette poussée de la CDU se fait en partie au détriment de ses alliés libéraux du FDP (−3,6 points à 6,2 %). Tirant les conséquences de cet échec, le président du SPD, Franz Müntefering, et le chancelier Schröder demandent au président de la République, Horst Köhler, d'organiser, avec un an d'avance, des élections législatives. **Le 24**, Oskar Lafontaine, ex-président du SPD annonce qu'il quitte le parti. **Le 30**, l'Union chrétienne-démocrate (CDU) et l'Union sociale-chrétienne (CSU), le parti frère bavarois, désignent la présidente de la CDU, Angela Merkel, pour affronter le chancelier sortant Gerhard Schröder lors des prochaines élections générales, en septembre.

22 MONGOLIE : Le candidat du Parti révolutionnaire et populaire mongol (MPRP, ex-communiste), Nambar Enkhbayar, est élu président avec 53,4 % des voix, contre 20 % à Mendsaikhan Enksaikhan, du Parti démocratique.

23 IRAK : Trois journalistes roumains, enlevés le 28 mars, sont libérés. **Le 27**, on apprend qu'ils auraient été victimes de l'affairisme de leur guide américano-irakien et d'un richissime Roumano-Syrien, accusés par le Parquet de Bucarest d'avoir « *organisé et financé* » leur enlèvement. **Le 28**, la mort d'un otage japonais, enlevé le 8 mai, est confirmée.

25 RUSSIE : Une panne d'électricité plonge Moscou et sa région dans l'obscurité. Deux millions de personnes, y compris Vladimir Poutine au Kremlin, en sont victimes. **Le 27**, des Tchétchènes déclarent sur un site Internet être les auteurs de cette panne.

25 PÉTROLE : Les présidents d'Azerbaïdjan, du Kazakhstan, de Géorgie et de Turquie inaugurent l'oléoduc Bakou-Tbilissi-Ceyhan (BTC). Ce projet d'un coût de 4 milliards de dollars, conçu par un consortium mené par BP, et qui permettra d'acheminer le pétrole de la mer Caspienne vers l'Occident sans traverser la Russie, sera opérationnel fin 2005.

25 PORTUGAL : Le premier ministre José Socrates annonce un plan de rigueur pour réduire les déficits publics.

25 ÉGYPTE : Avec un taux de participation de 53,46 % des 32,5 millions d'inscrits, les Égyptiens approuvent à 82,86 % des voix une réforme de la Constitution instaurant l'élection du président de la République au suffrage universel parmi plusieurs candidats.

26 BURKINA FASO : Décès du général Aboubacar Lamizana, ancien président de la Haute-Volta (ancien nom du pays) de 1966 à 1980.

26 PROCHE-ORIENT : George Bush reçoit à la Maison-Blanche le président de l'Autorité palestinienne, Mahmoud Abbas, alors qu'il n'y avait jamais invité son prédécesseur, Yasser Arafat. Le président américain s'engage à œuvrer pour la création d'un État palestinien, qualifiant Mahmoud Abbas d'« *homme dévoué à la démocratie* ».

27 UNION EUROPÉENNE : Deux semaines après les députés du Bundestag, et deux jours avant le référendum français, 15 des 16 *Länder* représentés au Bundesrat, la chambre haute allemande, adoptent le Traité constitutionnel européen.

27 ARMES NUCLÉAIRES : La conférence de révision du Traité de non-prolifération nucléaire (TNP) s'achève à New York sans résultat tangible, après environ un mois de discussions.

27 TURQUIE : Le Parlement turc approuve une révision du Code pénal, figurant parmi les conditions clés de l'ouverture des pourparlers d'adhésion d'Ankara à l'Union européenne, prévus le 3 octobre.

30 NUCLÉAIRE : ENEL, le numéro un italien de l'électricité, en signant avec le français EDF un accord de financement à 12,5 % du programme du réacteur EPR (European Pressurized Reactor) de Flamanville (Manche), marque le retour de l'Italie dans un secteur auquel ce pays avait renoncé il y a près de vingt ans.

30 GÉORGIE : Les ministres russe et géorgien des affaires étrangères, Sergueï Lavrov et Salomé Zourabichvili, parviennent à un accord sur les modalités d'un retrait des troupes russes du territoire de la Géorgie avant la fin 2008.

31 ÉTATS-UNIS : La Cour suprême américaine annule la condamnation du cabinet d'audit Arthur Andersen pour la destruction de documents liés à Enron, en raison d'erreurs dans l'instruction. Les magistrats estiment que le jury a été influencé. Ce verdict constitue un revers pour le Département de la justice.

LA CHUTE DE CE GRAND NOM DE L'AUDIT N'A PRIS QUE QUELQUES MOIS

1913 : Création du cabinet d'expertise comptable Andersen, Delany and Co.

19 octobre 2001 : Ouverture d'une enquête de la Commission des opérations de Bourse américaine (SEC) sur la comptabilité du groupe énergétique Enron, qui vient d'afficher, au troisième trimestre 2001, une perte de 618 millions de dollars.

23 octobre 2001 : Selon le Département de la justice, Andersen commence à détruire des documents concernant la comptabilité d'Enron.

8 novembre 2001 : La SEC envoie une réquisition à Andersen. Les destructions de documents cessent immédiatement.

2 décembre 2001 : Enron est déclaré en faillite.

15 janvier 2002 : David Duncan, partenaire d'Andersen chargé d'Enron, est licencié.

14 mars 2002 : Andersen, qui emploie 28 000 personnes, est mis en examen pour obstruction à la justice par destruction de pièces comptables.

15 juin 2002 : Andersen est jugé coupable par la cour fédérale de Houston du crime d'« *obstruction à la justice* ».

12 septembre 2002 : KPMG reprend les activités d'Andersen dans certains pays, notamment en France.

31 ÉTATS-UNIS : Les deux journalistes du *Washington Post*, Bob Woodward et Carl Bernstein, révèlent que « Gorge profonde », l'informateur du scandale du Watergate ayant entraîné la démission du président Richard Nixon en 1974, était Mark Felt, ancien numéro deux du FBI, aujourd'hui âgé de 91 ans.

LE WATERGATE : UN « *CAMBRIOLAGE* » QUI DÉBOUCHA SUR LA DESTITUTION DE RICHARD NIXON

Le scandale du Watergate, une affaire d'écoutes téléphoniques illégales, a entraîné pour la première fois la démission d'un président américain, le républicain Richard Nixon.

17 juin 1972 : Cinq cambrioleurs sont surpris au quartier général du Parti démocrate dans l'immeuble du Watergate à Washington. Ils venaient ajuster des micros posés trois semaines plus tôt.

6 novembre 1972 : Réélection triomphale du président Nixon.

7 février 1973 : Constitution d'une commission d'enquête du Sénat alors que les révélations de la presse, notamment du *Washington Post*, sur les implications de la Maison-Blanche dans les écoutes illégales se font de plus en plus précises.

13 juillet 1973 : Alexander Butterfield, l'ancien secrétaire personnel du président, révèle que Nixon a enregistré toutes les

conversations tenues dans le Bureau Ovale de la Maison-Blanche depuis 1971.

20 octobre 1973 : Nixon congédie le procureur indépendant Cox, chargé de l'enquête sur le Watergate, après avoir refusé de lui transmettre certains enregistrements.

30 octobre 1973 : Ouverture d'une procédure de destitution par le Congrès contre Nixon.

8 août 1974 : Nixon annonce sa démission.

31 RUSSIE : Le procès-fleuve, long de près d'un an, de l'oligarque Mikhaïl Khodorkovski, ancien patron du groupe pétrolier Ioukos, s'achève par sa condamnation, ainsi que celle de son associé, Platon Lebedev, à des peines de neuf années de prison. Mikhaïl Khodorkovski dénonce un procès politique, tandis que le président russe, Vladimir Poutine, le présente comme un simple procès pour évasion fiscale.

LA FIN D'UN EMPIRE ÉPHÉMÈRE

1995 : La banque Menatep, dirigée par Mikhaïl Khodorkovski, achète la société pétrolière Ioukos pour 350 millions de dollars.

1998 : La Russie déclare un moratoire sur sa dette. En pleine crise financière, Mikhaïl Khodorkovski transfère des actifs de Ioukos vers des zones offshore pour éviter de rembourser ses créanciers étrangers.

2002 : Il devient, selon le magazine américain *Forbes*, l'homme le plus riche de Russie.

Février 2003 : Première confrontation avec le président Vladimir Poutine. Mikhaïl Khodorkovski finance des partis politiques, milite pour la construction d'oléoducs privés et s'oppose à la taxation sur les sociétés pétrolières.

Juillet 2003 : Platon Lebedev, un des responsables de Menatep, est inculpé de détournement d'actions lors d'une privatisation réalisée en 1994. Les premières perquisitions au siège de Ioukos ont lieu le 11 juillet.

25 octobre 2003 : Arrestation en Sibérie de Mikhaïl Khodorkovski, inculpé d'escroquerie et d'évasion fiscale à grande
échelle.

30 octobre 2003 : Mise sous séquestre de 44 % du capital du
géant pétrolier Ioukos.

15 avril 2004 : Gel des actifs de Ioukos.

26 mai 2004 : Le groupe est condamné à verser 3,4 milliards de
dollars d'arriérés d'impôts pour l'année 2000.

16 juin 2004 : Ouverture du procès de Platon Lebedev et Mikhaïl
Khodorkovski.

17 juin 2004 : Vladimir Poutine assure que les autorités feront
tout pour éviter la faillite de Ioukos.

1er juillet 2004 : Gel des comptes bancaires de Ioukos. Nouveau redressement fiscal de 3,4 milliards d'arriérés au titre de
2001.

24 septembre 2004 : Le président russe assure que l'État n'a pas
pour objectif la nationalisation de Ioukos.

15-19 décembre 2004 : Ioukos demande à être placé sous la protection de la loi américaine sur les faillites.

17 janvier 2005 : Aux sept chefs d'accusation contre Mikhaïl
Khodorkovski et Platon Lebedev s'ajoute celle de blanchiment d'argent.

9 février 2005 : Menatep réclame à l'État russe 28 millions de
dollars.

24 février 2005 : La justice américaine refuse la protection de la
loi sur les faillites.

29 mars 2005 : Dix ans de prison sont requis contre Mikhaïl
Khodorkovski.

31 IRAK : Quelque 672 Irakiens ont péri et 1 174
ont été blessés dans les violences qui se sont pro-
duites au mois de mai, soit près de 19 % de plus
qu'en avril, selon des statistiques officielles. Pour ce
qui concerne exclusivement les civils, 434 Irakiens
ont été tués et 775 blessés dans 33 attentats à la voiture piégée, 17 explosions de bombes et 30 attaques
armées.

31 THAÏLANDE : L'ancien gouverneur de la

banque centrale de Thaïlande (BOT), Rerngchai Marakanond, est condamné à 186 milliards de bahts (3,7 milliards d'euros) d'amende pour sa mauvaise gestion ayant provoqué la crise financière qui a frappé le royaume en 1997, avant de se propager en Asie.

31 SUISSE : Décès de l'écrivain et prostituée genevoise Grisélidis Réal. Ayant pris fait et cause pour la lutte des prostituées, notamment lors de l'occupation de la chapelle Saint-Bernard, en juin 1975 à Paris, la « *catin révolutionnaire* » soutenait que la prostitution peut être un choix et un acte libre. ■

Science

5 ÉNERGIE ATOMIQUE : Un accord technique sur le réacteur de recherche sur la fusion thermonucléaire (ITER) est signé à Genève entre l'Union européenne et Tokyo. Moyennant des compensations industrielles, les Japonais pourraient renoncer à accueillir l'installation, au profit du site français de Cadarache.

16 VACCINS : Bill Gates, le fondateur de Microsoft et l'homme le plus riche du monde, s'engage à donner 450 millions de dollars (près de 345 millions d'euros) à la recherche médicale dans le monde afin de financer la mise au point et la distribution de vaccins contre des maladies telles que la tuberculose et la malaria.

18 GÉNÉTIQUE : L'hôpital de l'université flamande de Bruxelles (VUB) annonce la naissance des deux premiers « *bébés médicaments* » conçus en Belgique.

19 CLONAGE : Une équipe dirigée par le professeur Woo Suk-hwang, de l'université de Séoul, annonce avoir produit par clonage 11 lignées de cellules souches compatibles sur le plan immunologique avec les personnes chez lesquelles les cellules somatiques avaient été prélevées. **Le 20**, le quotidien britannique *The Times* révèle qu'une équipe de l'université de Newcastle a créé par clonage un embryon humain à partir duquel pourront être obtenues des cellules souches.

20 RECHERCHE : Près de 3 000 chercheurs manifestent à Paris pour protester contre les lenteurs du gouvernement à mettre en place la loi de programmation de la recherche mais aussi les facilités accordées — en partie aux dépens des organismes — à la toute nouvelle Agence nationale de la recherche (ANR). ■

Culture

1ᵉʳ MUSIQUE : Deux personnes trouvent la mort au cours du Teknival de Marigny-le-Grand (Marne), qui a commencé le 29 avril. La manifestation de musique techno, qui réunit quelque 40 000 « teufers », a été également perturbée par une invasion de chenilles urticantes, qui avait failli en entraîner l'annulation.

2 DÉCÈS de Renée Faure, à l'âge de 86 ans. Sociétaire honoraire de la Comédie-Française, elle a partagé sa carrière entre le théâtre et le cinéma.

2-3 ARTISTES : Les premières Rencontres pour l'Europe de la culture réunissent à la Comédie-Française, à Paris, 800 artistes et intellectuels venus des 25 pays de l'Union. Reçues par Jacques Chirac, plusieurs vedettes (dont Johnny Hallyday et Jeanne Moreau) appellent à voter « oui » au référendum sur la Constitution européenne. Le président du Conseil européen et premier ministre du Luxembourg Jean-Claude Juncker déclare souhaiter « *sortir le budget culturel de sa médiocrité* ».

3 NUMÉRISATION : Le président en exercice de l'UE, le premier ministre luxembourgeois Jean-Claude Juncker, se prononce à Paris pour une bibliothèque numérique européenne. Il répond ainsi à l'attente des 19 bibliothèques qui ont signé un manifeste commun pour contrer le projet de Google, qui a annoncé le 14 décembre 2004 le lancement d'une bibliothèque virtuelle gratuite de 15 millions de titres imprimés (environ 4,5 milliards de pages en ligne).

4 ARCHITECTURE : La rénovation de la place Stanislas de Nancy (Meurthe-et-Moselle), chef-d'œuvre de l'architecte Emmanuel Héré (XVIIIe siècle), inscrit au patrimoine mondial de l'humanité par l'Unesco, est inaugurée au terme de dix mois de travaux qui lui ont rendu son aspect originel.

7 LITTÉRATURE : Considéré par la critique comme l'un des grands talents de la littérature américaine, l'écrivain Tristan Egolf se suicide dans sa ville natale de Lancaster (Pennsylvanie).

8 FONDATIONS : Dans un article publié par *Le Monde*, François Pinault annonce qu'il abandonne son projet de construction d'un musée d'art contemporain sur le site des usines Renault à l'île Seguin de Boulogne-Billancourt (Hauts-de-Seine). Il installera une partie de sa collection au palais Grassi, à Venise, qu'il rachète au groupe Fiat pour 29 millions d'euros.

9 THÉÂTRE : La 19e cérémonie des Molières distingue *Le Dernier Caravansérail* (meilleur spec-

tacle public) du Théâtre du Soleil d'Ariane Mnouch-
kine (meilleure compagnie), ainsi que *Le roi se
meurt* (meilleur spectacle privé), dont l'interprète
Michel Bouquet reçoit le Molière du meilleur comédien.

9 AUDIOVISUEL : Le Conseil supérieur de
l'audiovisuel (CSA) choisit les huit dernières chaînes
qui viendront compléter l'offre de la télévision
numérique terrestre (TNT) : quatre gratuites et
quatre payantes.

10 LITTÉRATURE : Décès à Zurich de l'écrivain suisse alémanique Otto Steiger, à l'âge de
95 ans.

10 ARCHITECTURE : Le projet de l'architecte
italien Massimiliano Fuksas est retenu pour la construction du futur Centre des Archives nationales à
Pierrefitte-sur-Seine (Seine-Saint-Denis), dont la
livraison est prévue pour 2009. Le même jour, à Barcelone (Espagne), le marché Santa Catarina, projet
de l'architecte Enric Miralles, mort en 2000, est
inauguré.

11 PATRIMOINE : La région Centre annonce
vouloir acquérir le château de Chaumont-sur-Loire
(Loir-et-Cher), dans le cadre du transfert de
178 monuments historiques de l'État aux régions.

11 FONDATIONS : En appel, Charles Debbasch est reconnu coupable d'«*abus de confiance*»,
dans l'affaire de la fondation Victor-Vasarely. Il est
condamné à deux ans de prison ferme et 150 000 euros
d'amende.

12 CHANSON : Décès du producteur Eddy Bar-
clay, qui a joué un rôle décisif dans la carrière de
nombreux artistes français, dont Édith Piaf, Charles
Aznavour, Léo Ferré, Jacques Brel, et Dalida. Il avait
également fondé sa maison de disques. **Le 18**, le
Tout-Paris du show-business assiste en blanc à ses
obsèques, à l'église Saint-Germain-des-Prés.

14 MUSÉES : La première Nuit des musées concerne 1 200 établissements européens qui restent ouverts jusqu'à 1 heure du matin. À Paris, le Musée du Louvre accueille 32 000 visiteurs, Rodin et Orsay plus de 10 000 chacun. Devant le succès, l'opération sera reconduite en 2006.

17 RADIO : Décès à l'âge de 82 ans de Claude Mettra, écrivain, journaliste et producteur d'émissions pour France-Culture.

17. PEINTURE : Décès, à l'âge de 61 ans, du peintre et sculpteur Jean-Pierre Pincemin, chez lui, à Arcueil (Val-de-Marne). Proche du groupe Supports/Surfaces au début des années 1970, il avait ensuite abandonné l'abstraction géométrique au profit d'une figuration inventive et foisonnante.

17 PEINTURE : Décès, à l'âge de 77 ans, à l'hôpital de Pérouges, de Piero Dorazio, un des pères de l'abstraction italienne d'après la Seconde Guerre mondiale.

19 CINÉMA : Le jour de sa sortie aux États-Unis, *La Revanche des Sith,* dernier épisode de *Star Wars*, la saga de George Lucas, bat le record historique de *Shrek 2* (50 millions de dollars de recettes) en récoltant en quatre jours 158,5 millions de dollars. En France, 2 878 000 spectateurs voient le film en une semaine.

20 PHILOSOPHIE : Décès du philosophe français Paul Ricœur, à l'âge de 92 ans. Auteur d'une œuvre considérable par son ampleur et la diversité des domaines abordés, il était le philosophe français le plus important depuis la disparition d'Emmanuel Levinas et de Vladimir Jankélévitch.

BIBLIOGRAPHIE DE PAUL RICŒUR

Karl Jaspers et la philosophie de l'existence (en collaboration avec Mikel Dufrenne), Seuil, 1947 ; Point Essais, 2000.

Philosophie de la volonté. I : *Le volontaire et l'involontaire*, Aubier, 1950. II : *Finitude et culpabilité*, Aubier, 1960.

Histoire et vérité, Seuil, 1955, rééditions augmentées en 1964 et 1990.

De l'interprétation. Essai sur Freud, Seuil, 1965 ; Point Essais, 1995.

Le Conflit des interprétations. Essais d'herméneutique, Seuil, 1969 ; avec Olivier Mongin, Esprit, 1984.

La Métaphore vive, Seuil, 1975 ; Point Essais, 1997.

Interpretation Theory : Discourse and the Surplus of Meaning, The Texas Christian University Press, 1976.

The Contribution of French Historiography to the Theory of History. The Zaharoff Lecture for 1978-1979, Oxford, Clarendon Press, 1980.

Temps et récit. I : *L'intrigue et le récit historique,* Seuil, 1983. II : *La configuration dans le récit de fiction*, Seuil, 1984. III : *Le Temps raconté*, Seuil, 1985.

Le Mal. Un défi à la philosophie et à la théologie, Labor et Fides, 1986.

À l'époque de la phénoménologie, Vrin, 1986.

Du texte à l'action. Essais d'herméneutique II, Seuil, 1986 ; Point Essais, 1998.

Soi-même comme un autre, Seuil, 1990 ; Point Essais, 1996.

Lectures, I : *Autour du politique*, Seuil, 1991. *Lectures,* II : *La contrée des philosophes*, Seuil, 1992. *Lectures,* III : *Aux frontières de la philosophie*, Seuil, 1994. (Les 3 tomes ont été réédités en Point Essais en 1999).

Réflexion faite. Autobiographie intellectuelle, Esprit, 1995.

Le Juste, I, Esprit, 1995.

La Critique et la Conviction. Entretiens avec François Azouvi et Marc de Launay, Calmann-Lévy, 1995 ; Hachette Littératures, « Pluriel », 2001.

L'Idéologie et l'Utopie, Seuil, 1997.

Autrement. Lecture d'Autrement qu'être ou au-delà de l'essence d'Emmanuel Levinas, PUF, 1997.

Penser la Bible, avec André Lacocque, Seuil, 1998.

Ce qui nous fait penser. La nature et les règles. Entretiens avec Jean-Pierre Changeux, Odile Jacob, 1998.

L'Unique et le Singulier, Éditions Alice, 1999.

L'Herméneutique biblique (traduit de l'anglais par Francis-Xavier Amherd), Cerf, 2000.

Le Juste, II, Esprit, 2001.

La Mémoire, l'Histoire, l'Oubli, Seuil, 2000 ; Point Essais, 2003.

Entretiens Gabriel Marcel-Paul Ricœur, Aubier, 1968 ; rééd. Présence de Gabriel Marcel, 1999.

Parcours de la reconnaissance. Trois études, Stock, 2004.

21　CINÉMA : Le jury du 58ᵉ Festival du cinéma de Cannes, présidé par Emir Kusturica, récompense le film *L'Enfant* des frères belges Jean-Pierre et Luc Dardenne, qui avaient déjà obtenu la Palme d'or en 1999 pour *Rosetta*. Le Grand Prix du jury est attribué à *Broken Flowers* (*Fleurs brisées*) de Jim Jarmusch et le Prix de la mise en scène va à l'Autrichien Michael Haneke pour le film français *Caché*.

25　PEINTURE : Décès à Venise, à l'âge de 96 ans, de Zoran Music, peintre et dessinateur dont la carrière a été déterminée par son année passée au camp nazi de Dachau, dont il n'a cessé de dénoncer la barbarie dans ses dessins.

25　CINÉMA : Décès, à l'âge de 69 ans, du producteur indien Ismaïl Merchant, complice du réalisateur américain James Ivory, dont il a financé l'œuvre.

26　DANSE : Le chorégraphe français Maurice Béjart présente à Paris son spectacle *L'Amour de la* *danse*, programme rétrospectif de ses cinquante ans de carrière.

26-29 LECTURE : Pour sa première édition, le Marathon des mots, festival dédié à la lecture de textes romanesques ou poétiques, se déroule à Toulouse, où 200 textes sont lus.

28 DÉCÈS, à l'âge de 84 ans, du comédien Jean Négroni, dont la carrière, marquée au théâtre par sa collaboration avec Albert Camus et Jean Vilar, s'est poursuivie au cinéma et à la télévision, où il interpréta le rôle de Robespierre dans *La caméra explore le temps*.

28 OPÉRA : *Turandot*, de Puccini, est représenté au Stade de France (Saint-Denis) devant 40 000 personnes, dans une mise en scène grandiose du cinéaste chinois Zhang Yimou.

28 PHOTOGRAPHIE : Décès, à l'âge de 76 ans, du photographe français Gilles Ehrmann, reporter publié surtout dans les années 1950-1970, en particulier dans la revue *Réalités*.

29 MUSIQUE : Décès, à l'âge de 86 ans, du compositeur américain George Rochberg. Ses compositions sérielles et atonales avaient cédé la place, dans les années 1960, à un langage plus classique, d'une grande sensibilité expressive. ◼

Sport

2 FOOTBALL : La direction du groupe Canal+ choisit, pour remplacer Francis Graille à la présidence du Paris-Saint-Germain, Pierre Blayau, trésorier de la Ligue, ancien président du Stade Rennais, ancien P-DG de Moulinex, aujourd'hui P-DG de Géodis, filiale logistique de la SNCF. Le nouveau président déclare vouloir retrouver « *l'esprit fondateur* » du club.

LA FIN DE PRÈS DE DEUX ANS DE MANDAT

Juillet 2003 : Francis Graille, nommé par la direction du groupe Canal+, prend ses fonctions de président du Paris-Saint-Germain (PSG). Francis Graille est le quatrième président du Paris SG depuis l'arrivée de Canal+ à la tête du club de la capitale, après Michel Denisot (juillet 1991-juin 1998), Charles Biétry (juillet à décembre 1998) et Laurent Perpère (janvier 1999-juin 2003).

30 mai 2004 : Paris-Saint-Germain bat Châteauroux (1-0) et remporte la Coupe de France, peu après avoir obtenu la deuxième place du championnat de France de Ligue 1.

8 février 2005 : Francis Graille licencie l'entraîneur Vahid Halilhodzic, avec qui il collaborait depuis son arrivée.

7-16 ALPINISME : En réussissant coup sur coup deux ascensions au Tibet, sur le Chomo Lönzo, sommet satellite du Makalu, une expédition de huit alpinistes français célèbre les cinquante ans de la première de ce « 8 000 » par Jean Franco et ses huit compagnons.

8 FOOTBALL : En battant Ajaccio (2-1), l'Olympique lyonnais remporte son quatrième titre de champion de France d'affilée, égalant ainsi le record de l'Olympique de Marseille et de l'AS de Saint-Étienne. **Le 9**, son entraîneur, Paul Le Guen, annonce sa démission. **Le 29**, Gérard Houllier, l'ancien coach de l'équipe de France, du Paris-Saint-Germain et de Liverpool, est appelé à lui succéder par le président de l'OL, Jean-Michel Aulas.

8 FORMULE 1 : Le Finlandais Kimi Räikkönen

(McLaren-Mercedes) remporte à Barcelone le Grand Prix d'Espagne, devançant sur ses terres l'Espagnol Fernando Alonso (Renault).

8 TENNIS : L'Espagnol Rafael Nadal remporte à Rome le Tournoi Masters Series en battant l'Argentin Guillermo Coria 6-4, 3-6, 6-3, 4-6, 7-6 (8-6), au terme d'une lutte de plus de cinq heures.

13 FOOTBALL : La commission d'appel de la Fédération française de football (FFF) aggrave en appel la sanction infligée le 21 avril contre Fabien Barthez, coupable d'avoir craché sur un arbitre marocain. Le gardien de but de Marseille ne jouera pas jusqu'au 15 octobre, ou jusqu'au 31 décembre s'il ne réalise pas des travaux d'intérêt général.

15 MOTO : L'Italien Valentino Rossi remporte le Grand Prix de France de Moto GP.

22 FORMULE 1 : Le Finlandais Kimi Räikkönen, sur McLaren, remporte le Grand Prix de Monte-Carlo, alors que le leader du championnat, l'Espagnol Fernando Alonso, termine quatrième.

22 RUGBY : Le Stade toulousain, déjà sacré en 1996 et 2003, devient la première équipe victorieuse à trois reprises de la coupe d'Europe de rugby en battant le Stade français (18-12) après prolongation en finale, au stade de Murrayfield, à Édimbourg (Écosse).

25 FOOTBALL : Liverpool remporte à Istanbul la 50e finale de la Ligue des champions. Les Reds, menés 3-0 en première mi-temps, sont revenus au score en début de seconde période (3-3), puis se sont imposés dans la séance des penalties (3 tirs au but à 2).

27 FOOTBALL : L'AS Nancy-Lorraine devient championne de France de Ligue 2 après sa victoire à domicile face à Brest (1-0).

29 FORMULE 1 : Le pilote espagnol Fernando Alonso (Renault), bénéficiant de l'éclatement d'un pneu de la voiture de Kimi Räikkönen (McLaren), remporte le Grand Prix d'Europe disputé sur le circuit du Nürburgring (Allemagne).

29 CYCLISME : L'Italien Paolo Savoldelli remporte à Milan le Tour d'Italie cycliste. ■

Juin

- Dominique de Villepin succède à Jean-Pierre Raffarin

- Le nouveau premier ministre se donne comme priorité la lutte contre le chômage

- Le PS évince Laurent Fabius de sa hiérarchie

- Nicolas Sarkozy renforce son discours populiste

- ITER s'installera à Cadarache

- Après la France, les Pays-Bas rejettent le Traité constitutionnel européen

- Libération de l'otage française Florence Aubenas, et de son guide irakien

- Échec du Conseil de Bruxelles, l'Europe en crise

- Le G8 promet un doublement de l'aide à l'Afrique d'ici 2010

- Un ultraconservateur est élu à la tête de l'Iran

- Une Algérienne à l'Académie française

- Décès de Suzanne Flon

France

1ᵉʳ GOUVERNEMENT : Le nouveau premier ministre Dominique de Villepin, qui se donne « *cent jours pour rendre confiance aux Français* », déclare, au journal de 20 heures de TF1, que « la bataille pour l'emploi » constituera « *la priorité de son gouvernement* ». **Le 2**, la composition du gouvernement est rendue publique. Ramené, outre le premier ministre, à 31 membres (soit neuf de moins que dans le gouvernement Raffarin), il ne comprend plus que six femmes. Il se compose uniquement de ministres et de ministres délégués, sans aucun secrétaire d'État. Nicolas Sarkozy, ministre d'État, ministre de l'intérieur, est assisté de Brice Hortefeux (collectivités territoriales) et de Christian Estrosi (aménagement du territoire). Parmi les neuf nouveaux arrivants, fidèles de Jacques Chirac, on note la présence de deux personnalités civiles, le sociologue Azouz Begag (promotion de l'égalité des chances), et l'avocate internationale Christine Lagarde (commerce extérieur). **Le 3**, après des passations de pouvoirs parfois amères, comme au Quai d'Orsay, où le ministre sortant, Michel Barnier, évoque un minis-

tère «*décapité*», un premier Conseil des ministres
se tient à l'Élysée. Nicolas Sarkozy déclare pour sa
part qu'il lui faudra «*prendre de l'air*» en 2006, pour
se consacrer à l'élection présidentielle. **Le 5**, le premier ministre réunit en séminaire les ministres à
l'hôtel de Matignon, avant de recevoir, **le 6**, l'ensemble des partenaires sociaux. **Le 14**, Gilles de
Robien, ministre de l'éducation nationale, de l'enseignement supérieur et de la recherche, seul ministre
UDF du gouvernement, est suspendu de la direction
de son parti, à l'initiative de François Bayrou, qui
avait refusé toute participation au gouvernement
Villepin.

2 SOCIAL : À l'appel de la CGT, SUD-Rail, FO
et de la CFE-CGC, une grève perturbe fortement le
trafic ferroviaire. La défense du service public du
transport des voyageurs et du fret motive le mouvement.

4 PARTI SOCIALISTE : Le conseil national
du Parti socialiste décide, par 167 voix contre 122 et
17 abstentions, la mise en place d'une «*direction
homogène*», entraînant l'éviction de Laurent Fabius
et de ses partisans, qui ont milité pour le «non» au
Traité constitutionnel européen. Selon un sondage
BVA pour *Libération*, 71% des sympathisants socialistes jugent que le parti a tort de «*sanctionner*» les
partisans du «non».

4 TUNNELS : Un incendie dans le tunnel
franco-italien de Fréjus provoque la mort de deux
chauffeurs de poids lourds. La fermeture de l'ouvrage pour une durée indéterminée reporte le trafic
vers le tunnel du Mont-Blanc, et relance à nouveau
la question du ferroutage pour le franchissement des
Alpes. **Le 8**, les habitants de la vallée de Chamonix
manifestent contre ce nouvel afflux de camions, qui
augmente la pollution atmosphérique d'un des sites
les plus visités en Europe.

LES PRINCIPAUX PRÉCÉDENTS EN EUROPE

18 novembre 1996 : Un incendie dans le tunnel sous la Manche, à bord d'une navette transportant 29 camions, leurs 31 passagers et trois membres d'équipage, fait huit blessés.

24 mars 1999 : Trente-neuf personnes trouvent la mort dans l'incendie du tunnel du Mont-Blanc, entre la France et l'Italie, provoqué par un camion qui s'est embrasé au milieu de l'ouvrage.

29 mai 1999 : Un incendie dans le tunnel des Tauern, en Autriche, fait 12 morts. L'accident a été causé par un poids lourd entré en collision avec cinq voitures.

29 juin 1999 : Deux personnes sont tuées, un ouvrier est porté disparu et 15 personnes sont blessées à la suite d'un incendie à l'entrée d'un tunnel en construction, à Drammen, en Norvège.

11 novembre 2000 : L'incendie d'un funiculaire dans un tunnel reliant la station de Kaprun au glacier de Kitzsteinhorn, dans les Alpes autrichiennes, provoque la mort de 155 personnes.

6 août 2001 : Cinq Néerlandais d'une même famille meurent brûlés vifs et quatre personnes sont blessées dans un incendie qui s'est déclaré dans le tunnel de la Gleinalm (Autriche), à la suite d'une collision frontale entre deux véhicules.

24 octobre 2001 : En Suisse, un incendie provoqué par la collision entre deux camions fait 11 morts, dans le tunnel du Saint-Gothard.

6 PRIVATISATIONS : En cédant 6,2 % du capital de France Télécom, ce qui fait descendre la participation publique de 41 à 34,9 %, soit la minorité de blocage, l'État engrange environ 3,4 milliards d'euros. Le gouvernement veut utiliser cet argent pour se désendetter, et pour lancer les agences pour la recherche et pour l'innovation industrielle.

8 POLITIQUE SOCIALE : Dans sa déclaration de politique générale devant l'Assemblée nationale, le nouveau premier ministre, Dominique de Villepin, présente son plan d'urgence pour l'emploi, dont les mesures seront prises par ordonnances, afin d'« *agir vite* ». Il annonce, entre autres, la création d'un contrat dit de « *nouvelle embauche* », assorti d'une période d'essai de deux ans, un « *chèque emploi* » destiné à faciliter l'embauche des jeunes par les très petites entreprises (TPE), et des dispositifs destinés à la fois aux moins de 25 ans et aux seniors. Pour financer ce plan, estimé à 4,5 milliards d'euros, il a obtenu du président de la République une « *pause* » de la baisse de l'impôt sur le revenu (IRPP), qui figurait pourtant parmi les promesses électorales de Jacques Chirac. Le capital de Gaz de France sera ouvert, et les participations de l'État dans les trois grandes sociétés autoroutières seront vendues. L'Assemblée accorde sa confiance au nouveau gouvernement par 363 voix contre 178. À l'UDF, qui avait décidé de ne pas prendre part au vote, neuf députés sur 27 accordent leur confiance à M. de Villepin. **Le 24**, ce dernier évoque, lors d'un déplacement dans les Ardennes, la possibilité d'élargir le champ du contrat d'embauche aux entreprises de moins de 20 salariés, ce que confirme, **le 27**, le ministre délégué à l'emploi, Gérard Larcher.

CHÔMAGE : 15 RAPPORTS SUR LE SUJET

« Les statistiques de l'emploi et du chômage », d'Edmond Malinvaud. Rapport au premier ministre, La Documentation française, 1986.

« Le travail dans vingt ans », de Jean Boissonnat, Commissariat au Plan, Odile Jacob, 1995.

« Chômage : le cas français », d'Henri Guaino, rapport au premier ministre, La Documentation française, 1997.

« Au-delà de l'emploi », d'Alain Supiot, Commission européenne, Flammarion, 1998.

« Le temps partiel en France », de Gilbert Cette, Conseil d'analyse économique — CAE, 1999.

« Minimas sociaux, revenus d'activité, précarité », de Jean-Michel Belorgey, Commissariat au Plan, 2000.

« Réduction du chômage : les réussites en Europe », de Jean-Paul Fitoussi, Olivier Passet, Jacques Freyssinet, CAE, 2000.

« Plein-emploi », de Jean Pisani-Ferry, CAE, 2000.

« Pour une meilleure protection de l'emploi », de Pierre Cahuc, Chambre de commerce et d'industrie de Paris, 2003.

« Productivité et emploi dans le tertiaire », de Pierre Cahuc et Michèle Debonneuil, CAE, 2004.

« Protection de l'emploi et procédures de licenciement », d'Olivier Blanchard et Jean Tirole, CAE, 2004.

« Le rapprochement des services de l'emploi », de Jean Marimbert, ministère de l'emploi, 2004.

« Pour un code du travail efficace », de Michel de Virville, ministère de l'emploi, 2004.

« Le sursaut : vers une nouvelle croissance pour la France », de Michel Camdessus, La Documentation française, 2004.

« De la précarité à la mobilité : vers une sécurité sociale professionnelle », de Pierre Cahuc et Francis Kramarz, Centre de recherches en économie et statistique, 2004.

9 AUTOMOBILE : Renault lance la commercialisation de la Logan, fabriquée en Roumanie, et vendue en France à 7 500 euros.

9 HAVAS : Au cours d'une assemblée générale très tendue, l'homme d'affaires Vincent Bolloré, principal actionnaire du deuxième groupe publicitaire français, l'a emporté sur le P-DG Alain de Pouzilhac, en obtenant les quatre sièges d'administrateurs qu'il convoitait. **Le 21**, ce dernier est contraint de démissionner, la majorité des administrateurs ayant voté sa révocation.

9 IMMIGRATION : Sans prononcer une seule fois le mot de quota, le ministre de l'intérieur Nicolas Sarkozy affirme devant l'UMP la nécessité de «*fixer chaque année, catégorie par catégorie*», le nombre d'immigrés. Cette proposition est approuvée par le premier ministre Dominique de Villepin, qui installe, **le 10**, le comité interministériel de contrôle de l'immigration, dont il avait annoncé la création le 11 mai alors qu'il était ministre de l'intérieur.

10 GÉNOCIDE ARMÉNIEN : Ouverture, à Valence (Drôme), du Centre du patrimoine arménien. Logé dans les murs d'une ancienne université, ce musée, consacré au génocide de ce peuple, est unique en France et en Europe.

14 CONSTRUCTION NAVALE : Alsthom Marine annonce la signature, avec la société italienne MSC Croisières, d'une lettre d'intention pour la construction de deux paquebots de 335 mètres de long et 38 mètres de large, «*les plus grands jamais commandés par un armateur européen*».

14 RÉCIDIVE : Évoquant, à l'Assemblée nationale, le meurtre, le 2, à La Ferté-sous-Jouarre (Seine-et-Marne) de Nelly Crémel par Patrick Gateau, un condamné à perpétuité en libération conditionnelle, le ministre de l'intérieur, Nicolas Sarkozy, déclare que «*la multirécidive doit être punie plus sévèrement que la simple récidive*». **Le 22**, il revient sur cette affaire, mettant cette fois en cause Alain Hahn, le juge d'application des peines (JAP) ayant relâché le meurtrier. En affirmant qu'il devra «*payer pour sa faute*», M. Sarkozy provoque un tollé chez les magistrats. **Le 24**, le premier ministre Dominique de Villepin, en déclarant que «*rien ne saurait mettre en cause l'indépendance de la justice*», se démarque des propos de son ministre de l'intérieur, alors que le président de la République, Jacques Chirac, demande une modification de la libération conditionnelle.

15 AFFAIRES : Le juge Philippe Courroye, chargé de l'enquête, clôt son instruction dans l'affaire des ventes d'armes vers l'Angola. Le gouvernement angolais a entrepris, en mai, des démarches auprès de Paris pour obtenir la fin des poursuites engagées contre l'homme d'affaires Pierre Falcone, mis en cause dans ce trafic de matériels militaires.

L'AFFAIRE FALCONE :
DES MIS EN EXAMEN CÉLÈBRES

1er décembre 2000 : L'homme d'affaires Pierre Falcone, à l'origine de la vente de matériel militaire à l'Angola en 1993 et 1994, est mis en examen et écroué pour « *commerce d'armes illicite, fraude fiscale, abus de biens sociaux, abus de confiance et trafic d'influence* ». Un mandat d'arrêt international est délivré contre lui, le 6 décembre. Il a vendu, sans autorisation, pour 633 millions de dollars d'armes au régime angolais de José Eduardo Dos Santos.

21 décembre 2000 : Soupçonné d'avoir perçu indûment des fonds de M. Falcone, Jean-Christophe Mitterrand est mis en examen, pour « *complicité de commerce d'armes illicite, trafic d'influence par une personne investie d'une mission de service public, recel d'abus de biens sociaux, recel d'abus de confiance et trafic d'influence aggravé* » et écroué à la Santé. Le fils de l'ancien président de la République est remis en liberté le 11 janvier 2001. A sa sortie de prison, il dénonce « *ce juge qui sue la haine* ». Placé en garde à vue en même temps que M. Mitterrand, l'écrivain Paul-Loup Sulitzer est poursuivi pour avoir touché des fonds de M. Falcone, tout comme l'ex-P-DG de la Sofirad, Jean-Noël Tassez.

23 février 2001 : La cour d'appel valide la quasi-totalité de l'enquête du juge Philippe Courroye, contre l'avis du Parquet général, qui avait jugé que les mises en examen pour « *commerce d'armes illicite* » n'étaient pas valables.

8 mars 2001 : Jacques Attali est mis en examen pour « *recel d'abus de biens sociaux et trafic d'influence* ». L'ancien conseiller de François Mitterrand aurait touché des honoraires de la part de M. Falcone.

12 avril 2001 : Le conseiller diplomatique de Charles Pasqua, Bernard Guillet, est poursuivi.

22 mai 2001 : Le député européen (RPF) Jean-Charles Marchiani, qui aurait également bénéficié des largesses de Pierre Falcone, est mis en examen pour « *recel d'abus de biens sociaux* » et « *trafic d'influence* ».

29 mai 2001 : M. Pasqua, soupçonné d'avoir été financé par M. Falcone, est mis en examen pour « *recel d'abus de biens sociaux* » et « *trafic d'influence* ».

10 juillet 2001 : L'ancien président de l'Association professionnelle des magistrats (APM), le juge Georges Fenech, est mis en examen. Son syndicat aurait été financé par M. Falcone.

1ᵉʳ décembre 2001 : Pierre Falcone est remis en liberté. Il se dit « *victime d'une machination politico-judiciaire* ».

19 février 2002 : La commission juridique du Parlement européen refuse de lever l'immunité de Charles Pasqua, président du groupe Union de l'Europe des nations (souverainiste), et de Jean-Charles Marchiani, membre de ce groupe.

21 mars 2002 : Le ministre français des affaires étrangères, Hubert Védrine, est entendu comme témoin à propos des démarches qu'aurait effectuées auprès de lui M. Attali en faveur de M. Falcone.

27 mars 2002 : M. Falcone est mis en examen une seconde fois pour « *commerce d'armes illicite* ». Il aurait continué à vendre, sans autorisation, des armes à l'Angola jusqu'en 2000.

9 avril 2002 : Dans un rapport de synthèse, la brigade financière conclut qu'en 1993 et 1994 MM. Pasqua et Marchiani ont « *soutenu politiquement le régime du président angolais Dos Santos et le processus de ventes d'armes de M. Falcone à l'Angola* ».

10 septembre 2003 : Le juge Courroye délivre un mandat d'arrêt contre le fils de Charles Pasqua, qui vit en Tunisie.

21 septembre 2003 : Pierre Falcone s'affranchit de son contrôle judiciaire et quitte la France après avoir obtenu des autorités de Luanda, qui l'ont nommé représentant de l'Angola à l'Unesco, un passeport diplomatique. Furieux, le juge Courroye délivre, en janvier 2004, un mandat d'arrêt international contre l'homme d'affaires.

2 août 2004 : M. Marchiani, qui n'est plus député européen, est placé en détention provisoire dans trois affaires de commissions occultes apparues en marge de l'enquête sur les ventes d'armes à l'Angola. Il sera libéré, sous caution, le 21 février.

17 ANIMAUX : Nelly Olin, ministre de l'écologie, et Dominique Bussereau, ministre de l'agriculture, autorisent les éleveurs à abattre des loups dans neuf départements des Alpes.

19 COMMERCE : Pour des raisons de sécurité anti-incendie, La Samaritaine, grand magasin du centre de Paris, ferme ses portes pour une période fixée à six ans, le 19 juin. Les salariés reçoivent l'assurance d'être reclassés avant octobre 2006.

19 ISLAM : Les musulmans de France, appelés à élire leurs représentants au sein du Conseil français du culte musulman (CFCM), donnent 19 des 43 sièges à la Fédération nationale des musulmans de France (FNMF), proche du Maroc, tandis que l'Union des organisations islamiques de France (UOIF), proche des Frères musulmans, n'en obtient que 10 (–4). Le même jour, Hanife Karakus, 23 ans, née à Mulhouse de parents turcs, est la première femme à être élue présidente d'un Conseil régional du culte musulman (CRCM-Limousin). **Le 21**, Abdelkader Bouziane, l'imam salafiste de Vénissieux (Rhône) expulsé vers l'Algérie en avril 2004, est relaxé par le tribunal correctionnel de Lyon pour l'entretien accordé, à cette date, à *Lyon Mag*, un mensuel lyonnais, dans lequel il était supposé avoir défendu la lapidation et le châtiment corporels à l'égard des femmes adultères. **Le 23**, le parquet de Lyon fait appel de cette décision. **Le 26**, le recteur de la Grande Mosquée de Paris (GMP), proche de l'Algérie, Dalil Boubakeur, est reconduit dans ses fonctions de président du Conseil français du culte

musulman (CFCM) par le conseil d'administration
de l'instance officielle de l'islam de France.

19 POLITIQUE : La cote de popularité de
Jacques Chirac chute à 28 points, après le « non » au
référendum sur le Traité constitutionnel européen,
et l'échec du Conseil européen de Bruxelles. Seul
François Mitterrand avait atteint un score plus faible
(21 %) en décembre 1991.

19 CRIMINALITÉ : Sidi-Ahmed Hammache,
un enfant de 11 ans, est tué lors de l'affrontement
entre deux bandes rivales de la cité des 4000 à La
Courneuve (Seine-Saint-Denis). Le ministre de l'intérieur, Nicolas Sarkozy, qui se rend sur les lieux,
promet à la famille de « *nettoyer au Karcher* » le quartier. Ces propos, que certains qualifient de « *populistes* », ainsi que la médiatisation de l'opération policière, provoquent une polémique. **Le 23**, trois
suspects sont placés en garde à vue, inculpés et
incarcérés. **Le 24**, invité de France 2, le ministre de
l'intérieur fait des propositions pour lutter contre la
récidive, tandis que Jacques Chirac, saisi par le
Conseil supérieur de la magistrature, déclare souhaiter voir s'engager une réforme pénale. **Le 29**,
Nicolas Sarkozy se rend à nouveau à La Courneuve,
où il vient expliquer aux associations de la cité com-
ment il compte concilier « *nettoyage* » et prévention.

21 ÉCONOMIE : Au cours d'une conférence de
presse, le ministre de l'économie, des finances et de
l'industrie, Thierry Breton, déclare que la France
« *vit désormais au-dessus de ses moyens après avoir
accumulé des déficits considérables depuis vingt-cinq
ans* ». Misant sur une relance par l'activité, il veut
notamment permettre aux retraités de travailler,
faciliter l'accès des PME aux marchés publics, plaide
pour l'immigration sélective, et l'exonération d'impôts pour les salariés travaillant à l'exportation.

24 POLLUTION : En lançant Powernext Carbon, une bourse européenne de quotas de CO_2 basée à Paris, la France se dote à son tour d'une place d'échanges de permis d'émission de gaz à effet de serre.

22 MÉTÉO : Le niveau 3 d'alerte du plan canicule est déclenché dans les départements de l'Isère et du Bas-Rhin, puis du Rhône et de Savoie, où la température dépasse les 30° C. **Le 27**, 33 départements sont touchés, et quatre décès peuvent être attribués à la chaleur. Des restrictions d'eau concernent 28 départements touchés par la sécheresse.

24 COLLECTIVITÉS LOCALES : Frank Borotra (divers droite) démissionne de la présidence du conseil général des Yvelines, estimant que *« le politique n'est plus écouté et que le fossé s'élargit avec l'opinion »*.

25 HOMOSEXUALITÉ : La Marche des fiertés homosexuelles (ex-Gay Pride) rassemble, à Paris, entre 550 000 et 700 000 personnes sur le thème du mariage et de l'adoption des couples homosexuels.

27 POLITIQUE : Le premier ministre Dominique de Villepin réunit à Matignon les chefs de partis pour évoquer *« l'après-29 mai »*. La présence du FN, représenté par deux députés européens, provoque l'abstention du PS, François Hollande refusant de siéger à la même table.

27 AFFAIRES : Pour la première fois, le bureau d'un ministre en exercice, Thierry Breton, est perquisitionné, au ministère de l'économie et des finances, dans le cadre d'une enquête sur le groupe chimique Rhodia, dont il fut président et administrateur du comité d'audit. **Le 29**, dans *Le Monde*, M. Breton dément avoir eu connaissance de faits condamnables et dénonce *« une manipulation invraisemblable, qui donne la nausée »*.

International

1ᵉʳ AFGHANISTAN : Au moins 17 personnes sont tuées et 72 blessées, à Kandahar (sud du pays), dans l'explosion d'une bombe à l'entrée d'une mosquée. Parmi les victimes se trouve le général Mohammed Akram Khakrizwal, chef de la police de Kaboul, et ancien chef de la police de Kandahar.

1ᵉʳ CÔTE d'IVOIRE : Les forces des Nations unies et les militaires français de l'opération Licorne renforcent leurs patrouilles dans la « *zone de confiance* », dans l'ouest de la Côte d'Ivoire, après le massacre d'une cinquantaine de civils.

1ᵉʳ UNION EUROPÉENNE : Trois jours après la France, les Pays-Bas rejettent par référendum le projet de constitution européenne, par 61,6 % de « non ». L'euro, affaibli sur le marché des changes, tombe à 1,2227 dollar, tandis que se développe en Allemagne une polémique sur un possible éclatement de la zone euro lors d'une réunion de la Bundesbank. **Le 2,** les parlementaires de Lettonie ratifient par 71 voix sur 100 le Traité constitutionnel européen, soit la majorité des deux tiers requise. Cet État balte est ainsi le dixième pays à ratifier la Constitution de l'Union. **Le 4**, le président Jacques Chirac rencontre le chancelier Gerhard Schröder à Berlin pour réaffirmer la solidité du tandem franco-allemand, fragilisé par ce double « non » français et néerlandais. **Le 6,** le premier ministre Tony Blair décide d'ajourner l'organisation du référendum britannique sur la Constitution européenne. Jean-Claude Juncker, premier ministre du Luxembourg, qui préside l'Union européenne jusqu'à la fin du mois, affirme que le processus de ratification « *n'est pas mort* », et José Manuel Barroso, président de la Commission, demande que « *la décision d'ensemble* » sur le sort du traité « *soit prise collectivement* », lors de la réunion du Conseil européen. L'Allemagne, la Belgique, la France, la Grèce, la Pologne, le Portugal et la Suède estiment, pour leur part, que le processus devait continuer. Le 20, le Parlement luxembourgeois décide de maintenir le référendum, prévu le 10 juillet.

1er ÉTATS-UNIS : William Donaldson, 74 ans, président de la SEC (Securities and Exchange Commission), l'autorité américaine des marchés, annonce sa démission. Nommé en 2002 à la suite de plusieurs scandales comptables, le président démissionnaire était critiqué par Wall Street comme trop favorable aux réglementations. Le 2, George Bush nomme, pour lui succéder, Christopher Cox, 52 ans, un parlementaire républicain de Californie farouche adepte du libéralisme.

2 LIBAN : Le journaliste Samir Kassir, éditorialiste réputé, opposant à la présence syrienne au Liban, et fondateur du Mouvement de la Gauche démocratique, est tué par l'explosion de sa voiture. Cet assassinat, intervenant après celui de l'ancien premier ministre Rafic Hariri, le 14 février, provoque l'émotion de l'opinion, qui y voit la marque de Damas. **Le 5**, la coalition des mouvements chiites Hezbollah et Amal l'emportent lors de la deuxième phase des législatives dans le sud du pays. **Le 19**, la coalition menée par Saad Hariri et par le Druze Walid Joumblatt gagne la dernière phase des élections dans le nord du Liban, en remportant la totalité des 28 sièges du dernier tour. **Le 21**, Georges Haoui, ancien chef du Parti communiste libanais, et personnalité pro-syrienne en vue, est tué à Beyrouth dans l'explosion de sa voiture. Il s'agit du troisième meurtre ciblé en quatre mois. **Le 28**, le pro-syrien chef du parti chiite Amal, Nabih Berri, est élu à la présidence du Parlement. **Le 30**, Émile Lahoud, chef de l'État libanais, pro-syrien notoire, charge Fouad Siniora, ancien ministre des finances et proche de l'ancien premier ministre Rafic Hariri, assassiné le 14 février, de former un nouveau cabinet.

2   CHINE - RUSSIE : Les deux pays signent, à Vladivostock (Extrême-Orient russe) un accord définitif sur le tracé de leur frontière orientale, mettant fin à quarante années de négociations.

2   GRANDE-BRETAGNE : Décès, à l'âge de 93 ans, de Melita Norwood, la plus célèbre espionne britannique recrutée par le KGB, connue sous son nom de code « Hola ».

2   OSCE : Le conseil permanent de l'Organisation pour la sécurité et la coopération en Europe nomme au poste de secrétaire général le Français Marc Perrin de Brichambaut, juriste et expert international des questions de sécurité, âgé de 56 ans.

2   PROCHE-ORIENT : Israël annonce commencer la libération de 405 détenus palestiniens non impliqués dans des attentats ou attaques ayant entraîné mort d'homme.

2   BOLIVIE : Confronté à une protestation qui paralyse une partie du pays, le président Carlos Mesa décide l'élection, en octobre, d'une Assemblée constituante, ainsi que d'un référendum sur les autonomies régionales.

3   RUSSIE : Le géant gazier Gazprom, dont l'État russe est le principal actionnaire, prend le contrôle du quotidien *Izvestia*, l'ancien organe officiel de l'URSS, en achetant 50,19 % des parts au groupe Prof-Média, appartenant à l'homme d'affaires Vladimir Potanine.

3-4   ASSURANCES : La tentative de conciliation organisée entre Artémis et le commissaire aux assurances de Californie, John Garamendi, ayant échoué, le juge américain pourra décider de convoquer un nouveau procès.

4 ESPAGNE : Environ 600 000 personnes manifestent à Madrid pour marquer leur opposition à l'ouverture de toute négociation avec l'organisation séparatiste basque armée ETA. **Le 18**, cette dernière annonce une trêve partielle et sélective des « *actions armées* » à l'égard des hommes politiques.

4 PALESTINE : Le chef de l'Autorité palestinienne, Mahmoud Abbas, décide de reporter les élections législatives prévues pour le 17 juillet. Le Mouvement de la résistance islamique (Hamas) proteste contre une « *décision unilatérale* ».

5 SUISSE : Par référendum, les électeurs suisses approuvent à 54,6 % l'adhésion de la Confédération, qui n'est pas membre de l'Union européenne, aux accords de Schengen abolissant les contrôles policiers systématiques aux frontières. L' « espace Schengen » comprend 13 pays membres de l'Union européenne, plus la Norvège, l'Islande, et, désormais, la Suisse.

5 BURUNDI : Les élections communales, premier scrutin organisé pour entamer le renouvellement complet des institutions, et mettre un point définitif à la guerre civile qui a fait 300 000 morts depuis son déclenchement en 1993, sont remportées par l'ancienne rébellion de l'ethnie hutue, les Forces pour la défense de la démocratie (FDD), représentée par son aile politique, le Conseil national pour la défense de la démocratie (CNDD).

6 BOLIVIE : Le président Carlos Mesa démissionne après trois semaines d'agitation sociale. L'exigence de la nationalisation du gaz et du pétrole par la gauche syndicale et politique, qui réclame aussi la convocation d'une Assemblée constituante pour

« *refonder* » le pays, en est la cause. **Le 9**, le Congrès bolivien nomme le président de la Cour suprême Eduardo Rodriguez au poste de président par intérim dans l'espoir de désamorcer la crise qui paralyse le pays et menace son unité.

6 TCHAD : Un référendum, dont les résultats officiels ne seront publiés qu'en juillet, réforme la Constitution, et autorise, avec 65,75 % des voix, le président Idriss Déby — au pouvoir depuis 1990 — à briguer un troisième mandat en 2006.

6 ÉTATS-UNIS : La Cour suprême des États-Unis rend un arrêt interdisant la consommation de marijuana à usage médical. Ce type de consommation était autorisé, depuis 1996, en Californie et dans dix autres États.

7 ÉTATS-UNIS : Un rapport de l'inspection générale du Département de la défense américain évoque un « *prix d'achat sans doute gonflé de 50 %* » des avions ravitailleurs commandés par le Pentagone à Boeing. Cette révélation intervient alors que Washington porte devant l'Organisation mondiale du commerce (OMC) le dossier des aides publiques européennes à Airbus.

7 AFRIQUE : Au cours d'un sommet américano-britannique, à Washington, George Bush et Tony Blair tombent d'accord sur un projet d'annulation de la totalité de la dette africaine, concernant 27 pays, sans parvenir toutefois à s'entendre sur une proposition britannique visant à augmenter l'aide à l'Afrique.

7 IRAK : De nouveaux attentats-suicides font plus de 30 victimes dans plusieurs villes du pays. Selon un bilan établi par le Pentagone, 1676 soldats américains et 10 000 personnes ont été tués depuis l'invasion de l'Irak en mars 2003. **Le 28**, alors que la violence quotidienne perdure, le président George Bush s'adresse à la nation à l'occasion du premier anniversaire du transfert de souveraineté au gouvernement irakien. Conscient que les Américains se posent la question de la présence des troupes en Irak, il rend hommage aux morts de la « *guerre contre le terrorisme* », mais annonce également des « *moments difficiles* ». Le même jour, les marines américains lancent l'opération Saf (« Épée »), déployant un millier de soldats dans l'ouest de l'Irak, pour débusquer les terroristes et les combattants étrangers installés le long de l'Euphrate.

7 CHILI : La Cour d'appel de Santiago lève l'immunité attachée à la qualité d'ex-président d'Augusto Pinochet, ouvrant ainsi la voie à son jugement pour fraude fiscale et corruption. Par contre, elle prononce un non-lieu concernant son inculpation pour les crimes commis dans le cadre du plan Condor, ce plan concerté entre les dictatures sud-américaines pour éliminer les opposants dans les années 1970-1980.

7 INDE : Le chef de l'opposition nationaliste hindoue, Lal Krishna Advani, présente sa démission du poste de président du parti Bharatiya Janata Party (BJP).

7 ALGÉRIE : Le FLN condamne « *avec la plus grande fermeté* » une loi française du 23 février indemnisant les rapatriés, et qui faisait référence au « *rôle positif de la présence française* [...] *en Afrique du Nord* ».

7 TAÏWAN : L'Assemblée nationale adopte une loi autorisant le recours au référendum pour modifier la Constitution.

8 TOGO : Le président Faure Gnassingbé nomme premier ministre l'opposant modéré Edem Kodjo, président de la Convergence patriotique panafricaine (CPP). M. Kodjo a déjà été premier ministre du général Eyadéma, père du président actuel, entre 1994 et 1996.

8 TERRORISME : La Grande-Bretagne ordonne, après neuf ans de procédure, l'extradition de Rachid Ramda, l'islamiste algérien suspecté d'avoir financé les attentats commis à Paris en 1995, dont celui de la station Saint-Michel du RER, qui avait fait huit morts et 150 blessés.

9 UNION EUROPÉENNE : À l'issue d'une rencontre, à Luxembourg, avec le président en exercice de l'Union, Jean-Claude Juncker, consacrée à la préparation du Conseil européen sur le budget européen pour la période 2007-2013, Jacques Chirac remet en cause le rabais obtenu en 1984 par Mme Thatcher sur sa contribution aux finances de l'Union. **Le 10**, le président français et le chancelier allemand Gerhard Schröder, qui est reçu à l'Élysée, exhortent Tony Blair à revoir sa position. **Le 14**, lors d'une brève visite à Moscou, Tony Blair réplique en mettant en cause la politique agricole commune européenne (PAC), dont la France est la principale bénéficiaire.

11 DETTE : Réunis à Londres, les ministres des finances des pays riches du G7 (Allemagne, Canada, États-Unis, France, Grande-Bretagne, Italie et Japon) parviennent à un accord sur l'effacement de la dette multilatérale de 18 nations pauvres, dont 14 situées en Afrique, pour un montant de 40 milliards de dollars. Sont annulées dans leur totalité les dettes contractées auprès du Fonds monétaire international, de la Banque mondiale et de la Banque africaine de développement. Les bénéficiaires sont le Bénin, la Bolivie, le Burkina Faso, l'Éthiopie, le Ghana, la Guyana, le Honduras, Madagascar, le Mali, la Mauritanie, le Mozambique, le Nicaragua, le Niger, l'Ouganda, le Rwanda, le Sénégal, la Tanzanie et la Zambie.

10 TEXTILE : Le commissaire européen au commerce Peter Mandelson conclut, à Shanghai, avec son homologue chinois Bo Xilai, un accord sur le contentieux textile entre la Chine et l'UE. Pékin accepte de limiter entre 8 et 12 % ses exportations de dix produits.

11 IRAK : La journaliste du quotidien français *Libération* Florence Aubenas et son guide irakien, Hussein Hannoun al-Saadi, sont libérés par leurs ravisseurs, à Bagdad après avoir été séquestrés pendant 157 jours par un groupe dont l'identité demeure mystérieuse. Trois otages roumains, libérés le 22 mai, avaient été détenus au même endroit. Le gouvernement affirme qu'aucune rançon n'a été payée, et refuse de divulguer les détails de la libération des otages. **Le 12**, la journaliste française est accueillie à l'aéroport de Villacoublay par le président Jacques Chirac, avant d'être emmenée sur une base militaire, pour un débriefing. **Le 14**, dans une conférence de presse, elle livre un récit de ses conditions de détention. **Le 16**, son guide (son *fixer*) arrive à Paris. Il remercie le gouvernement français et *Libération* pour leur mobilisation en vue de leur libération.

12 IRAN : Six attentats à l'explosif font une dizaine de morts, et des dizaines de blessés, dont certains graves, à cinq jours de l'élection présidentielle. **Le 17**, au premier tour de cette élection, l'ancien président Ali Akbar Hachémi Rafsandjani, avec 21 % des voix, est talonné par le maire de Téhéran, Mahmoud Ahmadinejad, qui obtient 19,47 %, avec une participation de 62,66 % du corps électoral. **Le 24**, pour la première fois depuis 1979, un second tour a lieu. Le maire ultraconservateur de Téhéran Mahmoud Ahmadinejad, 49 ans, devient président de la République en obtenant 61,69 % des suffrages, contre 35,92 % à son rival modéré. Soutenu par le Guide suprême de la République, l'ayatollah Ali Khamenei, il est ainsi le premier laïc à accéder à la

présidence. **Le 26**, au cours de sa première conférence de presse, il annonce que l'Iran coopérerait
avec les Européens sur le dossier nucléaire, mais
« *n'avait pas besoin* » des Américains.

12 BANQUES : La banque italienne UniCredito
lance une offre amicale sur le deuxième établissement financier allemand HVB (HypoVereinsbank).
Le nouveau groupe sera le quatrième de la zone euro
par capitalisation, et le numéro un en Europe centrale et orientale.

12 KOWEÏT : Pour la première fois, une femme
est nommée au gouvernement. Maasouma Moubarak est désignée ministre de la planification et secrétaire d'État au développement administratif.

13 ONU : Pour la première fois depuis plus de
cinquante ans, un Israélien est élu à une fonction de
premier plan à l'ONU. Dan Gillerman, l'ambassadeur d'Israël aux Nations unies, est choisi à l'unanimité pour occuper l'une des vice-présidences de l'Assemblée générale.

13 ÉTATS-UNIS : Au terme de 19 semaines de
procès, dont 14 de débats, le chanteur Michael Jackson est acquitté des accusations de pédophilie por-
tées contre lui par la mère d'un garçon de 13 ans à
l'époque des faits présumés.

13 BANQUES : Philip Purcell, le P-DG de la
banque d'affaires Morgan Stanley, démissionne après
des mois de critiques des investisseurs, et alors qu'il
était soutenu par son conseil d'administration.

MORGAN STANLEY :
UNE VIEILLE DAME DE LA FINANCE

1924 : Dean Witter crée Dean Witter and Co, un courtier en
valeurs mobilières pour les particuliers, à San Francisco.
1935 : Morgan Stanley naît de la scission de la banque Morgan

en trois entités : Morgan Stanley, la banque d'affaires, Morgan Guaranty Trust, la banque commerciale aux États-Unis, et Morgan Greenfell, la banque d'affaires en Grande-Bretagne (reprise en main par Deutsche Bank). Une scission rendue obligatoire par la promulgation du *Glass-Steagall Act*, en 1933, qui interdit aux institutions financières de cumuler des activités de banque d'investissement et de banque commerciale.

1977 : Dean Witter fusionne avec Reynolds pour former Dean Witter Reynolds. Le groupe développe une activité de banque d'affaires.

1981 : Le distributeur américain Sears Roebuck rachète Dean Witter.

1986 : Sears lance la carte de crédit Discover, qui connaît rapidement un énorme succès.

1997 : Morgan Stanley rachète Dean Witter Discover pour près de 10 milliards de dollars. Philip Purcell, président de Dean Witter, devient numéro un de la société. John Mack, le président de Morgan Stanley, devient le numéro deux. M. Mack quitte Morgan Stanley en 2001.

Avril 2005 : Morgan Stanley prévoit de donner son indépendance à Discover, sa lucrative activité de crédit à la consommation.

13-19 AÉRONAUTIQUE : Le 46e Salon de l'aéronautique et de l'espace du Bourget bat son record de fréquentation, avec 480 000 visiteurs, professionnels et grand public, ce dernier particulièrement attiré par les démonstrations en vol du nouvel Airbus A380. À eux seuls, Airbus Industrie et Boeing annoncent 51 milliards de contrats (35,9 pour Airbus avec 320 intentions d'achats, 15,2 pour Boeing avec 146 intentions d'achats). **Le 22**, porté par la progression de l'activité liée à la production de l'A380, au développement de l'avion militaire A400 M militaire et au futur biréacteur long-courrier A350, Airbus annonce 1 350 embauches en France cette année. **Le 23**, Paris et Berlin tombent d'accord sur le nouvel organigramme du groupe d'aéronautique et de défense EADS, objet de longues tractations. **Le 25**, officiellement nommés selon un équilibre soigneusement dosé, l'Allemand Manfred Bischoff et le Français Arnaud Lagardère assurent la coprésidence d'EADS, tandis que, pour la première fois, la filiale Airbus est dirigée par un Allemand, Gustav Humbert.

14 BANQUES : Le groupe français BNP Paribas devient la sixième banque de l'ouest des États-Unis, en rachetant, à travers sa filiale BancWest (Bank of the West), la banque de détail Commercial Federal pour 1,12 milliard d'euros, soit 1,8 fois ses fonds propres.

14 CORÉE DU SUD : Kim Woo-choong, l'ancien patron du géant industriel sud-coréen Daewoo, se livre à la justice de Séoul, en rentrant d'un exil de près de six ans. Le fondateur du groupe doit répondre d'une gigantesque fraude comptable destinée à masquer une dette de 80 milliards de dollars (65,9 milliards d'euros) ayant entraîné la faillite en 1999.

14 AFRIQUE DU SUD : Le vice-président Jacob Zuma est écarté du pouvoir, à la suite de la condamnation pour corruption de son ex-conseiller financier, Shabir Shaik, impliqué dans le plus gros scandale dévoilé depuis la fin de l'apartheid. **Le 22**, le président Thabo Mbeki choisit, pour lui succéder, la ministre des mines et de l'énergie, Phumzile Mlambo-Ngcuka. C'est la première fois qu'une femme accède à d'aussi hautes responsabilités.

14 ARGENTINE : La Cour suprême de justice déclare inconstitutionnelles les lois d'amnistie qui, depuis vingt ans, protégeaient les tortionnaires de la dictature militaire (1976-1983). Ils seront désormais poursuivis. Les défenseurs des droits de l'homme se félicitent de cette victoire historique.

16 BRÉSIL : José Dirceu, bras droit du président Luis Iñacio Lula da Silva, annonce sa démis sion du gouvernement de centre-gauche, pour se défendre des accusations de corruption lancées à son encontre. **Le 23**, confronté à des scandales en série, le président Lula est contraint d'annuler un voyage en Colombie et au Venezuela pour ressouder son gouvernement.

16 UNION EUROPÉENNE : Le Conseil européen, réuni à Bruxelles, décide d'allonger le délai prévu pour la ratification du projet de Constitution. Le terme fixé au 1er novembre 2006 pourrait être retardé d'un an, c'est-à-dire après l'élection présidentielle française. Le Danemark et le Portugal annoncent le report du référendum qu'ils avaient prévu. **Le 17**, les Vingt-Cinq se séparent sur un échec. Ils ne sont pas parvenus à s'entendre sur le budget de l'Union élargie pour la période 2007-2013, la Grande-Bretagne refusant de remettre en cause le rabais obtenu en 1984 par Margaret Thatcher, et la France s'opposant à un réexamen de la politique agricole commune (PAC). Le président en exercice de l'Union, le premier ministre luxembourgeois Jean-Claude Juncker, déclare avoir eu « *honte* » de l'attitude des pays les plus nantis de l'Union, alors que les dix nouveaux membres, moins riches, se déclaraient prêts à des sacrifices. **Le 20**, à l'occasion du sommet américano-européen qui se tient à Washington, le président George Bush déclare qu'une « *Europe solide* » reste essentielle pour les États-Unis. **Le 21**, devant l'Assemblée nationale, le premier ministre français, Dominique de Villepin, prend vivement la défense de la PAC, et qualifie le rabais britannique de « *dépense d'Ancien Régime* ». **Le 23**, devant le Parlement européen, Tony Blair expose les grandes lignes de la politique qu'il entend appliquer pendant sa présidence européenne, qui commence le 1er juillet. Il y préconise un modèle européen modernisé, « *qui n'ait pas 20 millions de chômeurs* ».

17 EUROTUNNEL : Le P-DG sortant, Jacques Gounon, est, contrairement à toute attente, plébiscité lors de l'assemblée générale qui se déroule à Coquelles (Pas-de-Calais). Il va devoir renégocier la dette, dont le montant — 9 milliards d'euros — menace toujours cette entreprise atypique.

EUROTUNNEL : UNE ANNÉE DE CRISE

7 avril 2004 : Soutenue par l'homme d'affaires controversé Nicolas Miguet, une équipe hétéroclite prend le pouvoir chez Eurotunnel. Jacques Maillot, ex-patron de Nouvelles Frontières, est nommé président. Joseph Gouranton (président de l'Association de défense des actionnaires), Robert Rochefort (directeur général du Credoc) et Pierre Cardo (député UMP des Yvelines) deviennent administrateurs, tout comme Jean-Louis Raymond et Hervé Huas, nommés respectivement directeur général et directeur général adjoint aux finances.

Novembre 2004 : M. Cardo démissionne du conseil d'administration.

17 décembre 2004 : Jacques Gounon est coopté comme administrateur après la démission de Pierre Cardo, député (UMP) des Yvelines, arrivé à l'occasion de l'assemblée générale d'avril 2004.

18 février : M. Gounon devient président du groupe à la place de M. Maillot.

Mi-avril : M. Huas démissionne de son poste opérationnel, mais reste administrateur du groupe.

Fin avril : Début de la renégociation de la dette de 9 milliards d'euros avec les créanciers d'Eurotunnel.

10 juin : M. Raymond démissionne de sa fonction de directeur général. Trois jours plus tard, il annonce sa candidature à la présidence.

18 ESPAGNE : Entre 700 000 personnes, selon la Communauté de Madrid, région gouvernée par le principal parti d'opposition, le Parti populaire (PP), et 160 000, selon la police, défilent dans les rues de Madrid pour protester contre la loi votée par les Cortes autorisant les unions homosexuelles et l'homoparentalité. **Le 22**, le Sénat oppose son veto à cette loi, mais **le 30**, le Parlement l'adopte définitivement.

19 MEXIQUE : Le sous-commandant Marcos décrète « *l'alerte rouge* » dans la région du Chiapas (Sud-Est). Le chef rebelle annonce la mobilisation et le regroupement de tous les membres de l'Armée zapatiste de libération nationale (EZLN) pour réaliser une vaste consultation interne.

19-20 IRAK : En deux jours, plus de 50 personnes sont tuées par des attentats à la voiture piégée. Les policiers sont la principale cible des terroristes. **Le 22**, la conférence internationale sur la stabilisation **et** la restructuration de l'Irak de Bruxelles, réunissant les représentants de plus de 80 pays et organisations, dont la secrétaire d'État américaine, Condoleezza Rice, ne permet aucune avancée concrète.

20 TURQUIE : Un tribunal d'assises d'Istanbul condamne le chef d'une secte religieuse extrémiste, Metin Kaplan, le « Calife de Cologne », à la réclusion criminelle à perpétuité pour avoir cherché à renverser par les armes le système laïque en Turquie.

20 JAPON : Le Japon reprend la chasse commerciale à la baleine en annonçant un doublement de ses captures, lors de la réunion annuelle de la Commission baleinière internationale (CBI) en Corée du Sud.

20 TOGO : Près de deux mois après son élection controversée à la présidence, Faure Gnassingbé forme un gouvernement d'« *union nationale* » dirigé par le premier ministre Edem Kodjo, et comprenant quelques ministres issus de l'opposition.

20 AMÉRIQUE DU SUD : Le sommet des chefs d'État des dix pays du Mercosur (Union douanière sud-américaine), réuni à Asunción (Paraguay), procède à la création de fonds structurels, à l'image de ceux de l'Union européenne, pour compenser les disparités à l'intérieur du bloc régional.

19 PROCHE-ORIENT : À l'occasion d'une tournée au Moyen-Orient, la secrétaire d'État américaine Condoleezza Rice annonce, lors d'une conférence de presse à Jérusalem, un accord israélo-palestinien pour la destruction des maisons des colons de la bande de Gaza appelés à être évacués. **Le 20**, elle lance, dans un discours prononcé à l'université américaine du Caire, un appel à des réformes démocratiques dans la région. Elle critique et met en garde plusieurs gouvernements, ceux de Syrie, d'Iran, d'Égypte et d'Arabie saoudite. **Le 21**, la deuxième rencontre entre le chef de l'Autorité palestinienne, Mahmoud Abbas, et le premier ministre israélien, Ariel Sharon, se tient, pour la première fois, dans la résidence de ce dernier, située dans la partie occidentale de Jérusalem. Mais ses exigences en matière de lutte contre les groupes radicaux laissent le dialogue israélo-palestinien dans l'impasse. **Les 26 et 27**, des heurts opposent, pour la première fois, des colons de la bande de Gaza à des militaires israéliens venus raser des bâtiments de crainte que s'y barricadent des opposants au retrait israélien de ce territoire, qui doit commencer à la mi-août. **Le 30**, le premier ministre Ariel Sharon est contraint d'envoyer l'armée évacuer des opposants au retrait israélien.

21 PÉROU : En déclarant la feuille de coca « *patrimoine régional de Cuzco* », le président de cette région (Sud-Est) reçoit l'approbation des producteurs, et provoque une polémique sans précédent dans le pays.

21 ALLEMAGNE : Signature d'un accord salarial dans le bâtiment. La semaine de travail des 800 000 salariés du secteur va passer de 39 à 40 heures sans compensation salariale.

23 PÉTROLE : Le cours du baril dépasse le niveau record de 60 dollars.

23 ESPAGNE : Pour la troisième fois consécutive, Juan José Ibarretxe, du Parti nationaliste basque (PNV, conservateur), est élu chef du gouvernement du Pays basque, à la majorité simple de 34 voix, face à son principal rival, le socialiste Patxi Lopez, qui en a obtenu 33.

23 ÉTATS-UNIS : Edgar Ray Killen, ancien membre du Ku Klux Klan, âgé de 80 ans, est condamné à trois fois vingt ans de réclusion pour avoir organisé l'assassinat, en 1964, de trois militants des droits civiques au Mississippi, affaire rendue célèbre en 1988 par le film d'Alan Parker, *Mississippi Burning*.

23 AUTRICHE : Le Sénat modifie la Constitution pour éviter qu'un pro-nazi, Siegfried Kampl, ne prenne, le 1er juillet, la présidence du Sénat.

24 ÉTATS-UNIS : Le prédicateur évangéliste Billy Graham, 86 ans, adresse son 417e et dernier prêche à 60 000 personnes rassemblées dans un stade du quartier de Queens, à New York.

24 RUSSIE : Le conseil d'administration de Gazprom donne son feu vert pour vendre à l'État russe 10,7 % du capital contre un versement, avant la fin de l'année, de 5,9 milliards d'euros. L'État devient ainsi l'actionnaire majoritaire du numéro un mondial du gaz.

24 VATICAN : Pour sa première visite d'État, Benoît XVI se rend au palais du Quirinal, siège de la présidence italienne. Le président de la République, Carlo Azeglio Ciampi, rappelle au pape, dans son discours de bienvenue, qu'«*une saine laïcité de l'État est légitime*». **Le 28**, le procès en béatification de Jean-Paul II est solennellement ouvert par le cardinal Camillo Ruini, vicaire de Rome.

25 BULGARIE : Avec une participation de

55,7 % des inscrits, le Parti socialiste bulgare (PSB) d'opposition, héritier de l'ancien Parti communiste, remporte les élections législatives avec 30,95 % des voix et 82 élus au Parlement, tandis que le mouvement de centre-droit du premier ministre, l'ex-roi Siméon II (MNS), n'obtient que 19,88 % des voix.

26 BELGIQUE : Patrick Balland, 55 ans, marié et père de famille, est ordonné prêtre dans l'Église catholique, par Mgr André Léonard, évêque de Namur.

27 GRANDE-BRETAGNE : L'introduction boursière de 20,6 % du capital de Party Gaming, numéro un du poker en ligne, est la plus importante à la City depuis 2001.

27 ALLEMAGNE : Le chancelier Gerhard Schröder annonce des mesures visant les plus gros contribuables, « gauchissant » ainsi sa future campagne électorale.

28 GRANDE-BRETAGNE : La commémoration du 200e anniversaire de la bataille de Trafalgar est l'occasion de la plus grande revue navale jamais organisée. 167 navires de 36 pays — la France est représentée par six bâtiments, dont le porte-avions *Charles-de-Gaulle* — défilent devant la reine Elizabeth II, dans le bras de mer qui sépare la base de Portsmouth et l'île de Wight (sud de l'Angleterre).

29 CHINE : La nomination de Mgr Joseph Xing Wenzhi, 42 ans comme évêque auxiliaire à Shanghai, semble annoncer le dégel des relations entre le Vatican et Pékin.

29 JAPON : La prise de contrôle d'UFJ (Union Financial Japan Holdings) par Mitsubishi Tokyo Financial Group donne naissance à MUFG, le plus gros établissement mondial par le volume d'actifs (190 000 milliards de yens, soit 1 425 milliards d'euros), devant l'américain Citigroup. Le secteur financier nippon, concentré autour de quatre mégabanques, sort ainsi renforcé de quinze années de restructuration.

29 AFRIQUE : Décès, à l'âge de 59 ans, de François-Xavier Verschave, auteur de nombreux ouvrages dénonçant la « Françafrique », un mot (forgé par d'autres) pour désigner les relations post-coloniales entre la France et ses anciennes possessions en Afrique.

29-30 QATAR : Pour la première fois dans la péninsule Arabique, une conférence réunit à Doha, à l'initiative de l'émir du Qatar, le cheikh Hamad Ben Khalifa al-Thani, des représentants des trois grandes religions monothéistes musulmanes, chrétiennes et juives.

30 ÉTATS-UNIS : Bank of America, la deuxième banque américaine en termes d'actifs derrière Citigroup, annonce l'acquisition de MBNA, le numéro un mondial des cartes de crédit. La transaction est estimée à 35 milliards de dollars (29 milliards d'euros), treize fois les bénéfices réalisés par MBNA en 2004.

30 ÉTATS-UNIS : James McNerney quitte le conglomérat industriel 3M, pour succéder, à la présidence de l'avionneur Boeing, à Harry Stonecipher. Ce dernier avait dû démissionner le 6 mars, en raison de la révélation d'une liaison avec une cadre de l'entreprise. ▪

Science

4 MARS : Le robot américain Opportuny, enlisé dans une dune de sable depuis le 26 avril, peut reprendre ses explorations du sol de la planète Mars.

7 SANTÉ : La première étude française sur les liens entre la consommation médicale et la corpulence confirme l'inéluctable progression de l'obésité. Elle concerne désormais, parmi les 20-64 ans, 10,1 % des hommes et 10,5 % des femmes (contre respectivement 6,5 % et 7,1 % en 1991), ainsi que 12 % des moins de 18 ans.

15 TÉLÉPHONIE : L'opérateur britannique BT (ex-British Telecom) présente son offre « BT Fusion », premier système au monde à donner un exemple de la convergence entre les téléphonies fixe et mobile.

20 ÉLECTRONIQUE : Décès, à l'âge de 81 ans, du physicien et ingénieur américain Jack Kilby, à Dallas (Texas). Lauréat du prix Nobel de physique en 2000 aux côtés de son compatriote Herbert Kroemer et du Russe Jaurès Alferov, il a inventé le circuit intégré, fondement de l'industrie de la micro-électronique.

21 ESPACE : Un sous-marin russe lance le vaisseau expérimental Cosmos 1, premier satellite propulsé par voile solaire. Mais une panne de la fusée le propulsant l'empêche de se placer sur l'orbite prévue.

23 SANTÉ : Vingt-cinq biologistes et médecins français, belges et allemands, coordonnés par le docteur Lucienne Chatenoud, de l'Inserm, annoncent, dans le *New England Journal of Medicine*, être parvenus, pour la première fois au monde, à obtenir des rémissions à long terme du diabète.

23 PHYSIQUE : Des travaux américains publiés dans la revue *Nature*, sous la signature de Wolfgang Ketterle, prix Nobel de physique en 2001, mettent en évidence un nouvel état de la matière, confirmant la capacité de certains atomes à se comporter comme un superfluide à de très basses températures.

27 ESPACE : En choisissant un opérateur unifié, regroupant notamment EADS, Thales et Alcatel, pour déployer le système européen de navigation par satellite Galileo, l'Union européenne entend concurrencer sur ce marché prometteur l'américain GPS.

27 INSTITUT PASTEUR : Le directeur général annonce qu'il quittera ses fonctions le 31 juillet. Après un an de crise, il estime ne plus être en mesure de mener à bien les réformes qu'il estime indispensables à la modernisation de l'Institut.

28 ÉNERGIE ATOMIQUE : Les six partenaires du réacteur expérimental à fusion thermonucléaire ITER (International Thermonuclear Experimental Reactor) entérinent, à Moscou, le choix du site de Cadarache (Bouches-du-Rhône). Le projet, dont le coût est évalué à 4,7 milliards d'euros, sera financé à 40 % par l'UE. Le Japon, qui proposait une implantation à Rokkasho-Mura, obtient de très substantielles contreparties. **Le 30**, se rendant à Cadarache, le président de la République Jacques Chirac y salue un succès technique français et européen. ■

Culture

1ᵉʳ MUSÉES : La publication du premier volume du catalogue raisonné des 300 000 objets qu'il abritera, consacré à la collection des sculptures aztèques, constitue le coup d'envoi du futur musée des Arts premiers, conçu par l'architecte Jean Nouvel, et qui devrait être inauguré au printemps 2006.

1ᵉʳ THÉÂTRE : Après deux ans de travaux, le Théâtre des Célestins à Lyon, entièrement rénové, agrandi et informatisé, rouvre ses portes, avec quatre mois de retard.

2 POÉSIE : Décès, à l'âge de 81 ans, du poète Bernard Manciet. Landais, ce chantre de l'Occitanie s'exprimait, outre la poésie, également par des essais, la prose ou le théâtre.

3 ART : La cour d'appel de Paris annule, dans le cadre de la succession de Daniel Wildenstein, le renoncement de sa veuve, estimant que l'immense fortune de ce collectionneur d'art devait être partagée entre ses deux fils et elle.

3 PEINTURE : Décès, à l'âge de 73 ans, du peintre et sculpteur Raymond Moretti. Féru de littérature, lié à Jean Cocteau, ses grandes fresques murales pour le Forum des Halles à Paris, ou le Capitole de Toulouse, n'ont jamais été reconnues par l'intelligentsia artistique.

4 ARCHITECTURE : Décès, à l'âge de 85 ans, de l'architecte italien Giancarlo De Carlo. Alliant à la fois humanisme et modernité, son œuvre se situe essentiellement en Italie, particulièrement en Ombrie, et dans les Marches, sa région natale.

4 BANDE DESSINÉE : Décès, à l'âge de 56 ans, de la journaliste Laurence Harlé, scénariste de la BD *Jonathan Cartland*.

5 TÉLÉVISION : La dernière édition du magazine « Culture Pub » est diffusée sur M6. Elle était animée depuis ses débuts, en 1987, par Christian Blachas, directeur de l'hebdomadaire *CB News*.

6 CINÉMA : Décès, à l'âge de 75 ans, de l'actrice américaine Anne Bancroft, rendue célèbre par le rôle de Mrs Robinson dans *Le Lauréat* (1967), de Mike Nichols.

7 THÉÂTRE : Décès à Paris, à l'âge de 63 ans, du metteur en scène turc Mehmet Ilusoy. Au cours de ses vingt ans de carrière en France, il a contribué à faire connaître l'œuvre du poète turc Nazim Hikmet.

8 MUSIQUE : Susanna Mälkki, chef d'orchestre finlandaise de 36 ans, devient directrice musicale de l'Ensemble Intercontemporain (EIC). En prenant ses fonctions en septembre 2006, elle succédera au Britannique Jonathan Nott, directeur musical de 2000 à 2003, puis premier chef invité de 2003 à 2006.

8 MUSIQUE : Décès, à l'âge de 80 ans, de Michèle Auclair, violoniste qui fut, en 1943, avec le pianiste Samson François, la première lauréate du concours Marguerite Long-Jacques Thibaud. Victime d'un accident en 1960, elle s'était ensuite consacrée à l'enseignement.

10 ÉDITION : Hervé de La Martinière, P-DG du groupe La Martinière-Le Seuil, devient également P-DG des éditions du Seuil.

10 ART : Le pavillon français de la 51ᵉ Biennale d'art contemporain de Venise exposant les œuvres de la plasticienne Annette Messager remporte le Lion d'or de la manifestation.

11 CINÉMA : Le 29ᵉ Festival du film d'animation, qui se déroule à Annecy (Haute-Savoie) depuis le 6, distingue, dans son palmarès, *The Mysterious Geographic Explorations of Jasper Morello*, d'Anthony Lucas (Australie, Cristal des courts métrages), et *Nyocker (Le Quartier)* d'Aron Gauder (Hongrie, Cristal du long métrage).

11 LITTÉRATURE : Décès, à Paris, de l'écrivain argentin Juan José Saer. Âgé de 67 ans, il était considéré comme un des meilleurs écrivains contemporains de son pays.

14 MUSIQUE : Décès, à Brescia, à l'âge de 91 ans, du chef d'orchestre italien Carlo Maria Giulini. Dernier représentant de l'âge d'or de la direction d'orchestre, égal de Karajan et de Bernstein, il laisse une œuvre immense, dont *La Traviata*, avec Maria Callas, et Visconti à la mise en scène (1955) constituent le sommet.

15 DÉCÈS de la comédienne Suzanne Flon, à l'âge de 87 ans. Sa carrière de quelque soixante ans l'a d'abord conduite vers le théâtre, où elle avait joué, et créé, des rôles de pièces de Jacques Audiberti (*Le mal court*), de Jean Anouilh (*L'Alouette*) et de sa complice Loleh Bellon, tout en abordant le cinéma (*L'Été meurtrier*, de Jean Becker, entre autres), et la télévision.

15 MUSÉES : Au terme de trois ans de travaux d'un montant de 7,2 millions d'euros, le musée Cernuschi, voué aux arts asiatiques, rouvre ses portes à Paris. Entièrement rénové, et gagnant près de 1000 mètres carrés de surface, il pourra désormais exposer davantage des quelque 12 000 pièces de ses riches collections.

16 ACADÉMIE FRANÇAISE : Assia Djebar (Fatima-Zohra Imaleyene), écrivaine et cinéaste algérienne, plus connue à l'étranger qu'en France, est élue au fauteuil du professeur Georges Vedel, par 16 voix contre 11 pour le romancier Dominique Fernandez. Premier écrivain du Maghreb à siéger sous la Coupole, elle est la quatrième femme à y siéger, après Marguerite Yourcenar (1980), Jacqueline de Romilly (1988), Hélène Carrère d'Encausse (1990) et Florence Delay (2000).

BIBLIOGRAPHIE ET FILMOGRAPHIE D'ASSIA DJEBAR

Parmi les œuvres d'Assia Djebar, citons :
    Loin de Médine, Albin Michel, Le Livre de Poche, 1995.
    L'Amour, la fantasia ou Ombre sultane, Albin Michel, Le Livre de Poche, 2001.

Les Nuits de Strasbourg, Actes Sud, « Babel », 2003.
Vaste est la prison, Albin Michel, 2004.
Femmes d'Alger dans leur appartement, Le Livre de Poche, 2004.
La Femme sans sépulture, Le Livre de Poche, 2004.
Cinéma :
La Nouba des femmes du mont Che noua, Prix de la critique internationale à Venise (1979).

17 DESIGN : Décès, à l'âge de 81 ans, de la créatrice danoise Nanna Ditzel, un des grands noms du design scandinave.

20 LITTÉRATURE : L'écrivain et journaliste américain Larry Collins décède d'une hémorragie cérébrale à l'hôpital de Fréjus, dans le Var. Il était l'auteur, avec le journaliste français Dominique Lapierre, de nombreux livres à succès, dont le plus célèbre est *Paris brûle-t-il ?* (1964), roman sur la libération de Paris, porté à l'écran par René Clément en 1966.

20 MUSÉES : Le nouveau Centre Paul-Klee (Zentrum Paul-Klee) de Berne (Suisse) ouvre ses portes au public. Conçu par l'architecte italien du Centre Pompidou, Renzo Piano, il abrite la plus grande collection des œuvres du peintre abstrait, dans un bâtiment spectaculaire en forme d'onde.

21 CHANSON : Décès, à l'âge de 83 ans, du parolier Michel Rivgauche, de son vrai nom Mariano Ruiz. Lancé en 1957 par Édith Piaf, qui chanta « La foule », un de ses titres les plus célèbres, il écrivit pour la plupart des grands interprètes des années 1960 et 1970.

22 CINÉMA : Véronique Cayla est nommée, en Conseil des ministres, directrice générale du Centre national de la cinématographie (CNC). Elle succède à la tête de l'organisme de régulation et de soutien au cinéma et à l'audiovisuel français, à Catherine

Colonna, qui vient de rejoindre le gouvernement de Dominique de Villepin comme ministre déléguée aux affaires européennes.

24 POÉSIE : Décès de Max Rouquette, d'une embolie pulmonaire à son domicile montpelliérain à l'âge de 96 ans. Avec lui disparaît le plus grand écrivain de langue d'oc.

25 PATRIMOINE : Vingt hauts lieux de l'architecture appartenant au Centre des monuments nationaux (Monum) accueillent, pour plus d'un an, des œuvres d'art actuel issues des collections du Fonds national d'art contemporain (FNAC) pour une manifestation intitulée « Les visiteurs ».

26 ARCHITECTURE : La nouvelle salle de concerts de la capitale du grand-duché de Luxembourg, conçue par Christian de Portzamparc, est inaugurée avec une création du compositeur Krzysztof Penderecki.

27 DROIT D'AUTEUR : La Cour suprême américaine estime que les sites de téléchargement gratuit et d'échanges de fichiers protégés pouvaient être tenus pour responsables de violation du droit d'auteur. Cet arrêt soutient les industries culturelles qui défendaient la position de la MGM, contre les sites d'échange gratuit de fichiers Grokster et Streamcast, bien qu'ils aient gagné en première instance comme en appel.

27 MUSÉES : Le Louvre ouvre son nouveau site Internet qui permet de visionner les 35 000 œuvres exposées (www.louvre.fr).

29 ARCHITECTURE : Présentation, à New York, de la dernière version officielle du projet de tour de la Liberté (Freedom Tower), signée par David Childs, qui doit être construite à l'emplacement des tours jumelles du World Trade Center (WTC), détruites lors des attentats du 11 septembre 2001.

30 TÉLÉVISION : Michel Denisot, présent à Canal + depuis sa création en 1984, quitte ses fonctions de directeur général adjoint du groupe, chargé des chaînes thématiques et du sport. ■

Sport

5 JEUX OLYMPIQUES : À un mois du choix de la ville organisatrice des JO 2012, Paris transforme, pour la journée des « Champs olympiques », les Champs-Élysées en stade géant, où sont pratiquées les disciplines olympiques devant environ un million de spectateurs. **Le 6**, la commission d'évaluation du Comité international olympique (CIO) qualifie les dossiers de candidature de Paris et Londres « *de très grande qualité* », les plaçant avant ceux de Madrid et New York, « *de grande qualité* », tandis que celui de Moscou souffre d'une planification « *insuffisamment détaillée* ».

4 TENNIS : La Belge Justine Henin remporte la finale du simple dames aux Internationaux de France de Roland-Garros en balayant la Française Mary Pierce (6-1, 6-1). **Le 5**, pour sa première participation à Roland-Garros, l'Espagnol Rafael Nadal remporte la finale face à l'Argentin Mariano Puerta (6-7, 6-8, 6-3, 6-1, 7-5). À tout juste 19 ans, le Majorquin confirme son statut de vedette naissante du circuit.

4 FOOTBALL : L'AJ Auxerre remporte sa quatrième Coupe de France face à Sedan (2-1), à la dernière seconde du match. Guy Roux, auréolé de cette victoire, annonce sa retraite après 42 saisons passées au club. **Le 7**, Jacques Santini, ancien sélectionneur de l'équipe de France, lui succède.

5 GYMNASTIQUE : Aux championnats d'Europe de Drebecen (Hongrie), la France figure au premier rang du tableau final, avec six médailles, dont trois en or.

11 RUGBY : Biarritz s'empare du bouclier de Brennus en remportant (37-34) le championnat de France, face aux Parisiens du Stade français, qui perdent leur deuxième finale d'affilée, après celle de la Coupe d'Europe au terme d'un intense combat.

12 FORMULE 1 : Le Finlandais Kimi Räikkönen remporte sur McLaren le Grand Prix du Canada de F1, après l'abandon des deux voitures de l'écurie Renault.

12 CYCLISME : L'Espagnol Inigo Landaluze (Euskaltel) remporte, à la surprise générale, le Critérium du Dauphiné libéré, comptant pour le circuit ProTour.

12 BASKET-BALL : Strasbourg devient champion de France en battant Nancy 72 à 68 (mi-temps : 28-39) en finale de la ProA au Palais omnisports de Paris-Bercy.

14 ATHLÉTISME : Le Jamaïquain Asafa Powell, âgé de 22 ans, s'empare, à Athènes, du record du monde du 100 mètres, en réalisant un temps de 9"77.

15 CYCLISME : Le cycliste italien Alessio Galletti, 37 ans, décède lors de la course de côte Subida al Naranco, dans le nord de l'Espagne. Il était mis en examen pour un trafic présumé de transfusions sanguines.

19 FORMULE 1 : Déserté pour des raisons de sécurité par les quatorze monoplaces chaussées de pneus Michelin, le Grand Prix des États-Unis, à Indianapolis, est remporté par l'Allemand Michael Schumacher sur Ferrari, sous les huées du public

Le même jour, la 73ᵉ édition des 24 Heures du Mans est remportée pour la septième fois par le Danois Tom Kristensen, qui bat ainsi le record mythique du Belge Jacky Ickx.

19 GOLF : Quasi inconnu aux États-Unis, Michael Campbell remporte l'US Open, deuxième tournoi majeur de la saison, sur le parcours n°2 de Pinehurst (Caroline du Nord), battant le favori Tiger Woods.

19 ATHLÉTISME : Le sprinteur japonais Kozo Haraguchi, 95 ans, bat à Miyazaki (Sud) le record du monde du 100 mètres, catégorie 95-99 ans, en 22" 04/100, pulvérisant la précédente marque de près de 2 secondes.

23 BASKET-BALL : Les San Antonio Spurs, l'équipe du meneur français Tony Parker, retrouvent leur titre de champions en battant (81-74) en finale de NBA (le championnat nord-américain de basket) les Pistons de Detroit.

26 CYCLISME : À 26 ans, Pierrick Fédrigo (Bouygues Telecom) devient champion de France de cyclisme, en s'imposant sur le circuit de Boulogne-sur-Mer.

Juillet

- Une femme à la tête du patronat français

- Les rumeurs d'OPA sur Danone tournent court

- Verdicts des procès de l'incendie du tunnel du Mont-Blanc et de l'affaire de pédophilie d'Angers

- Taittinger devient américain

- Le terrorisme touche Londres à deux reprises

- Attentats meurtriers en Égypte

- L'IRA renonce à la lutte armée

- Les riches du G8 apportent leur aide à l'Afrique

- Décès de Claude Simon, prix Nobel de littérature 1985

- Lance Armstrong se retire après une septième victoire au Tour de France

France

1er SÉCURITÉ SOCIALE : Le dispositif du médecin traitant, l'une des deux mesures phares de la réforme de l'assurance-maladie du 13 août 2004, entre en vigueur. Désormais, ce praticien — dans la très grande majorité des cas un généraliste — se trouve placé au cœur du système de santé.

1er PCF : Indexé, numérisé et informatisé, l'ensemble des archives de la direction du Parti communiste français est désormais consultable sur une base de données ouverte au public aux archives de Seine-Saint-Denis. Y figurent, notamment, les enregistrements des réunions du comité central ou des dossiers à charge contre des « *opposants* ».

1er SALAIRES : Les différents SMIC liés au passage progressif des entreprises aux 35 heures sont unifiés sur la base horaire de 8,03 euros.

1er IMMIGRATION : En déplacement au Havre, le premier ministre Dominique de Villepin défend l'égalité des chances, qu'il place « *au cœur du pacte républicain* », et prend position contre la discrimination positive, modèle d'intégration prôné par le président de l'UMP, Nicolas Sarkozy. **Le 8**, le ministre français des affaires étrangères, Philippe Douste-Blazy, annonce la généralisation progressive de la délivrance du visa biométrique, actuellement expérimenté dans cinq postes consulaires (Minsk, San Francisco, Bamako, Colombo et Annaba). **Le 11**, en visite à Marseille, Nicolas Sarkozy, déclarant vouloir «*passer d'une immigration subie à une immigration choisie*», annonce la mise en place d'un système de visas à points et la création d'une «*mission interministérielle chargée d'évaluer les capacités d'accueil de la France et ses besoins*».

1er RÉCIDIVE : Des magistrats manifestent devant le Palais de Justice de Paris pour réagir aux propos du ministre de l'intérieur, qui appelait à faire «*payer*» un juge après la mort de Nelly Crémel, assassinée le 2 juin par un multirécidiviste mis en liberté. **Le 14**, le traditionnel décret de grâce du président de la République exclut les récidivistes.

1er RESTAURATION : Le Français Denis Hennequin succède à Russ Smith, démissionnaire, à la tête de la division Europe du numéro un mondial de la restauration rapide McDonald's.

2 CATHOLICISME : Geneviève Beney, une femme mariée de 56 ans, est ordonnée prêtre à Lyon par trois femmes évêques venues d'Allemagne, d'Autriche et d'Afrique du Sud. Elle est immédiatement excommuniée par l'Église catholique.

2 ÉTUDIANTS : Seul candidat, Bruno Julliard, étudiant en droit public à Lyon-II, est élu sans surprise à la présidence de l'Union nationale des étudiants de France (UNEF).

4 FAMILLE : Une ordonnance, présentée en conseil des ministres, propose de faire disparaître du Code civil la distinction entre enfants légitimes et naturels. Près de la moitié des enfants naissent en effet désormais hors mariage, et leurs droits sont les mêmes que ceux des enfants nés de couples mariés.

6 PATRONAT : Laurence Parisot, P-DG de l'IFOP, est élue au premier tour présidente du Medef. Soutenue par son prédécesseur, Ernest-Antoine Seillière, et par le secteur des services, elle l'emporte par 271 voix, devant ses deux rivaux Yvon Jacob (150) et Hugues-Arnaud Mayer (85).

6 ORDONNANCES : Comme prévu, la motion de censure déposée à l'Assemblée nationale pour contrer la loi d'habilitation permettant au gouvernement de légiférer par ordonnances pour mettre en œuvre son plan d'urgence sur l'emploi est rejetée, n'ayant rassemblé que 174 voix (PS, PCF et 6 non-inscrits). **Le 12**, le Parlement français adopte définitivement le projet de loi habilitant le gouvernement à légiférer par ordonnances.

7 FORTUNE : Selon le classement établi par l'hebdomadaire *Challenges*, le président et propriétaire du groupe de luxe LVMH, Bernard Arnault, prend la tête des plus grosses fortunes françaises. Avec un patrimoine professionnel estimé à 14,34 milliards d'euros, il devance Liliane Bettencourt, principale actionnaire (à 27,5 %) de L'Oréal, le groupe de cosmétique fondé par son père (11,67 milliards d'euros).

7 TERRORISME : Suite aux attentats de Londres, la France renforce son plan Vigipirate, en le faisant passer du niveau orange au niveau rouge. **Le 15**, à Madrid, le ministre de l'intérieur Nicolas Sarkozy s'engage à demander « *l'expulsion systématique* » du territoire français de « *tous les imams qui appellent à l'assassinat* ». **Le 23**, Abdelhamid Aissaoui, un imam occasionnel de Lyon interdit du territoire français après avoir été mis en cause dans une tentative d'attentat contre le TGV en 1995, est expulsé vers Alger. **Le 26**, le gouvernement décide, lors d'un Comité de sécurité intérieure, de renforcer les mesures de lutte contre le terrorisme. Un projet

de loi devrait étendre, entre autres, la vidéosurveillance dans les transports. **Le 29**, un Algérien qui
appelait au jihad est expulsé à son tour.

7 SANTÉ : La Cour de cassation, dans un arrêt
de principe, valide les poursuites prononcées contre
les douze personnes mises en examen pour « *trom-
perie aggravée* » dans l'affaire de l'hormone de croissance, remontant aux années 80, et comptant une
centaine de parties civiles. Saluée par les victimes,
cette décision pourrait permettre la relance d'autres
affaires de santé publique.

7 BOURSE : L'introduction en Bourse de Gaz
de France (GDF) est un succès populaire. Cette privatisation partielle, ouverte le 23 juin, a suscité l'intérêt de 3,15 millions de petits porteurs qui se verront attribuer environ la moitié des 20 % du capital
mis en Bourse. Les salariés, qui sont un sur deux à
avoir souscrit des actions, détiendront plus de 3 %
du capital total de GDF. **Le 8**, dopé par l'envolée de
l'action du groupe gazier (+ 22,84 %), le CAC 40
atteint son plus haut niveau depuis le début de l'année, franchissant la barre des 4 300 points. Depuis le
1er janvier, l'indice progresse de 12,54 %.

11 AFFAIRES : La cour d'appel de Toulouse
confirme le non-lieu général dans le volet viols et
proxénétisme de l'affaire du tueur en série Patrice
Alègre. **Le 20**, les deux anciennes prostituées Chris-
telle Bourre, dite « Patricia », et Florence Khelifi, sur-
nommée « Fanny », sont condamnées respectivement à trois ans de prison ferme, et trois ans dont
dix-huit mois avec sursis par le tribunal correctionnel de Toulouse, pour complicité de « *dénonciation
de crime ou délit imaginaire* » et « *témoignage men-
songer* ». Elles avaient mis en cause, dans le cadre de
l'« affaire Alègre », Dominique Baudis, ancien maire
de Toulouse, et alors président du Conseil supérieur
de l'audiovisuel (CSA).

11 RESTAURATION : La chaîne de restaurants Buffalo Grill, créée en 1980 par Christian Picart, est rachetée par les fonds d'investissement américain Colony Capital et européen Colyzeo pour 340 millions d'euros.

12 INDUSTRIE : À l'issue du Comité interministériel d'aménagement du territoire (CIADT), le gouvernement publie la liste des 67 pôles de compétitivité, sur les 105 candidatures présentées par les régions, réunissant entreprises, chercheurs et centres de formation. Destinés à lutter contre les délocalisations et le chômage, ils recevront une dotation de 1,5 milliard d'euros sur trois ans.

12 SANTÉ : Selon un rapport de l'Office parlementaire d'évaluation des politiques de santé sur « La maladie d'Alzheimer et les maladies apparentées », l'État « *néglige* » la recherche sur cette maladie qui touche 850 000 personnes, et en touchera plus d'un million dans quinze ans.

12 BACCALAURÉAT : Selon les chiffres du ministère de l'éducation nationale, le taux de réussite des 610 600 candidats au baccalauréat est de 80,2 %. Ce seuil avait déjà été atteint en 2003.

12 HAVAS : Le conseil d'administration du groupe de publicité nomme Vincent Bolloré à sa présidence, et Philippe Wahl, ancien de Paribas et des Caisses d'épargne, à la direction générale. Dans un entretien au *Monde*, M. Bolloré déclare que « *Havas doit rester indépendant* » et que le groupe qui porte son nom compte garder ses activités diversifiées.

LES DATES DE L'ENTRÉE DE BOLLORÉ DANS HAVAS

Juillet 2004 : Vincent Bolloré entre au capital d'Havas.
Septembre 2004 : Bolloré dépasse les 10 % du capital

Octobre 2004 : M. Bolloré franchit le seuil des 20 % du capital d'Havas. Premier actionnaire, il dit ne pas vouloir en prendre le contrôle.

22 avril 2005 : M. Bolloré demande quatre sièges d'administrateur au sein du conseil d'Havas.

29 avril 2005 : Le conseil d'administration d'Havas se prononce pour le rejet de la demande de M. Bolloré.

9 juin 2005 : Lors de l'assemblée générale d'Havas, les actionnaires donnent quatre sièges d'administrateur à M. Bolloré.

15 juin 2005 : M. Bolloré détient avec Alexander Vik 25,96 % du capital et 26,42 % des droits de vote.

21 juin 2005 : Alain de Pouzilhac, président d'Havas, quitte son poste. Richard Colker est nommé président par intérim.

29 juin 2005 : Jean-Marie Dru, président de TBWA Worldwide, annonce qu'il ne prendra pas la présidence d'Havas.

13 FRET : Faute de repreneur, la SNCF vend le Sernam, l'ex-Service national de messagerie, filialisé en 2000 et transformé en société anonyme en 2002, à ses dirigeants.

13 ÉCONOMIE : Le Parlement, qui clôt sa session extraordinaire ouverte le 1er, adopte définitivement le projet de loi «*en faveur des petites et moyennes entreprises*» (PME), dite «loi Galland». Il vise à soutenir la croissance des PME, saluées par le premier ministre Dominique de Villepin comme «*le fer de lance de la création d'emplois*» en France. Les syndicats dénoncent un amendement permettant à l'employeur de s'affranchir, pour certains salariés, de la durée du temps de travail et du paiement des heures supplémentaires. Le même jour, le Parlement adopte également le projet de loi pour la confiance et la modernisation de l'économie, prévoyant le versement, en 2005, d'une prime exceptionnelle d'intéressement.

13-14 VIOLENCE : Dans la nuit, plus de 200 voitures sont incendiées, en marge des bals populaires de la fête nationale, entraînant quelque 70 interpellations. La plupart des incidents se sont produits en Île-de-France.

14 POLITIQUE : Après le défilé militaire sur les Champs-Élysées, auquel participent des unités brésiliennes, en présence du président Lula da Silva, invité d'honneur, Jacques Chirac donne son traditionnel entretien télévisé, alors qu'un sondage publié dans *Le Parisien* révèle que seulement 32 % des Français lui font confiance. Trouver des solutions au chômage, combattre le terrorisme, rassembler les Français sont les principaux thèmes abordés. N'excluant pas une réforme de l'impôt sur la fortune (ISF), et réaffirmant son opposition à toute concession sur la politique agricole commune (PAC), il esquive l'éventualité d'un troisième mandat, déclarant qu'on le saura « *le moment venu* ». Pour la gauche, le président est « *affaibli* » et « *en fin de règne* » ; pour l'UMP, il s'est montré « *combatif* », tandis que l'UDF juge que ses réponses ne sont pas « *à la hauteur* ». Nicolas Sarkozy évoque pour sa part « *l'immobilisme* » face à « *une France qui gronde* ».

18 PRIVATISATIONS : L'État décide de céder l'intégralité de ses participations détenues dans les sociétés d'autoroutes, soit 50,3 % d'Autoroutes du Sud de la France (ASF), 70 % des Autoroutes Paris-Rhin-Rhône (APRR) et 75 % de la Société des autoroutes du Nord et de l'Est (Sanef). **Le 28**, le groupe de BTP Bouygues annonce ne pas être candidat au rachat. **Le 29**, François Bayrou, président de l'UDF, qui dénonce la vente des « *bijoux de famille* », annonce saisir le Conseil d'État sur ce dossier pour « *excès de pouvoir* », tandis que plusieurs députés UMP dénoncent une vente « *à bas prix de ressources indispensables* ».

18 LITTORAL : Pour le trentième anniversaire du Conservatoire du littoral, créé à son initiative en 1975 alors qu'il était premier ministre, le président de la République Jacques Chirac annonce, à Rochefort (Charente-Maritime), une rallonge budgétaire annuelle de 9 millions d'euros du budget d'acquisition (+ 40 %), et la création d'un Conseil national du littoral.

18 SERVICE MINIMUM : La SNCF signe avec le conseil régional d'Alsace une convention au terme de laquelle elle garantit, sous peine de pénalités financières, un certain niveau de service pour les trains régionaux en cas de conflit social.

19 SOLIDARITÉ : Un rapport d'évaluation remis au premier ministre par le député (UMP) Jean Leonetti réaffirme le principe d'une journée de travail supplémentaire non rémunérée en faveur des personnes âgées et dépendantes, mais propose de la déconnecter du lundi de Pentecôte, pour lever les réticences de l'opinion. M. de Villepin approuve ce souhait de « *souplesse* » dans l'application de la mesure.

19 AGROALIMENTAIRE : Le cours de l'action Danone connaît à la Bourse de Paris une flambée sans précédent (+10,19 %), en raison de rumeurs d'OPA hostile de l'américain PepsiCo. Le gouvernement déclare vouloir « *tout faire* » pour déjouer une telle offensive, tandis que Laurent Fabius (PS) appelle Jacques Chirac à « *agir en urgence* ». **Le 20**, le groupe de Franck Riboud reçoit des soutiens quasi unanimes, tant politiques que syndicaux. Le ministre de l'économie, Thierry Breton, souligne que « *la France n'est pas le Far West* », tandis que dans *Le Monde* Nicolas Sarkozy, ministre de l'intérieur et président de l'UMP, écarte toute idée de « *nationalisation rampante* ». **Le 21**, de Madagascar, où il effectue une visite officielle, le président Jacques Chirac se déclare « *vigilant et particulièrement mobilisé* » sur cette question. **Le 24**, le démenti de PepsiCo, qui indique à l'Autorité des marchés financiers (AMF) qu'il ne « *préparait pas, actuellement, d'opération de ce type* », fait tomber la fièvre. **Le 25**, le titre Danone perd 8,20 % à la Bourse de Paris, et Thierry Breton estime dans un entretien au *Monde* qu'il est « *d'abord de la responsabilité des chefs d'entreprise d'éviter les OPA* ». **Le 26**, l'Autorité des marchés financiers (AMF) annonce l'ouverture d'une enquête sur les transactions effectuées sur le titre Danone. **Le 27**, le premier ministre, Dominique de Villepin, présente, dans une conférence de presse, une série de mesures visant à défendre les entreprises nationales au nom du « *patriotisme économique* ».

20 ENSEIGNEMENT : Le ministre de l'éducation nationale Gilles de Robien procède au renouvellement d'un tiers des recteurs d'académie.

22 ENTREPRISES : Une semaine avant la date fixée initialement, les 38 membres de la famille Taittinger, qui détiennent 34,6 % du capital du groupe (hôtellerie et champagne), annoncent la cession de la totalité de leurs actifs au fonds d'investissement américain Starwood Capital, spécialisé dans l'immobilier, pour un total de 2,8 milliards d'euros.

22 JUSTICE : Dix ans après les premières plaintes dans l'affaire Stardust, l'un des volets judiciaires du dossier du Crédit lyonnais, le juge d'instruction Hervé Lourau rend une ordonnance de non-lieu général au bénéfice des cinq personnes mises en cause, dont l'ancien dirigeant de Stardust, Jean-Michel Tissier, son épouse et Ian Ledger, l'un des premiers gestionnaires de fortunes privées en Europe.

25 DÉCENTRALISATION : Le ministre des

transports, Dominique Perben, annonce que l'État va transférer aux départements la gestion de 18 000 kilomètres de routes nationales, en vertu de la loi de décentralisation du 13 août 2004.

26 ESCLAVAGE : La Cour européenne des droits de l'homme condamne la France pour n'avoir pas jugé assez sévèrement une affaire d'esclavage domestique dont avait été victime une jeune Togolaise, employée sans rémunération par un couple parisien.

26 MALADIE : Des parents obtiennent du tribunal d'Angers (Maine-et-Loire) de pouvoir faire soigner leur enfant cancéreux selon leur choix. Les époux Goulette refusaient la thérapie prescrite par un cancérologue du Mans, et un juge des enfants leur avait retiré l'autorité parentale.

26 DÉCÈS de Thierry Jean-Pierre, avocat, ancien juge d'instruction, et député européen, à la veille de ses 50 ans. Il s'était fait connaître en 1991, en instruisant l'affaire du financement du PS par la société Urba, devenant la figure emblématique du « *petit juge* » porte-drapeau de l'indépendance de la justice. Il s'était ensuite engagé en politique aux côtés de Philippe de Villiers et d'Alain Madelin.

27 JUSTICE : Après neuf jours de délibéré à huis clos, les jurés de la cour d'assises d'Angers (Maine-et-Loire) suivent le ministère public en prononçant de lourdes peines à l'issue d'un procès de pédophilie d'une ampleur sans précédent, commencé le 3 mars, et dont le coût s'élève à 5 millions d'euros. Sur les 65 accusés, 27 sont condamnés à des peines de dix ans et plus, dont l'un à 26 ans de réclusion criminelle, deux autres à 28 ans, des peines d'ordinaire réservées aux seuls crimes de sang. Seules trois personnes sont acquittées, et une autre dispensée de peine.

27 JUSTICE : Après treize semaines d'audience, du 31 janvier au 29 avril, et trois mois de délibéré, le tribunal correctionnel de Bonneville (Haute-Savoie) rend son verdict dans l'affaire de l'incendie du tunnel du Mont-Blanc, qui a fait 39 morts en mars 1999. Sur les 16 prévenus, personnes physiques ou morales, poursuivis pour homicide involontaire, seul le responsable français de la sécurité, Gérard Roncoli, est condamné à de la prison ferme (six mois), les autres peines étant assorties de sursis et d'amendes.

L'INSTRUCTION AURA DURÉ PLUS DE QUATRE ANS

1999

24 mars : Un camion Volvo conduit par un chauffeur routier belge, Gilbert Degrave, prend feu six kilomètres après l'entrée française du tunnel du Mont-Blanc.

26 mars : 53 heures après son déclenchement, l'incendie est enfin maîtrisé. Il est impossible, à cet instant, d'avoir une idée précise du nombre de victimes.

6 juillet : Le bilan définitif s'établit à 39 morts.

12 octobre : Gilbert Degrave est la première personne mise en examen.

2000

Juillet : Les travaux de réparation et de mise aux normes du tunnel débutent côté italien. La France commence les siens en octobre.

Septembre : Une expertise révèle que les dispositifs de sécurité ont été mal ou trop tardivement mis en œuvre le jour de l'incendie.

2001

22 mars : Selon un rapport d'expertise, un mégot de cigarette serait à l'origine de l'incendie. Des expertises ultérieures reviendront sur cette thèse en mettant en avant un problème au niveau du moteur du poids lourd Volvo.

2002

9 mars : Le tunnel est rouvert aux voitures. Trois mois plus tard, les poids lourds sont autorisés à l'emprunter.

2003

Juin : Le juge de Bonneville (Haute-Savoie), Franck Guesdon, chargé du dossier, notifie la fin de son instruction.

29 CHÔMAGE : Selon les chiffres de l'ANPE, le taux de la population active au chômage est en recul (-1,4 %), s'établissant à 10,1 %. Il s'agit de la plus forte baisse enregistrée depuis janvier 2001, le nombre de chômeurs totalisant désormais 2 448 900 personnes. ■

International

1er UNION EUROPÉENNE : La directive européenne sur la fiscalité de l'épargne entre en vigueur. L'accord, conclu en juin 2003, vise à taxer les intérêts perçus à l'étranger, en préservant le secret bancaire de la Belgique, du Luxembourg et de l'Autriche. La Suisse, quoique non membre de l'UE, est également concernée, mais à des conditions particulières.

1er UNION EUROPÉENNE : La Grande-Bretagne prend, pour six mois, la présidence tournante de l'Union européenne. Après les « non » français et néerlandais à la Constitution, le refus de Tony Blair, au sommet européen de juin, d'accepter un accord sur les perspectives financières de l'Union sans revoir les structures du budget européen oblige les 25 à se reposer la question de leurs priorités. Le même jour, l'euro, en baisse, repasse sous la barre de 1,20 dollar.

1er ÉTATS-UNIS : Sandra Day O'Connor, âgée de 75 ans, première femme à siéger à la Cour suprême, annonce sa démission «*pour des raisons personnelles*». **Le 19**, le président George Bush choisit pour lui succéder John Roberts, 50 ans, un conservateur modéré. Premier juge nommé depuis 1994, il est critiqué par les défenseurs de l'avortement.

1ᵉʳ ÉTATS-UNIS : Le Sénat donne son feu vert à la reprise d'un programme controversé de mini-bombes nucléaires (mininukes) devant permettre à l'armée d'attaquer des bunkers ou des installations souterraines, notamment celles soupçonnées de stocker des armes de destruction massive.

1ᵉʳ ALLEMAGNE : Le chancelier Gerhard Schröder obtient du Bundestag, par 296 voix sur 596, le vote de défiance qu'il souhaitait pour provoquer des élections anticipées, après l'échec de son parti, le SPD (sociaux-démocrates), aux élections régionales du 22 mai en Rhénanie du Nord-Wesphalie. **Le 11**, le chef de l'opposition de la CDU-CSU, Angela Merkel, présente son programme de gouvernement pour les élections législatives anticipées. La droite, qui part favorite dans les sondages, veut augmenter la TVA et faciliter les licenciements dans les PME. **Le 19**, Angela Merkel est reçue à Paris avec de grands égards par le président Jacques Chirac, le premier ministre Dominique de Villepin, ainsi que par le ministre de l'intérieur Nicolas Sarkozy. **Le 21**, le président de la République, Horst Köhler, dissout le Bundestag, l'Assemblée nationale allemande, et convoque des élections anticipées le 18 septembre.

1ᵉʳ ROUMANIE : Lancement du «nouveau leu», la monnaie roumaine débarrassée de quatre zéros. La Banque nationale roumaine (BNR) donne ainsi un coup de jeune à une monnaie dévalorisée du fait de l'inflation galopante des années 90.

2 IRAK : Alors que 36 personnes au moins sont tuées par des attentats en deux jours, Ihab al-Chérif, chef de la mission diplomatique égyptienne, est enlevé à Bagdad. Jamais un diplomate de ce rang n'avait, jusqu'à présent, été victime d'un rapt. **Le 5**, deux diplomates sont l'objet de tentatives d'enlèvement ou de meurtre, ce qui confirme qu'ils sont désormais la nouvelle cible des preneurs d'otages. **Le 7**, l'organisation Al-Qaida en Mésopotamie, qui a revendiqué l'enlèvement d'Ihab al-Chérif, annonce sa mort. **Le 14**, l'armée américaine annonce l'arrestation d'un membre important du réseau terroriste Al-Qaida en Irak, Khamis Farhan Khalaf Abed al-Fahdawi, alias Abou Saba, soupçonné du meurtre du chargé d'affaires égyptien, ainsi que d'attaques contre d'autres diplomates. **Le 21**, l'enlèvement, à Bagdad, de deux diplomates algériens cause la stupeur à Alger, qui a toujours maintenu des relations diplomatiques avec l'Irak. **Le 27**, le groupe du chef d'Al-Qaida en Irak Abou Moussab al-Zarkaoui annonce leur assassinat, suscitant une vive émotion dans leur pays. Le président Abdelaziz Bouteflika qualifie ce double meurtre d'«*acte monstrueux*» relevant d'une «*abjecte barbarie*».

2 DIPLOMATIE : En marge des festivités commémorant le 750e anniversaire de la fondation de Königsberg, devenue Kaliningrad en 1946, le président russe Vladimir Poutine y reçoit Jacques Chirac et le chancelier allemand Gerhard Schröder, pour préparer la réunion du G8.

3 ALBANIE : La formation de centre-droit de l'ancien président albanais Sali Berisha, chassé du pouvoir en 1997 par de sanglantes émeutes, remporte, selon des résultats officiels partiels publiés le 14, 73 sièges alors que le Parti socialiste du premier ministre sortant, Fatos Nano, et les formations de gauche en obtiennent 64.

3 ÎLE MAURICE : L'Alliance sociale (opposition), dirigée par Navin Ramgoolam, remporte les élections législatives et dispose de la majorité absolue des sièges dans la nouvelle Assemblée nationale. Le 7, M. Ramgoolam prête serment et succède à Paul Bérenger, premier ministre sortant.

4 PROCHE-ORIENT : Le mouvement islamiste radical palestinien Hamas rejette l'offre de l'Autorité palestinienne de participer à un gouvernement d'union nationale en vue du retrait israélien de la bande de Gaza. **Le 12**, un attentat-suicide, le premier depuis le 25 février, cause la mort de trois femmes, dans la ville côtière de Netanya. En représailles, Israël boucle les territoires occupés, tuant dans cette opération deux policiers palestiniens à Tulkarem. **Le 15**, au terme d'une nouvelle journée de violences qui a causé la mort de six de ses militants, et rappelé les heures les plus sombres de l'Intifada, le Hamas annonce qu'il étudie la possibilité de mettre fin au cessez-le-feu. **Le 19**, la police israélienne est placée en état d'alerte «rouge». **Le 20**, après qu'environ 10 000 protestataires israéliens eurent été bloqués par l'armée à l'entrée de la bande de Gaza, le conseil représentatif des colons renonce à sa marche contre le retrait israélien de Gaza.

4 BURUNDI : Après douze ans de guerre civile, une série d'élections vise à doter le pays d'institutions élues. Les élections législatives sont remportées par les ex-rebelles des Forces pour la défense de la démocratie (FDD), qui obtiennent 59 sièges sur 100. Le 29, le FDD conforte sa position en obtenant la majorité absolue aux élections sénatoriales.

4 SPIRITUEUX : En faisant l'acquisition du britannique Allied Domecq, le groupe français Pernod-Ricard devient le numéro deux mondial du secteur. Le whisky représentera 42 % de l'activité du groupe, créé en 1974 après la fusion des pastis Pernod et Ricard.

DU « *VRAI PASTIS DE MARSEILLE* »
AUX VINS DU NOUVEAU MONDE

1932 : Paul Ricard crée sa société pour produire le « *vrai pastis de Marseille* ». Il prendra sa retraite en 1968.

1974 : En décembre, Pernod et Ricard fusionnent pour former le premier groupe français d'alcools.

1976 : Pernod-Ricard absorbe le groupe Cusenier.

1978 : Patrick Ricard, deuxième fils de Paul, prend la présidence du groupe.

1980 : Ricard réalise sa première acquisition outre-Atlantique, avec la société américaine Austin Nichols.

1981 : Le groupe achète Orangina à l'étranger.

1982 : Il reprend SIAS-MPA, premier producteur mondial de préparations aux fruits.

1984 : Le groupe acquiert Orangina France.

1988 : Le contrat d'embouteillage et de distribution liant Pernod-Ricard et Coca-Cola pour la distribution de la boisson américaine en France est rompu.

1988 : Pernod-Ricard achète Irish Distillers (marque Jameson).

1989 : Il acquiert Orlando Wines en Australie (marque Jacob's Creek).

1990 : En octobre, le groupe sort du champagne en cédant Besserat de Bellefon.

1992 : Pernod-Ricard se désengage du secteur du vin en France en cédant la Société des vins de France à Castel Frères.

1993 : Il crée une société mixte avec le gouvernement cubain pour exploiter le rhum Havana Club au niveau mondial.

1997 : Paul Ricard meurt.

1998-1999 : Pernod-Ricard tente de céder Orangina à Coca-Cola, mais Paris met son veto.

2001 : En juin, Cadbury Schweppes rachète Orangina à Pernod-Ricard.

2001 : Pernod-Ricard et Diageo se partagent les alcools de Seagram (dont le whisky Chivas Regal), vendus par Vivendi Universal.

2003 : Le groupe acquiert la vodka polonaise Wyborowa.

2005 : Il rachète Allied Domecq.

5 JAPON : Le groupe japonais d'électronique Sanyo annonce la suppression de 14 000 emplois, au Japon et à travers le monde, soit 15 % de ses effectifs.

6 IMMIGRATION : Les ministres de l'intérieur français, italien, espagnol, anglais et allemand réunis en G5 à Évian (Haute-Savoie) s'accordent sur le principe de « *charters groupés* » pour renvoyer les immigrés clandestins dans leurs pays d'origine.

6 UE : Pour la première fois depuis les « non » français et néerlandais, un nouveau membre de l'Union, Malte, ratifie la Constitution européenne par un vote unanime du Parlement. Douze des 25 pays membres de l'Union l'ont maintenant ratifiée, deux ont voté contre.

6 ÉTATS-UNIS : Une journaliste du *New York Times*, Judith Miller, est emprisonnée pour avoir refusé de dévoiler à la justice le nom de ses sources, dans une enquête sur l'existence d'armes de destruction massive en Irak. Elle sera libérée le 29 septembre et révélera, en accord avec sa source, l'origine de ses informations.

6 UE : De manière inédite, le Parlement européen vote, par une majorité écrasante de 648 voix contre 14, le rejet d'une proposition de loi visant à breveter en Europe les logiciels. C'est la première fois que l'Assemblée bloque une directive à ce stade précoce de la procédure.

6 MONACO : Le prince Albert II de Monaco reconnaît publiquement, après les révélations de *Paris-Match* en mai, être le père d'Alexandre, un garçon de 22 mois issu de sa liaison avec une ancienne hôtesse de l'air d'origine togolaise. Mais cet enfant n'entre pas dans la succession officielle au trône et ne portera pas le nom des Grimaldi. **Le 12**, lors des cérémonies marquant, trois mois après son accession au trône, son avènement officiel, Albert II déclare dans son discours inaugural qu'«*argent et vertu devaient se conjuguer en permanence*» dans la principauté.

6 CHILI : La Cour d'appel de Santiago lève l'immunité de l'ancien dictateur Augusto Pinochet, ouvrant ainsi la voie à son jugement pour le meurtre de 119 membres du Mouvement de la gauche révolutionnaire (MIR) dans l'opération Colombo.

6 BRÉSIL : Le président brésilien Luis Iñacio Lula da Silva procède à un remaniement ministériel, en réaction à la vague d'accusations qui déferle, depuis un mois et demi, sur son parti, le Parti des travailleurs (PT, gauche), et sur le gouvernement, accusé d'avoir eu recours à des financements illicites.

6 CENTRAFRIQUE : Les caisses de l'État étant officiellement vides, le pays se trouve en état de faillite et ne peut plus payer ses fonctionnaires. **Le 11**, une mission du Fonds monétaire international (FMI) et de la Banque africaine de développement (BAD) arrive à Bangui afin de négocier un nouveau programme d'assistance.

7 ROUMANIE : Installé en décembre, le gouvernement de centre-droit roumain démissionne, ouvrant ainsi la voie à des élections anticipées qui devraient se tenir au mois d'octobre.

7 BIRMANIE : La junte birmane annonce la libération de quelque 400 prisonniers, sans toutefois préciser s'il s'agit de détenus politiques

7 TERRORISME : Quatre bombes explosent simultanément à Londres, trois dans le métro et une dans un autobus. Malgré la paralysie qui frappe la capitale anglaise pendant une partie de la journée, la population garde son calme. Les «Brigades Abou Hafs al-Masri, Division d'Europe» revendiquent, sur Internet, ces attentats. **Le 8**, la reine d'Angleterre Elizabeth II, rendant visite aux blessés dans un hôpital, déclare que ces actes de terrorisme « *ne changeront pas notre mode de vie* ». **Le 12**, la police britannique identifie les quatre auteurs présumés des attentats, qui ont fait 56 morts et près de 700 blessés. Il s'agit de kamikazes d'origine pakistanaise et dominicaine, venus de la banlieue de Leeds, ville au nord de la capitale, et décédés lors des explosions. Ces premiers attentats-suicides en Europe, et le fait qu'ils soient perpétrés par des citoyens de nationalité britannique, choquent profondément l'opinion. **Le 13**, les ministres européens de l'intérieur et de la justice tiennent, à Bruxelles, une réunion extraordinaire où ils examinent un ensemble de mesures destinées à coordonner la lutte antiterroriste. **Le 16**, Tony Blair appelle à « *une lutte mondiale* » contre « *l'idéologie du mal* » d'Al-Qaida, demandant que le combat soit mené jusqu'au sein de l'islam. **Le 18**, le Forum musulman britannique, qui regroupe 300 mosquées, annonce la publication d'une fatwa (décret religieux) condamnant les attentats. **Le 19**, Tony Blair rencontre les représentants des musulmans britanniques (1,8 million de personnes au total). Le même jour, Al-Qaida émet, sur Internet, un ultimatum d'un mois aux nations européennes présentes en Irak pour en retirer leurs troupes, sous peine de lancer de nouveaux attentats. **Le 20**, le ministre de l'intérieur britannique, Charles Clarke, fait adopter de nouvelles mesures de prévention antiterroristes. **Le 21**, quatre nouvelles explosions se produisent dans trois stations de métro et un autobus, répétant le scénario du 7. Elles sont revendiquées par le même groupe de la mouvance d'Al-Qaida. Aucune victime, sauf un blessé, n'est à déplorer, seuls les détonateurs des bombes ayant explosé. **Le 22**, la police tue, dans le métro, un jeune Brésilien, dont l'enquête montrera qu'il n'était pas impliqué dans les attentats. Cette « bavure » suscite une polémique sur la stratégie du « tirer pour tuer » ordonnée par le chef de la police, Ian Blair, et sur le respect des libertés face aux attentats. **Le 27**, Tony Blair et le premier ministre espagnol, José Luis Rodriguez Zapatero, qui se rencontrent à Londres, prônent une « *alliance des civilisations* » contre le terrorisme. **Le 29**, au terme d'un spectaculaire coup de filet, la totalité des cinq auteurs présumés des attentats manqués du 21 est arrêtée, après des interpellations à Birmingham, Londres et Rome.

7-8 G8 : La réunion, à Gleneagles (Écosse), des dirigeants des sept plus grands pays industrialisés et du président russe est perturbée par les attentats de Londres, qui obligent Tony Blair à faire un aller retour dans la capitale. Outre le soutien unanime des participants à la Grande-Bretagne dans ces tragiques circonstances, et la condamnation « *sans réserve* » de ces « *attentats barbares* », les travaux portent sur l'aide à l'Afrique et le changement climatique. Pour l'Afrique, les pays riches annulent la dette antérieure d'un montant de 50 milliards de dollars et prennent l'engagement d'augmenter l'aide publique au développement de 50 milliards de dollars par an d'ici à 2010. Les dirigeants du G8 parviennent également à un accord *a minima* sur le changement climatique, mais qui ne fixe aucun objectif chiffré et n'inclut qu'une référence symbolique au protocole de Kyoto sur l'émission des gaz à effet de serre, auquel n'adhèrent toujours pas les États-Unis.

DU G5 DE RAMBOUILLET AU G8 ÉLARGI

1975 : Première réunion, à Rambouillet, des pays les plus industrialisés, à l'initiative de Valéry Giscard d'Estaing. Ils sont cinq :

États-Unis, France, Grande-Bretagne, République fédérale d'Allemagne, Japon.

1976 : À Porto Rico, le G5 devient G7 avec l'arrivée du Canada et de l'Italie.

1980 : À l'occasion du sommet de Venise, les Sept ajoutent la politique internationale aux dossiers économiques, avec une déclaration sur le Proche-Orient.

1982 : Le président de la Commission de Bruxelles se joint au G7 au sommet de Versailles, où François Mitterrand organise des festivités somptueuses.

1986 : Le président en exercice de la Communauté européenne est invité à son tour à Tokyo.

1989 : Mikhaïl Gorbatchev envoie une lettre au sommet de l'Arche, à Paris-la Défense, pour attirer l'attention sur la situation des pays de l'Est.

1991 : À Londres, le numéro un soviétique est associé à la partie politique du G7.

1996 : Jacques Chirac invite les représentants du FMI, de la Banque mondiale, de l'OMC et de l'ONU au G7 de Lyon.

1997 : Le G7 devient officiellement le G8 avec la participation pleine et entière de la Russie, à Denver (Colorado).

2001 : Le sommet de Gênes (Italie) mobilise plus de 100 000 manifestants anti-mondialisation. La répression policière fait un mort. Les Huit adoptent les grandes lignes d'un « *plan pour l'Afrique* ».

2002 : Quatre chefs d'État africains (Afrique du Sud, Algérie, Nigeria, Sénégal) sont invités au sommet de Kananaskis (Canada).

2003 : À l'occasion de la réunion d'Évian, Jacques Chirac organise un « *dialogue élargi* » avec les dirigeants de dix-huit pays émergents, représentant tous les continents, dont le président chinois Hu Jintao.

2004 : George Bush invite des dirigeants de pays arabes au sommet de Savannah (Géorgie) et tente de faire adopter par le G8 son plan de Grand Moyen-Orient.

DOUZE ANS D'ATTENTATS TERRORISTES
REVENDIQUÉS OU ATTRIBUÉS À AL-QAIDA

Voici les principaux attentats revendiqués par Al-Qaida ou attribués à l'organisation terroriste islamiste :

26 février 1993 : Premier attentat contre le World Trade Center à New York ; une camionnette piégée explose dans le parking souterrain de l'édifice, faisant six morts et un millier de blessés.

13 novembre 1995 : Pour la première fois depuis le déploiement des forces américaines en Arabie saoudite, quatre ans plus tôt, un attentat à la voiture piégée vise un bâtiment de la Garde nationale saoudienne à Riyad. Bilan : sept morts, dont cinq soldats américains.

25 juin 1996 : En Arabie saoudite, un camion piégé explose devant la base américaine de Khobar, près de Dahran (est) ; 19 militaires américains sont tués et 386 personnes blessées.

7 août 1998 : Deux voitures piégées explosent près des ambassades des États-Unis à Nairobi (Kenya) et à Dar es-Salaam (Tanzanie). On dénombre 224 morts, dont 12 Américains, et des centaines de blessés.

12 octobre 2000 : 17 militaires américains sont tués et 38 blessés dans un attentat-suicide contre le destroyer américain *Cole* à Aden, au Yémen.

11 septembre 2001 : Quatre avions de ligne sont détournés par des pilotes kamikazes. Deux s'écrasent contre les tours jumelles du World Trade Center, à New York, le troisième contre le bâtiment du Pentagone, à Washington ; le quatrième s'écrase en Pennsylvanie. Dernier bilan : 2 978 morts.

11 avril 2002 : Un attentat-suicide au camion-citerne contre la synagogue d'Al-Ghriba, sur l'île tunisienne de Djerba, fait 21 morts.

8 mai 2002 : Un attentat-suicide à la voiture piégée contre un autobus transportant des employés de la Direction des construc-

tions navales (DCN) française fait 14 morts, dont 11 Français, à Karachi (Pakistan).

14 juin 2002 : L'explosion d'un véhicule piégé devant le consulat américain de Karachi, au Pakistan, tue 12 Pakistanais.

6 octobre 2002 : Le pétrolier français *Limburg* est percuté par une embarcation chargée d'explosifs au large du Yémen. Un membre d'équipage est tué et 25 autres blessés.

12 octobre 2002 : Une voiture piégée explose contre une discothèque, à Bali (Indonésie), faisant 202 morts et 300 blessés.

28 novembre 2002 : 18 personnes meurent dans un attentat-suicide contre un hôtel de Mombasa (Kenya), fréquenté par des touristes israéliens.

12 mai 2003 : Un triple attentat-suicide contre des complexes résidentiels pour étrangers, à Riyad, fait 35 morts — dont neuf Américains et 12 kamikazes — et 200 blessés.

16 mai 2003 : Cinq attentats endeuillent Casablanca, au Maroc. Bilan : 45 morts, dont 12 kamikazes et une centaine de blessés. Les cibles sont des hôtels, des restaurants et des boîtes de nuit, ainsi que le cercle culturel hispanique.

5 août 2003 : Un attentat-suicide au fourgon piégé contre l'hôtel américain Marriott, à Djakarta, en Indonésie, fait 12 morts et 150 blessés.

19 août 2003 : Une attaque-suicide contre le siège de l'ONU à Bagdad, en Irak, fait 22 morts, dont l'émissaire spécial de l'ONU, Sergio Vieira de Mello.

8 novembre 2003 : L'explosion d'une voiture piégée dans un ensemble résidentiel de la capitale saoudienne, Riyad, fait 17 morts et 100 blessés.

15 et 20 novembre 2003 : Quatre attentats-suicides à la voiture piégée contre deux synagogues, le consulat britannique et la banque britannique HSBC, à Istanbul, en Turquie, font 66 morts, dont le consul général britannique, et des centaines de blessés.

1er février 2004 : 105 personnes sont tuées dans un double attentat-suicide contre les sièges des deux principaux partis kurdes, le PDK et l'UPK, à Erbil, dans le nord de l'Irak.

11 mars 2004 : 191 morts et près de 2 000 blessés dans une série d'attentats contre plusieurs trains et gares de Madrid.

29 et 30 mai 2004 : 22 personnes, dont 4 Occidentaux, sont tuées dans des attaques et une prise d'otages à Khobar, en Arabie saoudite.

24 juin 2004 : Une série d'attentats contre la police fait plus de 100 morts et 300 blessés à travers les bastions sunnites irakiens (Mossoul, Baaqouba, Ramadi…).

9 septembre 2004 : Sept personnes sont tuées et une centaine blessées dans un attentat devant l'ambassade australienne à Djakarta.

8 octobre 2004 : Trois attentats contre des lieux touristiques du Sinaï font 34 morts et plus de 100 blessés.

6 décembre 2004 : L'attaque du consulat des États-Unis à Djeddah, en Arabie saoudite, fait neuf morts, dont quatre assaillants.

21 décembre 2004 : 22 personnes, dont 14 GI, sont tuées dans une explosion sur une base militaire américaine à Mossoul, dans le nord de l'Irak.

14 février 2005 : Un triple attentat fait 12 morts et 130 blessés à Manille et dans le sud des Philippines.

28 février 2005 : Une voiture piégée tue 118 personnes et fait près de 150 blessés à Hilla, au sud de Bagdad.

8 PHILIPPINES : Six membres du gouvernement démissionnent, réclamant le départ de la présidente, Gloria Macapagal Arroyo, pour éviter que le pays ne s'enfonce dans la crise alors que circulent des rumeurs de coup d'État. **Le 13**, des dizaines de milliers de manifestants conspuent, à Manille, Gloria Arroyo, et réclament également sa démission. **Le 25**, l'opposition lance une procédure de destitution devant le Parlement.

8 ÉTHIOPIE : La commission électorale annonce que le Front démocratique révolutionnaire du peuple éthiopien (FDRPE), au pouvoir depuis 1991, est en tête des élections législatives qui se sont déroulées le 15 mai, et qui ont été suivies par des arrestations massives d'opposants. Le FDRPE du premier ministre Meles Zenawi remporte avec ses alliés 158 des 307 sièges décomptés, contre 148 pour les partis d'opposition.

9 SOUDAN : Une Constitution provisoire, scellant la réconciliation entre les rebelles du Sud, menés par le colonel Garang, qui devient vice-président, et le président de la République, Omar al-Béchir, entre en vigueur après avoir été approuvée à l'unanimité, le 6, par l'Assemblée nationale. **Le 30**, John Garang est tué dans un accident d'hélicoptère. Salva Kiir, numéro deux de l'ex-rébellion, lui succède, mais de violentes émeutes éclatent à Khartoum, faisant près de 60 morts.

9 CÔTE D'IVOIRE : Le gouvernement et les rebelles qui contrôlent le nord du pays depuis septembre 2002 concluent à Yamoussoukro, la capitale, un accord détaillant le calendrier du désarmement qui constitue un préalable à l'organisation de l'élection présidentielle prévue pour le 30 octobre. **Le 15**, le président Laurent Gbagbo annonce, lors d'une allocution télévisée, sa décision d'utiliser les pouvoirs spéciaux que lui confère la Constitution pour promulguer une série de lois organisant l'élection présidentielle en octobre. **Les 23 et 24**, deux villes proches d'Abidjan sont attaquées, une dizaine de personnes trouvant la mort dans les affrontements. Le pouvoir central accuse la rébellion de violer le cessez-le-feu, une quarantaine de suspects sont arrêtés.

10 KIRGHIZSTAN : Kourmanbek Bakiev, chef de l'État par intérim depuis la « Révolution des tulipes » de mars, est élu président avec 88,9 % des voix, le taux de participation est de 74,6 %. **Le 11**, respectant l'accord qu'il avait conclu avec celui qui aurait pu devenir son principal rival, Felix Koulov, il nomme ce dernier premier ministre, tout en conservant la composition du gouvernement précédent. Il réaffirme également sa fidélité à Moscou.

10 UNION EUROPÉENNE : Les Luxembourgeois votent « oui », à 56,52 %, au référendum
sur le traité constitutionnel européen. Le premier
ministre du Grand-Duché, Jean-Claude Juncker, qui
avait mis sa démission dans la balance, se félicite de
voir ce « *petit pays, mais grande nation* », faire preuve
de « *courage* » en prenant le contre-pied du « non »
français et néerlandais. C'est la treizième ratification
du Traité constitutionnel parmi les 25 États membres de l'Union européenne, et la deuxième acquise
par référendum, après celle de l'Espagne, en février.

10 TURQUIE : Vingt personnes sont blessées
dans un attentat à la bombe dans la station balnéaire
de Cesme. Il est revendiqué par un groupe séparatiste kurde, les Faucons de libération du Kurdistan
(TAK), aile radicale du Parti des travailleurs du Kurdistan (PKK). **Le 16**, l'explosion d'un minibus, dans
la station balnéaire de Kusadasi (mer Égée), fait cinq
morts et 18 blessés. Ces attentats visent particulièrement le tourisme, en augmentation de 27,2 % par
rapport à 2004, qui constitue une ressource essentielle pour le pays.

11 BOSNIE : Le massacre de 8 000 civils musulmans par les soldats serbes à Srebrenica, en juillet
1995, est commémoré par l'enterrement de 610 victimes identifiées. La cérémonie se déroule en présence de représentants de la communauté internationale, dont le président de Serbie, Boris Tadic,
mais en l'absence de Carla Del Ponte, procureur du
Tribunal international pour l'ex-Yougoslavie qui
« *boycotte la commémoration de Srebrenica par respect pour les victimes* ». Les principaux responsables
du drame sont toujours en liberté.

11 ESPAGNE : Le premier mariage homosexuel, unissant deux hommes, a lieu à Tres Cantos,
dans la banlieue nord de Madrid, onze jours après
l'adoption de la loi légalisant le mariage homosexuel.

13 IRAK : 32 jeunes Irakiens, âgés pour la plupart de moins de 15 ans, sont tués dans un attentat-suicide à la voiture piégée à Bagdad, le kamikaze faisant exploser sa voiture à proximité d'un véhicule américain entouré d'enfants. **Le 15**, au moins 28 personnes sont tuées dans une série d'attaques-suicides visant les forces de sécurité. **Le 16**, à Moussayeb, au sud de Bagdad, le chauffeur d'un camion-citerne transportant du gaz se fait sauter avec son véhicule sur la place centrale de la ville, tuant 71 personnes et en blessant plus de 150 autres. **Le 19**, 37 personnes, dont, pour la première fois, trois membres sunnites de la commission parlementaire chargée de rédiger la nouvelle Constitution, sont tuées, alors que le président irakien annonce que la Constitution pourrait être achevée d'ici fin juillet. La multiplication de ces attentats, quasi quotidiens, fait de plus en plus planer sur le pays l'ombre de la guerre civile.

13 ALLEMAGNE : Le constructeur automobile Volkswagen accepte la démission de son directeur des ressources humaines Peter Hartz, symbole des réformes sociales du chancelier Schröder. Son départ, associé à une affaire de corruption, coïncide avec l'annonce d'un plan d'économies de 10 milliards d'euros par le groupe automobile, qui promet de ne pas fermer d'usine en Europe.

13 ÉTATS-UNIS : Bernard Ebbers, ancien patron de l'équipementier de télécommunications WorldCom, reconnu coupable du scandale comptable à l'origine de la faillite retentissante du groupe en 2002, est condamné, à New York, à vingt-cinq ans de prison.

13 PAKISTAN : Au moins 107 personnes sont tuées dans un accident impliquant trois trains de passagers dans la gare de Sarhad, près de Ghotki

(400 kilomètres au nord-est de Karachi). Le bilan est provisoire

18   LIBAN : Samir Geagea, ancien chef d'une milice chrétienne anti-syrienne pendant la guerre civile au Liban, entre 1975 et 1990, est amnistié par le Parlement, après onze années passées en prison. **Le 19**, après deux essais infructueux, le nouveau premier ministre libanais Fouad Siniora annonce la formation d'un gouvernement de 24 membres, le premier de l'ère post-syrienne, incluant pour la première fois le Hezbollah chiite. **Le 26**, Samir Geagea, aussitôt libéré, quitte le Liban pour une « visite privée » en France.

14   HAÏTI : Le cadavre du journaliste et poète haïtien Jacques Roche, enlevé le 10 à Port-au-Prince, est retrouvé menotté et portant des traces de tortures. Le pays est en proie à une vague d'enlèvements et de meurtres dont les partisans de l'ex-président Aristide semblent responsables. Depuis octobre 2004, plus de 700 Haïtiens auraient été assassinés.

15   UNION EUROPÉENNE : La Commission européenne assouplit les règles de financement des services d'intérêt économique généraux, marchands ou non marchands. En revanche, elle garde la haute main sur les « aides d'État » dont pourraient bénéficier d'anciens monopoles publics comme EDF ou France Télécom.

16   TRANSPORT AÉRIEN : 60 personnes trouvent la mort dans l'accident d'un avion qui s'écrase à Malabo, en Guinée équatoriale.

16-18   IRAN : Le premier ministre irakien, Ibrahim al-Jaafari, effectue à Téhéran une visite historique, la première depuis vingt-cinq ans, permettant de rétablir les relations entre les deux pays qui se sont livré une guerre de huit ans sans merci de 1980 à 1988.

17   GRANDE-BRETAGNE : Décès d'Edward Heath, ancien premier ministre (conservateur) de

1970 à 1974. C'est lui qui a négocié, en 1972, l'entrée du Royaume-Uni dans la Communauté européenne, effective le 1er janvier 1973, avant que Margaret Thatcher ne lui succède.

17 CYCLONE : Après avoir fait 62 morts en Haïti, Jamaïque, à Cuba et aux États-Unis, le cyclone Emily frappe le Mexique, où près de 20 000 touristes doivent être évacués.

17 ESPAGNE : 14 pompiers bénévoles périssent en luttant contre un incendie de forêt qui ravage plus de 10 000 hectares de la région de Guadalajara (centre du pays).

17 ROUMANIE : Après une semaine des pires inondations qu'ait connues la Roumanie depuis trente ans, on déplore 27 morts. 13 000 personnes ont dû être évacuées, et 10 000 maisons ont été détruites.

18 ÉTATS-UNIS : Décès du général à la retraite William Westmoreland, à l'âge de 91 ans. Vétéran de trois guerres, il était l'ancien commandant en chef des troupes américaines pendant la guerre du Vietnam.

18 UNION EUROPÉENNE : La Cour constitutionnelle de Karlsruhe frappe de nullité la loi transposant le mandat d'arrêt européen en droit allemand. **Le 21**, l'Espagne riposte en menaçant de ne plus livrer ses ressortissants à l'Allemagne quand elle en demande l'extradition.

18 BULGARIE : Le président du Parti socialiste bulgare (PSB), Sergueï Stanichev, est chargé de former le futur gouvernement par le président Georgi Parvanov. **Le 28**, le Parlement bulgare refuse, par 118 voix contre 117 et quatre abstentions, l'investiture de son gouvernement minoritaire de centre-gauche. Cette crise risque de retarder la perspective d'une entrée du pays dans l'Union européenne (UE) en 2007.

18 SUCRE : Plus de 5 000 betteraviers manifestent à Bruxelles, pendant que les ministres de l'agriculture examinent un projet de réduction de la production et du prix du sucre.

18-23 DÉMOGRAPHIE : Réunis à Tours pour le 25e Congrès international de la population, 2 000 chercheurs mettent en garde contre le vieillissement généralisé de la population mondiale, qui devrait, en raison de la baisse de la fécondité — la France conservant en ce domaine un dynamisme atypique — et de l'allongement de la durée de vie, se stabiliser autour de 9 milliards de personnes en 2050.

19 THAÏLANDE : Le premier ministre thaïlandais, Thaksin Shinawatra, déclare l'état d'urgence dans les trois provinces du sud du pays, soumises depuis dix-huit mois à une insurrection musulmane qui a fait plus de 900 morts.

19 TCHÉTCHÉNIE : Des rebelles font sauter un véhicule de la police à Znamenskoe, bourg réputé calme, à 60 kilomètres au nord de Grozny, faisant 14 morts. De façon inhabituelle, le président russe Vladimir Poutine intervient à la télévision le soir même, demandant à son gouvernement de prendre des « *mesures d'urgence* » sur les frontières après ces « *événements tragiques* ».

19 TRANSPORT FERROVIAIRE : Lancement des travaux du tunnel du Perthus qui permettra de rallier Paris à Barcelone en 5 h 35 par TGV.

19 INFORMATIQUE : Le groupe américain Hewlett-Packard (HP) annonce son intention de supprimer 14 500 emplois à travers le monde, soit près de 10 % de ses effectifs.

20 PHOTO : Le groupe américain Eastman Kodak, qui peine à s'adapter à l'avènement de la photo numérique, annonce entre 22 000 et 25 000 suppressions d'emplois, soit 10 000 de plus que prévu, lors de la présentation de son programme de restructuration, en janvier 2004.

20 INDONÉSIE : Le gouvernement annonce le

décès, au début du mois, des trois premières victimes de la grippe aviaire, atteintes par le virus H5 N1, déjà responsable de la mort de 58 personnes en Asie.

20 YÉMEN : Treize Yéménites trouvent la mort dans plusieurs affrontements avec les forces de sécurité.

20 CANADA : Entrée en vigueur de la loi autorisant le mariage homosexuel. Le Canada devient ainsi le quatrième pays à reconnaître l'union entre conjoints de même sexe après les Pays-Bas, la Belgique et l'Espagne.

21 CHINE : La Banque centrale décroche le yuan du dollar en le réévaluant de 2,1 %. Ce geste, par lequel Pékin veut montrer aux États-Unis, qui étaient demandeurs, sa bonne volonté, est salué par Alan Greenspan, président de la Réserve fédérale américaine, comme un « *bon premier pas* ».

LE YUAN : DU CHANGE FIXE AU « *FLOTTANT CONTRÔLÉ* »

1948 : Le yuan a vu le jour le 1er décembre 1948, avec la naissance de la Banque populaire de Chine. Après la victoire des communistes fin 1949, le taux de change est de 600 yuans pour un dollar. Les Chinois l'appellent « renminbi » (prononcez *djeminbi*), dont la traduction est « monnaie du peuple ».

1953 : Entre 1953 et 1972, dans une économie communiste centralisée et planifiée, la monnaie est fixée à 2,42 yuans pour un dollar, un niveau artificiel.

1973 : Après le premier choc pétrolier, les pays développés adoptent un système de change flottant. Dans le même temps, la Chine accroche de manière non officielle sa monnaie à un panier de devises afin d'éviter les trop grandes fluctuations. De 2,46 yuans pour un dollar en 1973, la monnaie chinoise passe à 1,50 yuan.

1980 : Avec l'ouverture et la libéralisation progressive de l'économie, dans les années 80, la Chine instaure un système dual ; le renminbi est utilisé par les Chinois tandis que les étrangers utilisent les Foreign Exchange Certificates (FEC).

1993 : La Chine opère une dévaluation brutale, le dollar vaut alors 5,8 yuans. En 1994, le pays adopte ce qu'il appelle un « *taux de change flottant contrôlé* ». Le taux fluctue autour de 8,276 yuans pour un dollar, dans une fourchette de plus ou moins 0,3 %. Pour maintenir sa monnaie dans ces limites, la banque centrale intervient chaque jour.

21 ÉTATS-UNIS : Artémis, la holding de François Pinault, est condamnée à payer 700 millions de dollars (574 millions d'euros) d'amende par le tribunal de Los Angeles (Californie), qui juge qu'elle a agi frauduleusement en participant à une conspiration dans le cadre du rachat illégal de la compagnie d'assurances californienne Executive Life, en 1991.

22 AUTOMOBILE : Le constructeur automobile britannique en faillite MG-Rover est repris par le constructeur chinois Nanjing Automobile, une entreprise d'État dont le choix suscite le scepticisme des syndicats britanniques.

22 PAPIER : Le groupe américain Kimberly-Clark (marques Kleenex, Scott, Huggies) annonce qu'il va supprimer environ 10 % de ses effectifs mondiaux d'ici à la fin 2008, soit 6 000 emplois, et fermer ou vendre une vingtaine de sites de production.

23 TERRORISME : Trois explosions ravagent en pleine nuit Charm-el-Cheikh, station balnéaire très fréquentée sur la mer Rouge, qui accueille des sommets internationaux et des conférences pour la paix au Proche-Orient. Elles font, selon les sources, entre 67 et 88 morts, et plus d'une centaine de blessés, essentiellement des Égyptiens, dans le souk et dans un hôtel. La police procède à une centaine d'arrestations, et recherche six Pakistanais jugés suspects. **Le 24**, près de 2 000 habitants de la station, auxquels se joignent des touristes, manifestent contre le terrorisme.

LES PRINCIPAUX ATTENTATS CONTRE LES SITES TOURISTIQUES EN ÉGYPTE

Octobre 1992 : Une touriste britannique est tuée près de Daïrout (Haute-Égypte). Revendication de l'organisation clandestine intégriste Jamaa Islamiya.

Février 1993 : Deux touristes turc et suédois, ainsi qu'un Égyptien, sont tués dans un attentat à la bombe, dans un café du centre du Caire.

Octobre : Deux Américains, un Français et un Italien sont tués et deux autres touristes blessés à l'hôtel Sémiramis au Caire.

Mars 1994 : La Jamaa Islamiya revendique un attentat en Haute-Égypte contre un bateau de croisière sur le Nil, qui coûte la vie à une touriste allemande.

Août : Un jeune touriste espagnol est tué par balles lors de l'attaque par des islamistes d'un bus à Sohag, sur la route de Louxor.

Septembre : Deux Allemands et deux Égyptiens tués à Hourghada, sur la mer Rouge. Un Britannique est tué et trois autres blessés en octobre lors de deux attentats en Haute-Égypte.

Avril 1996 : 18 touristes grecs sont tués et 14 autres blessés dans un attentat devant l'hôtel Europa, près des pyramides de Gizeh. La Jamaa Islamiya affirme qu'elle visait « *des touristes juifs* ».

Septembre 1997 : Dix personnes, neuf Allemands et un Égyptien, tuées dans un attentat contre un autocar de touristes devant le musée du Caire.

Novembre : 62 personnes, dont 58 touristes pour la plupart suisses et japonais, sont tuées à Louxor. Revendiquée par la Jamaa Islamiya, l'attaque à la mitraillette et au poignard a eu lieu devant le temple d'Hatshepsout.

Octobre 2004 : 34 personnes, dont des touristes israéliens, sont tuées et 105 blessées dans un triple attentat perpétré dans le Sinaï, contre l'hôtel Hilton de Taba (frontière égypto-israélienne) et deux camps de vacances à Noueiba.

Avril 2005 : Deux touristes français et un Américain tués dans un attentat-suicide dans le bazar de Khan al-Khalili au Caire.

24 SÉISME : Un séisme de magnitude de 7,2 sur l'échelle de Richter secoue les archipels indiens des Andaman et Nicobar, entraînant la panique et une alerte au tsunami de plus d'une heure en Thaïlande et en Indonésie.

25 ISRAËL : Le laboratoire pharmaceutique israélien Teva, en rachetant son concurrent américain Ivax pour 7,4 milliards de dollars (6,15 milliards d'euros), redevient le numéro un mondial des médicaments génériques.

26 PAYS-BAS : Le tribunal d'Amsterdam condamne Mohammed Bouyeri, qui a assassiné le cinéaste Theo Van Gogh le 2 novembre 2004, à la réclusion à perpétuité, peine maximale et incompressible aux Pays-Bas. Il sera en outre placé sous surveillance spéciale. **Le 27**, on apprend que le fils du cinéaste a subi des violences de la part de jeunes Marocains.

26 TÉLÉPHONE : France Télécom rachète 80 % de l'opérateur mobile espagnol Amena (11,7 millions de clients), pour 6,4 milliards d'euros. Cette première opération depuis cinq ans place l'opérateur français au deuxième rang du marché européen, derrière le britannique Vodafone.

TÉLÉPHONIE MOBILE :
LES ACQUISITIONS DANS LE MONDE
EN 2005

Février : L'américain SBC rachète son concurrent AT&T pour 12,3 milliards d'euros par échange d'actions.

Avril : Après une longue bataille avec Qwest, l'américain Verizon rachète MCI pour 7,6 milliards de dollars (6,3 milliards d'euros). L'électricien italien Enel vend Wind, deuxième opérateur de téléphonie fixe et troisième pour le mobile, pour 12,2 milliards d'euros, au consortium Weather Investments.

Mai : Les opérateurs français Neuf Telecom et Cegetel fusionnent pour donner naissance à Neuf Cegetel, numéro trois de l'ADSL, derrière Wanadoo et Free.

Juillet : Le danois Tele2 acquiert le néerlandais Versatel pour 1,34 milliard d'euros et Comunitel, en Espagne, pour 257 millions d'euros.

26 BANQUES : La publication par la presse italienne d'écoutes téléphoniques impliquant le gouverneur de la Banque d'Italie Antonio Fazio provoque une violente polémique sur son rôle dans la bataille en cours pour le contrôle de la banque italienne Antonveneta. Celle-ci oppose depuis plus de trois mois le groupe néerlandais ABN Amro et la Banca Popolare Italiana (BPI), alliée à des financiers et à des entrepreneurs immobiliers.

SIX MOIS D'UN FEUILLETON
À REBONDISSEMENTS

8 février 2005 : Bruxelles rappelle à l'ordre Antonio Fazio, le gouverneur de la Banque d'Italie, pour la limitation à 15 % des par-

ticipations de groupes étrangers dans le capital des banques italiennes.

29 mars : L'espagnol Banco Bilbao Vizcaya Argentaria (BBVA) lance une offre publique d'échange (OPE) sur la Banca Nazionale del Lavoro (BNL).

30 mars : Le néerlandais ABN Amro annonce une offre publique d'achat (OPA) sur la Banca Antonveneta.

12 avril : BNL approuve l'OPE de BBVA.

18 avril : La Banca Antonveneta accepte l'OPA d'ABN Amro.

Mai : La Banque d'Italie donne son feu vert à l'OPE de BBVA sur BNL, et à l'OPA d'ABN Amro sur Antonveneta.

15 juin : La Banca Popolare di Lodi, devenue Banca Popolare Italiana (BPI), relève sa contre-offre sur Antonveneta.

17 juillet : L'assureur italien Unipol, autorisé par la Banque d'Italie à porter sa participation dans BNL à 14,99 %, annonce son intention de prendre le contrôle de cette banque.

22 juillet : Échec des offres publiques de BBVA et d'ABN Amro.

26-29 FRANCE-ISRAËL : La visite à Paris d'Ariel Sharon permet de décrisper les relations franco-israéliennes «*au-delà de ce que nous avions prévu*», selon l'ambassadeur en France.

27 FINANCES : Le Colombien Luis Alberto Moreno est élu président de la Banque interaméricaine de développement (BID), où il succède à l'Uruguayen Enrique Iglesias, qui a dirigé l'institution pendant dix-sept ans.

28 IRLANDE DU NORD : L'Armée républicaine irlandaise (IRA) ordonne à ses militants de mettre un terme définitif à toute violence, onze ans après le cessez-le-feu unilatéral qu'elle a proclamé, et huit ans après l'arrêt de ses opérations militaires. En trente-cinq ans, la violence a fait 3 600 morts, dont la moitié imputable à l'IRA. Tony Blair salue «*un pas d'une ampleur jamais vue*».

LA FIN DE QUATRE-VINGT-DIX ANS
DE CONFLITS ?

1913 : Fondation des Volontaires irlandais, ancêtre de l'Armée républicaine irlandaise (IRA).

1921 : La République d'Irlande du Sud proclame son indépendance. Elle est reconnue douze ans plus tard sous le nom de République d'Eire.

1970 : L'IRA « provisoire » naît des cendres de l'IRA officielle, qui a renoncé à la violence.

30 janvier 1972 : « Bloody Sunday » : 13 manifestants catholiques sont tués par l'armée britannique à Londonderry.

1981 : 10 prisonniers de l'IRA meurent à la suite d'une longue grève de la faim.

Août 1994 : L'IRA annonce un cessez-le-feu, suivi d'un engagement similaire de la part des milices loyalistes.

Février 1996 : L'IRA rompt la trêve.

Avril 1998 : Conclusion de l'accord historique du « vendredi saint », qui prévoit la fin du conflit et la création d'un exécutif nord-irlandais.

28 OUGANDA : Le « oui » l'emporte très largement (91,7 %) lors du référendum organisé sur le retour au multipartisme, banni depuis dix-neuf ans. Mais la participation est d'environ 44 %.

28 COMMERCE : Les États-Unis ratifient l'accord de libre-échange, connu sous le nom de **CAFTA** (Central American Free Trade Agreement), avec cinq pays d'Amérique centrale (Costa Rica, Salvador, Guatemala, Honduras et Nicaragua), et la République dominicaine. Cet accord porte sur un volume d'échanges de 32 milliards de dollars.

28 CLIMAT : Les deux principaux pollueurs au monde, les États-Unis et la Chine, et quatre autres pays d'Asie-Pacifique, l'Australie, l'Inde, le Japon et la Corée du Sud, signent, à Vientiane (Laos), un accord de « partenariat » visant à lutter contre le réchauffement climatique.

28 AUTOMOBILE : DaimlerChrysler, cinquième constructeur mondial, annonce le départ surprise de son emblématique patron, Jürgen Schrempp, fin 2005, deux ans avant le terme de son mandat. En place depuis dix ans, il sera remplacé par Dieter Zetsche, qui a redressé Chrysler au prix d'une sévère restructuration.

29 TURQUIE : En signant, à Bruxelles, le protocole de son union douanière avec les 25 de l'Union européenne, Ankara remplit l'ultime condition à l'ouverture des négociations sur son adhésion, prévues le 3 octobre. Toutefois, la Turquie tient à préciser que cette signature ne constitue pas de sa part *« une reconnaissance de Chypre »*, membre de l'Union. **Le 2 août**, le premier ministre français Dominique de Villepin fait de cette reconnaissance la condition de l'adhésion turque.

30 SANTÉ : Un rapport du Centre international de recherche sur le cancer classe comme « cancérogènes » les traitements combinés de la ménopause.

31 UNION EUROPÉENNE : Le Néerlandais Wim Duisenberg, âgé de 70 ans, est retrouvé mort dans la piscine de sa résidence de Faucon (Vaucluse), à la suite d'un arrêt cardiaque. Ancien ministre des finances des Pays-Bas, il avait présidé la Banque centrale européenne (BCE) de juin 1998 à novembre 2003, et avait, à ce titre, géré le lancement de l'euro en janvier 2002. ∎

Science

1ᵉʳ RECHERCHE : Dans un entretien au *Monde*, François Goulard, nouveau ministre délégué, confirme l'affectation d'un milliard d'euros supplémentaire aux laboratoires publics et privés en 2006, ainsi que la création de 3 000 postes de chercheurs, ingénieurs et techniciens. **Le 14**, au cours de son entretien télévisé, le président de la République, Jacques Chirac, évoque un grand plan pour encourager la recherche publique et industrielle, et annonce la création d'un Haut Comité scientifique sur la recherche.

4 ESPACE : Un projectile de 370 kilos, envoyé par la sonde américaine Deep Impact, percute avec succès, à 37 000 km/h, la comète Tempel 1, à quelque 130 millions de kilomètres de la Terre. L'impact provoque un double flash, l'un bref et immédiat, l'autre, beaucoup plus intense. Les astronomes espèrent, avec ce choc, déterminer la composition de cet astre glacé et mieux comprendre les origines du système solaire.

19 MÉDECINE : Mort du « *naufragé volontaire* » Alain Bombard, à Toulon, à l'âge de 80 ans. Médecin et biologiste, il a démontré, en 1952, qu'un naufragé peut survivre sans autres ressources que l'eau et le plancton, en se laissant dériver à travers l'Atlantique. Éphémère secrétaire d'État sous le gouvernement de Pierre Mauroy en 1981, il fut un député européen assidu de 1981 à 1994.

24 MÉDECINE : Décès, à l'âge de 92 ans, de l'épidémiologiste britannique Sir Richard Doll. Ce spécialiste de statistiques médicales a été le premier, au milieu du XXe siècle, à établir les liens entre la consommation de tabac et le risque élevé de cancer broncho-pulmonaire.

26 ESPACE : Deux ans et demi après la catastrophe de Columbia, la navette américaine Discovery décolle de Cap Canaveral (Floride) avec sept astronautes à son bord, mais en perdant des débris de tuile protectrice. **Le 27**, la Nasa suspend les vols de toutes les navettes. **Le 28**, la navette s'arrime comme prévu à la station spatiale internationale (ISS). **Le 9 août**, elle revient sur terre sans incident. ■

Culture

1er ARCHITECTURE : Le Grand Prix international de l'urbanisme est attribué à l'architecte français Bernard Reichen, tandis qu'un Grand Prix spécial est attribué, pour la première fois, au maître d'œuvre portugais Alvaro Siza.

2 MUSIQUE : Une série de dix concerts, organisés à travers le monde par l'ex-rocker Bob Geldof, baptisée Live 8, rassemble, de Tokyo à Londres, en passant par Berlin, Johannesburg, Moscou, Philadelphie, Rome, Toronto, Versailles et les Cornouailles, 1,5 million de spectateurs pour sensibiliser les dirigeants du G8 qui doivent se réunir en Écosse à la misère en Afrique.

2 AUDIOVISUEL : Le Sunny Side of the Doc de Marseille, marché international du documentaire, ouvert le 29 juin, a rassemblé, pour sa 16e édition, près de 2 000 participants (+ 15 % par rapport à 2004), dont 50 % d'étrangers venus de cinquante pays différents.

3 CINÉMA : Décès, à l'âge de 90 ans, du cinéaste italien Alberto Lattuada, auteur de drames historiques, mélodrames, films en costumes, drames sociaux et comédies.

6 ARCHITECTURE : La médaille d'or de l'Union internationale des architectes (UIA) est remise, à Istanbul, au Japonais Tadao Ando, qui avait conçu le projet — abandonné — de la Fondation Pinault sur l'île Seguin, à Boulogne-Billancourt (Hauts-de-Seine).

6 LITTÉRATURE : Décès, à l'âge de 78 ans, de l'écrivain américain Ed McBain, alias Evan Hunter, de son vrai nom Salvatore Lombino. Auteur de plus de quatre-vingts romans, de nouvelles, de scénarios pour la télévision et le cinéma, il est surtout l'inventeur d'un véritable genre littéraire, les chroniques du 87e District.

6 LITTÉRATURE : Décès, à l'âge de 91 ans, de Claude Simon, l'un des plus grands écrivains du temps et de la mémoire, lauréat du prix Nobel de littérature en 1985. Les Éditions de Minuit n'annoncent ce décès que le 9, peu après l'inhumation de l'écrivain au cimetière de Montmartre, à Paris.

BIBLIOGRAPHIE DE CLAUDE SIMON, UN « ARBRE » LITTÉRAIRE ENRACINÉ DANS L'HISTOIRE

Le Tricheur, Sagittaire, 1945, et Minuit, 1946.
La Corde raide, Sagittaire, 1947.
Gulliver, Calmann-Lévy, 1952.
Le Sacre du printemps, Calmann-Lévy, 1954, Livre de poche, n° 4001.

Le Vent : tentative de restitution d'un retable baroque, Minuit, 1957.

L'Herbe, Minuit, 1958, et « Minuit Double », postface d'Alastair B. Duncan.

La Route des Flandres, Minuit, 1960.

Le Palace, Minuit, 1962, et 10/18, n° 528.

Femmes : sur vingt-trois peintures de Joan Miro, éd. Maeght, 1966.

Histoire, Minuit, 1967, Gallimard, « Folio », n° 388.

La Bataille de Pharsale, Minuit, 1969.

Orion aveugle, Skira, 1970.

Les Corps conducteurs, Minuit, 1971.

Triptyque, Minuit, 1973.

Leçon de choses, Minuit, 1975.

Les Géorgiques, Minuit, 1981.

La Chevelure de Bérénice, Minuit, 1984.

Discours de Stockholm, Minuit, 1986.

L'Invitation, Minuit, 1987.

L'Acacia, Minuit, 1989.

Photographies, éd. Maeght, 1992, préface de Denis Roche.

Correspondance Jean Dubuffet-Claude Simon (1970-1984), éd. L'Echoppe, 1994.

Le Jardin des Plantes, Minuit, 1997.

Le Tramway, Minuit, 2001.

8 DÉCÈS, à l'âge de 94 ans, de Maurice Baquet, l'homme au violoncelle. Musicien, comédien de cinéma, de théâtre et de music-hall, humoriste loufoque et montagnard accompli, ce touche-à-tout était indissociable de son instrument, qu'il ne quittait jamais.

9 MUSIQUE : Le groupe irlandais U2 rassemble, pour le premier de ses deux concerts prévus au Stade de France de Saint-Denis, 78 000 spectateurs. Mené par le chanteur Bono, le groupe effectue une tournée mondiale, « Vertigo Tour », au cours de laquelle il délivre son message humanitaire.

10 EXPOSITION : Plus de 310 000 personnes

se sont rendues au musée d'Orsay visiter l'exposition « Néo-impressionnisme », qui ferme ses portes.

12 MUSIQUE : Décès, à l'âge de 75 ans, du baryton italien Piero Cappuccilli. Il avait fait ses débuts en 1964 à la Scala de Milan. Ses interprétations de Verdi faisaient référence.

12 SPECTACLES : Décès, à l'âge de 89 ans, du chansonnier Edmond Meunier. Il avait exercé cette profession pendant plus de soixante années.

15 PATRIMOINE : L'UNESCO inscrit au patrimoine mondial le centre-ville du Havre, reconstruit après la Seconde Guerre mondiale par Auguste Perret, et 23 beffrois du Nord-Pas-de-Calais et de Picardie, portant ainsi à 30 le nombre des sites français classés.

16 ÉDITION : Le sixième épisode de la saga d'Harry Potter (*Le Prince au sang mêlé*), de la Britannique J. K. Rowling, lancé simultanément dans tous les pays du monde, bat tous les records, avec près de 9 millions d'exemplaires vendus en 24 heures aux États-Unis et au Royaume-Uni.

19 DÉCÈS de Jean-Michel Gaillard, à l'âge de 59 ans. Ancien directeur général d'Antenne 2, conseiller à la Cour des comptes, historien, scénariste pour la télévision, il avait également été conseiller du président François Mitterrand.

19 LITTÉRATURE : Décès, à l'âge de 71 ans, du romancier américain Edward Bunker. Ancien prisonnier, il était devenu auteur de romans noirs.

19 MUSIQUE : Décès, à Séville, à l'âge de 75 ans, du chanteur flamenco Chocolate, de son vrai nom Antonio Nuñez Montoya.

26 MUSÉES : Le président du Louvre, Henri Loyrette, présente au président de la République, Jacques Chirac, le projet lauréat du concours international pour les nouvelles salles des arts de l'Islam, proposé par l'Italien Mario Bellini et le Provençal

Rudy Ricciotti. Installées cour Visconti, elles permettront l'exposition de 13 000 pièces sur 3 500 mètres carrés.

27 FESTIVAL D'AVIGNON : Au terme du 59e Festival, qui a débuté le 8, les deux nouveaux directeurs, Hortense Archambault et Vincent Baudriller, répondent, en présentant leur bilan, aux critiques soulevées par la place donnée cette année à la danse par rapport au théâtre, et au choix du Flamand Jan Fabre comme artiste associé. La violence et la crudité de ces spectacles ont suscité polémique et débats.

29 LITTÉRATURE : Décès de Jean Rambaud, à l'âge de 82 ans. Ancien journaliste au *Monde*, ses fresques historiques avaient été adaptées à la télévision.

29 MUSIQUE : Décès du compositeur Francis Miroglio, à l'âge de 80 ans. Ancien élève de Darius Milhaud, il laisse également une œuvre de poète et de plasticien.

30 MUSIQUE : En deux semaines, le Festival de Radio France et Montpellier Languedoc-Roussillon a reçu près de 103 000 spectateurs, la meilleure fréquentation depuis sa création il y a vingt ans.

30 MUSIQUE : Décès, à l'âge de 81 ans, du saxophoniste américain Eli « Lucky » Thompson à Seattle (État de Washington).

Sport

1er ATHLÉTISME : Ladji Doucouré bat le record de France du 110 mètres haies en 13'02/100, lors de la réunion d'athlétisme de Paris/Saint-Denis, première étape de la Golden League. **Le 15**, il améliore ce record (12' 97 contre 13' 02) aux championnats de France à Angers.

2 TENNIS : Venus Williams remporte la finale du tournoi féminin de Wimbledon, en battant sa compatriote Lindsay Davenport, numéro un mondiale, 4-6, 7-6 -7-4-, 9-7. **Le 3**, le Suisse Roger Federer assied sa domination sur le tennis mondial en remportant, pour la troisième fois d'affilée, le tournoi londonien, contre l'Américain Andy Roddick, déjà battu en finale l'année dernière, en trois sets, 6-2, 7-6 -7-2-, 6-4.

3 FORMULE 1 : Vingt-deux ans après Alain Prost, le pilote espagnol Fernando Alonso offre une nouvelle victoire à Renault sur le circuit de Magny-Cours, en remportant le Grand Prix de France, sa cinquième victoire de la saison.

5 ATHLÉTISME : Ronald Pognon devient le premier Français à descendre sous la barre des 10 secondes sur 100 mètres, battant ainsi le record de France de la spécialité, en 9' 99, lors de la réunion d'athlétisme de Lausanne (Suisse).

6 JEUX OLYMPIQUES : Réuni à Singapour, le Comité international olympique, après avoir éliminé Moscou, New York et Madrid, choisit Londres et non Paris, par 54 voix contre 50, pour l'organisation des JO d'été 2012. La déception est grande dans la délégation française, la France n'ayant pas accueilli les Jeux d'été depuis 1924. **Le 11**, Bertrand Delanoë accuse la délégation de Londres de n'avoir pas respecté les règles du Comité international olympique (CIO) lors de sa campagne victorieuse.

6 VOILE : Francis Joyon bat le record de la traversée de l'Atlantique en solitaire entre New York et le cap Lizard sur le trimaran IDEC. En 6 jours 4 heures 1 minute et 37 secondes, il améliore de plus de 22 heures le record détenu depuis juin 1994 par Laurent Bourgnon sur le trimaran *Primagaz*. Mais quelques heures après son arrivée, victime de la fatigue, il échoue son trimaran sur la pointe de Penmarc'h (Sud-Finistère).

8 HIPPISME : Le tribunal de grande instance de Paris condamne Zeturf, site de Paris en ligne sur les courses de chevaux européennes, lancé le 20 juin, et installé à Malte, à mettre fin à son activité sur les épreuves hippiques organisées en France. Cette décision est la conséquence d'une assignation délivrée le 27 juin par le groupement d'intérêt économique Pari mutuel urbain (PMU).

8 JEUX OLYMPIQUES : Réuni pour sa 117e session à Singapour, les membres du CIO décident de retirer de la liste des sports olympiques d'été le base-ball et son équivalent féminin, le softball, à partir des Jeux de Londres 2012.

10 FORMULE 1 : Le Colombien Juan Pablo Montoya, sur McLaren-Mercedes, remporte le Grand Prix de Grande-Bretagne sur le circuit de Silverstone. Il devance l'Espagnol Fernando Alonso (Renault), leader du championnat du monde.

15 GOLF : Au 134e British Open, qui se déroule sur le terrain mythique de Saint Andrews (Écosse), Jack Nicklaus, 65 ans, recordman des victoires en Grand Chelem (18), met un terme à sa carrière légendaire. **Le 17**, Tiger Woods, qui y remporte sa deuxième victoire, la dixième de sa carrière dans un tournoi majeur, apparaît de plus en plus comme son successeur.

17 FORMULE 1 : Le Français Sébastien Loeb (Citroën Xsara) s'impose dans le rallye d'Argentine, neuvième des seize épreuves comptant pour le championnat du monde, sa septième victoire de l'année.

19 CYCLISME : En parcourant 49,700 kilomètres, sur le vélodrome Krylatskoye à Moscou

(Russie), le Tchèque Ondrej Sosenka établit un nouveau record du monde de l'heure sur piste.

21 NATATION : Après neuf ans passés en équipe de France, Virginie Dedieu (26 ans) décide de mettre un terme à sa carrière, juste après avoir remporté son second titre d'affilée de championne du monde de natation synchronisée en solo à Montréal (Québec).

22 ATHLÉTISME : La Russe Yelena Isinbaïeva devient la première femme à franchir les 5 mètres au saut en hauteur, lors du meeting d'athlétisme de Londres.

24 CYCLISME : Lance Armstrong remporte, sur les Champs-Élysées, son septième Tour de France d'affilée, qui est également son dernier, puisqu'il a annoncé qu'il se retirait du cyclisme après cette victoire. Premier cycliste à dépasser les six victoires au Tour, il déclare aux « *cyniques* » qui le soupçonnent de dopage être « *désolé* » qu'ils ne croient ni aux « *miracles* » ni au cyclisme.

24 FORMULE 1 : L'Espagnol Fernando Alonso (Renault) s'impose au Grand Prix d'Allemagne, sur le circuit d'Hockenheim, prenant ainsi une option sur le titre de champion du monde.

31 NATATION : Au terme des 11ᵉ championnats du monde à Montréal (Québec), la France se classe au cinquième rang, avec deux médailles d'or (Laure Manaudou, triple médaillée des Jeux olympiques d'Athènes, en 400 mètres libre dames, Solenne Figuès en 200 mètres), une d'argent (Malia Metella sur 100 mètres), et une de bronze (Hugues Duboscq sur 100 mètres brasse). Les États-Unis devancent à la première place l'Australie (32 médailles, dont 15 en or, contre 22, dont 13 en or).

31 FORMULE 1 : Le Finlandais Kimi Räikkönen, en remportant le Grand Prix de Hongrie sur le circuit Hungaroring, à Budapest, devant le septuple champion du monde Michael Schumacher, relance l'intérêt de la course au titre mondial.

31 VOILE : L'équipage varois de Toulon-Provence-Méditerranée remporte le Tour de France à la voile, en arrachant le trophée du Yacht-Club de France aux Nantais de Bouygues-Telecom.

Août

- Lancement du contrat nouvelle embauche (CNE)

- Plusieurs incendies posent la question du logement social à Paris

- Frère Roger assassiné à Taizé

- Israël évacue les colonies de la bande de Gaza

- Le cyclone Katrina dévaste trois États du sud des États-Unis

- Premier voyage de Benoît XVI à l'étranger dans le cadre des JMJ de Cologne

- Décès du comédien Jacques Dufilho

France

1er ÉPARGNE : Le taux de rémunération du livret A est ramené de 2,25 % à 2 %. Cette baisse de 0,25 % concerne également les produits d'épargne réglementée (Codevi, Plan d'épargne populaire, Plan d'épargne logement, Livret d'épargne populaire).

1er INCENDIES DE FORÊT : Un Canadair luttant contre les incendies de forêt s'écrase à Calenzana, près de Calvi (Haute-Corse), provoquant la mort des deux pilotes. **Le 11**, les Canadair, immobilisés au sol, sont autorisés à reprendre leurs vols. **Le 14**, un biplan Morane, qui venait de larguer des produits retardants sur un feu, s'abîme en mer près de la commune de Sérignan (Hérault), tuant son pilote. **Le 20**, un avion Tracker s'écrase en combattant un incendie de forêt sur la commune de Valgorge (Ardèche), faisant deux morts.

1er ARMÉE : Décès, à l'âge de 81 ans, du général Jeannou Lacaze, ancien chef d'état-major des armées (1981), ancien député européen.

2 EMPLOI : Le premier ministre Dominique de Villepin fait adopter par le dernier conseil des ministres avant les vacances gouvernementales les six ordonnances de son plan d'urgence pour l'emploi, dont celle instituant le contrat de nouvelle embauche (CNE) pour les entreprises de moins de 20 salariés, qui assouplit le droit de licenciement, et s'appliquera dès le 4.

2 MÉDECINE : Xavier Bertrand, ministre de la santé et de la solidarité, annonce la découverte de 351 fœtus et corps d'enfants mort-nés conservés sous la dénomination «*éléments anatomiques*» à l'hôpital parisien Saint-Vincent-de-Paul. **Le 3**, alors que le parquet de Paris ouvre une enquête préliminaire, la direction de l'Assistance publique de Paris admet que «*l'organisation était calamiteuse*».

2 SÉCHERESSE : Belle-Île-en-Mer (Morbihan) commence à être ravitaillée en eau douce par bateau-cargo. Tout l'Ouest français est touché par la sécheresse, des arrêtés de restriction étant déjà pris dans 62 départements. La situation est jugée «*préoccupante*» dans 19 d'entre eux, où le déficit pluviométrique depuis l'automne est comparable à celui de 1976. **Le 9**, une étude de l'association de consommateurs UFC-Que choisir dénonce une politique «*archaïque*» de la gestion de l'eau, en particulier en raison de l'irrigation agricole intensive.

2 BOURSE : Le CAC 40, qui dépasse les 4 500 points, son plus haut niveau depuis avril 2002, a progressé de 17,5 % depuis le début de l'année.

3 FEMMES : Décès, à l'âge de 85 ans, de Françoise d'Eaubonne. Tour à tour journaliste, enseignante, romancière, elle fut une des grandes figures du féminisme français.

7 MUTUALITÉ : Décès, à l'âge de 82 ans, de Louis Calisti, ancien président de la Fédération nationale des mutuelles de travailleurs (FNMT), devenue Fédération des mutuelles de France (FMF).

9 PSYCHIATRIE : À la suite de plusieurs évasions de malades, Xavier Bertrand, ministre de la santé, reçoit 250 responsables d'hôpitaux psychiatriques, pour leur confirmer sa volonté d'accélérer l'instauration d'un plan de santé mentale.

9 ENTREPRISES : Décès, à l'âge de 87 ans, de François Dalle, ancien président de L'Oréal.

16 FISCALITÉ : Dominique de Villepin convoque quatre de ses ministres, et la presse, pour faire le point sur « *la situation sur les marchés pétroliers et la politique énergétique de la France* ». Excluant le retour à la taxe intérieure des produits pétroliers (TIPP) flottante, le premier ministre s'engage à ce que l'État ne bénéficie pas de « *recettes d'opportunité* » que pourrait générer l'envolée des produits pétroliers, et annonce que les éventuels surplus fiscaux seraient redistribués aux professionnels (transporteurs routiers, taxis, pêcheurs...) ainsi qu'aux ménages bénéficiant de la prime pour l'emploi.

16 CATHOLICISME : Frère Roger, né Roger Schultz, pasteur protestant d'origine suisse, et fondateur de la communauté œcuménique de Taizé (Saône-et-Loire), est tué à coups de couteau, au cours de la prière du soir, par une déséquilibrée d'origine roumaine, Luminita Solcanu. Il était âgé de 90 ans. Frère Aloïs, un catholique allemand, lui succède, alors que les hommages arrivent de toute l'Europe. **Le 23**, des représentants des principales Églises, ainsi qu'environ 12 000 personnes, assistent à son inhumation, à Taizé.

21 PARIS : Commencée le 21 juillet, la quatrième opération « Paris-Plage » plie ses transats. Placée sous le signe de l'Année du Brésil, elle a attiré sur les quais de la Seine 3,8 millions de personnes, fréquentation équivalente à celle de 2004, en dépit d'une météo moins clémente.

22 ÉLECTROMÉNAGER : L'américain Whirlpool rachète Maytag pour 2,7 milliards de dollars

(2,2 milliards d'euros), donnant naissance au nouveau numéro un mondial du secteur, devant Electrolux.

22 PRIVATISATION : Après la clôture des offres, 18 entreprises françaises et étrangères se portent candidates au rachat des participations majoritaires de l'État dans trois sociétés concessionnaires d'autoroutes. Le PS et le PCF condamnent cette opération, diversement perçue à droite, Pierre Méhaignerie, député UMP, la jugeant « *regrettable* ».

22 TÉLÉPHONIE : Neuf Telecom et Cegetel fusionnent, devenant, avec 10,6 % de parts de marché, le numéro deux du téléphone fixe, derrière France Télécom.

22 CHAUSSURE : À Romans-sur-Isère (Drôme), Stéphane Kélian Production, l'atelier de fabrication du chausseur haut de gamme, est mis en liquidation judiciaire. **Le 24**, trois filiales françaises de Charles Jourdan sont mises en règlement judiciaire. **Le 25**, une réunion de crise rassemble trois ministres à la préfecture pour examiner le sort des 570 salariés concernés.

24 TÉLÉPHONE : *Le Canard enchaîné* dévoile un rapport de la Direction de la concurrence dénonçant une entente tarifaire entre les opérateurs de téléphonie mobile (Orange, SFR et Bouygues-Telecom) de 1997 à 2002. Le ministre de l'économie et des finances, Thierry Breton, devenu P-DG de France Télécom en octobre 2002, se défend d'être en situation de conflit d'intérêt.

24 ENSEIGNEMENT : Le ministre de l'éducation nationale, Gilles de Robien, annonce le recrutement, d'ici à décembre, de 45 000 jeunes affectés à des « emplois de vie scolaire ». Les syndicats d'enseignants saluent ce retour au dispositif des « aides-éducateurs » supprimé en 2002 mais s'inquiètent de la précarité plus grande du nouveau dispositif.

24 ENFANCE : Le Secours populaire français célèbre ses 60 ans en offrant un grand spectacle au Stade de France à 60 000 enfants défavorisés qui ne partent pas en vacances.

26 INCENDIES : Un immeuble vétuste du XIIIᵉ arrondissement de Paris est ravagé par les flammes en pleine nuit, faisant 17 morts, dont 14 enfants, et 30 blessés. La plupart des victimes sont des Africains d'origine malienne, expulsés de leur logement, et hébergés dans cet immeuble par une association liée au mouvement Emmaüs. Dans la nuit du **29 au 30**, pour la deuxième fois en quatre jours, et la troisième fois en cinq mois, l'incendie d'un immeuble vétuste dans le Marais (IIIᵉ arrondissement), occupé par des familles originaires de Côte d'Ivoire, fait sept morts, dont quatre enfants. Ces drames successifs ravivent le débat sur le logement social, en particulier dans la capitale.

26-30 POLITIQUE : Plusieurs partis politiques tiennent leur université d'été. À La Rochelle (Charente-Maritime), les chefs de file du PS étalent leurs divisions. Laurent Fabius, partisan du « non » à la Constitution européenne, évite soigneusement le premier secrétaire, François Hollande, partisan du « oui ». D'autres ténors (Dominique Strauss-Kahn, Martine Aubry, Jack Lang) se positionnent en prévision de l'élection présidentielle de 2007. À Grenoble, les Verts discutent de leur projet pour 2007, tandis qu'à Bordeaux, où se réunit le Front national, Jean-Marie Le Pen fait acte de candidature pour 2007. En clôturant l'université d'été de l'UDF, à Giens (Var), François Bayrou propose la création d'une « *taxe Tobin sociale* ».

28 BANQUE : Le Crédit lyonnais, la plus ancienne marque bancaire française (1863), devient LCL (Le Crédit lyonnais). Doublé d'une stratégie plus agressive, ce changement d'identité résulte du projet d'entreprise lancé en juillet 2004 pour tourner la page des déboires passés.

30 ÉNERGIE : En déplacement à Reims (Marne), où il officialise la création de l'Agence de l'innovation industrielle (AII), Jacques Chirac souligne l'intérêt des biocarburants dans un contexte de pétrole cher, et demande aux industriels d'investir dans les énergies non polluantes.

31 CHÔMAGE : Avec la quatrième baisse d'affilée, le taux de chômage repasse en juillet sous la barre symbolique des 10 % (9,9 % contre 10,1 % à la fin juin), après quatre années de hausse quasi ininterrompue.

31 JUSTICE : Après treize demandes infructueuses, Lucien Léger, le plus ancien prisonnier de France, obtient sa libération conditionnelle. Condamné en 1966 à la réclusion criminelle à perpétuité pour le meurtre, en 1964, de Luc Taron, 11 ans, il sera libéré le 3 octobre.

31 PROTECTIONNISME : Le gouvernement confirme la liste des dix secteurs stratégiques dont il pourra « *protéger* » les entreprises de toute prise de contrôle par des investisseurs étrangers. Il s'agit, pour le premier ministre Dominique de Villepin, d'un instrument de « *patriotisme économique* ». ▪

International

1ᵉʳ ARABIE SAOUDITE : Décès du roi Fahd, âgé de 84 ans. Monté sur le trône en 1982, il avait été victime d'une embolie cérébrale en 1995. Son demi-frère, le prince Abdallah, qui exerçait de fait le pouvoir depuis cette date, lui succède à l'âge de 82 ans.

Le 2, parmi les nombreux chefs d'État et de gouvernement venus assister aux obsèques, le président Jacques Chirac représente la France dans la capitale du premier exportateur mondial de pétrole.

1ᵉʳ ÉTATS-UNIS : Le président George Bush nomme par décret John Bolton ambassadeur américain à l'ONU. La nomination de cet ultraconservateur était bloquée depuis cinq mois par les démocrates du Sénat.

2 CAMBODGE : Le président George Bush lève l'embargo sur l'aide militaire américaine.

2 TRANSPORT AÉRIEN : Un Airbus A 340 d'Air France sort de piste à son atterrissage à Toronto (Canada). 40 personnes sont blessées, mais les passagers peuvent être évacués avant que l'appareil ne s'embrase. **Le 6**, l'amerrissage d'urgence, au large de la Sicile, d'un ATR 72 de la Tunisair, assurant un vol charter entre Bari, dans le sud de l'Italie, et l'île tunisienne de Djerba, fait 13 morts et 23 blessés. **Le 14**, un Boeing 737 de la compagnie chypriote Helios, se rendant de Larnaka à Prague, s'écrase, pour une raison inconnue, au nord-est d'Athènes (Grèce). Les 121 personnes se trouvant à bord trouvent la mort. Chypre décrète trois jours de deuil. **Le 16**, un MD-82 de la compagnie colombienne West Caribbean, en provenance de Panama, s'écrase au Venezuela, avec à son bord huit membres d'équipage et 152 passagers Français de Martinique, où l'émotion est immense. **Le 23**, un Boeing 737-200 de la compagnie nationale péruvienne Tans s'écrase en Amazonie. On dénombre 40 morts et 58 survivants. **Le 24**, Jacques Chirac, le président vénézuélien Hugo Chavez, ainsi que François Hollande (PS) assistent, avec 30 000 personnes, à une cérémonie nationale d'hommage au stade de Fort-de-France. À Paris, le premier ministre Dominique de Villepin et Mme Chirac assistent à une messe à Notre-Dame, en présence d'environ 15 000 personnes. **Le 29**, la Direction générale de l'aviation civile rend publique une liste de cinq compagnies interdites en France, mais sans mentionner les pays à risque.

ACCIDENTS D'AVION : 669 FRANÇAIS TUÉS DEPUIS 1968

L'accident survenu au Venezuela (160 morts, dont 152 Français) est la catastrophe aérienne qui a tué le plus de Français.

11 septembre 1968 : Une Caravelle d'Air France reliant Ajaccio à Nice s'abîme en mer au large d'Antibes, tuant ses 95 occupants.

27 octobre 1972 : Un Vickers Viscount d'Air Inter, reliant Lyon à Clermont-Ferrand, s'écrase sur le pic Picot, à Noirétable (Loire). L'accident fait 60 morts.

20 janvier 1992 : un Airbus A320 d'Air Inter reliant Lyon à Strasbourg s'écrase sur le mont Sainte-Odile (Alsace). Le crash fait 87 morts.

9 février 1992 : Au Sénégal, un Convair CV 640 de la compagnie gambienne Gambcrest, affrété par le Club Méditerranée et Air Sénégal, s'écrase alors qu'il transportait 50 clients de Dakar au cap Skirring, en Casamance. Parmi les 30 victimes de l'accident figurent 26 Français.

17 juillet 1996 : Explosion en vol du Boeing 747 de la compagnie américaine TWA, au large de New York, peu après son décollage à destination de Paris, avec 230 passagers à son bord, dont 42 Français. Il n'y a aucun survivant.

1er février 1997 : Dans le sud-est du Sénégal, 18 touristes français font partie des 23 victimes de l'accident d'un Hawker Siddeley 748 d'Air Sénégal qui s'écrase juste après son décollage de l'aérodrome de Tambacounda.

2 septembre 1998 : Un MD-11 de la compagnie Swissair s'abîme en mer, au sud d'Halifax (Canada) : 229 morts, dont 54 Français.

3 janvier 2004 : Un Boeing 737 de la compagnie égyptienne

Flash Airlines s'abîme en mer Rouge après son décollage de Charm el-Cheikh. Les 148 personnes à bord (dont 135 touristes français) périssent.

2 PÉTROLE : Le groupe pétrolier chinois China National Offshore Oil Company (CNOOC) renonce à acheter le pétrolier américain Unocal, après les réactions très négatives que ce projet a suscitées aux États-Unis. **Le 22**, le rachat de la société canadienne PetroKazakhstan par China National Petroleum Corp. (CNPC) pour 4,18 milliards de dollars (3,42 milliards d'euros) confirme la volonté de Pékin de renforcer sa sécurité énergétique.

3 MAURITANIE : Une junte d'officiers menée par le colonel Ely Ould Mohammed Vall renverse le président Maaouyia Ould Taya, absent du pays pour assister aux obsèques du roi Fahd, en Arabie saoudite. **Le 10**, un gouvernement de transition, composé de 24 membres, dont 3 femmes, est formé. S'il ne compte aucun membre de l'équipe sortante de Sghaïr Ould M'Barek, une partie de ses membres est issue de la formation du président renversé.

3 IRAK : 21 soldats américains sont tués en trois jours dans la province d'Al-Anbar, centre névralgique de la rébellion sunnite. **Le 4**, trois nouveaux soldats américains sont tués. **Le 17**, un triple attentat à la voiture piégée fait au moins 43 morts et de très nombreux blessés dans une gare routière du centre de Bagdad. **Le 29**, selon les chiffres du Pentagone, le nombre de soldats américains morts en Irak depuis l'invasion du pays en mars 2003 est de 1 869.

4 TERRORISME : Un mois après les attentats de Londres, l'Égyptien Ayman al-Zawahiri, numéro deux et idéologue du mouvement djihadiste d'Oussama Ben Laden, s'en félicite dans un message vidéo diffusé par Al-Jazira, et promet aux Américains en Irak «*pire que ce qu'ils ont vécu au Vietnam*». **Le 5**, le premier ministre britannique Tony Blair affiche sa détermination à lutter fermement contre l'islamisme radical en annonçant que l'expulsion de Grande-Bretagne de personnes appelant à la haine ou soutenant le terrorisme sera facilitée, et la législation sur les droits de l'homme pourra être modifiée. **Le 7**, la justice britannique inculpe les quatre auteurs présumés des attentats manqués du 21 juillet. **Le 11**, Abou Qatada, chef spirituel présumé d'Al-Qaida en Europe, est arrêté à Londres. **Le 18**, les forces de sécurité saoudiennes tuent l'un des principaux chefs de la branche locale d'Al-Qaida, Saleh al-Oufi, et au moins deux autres de ses membres lors d'un raid à Riyad et d'un autre dans la ville sainte de Médine (ouest). **Le 24**, le ministre britannique de l'intérieur, Charles Clarke, présente les nouvelles «*règles du jeu*» contre le terrorisme, permettant d'interdire l'entrée dans le pays de prédicateurs aux «*comportements inacceptables*». **Le 31**, le *Guardian* révèle que l'intellectuel contesté Tariq Ramadan, de nationalité suisse, est nommé conseiller du gouvernement britannique pour le dialogue avec les jeunes musulmans.

5   ALLEMAGNE : Axel Springer, le premier éditeur allemand de journaux et de magazines, annonce le rachat du groupe de télévision ProSiebenSat1, le deuxième groupe privé de télévision outre-Rhin. Cette concentration inquiète les défenseurs du pluralisme de l'information.

6   IRAN : Téhéran qualifie d'«*inacceptables*» les propositions faites la veille par l'Union européenne pour dissuader la République islamique de reprendre ses activités nucléaires ultrasensibles. **Le 8**, la conversion d'uranium reprend de manière «*irrévocable*» à l'usine d'Ispahan. **Le 10**, l'Iran brise les scellés posés par l'AIEA sur le site d'Ispahan. **Le 11**, l'AIEA adopte une résolution qui enjoint à l'Iran de suspendre à nouveau toutes ses activités liées à la production de combustible nucléaire. **Le 14**, le vice-directeur de l'Agence de l'énergie atomique iranienne, Mohammed Saïdi, invite les Européens à reprendre les négociations avec son pays sur cette question.

6 GRANDE-BRETAGNE : Robin Cook, ancien ministre des affaires étrangères travailliste, meurt d'une crise cardiaque, lors d'une randonnée en Écosse, à l'âge de 59 ans.

7 PROCHE-ORIENT : Le ministre des finances israélien, Benyamin Netanyahou, opposé au retrait des colonies de peuplement établies sur les territoires conquis en 1967, démissionne du gouvernement d'Ariel Sharon, dont il se pose désormais en rival. **Le 11**, à Tel-Aviv, entre 50 000 personnes, selon les autorités, et 300 000 selon les organisateurs manifestent contre ces évacuations. **Le 15**, Israël entame officiellement son retrait historique de la bande de Gaza, après trente-huit ans d'occupation. L'armée a deux jours pour inciter les récalcitrants à quitter les implantations, avant de commencer les expulsions. **Le 17**, avec l'évacuation de force des derniers colons récalcitrants, l'armée et la police israéliennes achèvent, avec succès, et sans heurts majeurs, le plan de retrait de Gaza. Le premier ministre Ariel Sharon se prononce en faveur d'une poursuite et d'un développement de la colonisation, faisant référence, sans les citer, à Jérusalem et à la Cisjordanie. Cette déclaration est qualifiée d'« *inacceptable* » par l'Autorité palestinienne. **Le 22**, Netzarim, la dernière des 21 implantations juives de la bande de Gaza, est évacuée. **Le 23**, l'armée israélienne entame l'évacuation des colonies de Sa-Nour et de Homesh, en Cisjordanie. **Le 24**, cinq activistes palestiniens sont tués par des soldats israéliens à

Tulkarem. **Le 28**, un attentat-suicide à Beersheba, qui fait une vingtaine de blessés, vient rompre la trêve instaurée pour le retrait israélien de Gaza.

7 RUSSIE : Sept jeunes marins russes, bloqués depuis trois jours par plus de 190 mètres de fond dans leur sous-marin « AS-28 », au large du Kamtchatka, sont secourus par un robot Scorpio-45 de la Royal Navy britannique.

7 NÉPAL : 40 soldats népalais sont tués et 76 portés disparus après l'attaque de leur camp par des rebelles maoïstes.

8 JAPON : Le premier ministre japonais, Junichiro Koizumi, dissout la chambre basse après avoir été désavoué par la chambre haute lors du vote sur le projet de loi de privatisation de la Poste. Des élections anticipées auront lieu en septembre.

8 AFRIQUE DU SUD : Décès, à l'âge de 87 ans, d'Ahmed Deedat, polémiste et grand prédicateur musulman.

8 AGRICULTURE : La Commission de Bruxelles autorise la mise sur le marché du maïs génétiquement modifié MON 863 de la firme Monsanto. La décision ne vise toutefois que son utilisation pour l'alimentation animale.

9 ÉNERGIE : Le groupe Suez, en annonçant le rachat, pour 11,2 milliards d'euros, des 49,9 % qu'il ne possédait pas encore dans sa filiale belge Electrabel, s'impose sur le marché européen du gaz et de l'électricité.

10 CHILI : La femme de l'ancien dictateur Augusto Pinochet (1973-1990), Lucia Hiriart, et son fils cadet, Marco Antonio Pinochet, sont arrêtés et inculpés de complicité de fraude fiscale.

10 GUINÉE-BISSAU : Joao Bernardo Vieira, dit « Nino », qui a déjà dirigé le pays pendant près de vingt ans (1980-1999), est déclaré vainqueur de l'élection présidentielle avec près de 52 % des suffrages. Le premier tour avait eu lieu à la mi-juin, le second fin juillet.

11 SOUDAN : Salva Kiir, le nouveau chef de l'ex-rébellion du sud du Soudan depuis le décès, le 30 juillet, dans un accident d'hélicoptère, de John Garang, son leader historique, prête serment au palais présidentiel. Il devient vice-président du pays.

11 PÉROU : Le premier ministre, Carlos Ferrero, donne sa démission, rapidement suivie de celle du ministre du logement, Carlos Bruce, l'un des cadres les plus populaires de Pérou possible (PP), le parti du chef de l'État. Les deux hommes s'opposent à la nomination, intervenue, quelques heures auparavant, de Fernando Olivera à la tête du ministère des affaires étrangères. **Le 16**, un nouveau gouvernement est formé par Pedro Pablo Kuczynski, une personnalité indépendante et appréciée de la population.

11 PÉTROLE : Le cours du Brent, pétrole léger de la mer du Nord, dépasse pour la première fois à Londres le seuil de 65 dollars le baril.

11 INTERNET : Yahoo, le premier portail mondial, annonce l'acquisition de 40 % du capital d'un des principaux groupes de commerce électronique chinois, Alibaba, pour le montant d'un milliard de dollars en cash (810 millions d'euros), soit le plus gros achat réalisé en Chine par une société étrangère dans l'Internet. **Le 18**, Google, dont l'action a progressé de 240 % depuis son introduction en Bourse il y a un an, annonce une augmentation de capital pour lever plus de 4 milliards de dollars (3,28 milliards d'euros). **Le 23**, Google lance aux États-Unis un nouveau service de téléphone sur Internet, alors que son site « Google Earth », qui permet de visualiser le monde entier par photos satellite, connaît un grand succès.

12 SRI LANKA : Le ministre des affaires étrangères, Lakshman Kadirgamar, est assassiné à son domicile, à Colombo. La présidente, Chandrika Kumaratunga, décrète l'état d'urgence et accuse les rebelles des Tigres tamouls, qui démentent.

12 NUMÉRISATION : Google, numéro un mondial des moteurs de recherche, annonce qu'il suspend son projet controversé de numérisation de livres, Google Print, le temps d'arriver à un accord avec les maisons d'édition détentrices des droits de reproduction de ces ouvrages. Le président de la Bibliothèque nationale de France, Jean-Noël Jean-neney, salue « *la sagesse* » de Google.

BIBLIOTHÈQUE EN LIGNE :
LA CONTRE-OFFENSIVE EUROPÉENNE

7 octobre 2004 : Google présente à la Foire de Francfort un projet dénommé Google Print, pour permettre de consulter des extraits de livres en ligne.

14 décembre 2004 : Google lance son projet de bibliothèque virtuelle et veut mettre en ligne 15 millions de livres.

16 mars 2005 : Jacques Chirac lance un projet de bibliothèque virtuelle européenne.

27 avril 2005 : Les 19 bibliothèques nationales européennes s'accordent sur un projet de bibliothèque numérique alternatif.

28 avril 2005 : Six pays européens demandent à l'UE de lancer une bibliothèque numérique.

13 BRÉSIL : Décès, à l'âge de 88 ans, de Miguel Arraes, dirigeant historique de la gauche brésilienne.

13 NOUVELLE-ZÉLANDE : Décès, à l'âge de 63 ans, de David Lange, ancien premier ministre de 1984 à 1989. Il s'était opposé à la France aussi bien sur les essais nucléaires dans le Pacifique que dans l'affaire Greenpeace, dont le navire, le *Rainbow War-*

rior, avait été coulé dans le port d'Auckland, le 10 juillet 1985.

14 PROCHE-ORIENT : Un preneur de son de France 3, Mohammed Ouathi, est enlevé à Gaza par un groupe de jeunes Palestiniens armés. **Le 22**, il est libéré après huit jours de détention.

15 CHINE : Angang et Bengang, les deuxième et cinquième sidérurgistes chinois, annoncent leur rapprochement, pour donner naissance à Anben Steel, un groupe qui devrait produire 20 millions de tonnes d'acier par an.

15 INDONÉSIE : Le gouvernement et les indépendantistes du Mouvement pour un Atjeh libre (GAM) signent un accord de paix qui met fin à trente années d'un conflit qui a fait entre 12 000 et 15 000 morts. **Le 22**, en application de cet accord, deux bataillons des forces d'élite (Kostrad) de l'armée quittent Atjeh.

15 GUATEMALA : Des affrontements armés entre membres de gangs rivaux, emprisonnés dans quatre centres de détention, font 30 morts et 63 blessés.

15 CORÉE : Pour la première fois, les deux Corées célèbrent en commun la libération de la péninsule du joug japonais. À Séoul, une délégation du Nord rend hommage aux morts sud-coréens de la guerre fratricide.

15 KIRGHIZSTAN : Le président Kourmanbek Bakiev, qui a pris ses fonctions la veille, nomme Félix Koulov premier ministre par intérim, mettant ainsi en pratique un accord conclu entre les deux hommes. Pour devenir chef du gouvernement en titre, M. Koulov doit encore obtenir l'accord du Parlement, qui tiendra à cet effet une session extraordinaire.

16 CHILI : Le Congrès adopte (par 150 voix contre 3, et une abstention) une réforme modifiant la Constitution de 1980 imposée par Augusto Pinochet. Le mandat présidentiel est réduit de six à quatre ans, sans possibilité de réélection. Le président peut désormais destituer les chefs des forces armées. Les sièges de sénateur à vie sont abolis.

16 AFGHANISTAN : 17 militaires espagnols sont tués dans l'accident de leur hélicoptère Couguar dans une zone montagneuse près d'Herat (ouest du pays). **Le 21**, quatre soldats américains sont tués et trois autres blessés par l'explosion d'une bombe télécommandée de forte puissance au passage de leur convoi dans la province rebelle de Zaboul. Les pertes américaines - 74 morts depuis le début de l'année, dont 50 dans des opérations de guerre - sont déjà supérieures d'un tiers au bilan de toute l'année 2004.

16-21 CATHOLICISME : Les Journées mondiales de la jeunesse (JMJ) réunissent, à Cologne (Allemagne), environ 700 000 jeunes provenant de 193 pays. **Le 18**, Benoît XVI, en s'y rendant, effectue dans son pays natal son premier voyage officiel. **Le 19**, le pape se rend à la synagogue de Cologne, où il dénonce « *le crime inouï* » de la Shoah et l'antisémitisme. **Le 20**, recevant dix responsables du Comité central des musulmans allemands, il dénonce « *le terrorisme pervers et cruel* ». **Le 21**, après une nuit de veillée, le pape célèbre, à Marienfeld (au sud de la ville), une messe clôturant ces journées, au cours de laquelle il appelle à lutter contre « *l'oubli de Dieu* » en pratiquant régulièrement.

LES JMJ :
DE BUENOS AIRES À COLOGNE

1985 : le 31 mars, devant 300 000 jeunes réunis au Colisée, à Rome, Jean-Paul II annonce la création d'une « Journée mondiale de la jeunesse ». Une année sur deux, elle se tiendra le dimanche des Rameaux à Rome et l'autre, étalée sur plusieurs jours, dans une grande ville étrangère.

1987 : Le 11 avril, à Buenos Aires (Argentine), le pape réunit 300 000 jeunes à la « *veillée* » et, le lendemain, un million pour la célébration finale.

1989 : Les 19 et 20 août, à Saint-Jacques-de-Compostelle (Espagne), 500 000 jeunes pèlerins se rassemblent au Monte del Gozo.

1991 : Du 15 au 18 août, à Czestochowa (Pologne), un million de jeunes remplissent le sanctuaire marial de la Vierge noire, deux ans après la chute du mur de Berlin.

1993 : Les 14 et 15 août à Denver (Colorado), 600 000 pèlerins écoutent le pape lancer un appel à la défense d'une « *culture de la vie* » dans une Amérique en plein débat sur l'avortement.

1995 : Le 14 janvier, à Manille (Philippines), 3 millions de fidèles assistent à la « *veillée* ». Ils sont 4 millions le dimanche 15. C'est le record absolu pour les rassemblements de JeanPaul II.

1997 : Le 22 août, à Paris, 700 000 jeunes participent à la « *veillée* » à l'hippodrome de Longchamp. Ils sont un million, le lendemain, pour la célébration de clôture.

2000 : Les 19 et 20 août à Rome, 2 millions de jeunes assistent, sur le campus de Tor Vergata, aux JMJ du Jubilé.

2002 : Les 18 et 19 août à Toronto (Canada), 800 000 jeunes participent aux JMJ.

16 AÉRONAUTIQUE : Le groupe franco-allemand EADS acquiert 10 % du russe Irkut, le fabricant des avions de chasse Sukhoï. **Le 18,** l'italien Alenia Aeronautica signe un protocole pour participer au projet d'avion régional russe RRJ, et prendre 25 % des activités de Soukhoï dans l'aviation civile.

17 BULGARIE : Le nouveau premier ministre, le socialiste Sergueï Stanichev, et son gouvernement de coalition investi la veille prennent leurs fonctions en promettant de faire tout leur possible en vue de l'adhésion du pays à l'Union européenne en 2007.

17 RÉPUBLIQUE DÉMOCRATIQUE DU CONGO : La Cour criminelle de Brazzaville acquitte les 15 accusés du procès des « *disparus du Beach* », du nom du port fluvial de la capitale congolaise, où des centaines de réfugiés ont disparu en mai 1999.

17 BANGLADESH : En une heure, 350 bombes de faible puissance explosent, visant des bâtiments administratifs, des tribunaux, des clubs de la presse, des gares ou des stations d'autobus.

17 ÉQUATEUR : Le président Alfredo Palacio décrète l'état d'urgence dans deux provinces d'Amazonie, Sucumbios et Orellana, où des manifestants occupent, depuis le 15, 200 puits pétroliers et deux aéroports.

18 SAHARA OCCIDENTAL : Les 404 derniers militaires marocains détenus par le Front Polisario sont libérés, grâce à la médiation américaine.

18 AUTOMOBILE : Dieter Zetsche, le futur patron de DaimlerChrysler, se voit également confier la direction de Mercedes, après la démission d'Eckhard Cordes.

18-25 PAKISTAN : Les partis proches du président Pervez Musharraf revendiquent la victoire aux élections locales, tandis que l'opposition parle d'une fraude généralisée.

18-25 STRATÉGIE : Des manœuvres sinorusses inédites, mobilisant environ 8 800 hommes, se déroulent dans les zones côtières du Kamchatka et de la province du Shandong.

19 GRANDE-BRETAGNE : Décès, à l'âge de 55 ans, de Mo Mowlam, première femme à avoir été ministre britannique chargée de l'Irlande du Nord. Elle avait, à ce titre, présidé à la signature des « accords du vendredi saint », partageant, en 1998, le pouvoir entre catholiques et protestants des six comtés.

19 ÉTATS-UNIS : Le laboratoire pharmaceutique américain Merck est jugé coupable de «*négligence*» par un tribunal texan, et ainsi responsable de la mort d'un homme de 59 ans, Robert Ernst, utilisateur de son médicament le Vioxx. Sa veuve recevra 253 millions de dollars.

19 TURQUIE : Les rebelles kurdes de Turquie annoncent une trêve unilatérale d'un mois.

19 BURUNDI : Dernière phase de la transition vers des institutions élues, l'ex-chef rebelle de l'ethnie majoritaire hutue, Pierre Nkurunziza, candidat unique, est élu président par le Parlement. **Le 26**, sa prestation de serment clôt douze ans de guerre civile.

21 TRANSPORTS MARITIMES : L'allemand TUI acquiert l'armateur canadien CP Ships pour 1,7 milliard d'euros.

22 SANTÉ : Devant la progression du virus H5N1 de la grippe aviaire dans les régions occidentales de la Russie, les Pays-Bas prescrivent l'enfermement de toutes leurs volailles. **Le 23**, les autorités françaises estiment que le risque d'épidémie est «*faible*». **Le 25**, l'Union européenne appelle à la «*vigilance*», mais juge toutefois les mesures de confinement néerlandaises «*disproportionnées*».

22 INCENDIES DE FORÊT : Devant la recrudescence des incendies qui ravagent le centre et le nord du Portugal, favorisés par la pire sécheresse depuis 1945, le ministre des affaires intérieures, Antonio Costa, lance un appel à la «*mutualisation*» des forces européennes de lutte contre le feu. 135 000 hectares sont déjà partis en fumée, faisant 14 morts, dont 10 pompiers, détruisant une centaine de maisons, et touchant près de 500 exploitations agricoles. En Espagne, plus de 107 000 hectares ont également brûlé depuis le début de l'année.

23 INONDATIONS : La Suisse, l'Autriche,

l'Allemagne, la Bulgarie et la Roumanie sont en état d'alerte après de nouvelles inondations meurtrières, les plus graves depuis 1999. Les pluies diluviennes ont fait au moins 67 morts depuis la mi-août, dont une trentaine dans la seule Roumanie, et 26 en Bulgarie.

23 ALGÉRIE : Le général Larbi Belkheir, nommé ambassadeur au Maroc, doit quitter la direction du cabinet du président Abdelaziz Bouteflika. L'éviction de ce pilier du régime confirme le pouvoir grandissant du président.

24 IRAN : Le Parlement récuse quatre des 21 ministres, dont celui du pétrole, que le président Mahmoud Ahmadinejad avait retenu pour former son gouvernement.

25 CATASTROPHE : Katrina, cyclone de catégorie 3, fait sept morts en Floride, et cause de gros dégâts. **Le 28**, passé en catégorie 5, il contraint les autorités à évacuer des centaines de milliers d'habitants de La Nouvelle-Orléans (Louisiane). **Le 29**, les États du Mississippi, où la ville de Biloxi est complètement détruite, et de l'Alabama sont également touchés. Les digues protégeant La Nouvelle-Orléans des eaux du lac Pontchartrain cèdent, inondant la ville, construite dans une cuvette. Des plates-formes pétrolières du golfe du Mexique sont évacuées, coulées ou à la dérive. Les risques de rupture d'approvisionnement en pétrole font grimper le prix du baril jusqu'à 70 dollars, et le gouvernement fédéral décide de puiser dans ses réserves stratégiques. **Le 30**, les scènes de pillages se multiplient à La Nouvelle-Orléans, où la situation sanitaire se dégrade en raison de la pollution de l'eau et de l'insuffisance des secours. **Le 31**, le président George Bush, qui interrompt enfin ses vacances au Texas, survole la zone et, de Washington, s'adresse au pays pour constater qu'il s'agit de l'un «*des pires désastres naturels de l'histoire américaine*».

25 ALLEMAGNE : Décès, à l'âge de 66 ans, de Peter Glotz, ancien secrétaire général du Parti social-démocrate allemand, et ancien professeur de communication à l'université de Saint-Gall (Suisse).

26 CEI : Les dirigeants de 12 ex-Républiques soviétiques se réunissent à Kazan (Tatarstan) afin de tenter de réformer la Communauté des États indépendants, née en 1991 après la disparition de l'URSS. Le Turkménistan crée la surprise, et annonce qu'il prend ses distances avec l'organisation, en prenant le statut de «*membre associé*».

26 POLOGNE : Plus de 100 000 personnes assistent à un concert du compositeur français de musique électronique Jean-Michel Jarre, sur le site des chantiers navals de Gdansk pour fêter le 25e anniversaire du syndicat Solidarité. **Le 31**, une vingtaine de chefs d'État et de gouvernement se rendent à leur tour à Gdansk pour un hommage à Solidarité, ainsi qu'à Lech Walesa, leader du mouvement, devenu, après la chute du mur de Berlin, chef de l'État.

28 IRAK : Avec deux semaines de retard, le projet de Constitution est présenté au Parlement. Soutenu par les dirigeants politiques chiites et kurdes, il n'a pas été avalisé par les sunnites, qui vont faire campagne pour le «non» au référendum, prévu d'ici au 15 octobre. Le président George Bush salue un «*document dont les Irakiens et le reste du monde peuvent être fiers*».

28 AFGHANISTAN : Le premier ministre indien, Manmohan Singh, effectue à Kaboul la première visite officielle d'un chef de gouvernement indien depuis celle d'Indira Gandhi en 1976.

29 CHRISTIANISME : Le pape Benoît XVI reçoit, pour la première fois depuis le schisme de

1988, Mgr Bernard Fellay, évêque excommunié, supérieur de la Fraternité sacerdotale Saint-Pie X, et chef de file des catholiques traditionalistes. Ceux-ci sont estimés à 200 000, dont la moitié en France.

30 BOSNIE : Les membres bosniaques, serbes et croates de la Commission internationale de réforme de la défense conviennent de faire fusionner leurs armées en une armée unique avant la fin de 2007.

31 CÔTE D'IVOIRE : L'Afrique du Sud rend au Conseil de sécurité des Nations unies son rapport sur la médiation tentée par le président Thabo Mbeki. Présentée comme un «*succès*», elle s'achève en fait alors que le processus de paix est totalement bloqué.

31 IRAK : 965 pèlerins chiites se rendant à un mausolée au nord de Bagdad périssent étouffés, piétinés, ou noyés dans le Tigre, lors d'un mouvement de panique sur un pont. Une rumeur a circulé parmi la foule évoquant la présence de kamikazes.

31 GRANDE-BRETAGNE : Décès, à l'âge de 96 ans, du physicien Joseph Rotblat, prix Nobel de la paix 1995 conjointement avec le mouvement des conférences Pugwash qu'il présidait. Il était un farouche adversaire des armes nucléaires. ▪

Science

2 MÉDECINE : Des médecins et chercheurs suisses révèlent, sur le site de la revue médicale britannique *The Lancet*, être parvenus à guérir huit enfants souffrant de brûlures graves à partir de cellules prélevées sur un fœtus.

9 ESPACE : La navette américaine Discovery, lancée de Cap Canaveral (Floride) le 26 juillet, se

pose en Californie au terme de 14 jours de mission.
Pour ce premier vol depuis la tragédie de Columbia
en 2003, la navette, qui a été endommagée lors de
son départ, s'est arrimée à la station spatiale internationale (ISS) le 28 juillet. **Le 3**, pour la première
fois, l'équipage de la navette procède en orbite aux
réparations rendues nécessaires par les dégradations
du départ. Ce vol est l'objet de nombreuses critiques,
aussi bien concernant les risques que la Nasa fait
prendre à l'équipage, que l'obsolescence du principe
même de la navette spatiale.

11 ESPACE : La revue *Nature* révèle la découverte, entre Mars et Jupiter, de deux satellites de l'as-
téroïde 87 Sylvia, baptisés Remus et Romulus.

26 BIOLOGIE : Dirigés par Kevin Eggan et
Douglas Melton, les chercheurs de l'Institut des cellules souches de l'université Harvard (Massachusetts) parviennent à faire fusionner des cellules de
peau avec des cellules souches embryonnaires
humaines, obtenant ainsi des cellules hybrides comportant un double matériel génétique, ce qui per-
mettait de mener des recherches sans avoir recours
à des embryons humains.

27 MÉDECINE : Une étude publiée par la revue
britannique *The Lancet* relance la controverse sur l'ho-
méopathie, en l'accusant de n'être qu'un placebo. ∎

Culture

3 DÉCÈS, à l'âge de 77 ans, d'Annabel Buffet.
Née Annabel Schwob, elle fut une des « muses » du
Saint-Germain-des-Prés d'après-guerre, avant d'épou-
ser le peintre Bernard Buffet, dont elle était veuve,

depuis son suicide en 1999. Elle avait publié plusieurs romans.

5 PHILOSOPHIE : Décès, à l'âge de 99 ans, à Montréal (Canada) de Raymond Klibansky, philosophe d'origine allemande, opposé au nazisme.

6 MUSIQUE : Décès, à l'âge de 78 ans, du chanteur cubain Ibrahim Ferrer, crooner épris de boléro.

6 POÉSIE : Décès, à l'âge de 74 ans, de la poétesse, romancière, nouvelliste et traductrice lettone Vizma Belsevica, une des consciences de la littérature balte dont l'œuvre a été partiellement interdite par le régime soviétique.

7 TÉLÉVISION : Décès, à l'âge de 67 ans, de Peter Jennings, journaliste américain d'origine canadienne, et présentateur du grand journal télévisé du soir sur la chaîne ABC pendant vingt-sept ans.

11 LITTÉRATURE : Le dixième roman de Salman Rushdie, *Shalimar le Clown*, est publié aux Pays-Bas, traduit dans sa version néerlandaise, avant d'être édité en anglais, la langue dans laquelle il a été écrit, et dans le reste du monde, au mois de septembre.

14 CINÉMA : Le jury du 58ᵉ Festival de Locarno (Suisse) attribue le Léopard d'or à *Nine Lives*, film américain du réalisateur colombien Rodrigo Garcia. Le Suisse Frédéric Maire, journaliste et réalisateur de 43 ans, est nommé pour trois ans directeur artistique de la manifestation, succédant à l'Italienne Irene Bignardi, responsable controversée des trois derniers festivals.

14 MUSIQUE : La 6ᵉ édition du Festival du Bout du monde, à Crozon (Finistère), se termine après avoir accueilli 55 000 spectateurs en trois jours. À Saint-Malo (Ille-et-Vilaine), la 15ᵉ édition de « La route du rock » a connu une fréquentation record de plus de 26 000 spectateurs en trois jours, grâce à la présence de The Cure.

17 CINÉMA : Décès, à l'âge de 81 ans, du chef opérateur italien Tonino Delli Colli, collaborateur des cinéastes Pier Paolo Pasolini et Sergio Leone.

17 PHOTOGRAPHIE : Décès, à l'âge de 73 ans, de Freddy Alborta, photographe bolivien qui avait pris en 1967 la célèbre photo du cadavre du guérillero argentino-cubain Ernesto « Che » Guevara.

19 LITTÉRATURE : Décès, à l'âge de 81 ans, du romancier américain Dennis Lynd, connu sous le nom de Michael Collins. Il a écrit plus de 80 romans et de nombreuses nouvelles.

19 ARCHITECTURE : La ville de Perpignan confie le projet du Théâtre de l'Archipel à Jean Nouvel. L'architecte de l'Institut du monde arabe, de la Fondation Cartier et du musée du quai Branly l'emporte ainsi sur Christian de Portzamparc et Dilme Fabre.

21 MUSIQUE : Le chef israélo-argentin Daniel Barenboïm et les musiciens israéliens et arabes de son West-Eastern Divan Orchestra, fondé en 1999, donnent à Ramallah, en Cisjordanie, un concert historique, avec pour mot d'ordre : « Liberté pour la Palestine. »

21 MUSIQUE : Décès, à l'âge de 71 ans, de Robert Moog, inventeur américain du synthétiseur.

22 TÉLÉVISION : Élu en juillet par le CSA, le journaliste Patrick de Carolis, 52 ans, succède à la présidence de France Télévisions à Marc Tessier, dont les fonctions prennent fin. Le nouveau P-DG nomme Patrice Duhamel et Thierry Bert directeurs généraux à la holding France Télévisions. **Le 25**, en nommant les nouveaux directeurs généraux des chaînes du groupe, il procède à un remaniement qui touche également les émissions d'information.

22 MUSIQUE : Décès, à l'âge de 76 ans, du compositeur français de musique électro-acoustique

Luc Ferrari à Arezzo, en Italie, où il se trouvait pour des vacances.

23 MUSIQUE : Les sexagénaires Rolling Stones entament à Boston (Massachusetts) une tournée mondiale qui ne s'achèvera qu'en 2006, accompagnant la sortie, en septembre, d'un nouvel album, *A Bigger Bang*.

23 OPÉRA : Le chef d'orchestre Pierre Boulez fait ses adieux au Festival de Bayreuth, à l'issue de sa dernière représentation de *Parsifal*, de Richard Wagner.

25-26 MUSIQUE : La 3ᵉ édition du Festival Rock en Seine accueille, au domaine national de Saint-Cloud (Hauts-de-Seine), 46 000 spectateurs venus applaudir de nombreuses têtes d'affiche.

26-29 MUSIQUE : Le Teknival, qui se déroule sur l'ancienne base de l'OTAN à Crucey-Villages (Eure-et-Loir), réunit quelque 35 000 raveurs. Un trafic de cocaïne y est démantelé.

28 DÉCÈS, à l'âge de 91 ans, du comédien Jacques Dufilho. Inclassable et énigmatique, le « comédien-paysan » avait débuté au cabaret, joué au théâtre une soixante de pièces et participé à autant de films au cinéma, où sa présence physique et son regard intense marquaient ses rôles.

29 ARCHITECTURE : L'exposition du Centre Pompidou (Paris) consacrée à Robert Mallet-Stevens ferme après avoir reçu, en 107 jours, près de 150 000 visiteurs, ce qui constitue un record de fréquentation pour une exposition d'architecture.

30 DÉCÈS, à l'âge de 92 ans, du peintre et sculpteur d'origine catalane Antoni Clavé. ◼

Sport

3 ARTICLES DE SPORT : Adidas rachète pour 3,1 milliards d'euros son concurrent américain Reebok afin de concurrencer Nike, numéro un mondial du secteur, sur le marché nord-américain.

3 FOOTBALL : Zinedine Zidane, meneur de jeu du Real Madrid, qui avait pris sa retraite internationale en août 2004, annonce son retour en équipe de France. Claude Makelele fait de même. **Le 17**, cette équipe de France recomposée bat la Côte d'Ivoire (3-0), en match amical, à Montpellier.

ZIDANE : DIX ANNÉES EXCEPTIONNELLES

93 sélections :

Entre sa première sélection, en août 1994, face à la République tchèque, et sa dernière, le 25 juin 2004, face à la Grèce, Zinedine Zidane a porté à 93 reprises le maillot bleu. Pendant cette période, l'équipe de France a connu 64 victoires, 23 matches nuls et 6 défaites. Avec l'équipe de France, le meneur de jeu a gagné la Coupe du monde en 1998 et l'Euro en 2000. Onze fois il a porté le brassard de capitaine.

26 buts :

Il est le septième meilleur buteur français de l'histoire, avec un total de 26 buts inscrits. Le meilleur reste Michel Platini (41 buts), devant David Trézeguet (31), Just Fontaine et Jean-Pierre Papin (30). Quatre fois Zinedine Zidane a réussi deux buts dans le même match. Son plus célèbre doublé est celui inscrit contre le Brésil (3-0), en finale de la Coupe du monde 1998. Le dernier a été marqué contre l'Angleterre (2-1), au premier tour de l'Euro 2004.

6-14 ATHLÉTISME : Aux 10ᵉ championnats du monde d'Helsinki (Finlande), avec sept médailles, deux d'or pour Ladji Doucouré, une d'argent et quatre de bronze, les athlètes français obtiennent le meilleur résultat jamais réalisé après celui des Mondiaux de Paris en 2003 (8 médailles). Le dernier week-end a été marqué par la victoire surprise du relais 4 × 100 mètres masculin et par la troisième place de Bouchra Ghezielle sur 1 500 mètres.

EUNICE BARBER :
UN PALMARÈS UNIQUE EN FRANCE

1999 : Championne du monde de l'heptathlon à Séville (Espagne).

2001 : Éliminée de l'heptathlon, après un zéro au lancer du poids, à Edmonton (Canada).

2003 : Championne du monde du saut en longueur et médaille d'argent de l'heptathlon à Paris.

9 ATHLÉTISME : Décès, à l'âge de 59 ans, de Colette Besson, championne olympique du 400 mètres en 1968.

14 ÉQUITATION : Le ministère de la jeunesse, des sports et de la vie associative retire son agrément à la Fédération française d'équitation (FFE), coupable de ne pas avoir harmonisé ses statuts avec la nouvelle loi sur le sport du 1ᵉʳ août 2003.

21 FORMULE 1 : Le 1ᵉʳ Grand Prix de Turquie, disputé sur un circuit situé dans la banlieue asiatique d'Istanbul, est remporté par Kimi Räikkönen (McLaren-Mercedes).

25 VOILE : Jérémie Beyou, de Loctudy (Finistère), remporte la Solitaire du *Figaro*, en prenant l'avantage dans la quatrième étape entre Cork (Irlande) et Port-Bourgenay (Vendée).

26 ATHLÉTISME : L'Éthiopien Kenenisa Bekele bat son propre record du monde du 10 000 mètres, à Bruxelles (Belgique), en 26 minutes 17 secondes 53 centièmes.

Septembre

- Dominique de Villepin présente son plan de relance sociale, Nicolas Sarkozy son programme

- Le président Jacques Chirac hospitalisé à la suite d'un accident vasculaire

- Crise à la SNCM et blocage des ports après l'annonce de la privatisation

- Présentation du budget 2006

- Le sud des États-Unis dévasté par les cyclones Katrina et Rita

- Sommet du 60e anniversaire de l'ONU à New York

- Première élection présidentielle pluraliste en Égypte

- Confusion en Allemagne après les élections législatives

- Le premier ministre japonais Junichiro Koizumi sort vainqueur des élections législatives

- Décès de Simon Wiesenthal, le «*chasseur de nazis*»

France

1er POLITIQUE ÉCONOMIQUE : Le premier ministre Dominique de Villepin présente un ensemble de mesures visant à assurer une *« croissance sociale »*. Fondées sur le principe qu'il doit devenir plus rémunérateur de travailler que de vivre d'aides, elles prévoient l'augmentation et la mensualisation de la prime pour l'emploi, la transformant en véritable complément salarial, comportent un volet fiscal (simplification du barème de l'impôt sur le revenu) et dotent la politique des grands travaux d'infrastructures de 4 milliards d'euros. Se fixant 2007 comme échéance, le premier ministre se positionne ainsi aux côtés de Nicolas Sarkozy, dans la perspective des élections présidentielles.

CENT JOURS D'ARBITRAGES ENTRE POLITIQUES SOCIALE ET LIBÉRALE

31 mai : Dominique de Villepin est nommé premier ministre deux jours après la victoire du non au référendum constitutionnel.

1er juin : Il déclare, devant les sénateurs de la majorité, se donner « *100 jours pour rendre confiance aux Français* ». Le soir, sur TF1, il exprime sa volonté de mener personnellement la « *bataille pour l'emploi* ».

5 juin : Annonce de la vente de 6 % du capital de France Télécom.

8 juin : Déclaration de politique générale. Annonce d'un « *plan d'urgence pour l'emploi* ». Y figure la création d'un contrat nouvelles embauches, assorti d'une « *période d'essai* » de deux ans. M. de Villepin précise qu'il légiférera par ordonnances.

8 juillet : Lancement du processus d'introduction en Bourse d'EDF.

11 juillet : M. de Villepin refuse la réforme de l'impôt de solidarité sur la fortune (ISF) réclamée par sa majorité.

12 juillet : Labélisation de 67 pôles de compétitivité dotés de 1,5 milliard d'euros sur trois ans, avec l'ambition de lutter contre les délocalisations.

18 juillet : Annonce de la cession par l'État de ses parts dans les sociétés d'autoroutes ASF, Sanef et APRR.

27 juillet : M. de Villepin s'engage à renforcer l'arsenal antiterroriste et à défendre les intérêts des entreprises françaises, prônant un « *patriotisme économique* ».

2 août : Entrée en vigueur des ordonnances du plan d'urgence pour l'emploi, lançant le contrat nouvelles embauches.

1er BOURSE : L'action Gaz de France (GDF), cotée sur le marché depuis sa privatisation le 8 juillet, remplace celle du groupe de distribution Casino dans la composition du CAC 40, l'indice vedette de la Bourse de Paris.

2 FRANC-MAÇONNERIE : L'ancien grand maître (2000-2003) du Grand Orient de France (GODF), le criminologue Alain Bauer, annonce sa démission à l'occasion de l'assemblée générale de la principale obédience maçonnique qui s'est ouverte, la veille, à Paris. Dans une lettre ouverte, il en appelle à la «*révolte des loges*» contre les querelles de personnes, des clans et des structures dépassées. **Le 3**, l'avocat parisien Jean-Michel Quillardet est élu dans la confusion grand maître du GODF, où il succède à Gérard Pappalardo, intérimaire.

2 LOGEMENT SOCIAL : La police procède à l'évacuation de deux immeubles parisiens, dans les 19e et 14e arrondissements, tous deux squattés par des familles africaines depuis plusieurs années. Ces évacuations interviennent après les incendies meurtriers d'immeubles squattés, au mois d'août, qui ont fait 24 morts. **Le 3**, traumatisée par ces récents drames, entre 5000 et 10000 représentants de la communauté africaine manifestent leur colère en défilant à Paris. **Le 22**, alors que deux nouveaux immeubles parisiens présentant des «*risques élevés*» d'incendie sont évacués, Jean-Louis Borloo, ministre de la cohésion sociale, annonce, à l'occasion du congrès du mouvement HLM, un plan visant à favoriser l'accession à la propriété et à encourager les maires bâtisseurs. **Le 30**, la police évacue à nouveau un squat situé avenue Jean-Jaurès, dans le 19e arrondissement de Paris.

2 POLITIQUE : À l'université d'été de l'UMP, à La Baule, Nicolas Sarkozy appelle son parti à «*incarner le changement le plus profond et le plus rapide*», à proposer «*une stratégie de rupture avec les trente dernières années*» et à bâtir «*un nouveau modèle français*». **Le 7**, devant la convention de l'UMP, le ministre de l'intérieur présente ses «*choix*» pour des «*chemins nouveaux*», fixant les objectifs du projet économique de son parti, qui devraient être aussi ceux du candidat à la présidentielle de 2007.

3 PRÉSIDENCE DE LA RÉPUBLIQUE : L'Élysée révèle que le président Jacques Chirac, 72 ans, a été hospitalisé, la veille au soir, à l'hôpital parisien du Val-de-Grâce, suite à un «*petit accident* *vasculaire* » ayant entraîné un « *léger trouble de la vision* ». Les communiqués, qui se veulent rassurants, ne permettent toutefois pas de mesurer l'ampleur et les conséquences de l'accident. **Le 5**, il est précisé que les troubles de la vision ont été provoqués par un « *hématome de petite taille* ». **Le 7**, le premier ministre Dominique de Villepin préside exceptionnellement le Conseil des ministres, dont l'ordre du jour a été « *déterminé* » par le chef de l'État, mais qui se tient à l'hôtel de Matignon. **Le 9**, Jacques Chirac quitte l'hôpital pour regagner l'Élysée, avec la consigne d'alléger son agenda et d'« *éviter les déplacements aériens* » pendant six semaines. Il devra également suivre un « *petit traitement hypotenseur* ».

4 INCENDIE : 18 personnes trouvent la mort dans l'incendie criminel d'une tour de L'Haÿ-les-Roses (Val-de-Marne). **Le 6**, quatre adolescentes âgées de 15 à 18 ans sont mises en examen et en détention à Créteil pour « *destruction et dégradations volontaires* [...] *ayant entraîné la mort* ».

5 TRANSPORT MARITIME : Le premier armateur français, la compagnie marseillaise CMA-CGM, rachète au groupe Bolloré, pour 600 millions de dollars (480 millions d'euros), sa filiale maritime Delmas, devenant ainsi le troisième armateur mondial, derrière le danois Maersk et le suisse MSC (Mediterranean Shipping Company).

5 ENFANCE : L'Observatoire national de l'enfance en danger (ONED), créé il y a un an, publie son premier rapport, selon lequel 235 000 enfants seraient en danger en France.

7 INCENDIE : Les Docks des Sud à Marseille, d'anciens entrepôts portuaires reconvertis en salles de spectacles, et qui accueillent chaque automne le festival musical « La Fiesta des Sud », sont entièrement détruits par un incendie.

7 AUTOMOBILE : Toyota annonce la création

de 1 000 emplois supplémentaires dans son usine d'Onnaing, près de Valenciennes (Nord), ce qui portera les effectifs à 3 800 personnes en 2006, grâce au lancement d'une nouvelle version de la Yaris.

8 PRESSE : Lancement, à Lyon, des *Potins d'Angèle*, nouvel hebdomadaire satirique. **Le 16**, un autre hebdomadaire est lancé, *La Tribune de Lyon*. Ces deux titres arrivent sur un marché occupé depuis dix ans par *Lyon Capitale*.

8 PATRONAT : Le groupe publicitaire Havas accorde 7,8 millions d'euros d'indemnités à son ancien P-DG Alain de Pouzilhac pour son départ. Le coût global pour l'entreprise s'élève à 10 millions d'euros.

9 FRONT NATIONAL : Jacques Bompard, maire d'Orange, est exclu du bureau politique du FN, après avoir mis en cause l'autorité de Jean-Marie Le Pen.

9 ESSENCE : Le ministre de l'économie, Thierry Breton, menace les compagnies pétrolières d'une « *taxe exceptionnelle* » si elles ne se comportent pas en « *entreprises citoyennes* ». L'objectif est d'obtenir une baisse des prix de l'essence à la pompe, et des investissements accrus dans les économies d'énergie. **Le 10**, les compagnies BP, Esso et Total annoncent une baisse de 3 centimes par litre. **Le 12**, le premier ministre Dominique de Villepin, appelant les Français à entrer dans « *l'ère de l'après-pétrole* », annonce la mise en place d'un « *ticket transport* » permettant de déduire de ses impôts les frais kilomètriques professionnels. **Le 16**, Thierry Breton convoque à Bercy les compagnies pétrolières. Seul le groupe Total s'engage, en cas d'augmentation rapide des prix des carburants, à étaler la hausse sur trois semaines. Le ministre de l'économie annonce également la création d'un « *observatoire des prix des carburants* ».

9 BOURSE : Les introductions en Bourse se feront désormais sans avertissement de la part de l'Autorité des marchés financiers.

9 ÉLECTRICITÉ : Le gouvernement nomme André Merlin à la présidence du directoire de RTE-EDF Transport, la nouvelle filiale d'EDF en charge du réseau de transport d'électricité.

9 INTEMPÉRIES : Deux jours après de violents orages ayant provoqué crues et inondations, de nouvelles précipitations s'abattent sur les départements du Gard et de l'Hérault. Une polémique se développe au sujet de la méthode d'établissement du niveau d'alerte météo, celui-ci ne tenant pas compte des précipitations précédentes.

10 GAUCHE : Se rendant pour la première fois à la Fête de *L'Humanité*, à La Courneuve (Seine-Saint-Denis), Laurent Fabius (PS) y est accueilli par des huées, et reçoit un œuf sur la tête, alors qu'il vient plaider le rassemblement de la gauche en vue des élections présidentielles de 2007.

10 SYNDICALISME : Décès, à l'âge de 61 ans, du président de la Confédération française de l'encadrement-CGC, Jean-Luc Cazettes. Il avait été élu président confédéral au congrès de Tours le 18 juin 1999, et avait été réélu en novembre 2003.

11 POLITIQUE : Clôturant, à Grasse, l'université d'été de son parti, le Mouvement pour la France, Philippe de Villiers annonce sa candidature à l'élection présidentielle de 2007. Il s'agit pour lui de *« stopper l'islamisation progressive de la société française, qui est en train de basculer dans le communautarisme »*.

11-13 RELIGIONS : 5 000 personnes participent à la 19e rencontre annuelle interreligieuse sur la paix, organisée pour la première fois en France, à Lyon, par la communauté de Sant'Egidio sur le thème « Le courage d'un humanisme de paix ».

12 FN : La candidature de Jean-Marie Le Pen à l'élection présidentielle de 2007 est approuvée à l'unanimité par le bureau politique du Front national.

13 HÔPITAUX : Un rapport du Conseil national de la chirurgie préconise la fermeture de 150 à 200 blocs opératoires jugés non viables dans les hôpitaux des petites villes de province.

13 IMPÔTS : Thierry Breton, ministre de l'économie et des finances, présente les grandes lignes de la réforme fiscale qui s'appliquera en 2007 sur les revenus 2006. Les tranches de l'impôt sur le revenu (IRPP) seront ramenées de 7 à 5, avec un taux maximum de 40 %, ce qui devrait se traduire par une baisse des recettes fiscales de 3,5 milliards d'euros.

13 PRESSE : Deux semaines après le départ de Valérie Lecasble de la direction de la rédaction, le P-DG de *France Soir*, l'homme d'affaires franco-égyptien Ramy Lakah, quitte ses fonctions. Le quotidien, qui a perdu 6 millions d'euros en 2004, prévoit d'en perdre 8 en 2005.

14 SÉCURITÉ SOCIALE : Dans son rapport annuel, la Cour des comptes constate un déficit « *sans précédent* » de 13,2 milliards d'euros de l'ensemble des régimes en 2004. Le même jour, la Haute Autorité de santé (HAS) adopte à l'unanimité un avis recommandant de ne plus rembourser 221 médicaments, certains très courants, dont le service médical rendu (SMR) a été jugé « *insuffisant* » par la commission de la transparence. **Le 28**, le ministre de la santé Xavier Bertrand présente les grandes lignes du projet de loi de financement de la Sécurité sociale, prévoyant de ramener de 8,3 à 6,1 milliards d'euros le « *trou* » de la branche maladie.

14 JUSTICE : Le ministre de la justice, Pascal Clément, appelle les chefs de cours d'appel à « *mieux utiliser les fonds publics au bénéfice des justiciables* », et à faire de la maîtrise des frais de justice « *un chantier prioritaire de l'année 2006* ».

15 BANQUE : Pour la première fois, une banque, BNP-Paribas, est condamnée au pénal, à travers sa filiale Cortal Consors, pour publicité mensongère sur ses tarifs.

16 EXCLUSION : Lors de l'installation du Conseil national de lutte contre l'exclusion (CNLE), le premier ministre Dominique de Villepin annonce la création en 2006 d'un « *service bancaire universel* » pour les plus démunis.

17 PS : Le Conseil national, réuni à Paris, ne parvient pas à rassembler les chefs de courant socialistes sur un projet commun, à deux mois du congrès du Mans. **Le 20**, la préparation du débat interne se traduit par le dépôt de cinq motions : le majoritaire François Hollande, Laurent Fabius, Arnaud Montebourg et Henri Emmanuelli, les alternatifs d'« Utopia » et le « *social-libéral* » Jean-Marie Bockel.

17 IMMIGRATION : Dans un entretien au *Figaro Magazine*, le ministre de l'outre-mer François Baroin estime qu'il « *faudrait envisager* » une remise en question du droit du sol « *dans certaines collectivités d'outre-mer* », notamment à Mayotte, afin de lutter contre l'immigration clandestine. **Le 29**, en visite à la Réunion, le ministre de l'intérieur, Nicolas Sarkozy, apporte son soutien au ministre de l'outre-mer.

18 ÉLECTIONS : L'UMP reconquiert tous les sièges en jeu à l'occasion de deux élections législatives et de trois élections sénatoriales partielles. L'ancien premier ministre, Jean-Pierre Raffarin, au Sénat, et trois de ses anciens ministres, Marc-Philippe Daubresse, François Fillon et Éric Woerth, ont retrouvé un mandat parlementaire.

19-20 UMP : Devant les députés et sénateurs de la majorité, réunis à Évian, le premier ministre

Dominique de Villepin et le président de l'UMP, et ministre de l'intérieur, Nicolas Sarkozy exposent deux visions de la France et deux stratégies différentes pour l'élection présidentielle de 2007.

20 TRANSPORT MARITIME : Les marins CGT de la Société nationale Corse-Méditérranée (SNCM) se mettent en grève contre le projet de privatisation de leur compagnie, annoncée la veille, en bloquant leurs navires dans le port de Marseille. Dans le cadre de ce projet, le fonds d'investissement Butler Capital Partners, dirigé par un proche de Dominique de Villepin, apporterait 35 millions d'euros à la société dont les pertes atteignent 29,7 millions en 2004. Une aide publique de 113 millions faciliterait le redémarrage de l'entreprise mais on prévoit entre 350 et 400 suppressions d'emplois sur 2 400. **Le 23**, le Syndicat des travailleurs corses (STC, nationaliste) se rallie à la grève. Des centaines de passagers en partance errent de Marseille à Toulon à le recherche d'un navire. **Le 27**, les agents CGT du Port autonome de Marseille (PAM) se mettent également en grève, bloquant les ports de Fos-sur-Mer et de Lavéra, tandis que des marins du STC détournent le *Pascal Paoli*, cargo mixte de la compagnie, vers le port de Bastia, où des heurts violents se déroulent dans la nuit. **Le 28**, un commando héliporté du GIGN (Groupement d'intervention de la gendarmerie nationale) prend en quelques minutes le contrôle du navire et le ramène vers l'arsenal de Toulon, où quatre marins, dont Alain Mosconi, leader du STC, sont placés en garde à vue puis relâchés. **Le 29**, Dominique de Villepin propose un nouveau montage financier, avec une participation publique de 25 %, 5 % aux personnels de la SNCM, et 70 % à Butler et Connex, une filiale de Veolia. Le soir même, un tir de roquette atteint la préfecture d'Ajaccio. **Le 30**, la Corse est en quasi-blocus, les compagnies concurrentes, Corsica Ferries et la Compagnie Méridionale de Navigation (CMN), ayant cessé leurs liaisons pour des raisons de sécurité.

21 COLLECTIVITÉS LOCALES : Le préfet de la région Languedoc-Roussillon, Michel Thénault, repousse le projet de fusion entre les communautés d'agglomération de Sète, Montpellier et Mèze (Hérault), concernant 45 communes, et porté par Georges Frêche, président (PS) du conseil régional et ancien maire de Montpellier.

21 OPA : Thierry Breton, ministre de l'économie et des finances, présente en Conseil des ministres un projet de loi permettant, dans certaines conditions, aux entreprises de se défendre contre des rachats hostiles, et transposant en droit français une directive européenne d'inspiration libérale.

21 TRANSPORT FERROVIAIRE : Après la publication d'un audit sévère sur l'état du réseau ferroviaire, Jean-Pierre Duport, président de Réseau ferré de France (RFF), est démis de ses fonctions. Il est remplacé par Michel Boyon, ancien directeur de cabinet de Jean-Pierre Raffarin.

22 FAMILLE : Le premier ministre annonce, à l'occasion de la Conférence de la famille, que le nouveau congé parental d'un an valable au troisième enfant serait rémunéré « *à hauteur de 750 euros par mois* » et que le crédit d'impôt pour les frais de garde des enfants de moins de 6 ans hors du domicile serait doublé.

22 JUSTICE : La Cour de cassation rend définitif le non-lieu prononcé dans l'affaire des « *frais de bouche* » de Bernadette et Jacques Chirac, portant sur la période où ce dernier était maire de Paris.

26 TERRORISME : Neuf personnes proches des islamistes algériens, soupçonnées d'avoir envisagé de commettre des attentats en France, sont interpellées dans l'Eure et dans les Yvelines. Quatre

d'entre elles sont mises en examen, dont Safé Bou-
rada, un « *sergent recruteur* » déjà condamné en 1998.
Le soir même, Nicolas Sarkozy, présentant à la télévision les grandes lignes de son projet de loi durcis-
sant les textes, déclare que « *la menace terroriste est
à un niveau très élevé* » et évoque les arrestations du
jour, alors que l'émission est enregistrée à l'avance,
ce qui suscite une polémique.

26 AFFAIRES : Dans un entretien au *Monde*,
un ancien dirigeant de Thales, Michel Josserand,
accuse le groupe électronique d'avoir mis au point
un système de corruption permettant, grâce au versement de commissions occultes, d'obtenir des marchés en France et à l'étranger.

27 RÉCIDIVE : Pierre Mazeaud, le président
du conseil constitutionnel, rappelle à l'ordre le
ministre de la justice, Pascal Clément, qui a suggéré
aux parlementaires de « *prendre le risque* » de l'in-
constitutionnalité en imposant le port du futur bracelet électronique aux délinquants déjà condamnés,
sans respecter le principe de la non-rétroactivité de
la loi.

27 PARIS : Christophe Girard, maire adjoint de
Paris en charge de la culture, quitte le groupe écologiste du Conseil de Paris au lendemain d'une
séance houleuse de l'assemblée municipale consacrée au logement social. Plusieurs vœux et amendements des Verts, refusés par le PS, ont été votés avec
l'appui de la droite

27 TÉLÉPHONIE : Au cours d'une table ronde
réunie par le ministre délégué à l'industrie, François
Loos, les opérateurs de téléphonie mobile s'engagent
à ne plus faire payer à leurs abonnés le temps d'attente lorsqu'ils s'adressent à l'assistance téléphonique, d'ici à la fin 2006.

28 BUDGET : Le ministre de l'économie,
Thierry Breton, et le ministre délégué au budget,

Jean-François Copé, présentent, en Conseil des ministres, le projet de loi de finances pour 2006. Prévoyant un déficit public ramené à 2,9 % du produit intérieur brut (PIB) pour respecter les engagements européens, il est construit sur l'hypothèse — que d'aucuns considèrent comme optimiste — d'une croissance entre 2 % et 2,5 %. Le taux d'endettement passera de 65,8 % à 66 % du PIB, tandis que les prélèvements obligatoires augmenteront légèrement, pour atteindre 44 % du PIB.

28 SÉCURITÉ SOCIALE : Le ministre de la santé, Xavier Bertrand, annonce que 156 médicaments à service médical rendu (SMR) insuffisant ne seront plus remboursés à compter du 1er mars 2006. Il annonce également une franchise de 18 euros pour les actes médicaux lourds, supérieurs à 91 euros, *« en ville ou dans le cadre d'une hospitalisation »*.

29 ENSEIGNEMENT : Le premier ministre, Dominique de Villepin, annonce la création d'une *« école d'économie de Paris »*, dotée de 10 millions d'euros, pour rassembler plusieurs institutions (École normale supérieure, École des hautes études en sciences sociales, université Paris-I, CNRS, etc.) dans un *« campus de recherche »*.

30 AFFAIRES : La cour d'appel de Paris condamne l'État à verser 135 millions d'euros à l'homme d'affaires Bernard Tapie, qui reprochait au Crédit lyonnais de l'avoir floué dans la vente d'Adidas en 1993-1994. **Le 5**, *Le Canard enchaîné* révèle une *« erreur de calcul »* d'environ 10 millions d'euros en faveur de Bernard Tapie, qui envisagerait de demander une révision à la hausse de ses indemnités.

30 CHÔMAGE : Pour le cinquième mois d'affilée, l'INSEE annonce le recul du chômage en août, avec un taux de 9,9 %. ■

International

1er ALGÉRIE : L'entrée en vigueur de l'accord d'association avec l'Union européenne signé en 2002 entraîne la suppression des droits de douane sur l'importation de 2 300 produits.

1er TERRORISME : Le mouvement djihadiste Al-Qaida revendique les attentats du 7 juillet à Londres, qui ont fait 52 morts, dans une vidéo diffusée sur la chaîne de télévision qatarie Al-Jazira. Le chef des quatre kamikazes, Mohammed Sidique Khan, justifie son geste, puis Ayman al-Zawahiri, numéro deux du réseau terroriste, menace les pays occidentaux de nouvelles attaques. **Le 11**, la célébration du quatrième anniversaire des attentats de New York et de Washington est l'occasion pour le président Bush de les associer à la tragédie provoquée par le cyclone Katrina dans le sud des États-Unis. Cette journée, désigné par le Congrès comme « *jour du patriotisme* », donne lieu à la publication du bilan définitif des attentats de 2001, qui ont fait 2 985 morts. **Le 26**, 18 des 24 accusés de la « *cellule espagnole* » d'Al-Qaida, dont le procès a eu lieu à Madrid du 22 avril au 5 juillet, sont condamnés à un total de 167 années de prison pour la préparation des attentats de 2001 aux États-Unis.

2 CATASTROPHE : Quatre jours après le passage de l'ouragan Katrina sur le sud des États-Unis, La Nouvelle-Orléans, inondée à la suite de la rupture des digues, et la Louisiane sont gagnées par le chaos. La surface dévastée est équivalente à 235 000 kilomètres carrés, soit près de la moitié de la superficie de la France. De nombreux pillages ont lieu dans la ville ravagée. Alors que la lenteur de l'arrivée des secours est critiquée, des offres d'assistance affluent du monde entier, dont celle de l'Union européenne. Se rendant sur place avec un retard qui lui est reproché, le président George Bush reconnaît que la situation n'est pas entièrement « *sous contrôle* ». L'Amérique stupéfaite découvre sa vulnérabilité, et constate que les victimes sont essentiellement des Noirs et des pauvres. **Le 3**, la garde nationale, intervenant enfin, commence à évacuer les milliers de survivants à l'abandon, tandis que le génie militaire tente de colmater les brèches des digues. **Le 5**, près de 300 000 sans-abri sont hébergés dans 19 États voisins. **Le 6**, le président Bush annonce l'ouverture d'une enquête sur les défaillances des secours. Le même jour, le pompage des eaux commence à La Nouvelle-Orléans, où les premiers morts dus à une maladie bactérienne transmise par l'eau sont signalés. Le maire autorise l'armée à procéder à l'évacuation forcée des derniers survivants, qui se déroule les jours suivants dans la confusion, policiers et soldats se heurtant à l'incompréhension et à la colère des habitants. **Le 12**, Michael Brown, le responsable de l'Agence fédérale pour les opérations de secours (FEMA) dans la région ravagée, très critiqué pour sa réaction tardive, démissionne. **Le 13**, George Bush reconnaît, pour la première fois, avoir sa part de responsabilité dans la lenteur des secours, tout en affirmant qu'il n'y a eu aucune « *discrimination raciale* ». Les premières évaluations des dégâts, estimées à 125 milliards de dollars, dont 40 à 60 à la charge des compagnies d'assurances, en font la catastrophe la plus chère de l'histoire du pays. **Le 15**, George Bush annonce à la télévision « *un des plus importants efforts de reconstruction que le monde ait jamais vu* », qui pourrait coûter jusqu'à 200 milliards de dollars.

Le 18, les autorités fédérales mettent en garde le maire de La Nouvelle-Orléans, Ray Nagin, sur le danger d'un retour prématuré des habitants dans la ville, qu'il a autorisé. **Le 22**, le bilan officiel du passage de l'ouragan Katrina dans le sud des États-Unis est de 1 069 morts, annoncent les autorités de Louisiane, État qui paie le plus lourd tribut avec 832 tués. Mais plus de 3 000 enfants sont toujours portés disparus.

2 ROUMANIE : Décès, à l'âge de 86 ans, d'Alexandre Paleologu. Diplomate, il fut le premier ambassadeur à Paris après la chute du régime communiste en décembre 1989. Écrivain, il fut un intellectuel francophone et francophile atypique.

3 NÉPAL : Les maoïstes, qui combattent depuis 1996 pour l'abolition de la monarchie, décrètent un cessez-le-feu unilatéral et immédiat de trois mois.

3 ALBANIE : Le président albanais Alfred Moisiu désigne l'ancien président Sali Berisha comme premier ministre, le chargeant de former un gouvernement après la victoire de la coalition de centre-droit aux législatives du 3 juillet.

4 ÉTATS-UNIS : Décès, à l'âge de 80 ans, de William Rehnquist, président de la Cour suprême. Il doit son ascension à deux présidents conservateurs, Richard Nixon qui l'a nommé à la Cour en 1972, et Ronald Reagan qui l'a choisi pour être le seizième président de la Cour suprême en 1986. **Le 5**, le président George Bush nomme le juriste conservateur John Roberts, 50 ans, pour lui succéder. **Le 29**, le nouveau président prête serment.

4 RUSSIE : Vladimir Poutine limoge Vladimir Kouroedov, commandant en chef de la marine, à la suite de l'accident qui, au début du mois d'août, a failli coûter la vie à sept sous-mariniers bloqués pendant soixante-quinze heures dans un bathyscaphe, non loin des côtes du Kamtchatka (Extrême-Orient russe).

5 COMMERCE : L'Union européenne et la Chine concluent, à Pékin, un accord assouplissant l'accord de juin sur les quotas textiles. Il permet ainsi de trouver une solution pour débloquer quelque 68 millions de vêtements bloqués en douane.

5 TRANSPORT AÉRIEN : Un Boeing 737-200 de la compagnie indonésienne Mandala Airlines transportant 112 passagers et cinq membres d'équipage s'écrase sur la ville de Medan (Sumatra), tuant 102 personnes à bord et 47 au sol.

5 ACCIDENT NUCLÉAIRE : Un rapport conjoint de l'ONU et de l'Agence internationale de l'énergie atomique (AIEA), en chiffrant à 4 000 le nombre de morts dues, en 1986, à l'accident de la centrale nucléaire de Tchernobyl (Ukraine), révise à la baisse le bilan humain de cette catastrophe.

6 DÉFENSE : Singapour choisit l'avion de combat F-15 EAGLE de Boeing, plutôt que le Rafale de Dassault Aviation, pour un marché d'une vingtaine d'avions, d'un montant d'environ un milliard de dollars. Il s'agit du troisième échec à l'exportation de l'avionneur français depuis 2002.

7 PROCHE-ORIENT : L'assassinat, à Gaza, de l'ancien chef de la sécurité palestinienne, Moussa Arafat, neveu de l'ancien président Yasser Arafat, illustre la dégradation de la sécurité, à quelques jours du retrait des forces israéliennes. **Le 12**, les derniers soldats israéliens quittent la bande de Gaza, mettant un terme à 38 années d'occupation. Alors que les maisons des colons ont été systématiquement détruites, les Israéliens abandonnent 24 des 26 synagogues, qui sont ensuite détruites par les Palestiniens. Des saccages et des pillages sont commis par les manifestants après le départ de l'armée israélienne. **Le 14**, le président américain George Bush

conditionne l'application du plan de paix international à la « *bonne gouvernance* » palestinienne à Gaza
et à l'éradication du terrorisme. **Le 24**, ripostant à
des tirs de roquette du Hamas sur la localité de Sdé-
rot, l'armée israélienne lance sa première attaque
contre Gaza depuis le retrait des colonies.

7 IRAK : Un attentat à la voiture piégée fait
16 morts et 21 blessés à Bassora, au sud du pays. Le
même jour, deux otages, dont un américain, sont
libérés par l'armée américaine. **Le 12**, le Parlement
adopte une nouvelle loi électorale instituant le mode
de scrutin proportionnel à un tour. **Le 14**, Bagdad
connaît une vague de violences sans précédent
depuis la fin des opérations militaires, le 1ᵉʳ mai
2003. Onze attentats-suicides entraînent la mort de
150 personnes. Le plus important fait 112 morts
dans un quartier chiite. Le chef d'Al-Qaida en Irak,
Abou Moussab al-Zarkaoui, qui revendique ces
attentats, proclame « *la guerre totale* » contre les
chiites. **Le 16**, plus de 20 Irakiens sont tués, dont 14
dans des attaques antichiites. **Le 19**, de violents
incidents opposent les soldats britanniques à des
manifestants à Bassora (sud du pays). **Le 24**, les
opposants américains et britanniques au conflit
réunissent 100 000 personnes à Washington, et
10 000 à Londres, alors qu'un rapport de l'association Human Rights Watch dénonce l'usage de la torture par l'armée américaine, et qu'en Grande-Bretagne l'idée d'un retrait progressif est désormais
débattue ouvertement. **Le 26**, Abou Azzam, le
numéro deux d'Al-Qaida en Irak, est tué à Bagdad,
lors d'une opération conjointe irako-américaine. **Les
29 et 30**, au moins 110 personnes périssent dans
quatre attentats à la voiture piégée dans la ville chiite
de Balad et dans un quartier de Bagdad.

7 ONU : Le rapport de la commission d'enquête
sur le programme (1996-2003) dit « *pétrole contre*

nourriture » en Irak, présidée par Paul Volcker, conclut à la responsabilité du secrétaire général de l'ONU, Kofi Annan, qui a commis des « *erreurs de gestion substantielles* ».

7 AÉRONAUTIQUE : Le groupe de défense européen EADS et l'américain Northrop Grumman annoncent leur association pour participer à l'appel d'offres concernant le renouvellement des avions ravitailleurs de l'US Air force.

7 TECHNOLOGIE : La firme informatique Apple et le deuxième fabricant mondial de portables Motorola lancent un nouveau téléphone-baladeur, le ROKR, qui intègre la technologie du baladeur numérique iPod.

7 ÉGYPTE : Pour la première fois, l'élection présidentielle est pluraliste, neuf candidats se présentant contre le président sortant, Hosni Moubarak, 77 ans, qui brigue son cinquième mandat. **Le 9**, les résultats sont publiés, faisant apparaître une faible participation (23%). Hosni Moubarak est réélu, avec 88,6%, devant son opposant le plus sérieux, Ayman Nour (7,6%). L'opposition accuse le pouvoir de fraude.

7 COLOMBIE : Le président Alvaro Uribe libère, pour trois mois, Francisco Galan, porte-parole de l'Armée de libération nationale (ELN). **Le 8**, il propose aux Forces armées révolutionnaires (FARC) d'entamer un dialogue sur les otages qu'elles détiennent.

8 UKRAINE : Neuf mois après la « *révolution orange* », le président Viktor Iouchtchenko limoge le gouvernement dirigé par Ioulia Timochenko, miné par les divisions et les accusations de corruption. La première ministre sortante annonce aussitôt rentrer dans l'opposition. **Le 22**, l'économiste libéral Iouri Ekhanourov, pressenti pour lui succéder, est investi par le Parlement, par 289 voix sur 450, au prix d'un accord entre le président et son ancien adversaire pro-russe Viktor Ianoukovitch. **Le 30**, le nouveau premier ministre effectue sa première visite officielle à Moscou, où il vient rassurer la Russie après plusieurs mois de tension.

8 GAZ NATUREL : La Russie et l'Allemagne signent un accord de construction d'un gazoduc nord-européen long de 1 200 kilomètres qui reliera, à partir de 2010, le port de Vyborg, près de la ville russe de Saint-Pétersbourg, au terminal de Greifswald, construit sur le littoral nord de l'Allemagne.

9 TRANSPORT AÉRIEN : La Grande-Bretagne apporte son soutien au projet français de taxer les billets d'avion d'une « *contribution de solidarité* » au profit des pays les plus pauvres.

9 NIGERIA : La Suisse accepte de reverser au Nigeria 290 millions de dollars de fonds détournés sur des comptes helvétiques par l'ancien dictateur Sani Abacha, qui a dirigé ce pays de novembre 1993 jusqu'à sa mort en juin 1998.

9 INFORMATIQUE : Le numéro deux mondial de l'informatique, l'américain Hewlett-Packard (HP), détaille son plan de restructuration mondiale annoncé le 19 juillet, prévoyant 14 500 suppressions de postes, dont 5 968 en Europe. La France paie le plus lourd tribut, avec 1 240 emplois supprimés. **Le 16**, près de 2 500 salariés de HP manifestent contre ces suppressions d'emplois. **Le 19**, après que Michel Destot, député-maire (PS) de Grenoble, le principal site français menacé, s'est rendu aux États-Unis pour plaider la cause de sa ville, Jacques Chirac saisit du dossier la Commission européenne, qui se déclare incompétente. **Le 23**, dans *Les Échos*, le premier ministre Dominique de Villepin juge « *normal* » que HP rembourse les aides publiques reçues pour s'installer en France, mais nuance ensuite ses propos.

10-14 PANDÉMIE : Lors de la 2e conférence

européenne sur la grippe aviaire, l'Organisation mondiale de la santé (OMS) invite à la mobilisation pour la production d'un vaccin contre cette maladie qui représente un risque considérable pour l'humanité. **Le 21**, la ministre indonésienne de la santé estime que le pays est désormais confronté à une épidémie de grippe aviaire, après un nouveau décès, qui porte à 64 le nombre de morts depuis la découverte de la maladie, fin 2003.

11 JAPON : Le Parti libéral-démocrate (PLD), mené par le premier ministre Junichiro Koizumi, remporte une victoire écrasante aux élections législatives. Avec 296 sièges sur 480, il retrouve sa puissance de la fin des années 1980 mais les caciques et les clans traditionnels du parti sortent affaiblis de cette élection. Le Parti démocrate (PD), principale formation d'opposition, voit ses sièges passer de 177 à 113. **Le 21**, réélu par le Parlement à la tête du gouvernement, le premier ministre Junichiro Koizumi reconduit immédiatement son cabinet.

11 MAROC : Décès, à l'âge de 87 ans, d'Abdallah Ibrahim. Avec sa mort, disparaît l'une des dernières figures historiques du Mouvement national, le courant politique qui a incarné l'indépendance du royaume.

11 ASSURANCES : Le groupe allemand de bancassurance Allianz annonce le rachat total de sa filiale italienne Riunione Adriatica de Sicurita (RAS), pour 5,7 millions d'euros. Parallèlement à cette opération, Allianz décide d'abandonner son statut de firme de droit allemand pour adopter celui de société européenne.

12 NORVÈGE : Le Parti travailliste (gauche) remporte les élections législatives. Avec 32,7 % des voix, il obtient la majorité absolue de 88 sièges sur 169 au Parlement, et fait tomber le gouvernement minoritaire du chrétien-démocrate Kjell Magne

Bondevik. Le Parti du progrès (FrP, droite populiste), dirigé par Carl I. Hagen, avec 22,1 % des voix et 37 sièges, devient la deuxième formation politique du pays.

12 GRANDE-BRETAGNE : Le quotidien de centre-gauche *The Guardian* change de format et modernise sa formule, afin de créer une synergie entre l'édition papier et le site Internet.

12 INTERNET : L'américain eBay, le premier cybermarchand mondial, annonce le rachat de la société de téléphonie sur Internet Skype (spécialiste de la voix sur IP) pour 2,6 milliards de dollars (2,12 milliards d'euros).

12 INFORMATIQUE : L'américain Oracle, numéro deux mondial des logiciels d'entreprise, annonce son projet de rachat de son compatriote Siebel Systems, pour 5,85 milliards de dollars (4,7 milliards d'euros).

12 NUCLÉAIRE : La Finlande met officiellement en chantier le premier EPR, le réacteur nucléaire de troisième génération à eau pressurisée.

12 ASSURANCES : Le juge américain Howard Matz valide l'accord signé entre l'État français et les plaignants américains dans l'affaire du rachat de la compagnie d'assurances californienne Executive Life par une ex-filiale du Crédit lyonnais, Altus. La France devra verser 700 millions de dollars aux plaignants américains.

13 UNION EUROPÉENNE : Dans un arrêt, la Cour de justice européenne de Luxembourg estime que l'Union a le droit de proposer des sanctions pénales afin de faire respecter sa législation, limitant ainsi la souveraineté des États membres de l'Union.

14 CHILI : La Cour suprême lève l'immunité de l'ancien dictateur Augusto Pinochet dans le cadre de l'enquête concernant le meurtre de 119 militants du Mouvement de la gauche révolutionnaire (MIR), dont les cadavres avaient été retrouvés en Argentine et au Brésil en juillet 1975.

14 TRANSPORT AÉRIEN : La troisième et la quatrième compagnie aérienne américaine, Delta Airlines et Northwest Airlines, se placent sous la protection de la loi sur les faillites. Surendettées, ces deux partenaires d'Air France-KLM sont victimes de la flambée des prix du kérosène, et de la concurrence des transporteurs à bas coûts. **Le 22**, Delta Airlines annonce vouloir supprimer de 7 000 à 9 000 emplois d'ici à la fin 2007, soit jusqu'à 17 % de ses effectifs.

14-16 ONU : Le sommet du 60e anniversaire de l'Organisation de Nations unies réunit, à New York (États-Unis), les représentants de quelque 170 pays, dont 150 souverains, chefs d'État ou de gouvernement. Dans son discours, le président George Bush surprend en déclarant que le terrorisme « *se nourrit de la colère et du désespoir* », et en proposant de supprimer les aides agricoles à l'exportation pour aider les pays pauvres. Mais le projet de réforme du Conseil de sécurité, qui avait été évoqué à l'occasion de cet anniversaire, se réduit à une simple déclaration de principe et d'intention.

18 ALLEMAGNE : Au terme d'une campagne où les sondages la donnaient gagnante, Angela Merkel, chef de la CDU-CSU (chrétiens-démocrates), revendique la chancellerie, avec un score de 35,2 % des suffrages (225 sièges), très inférieur aux pronostics. Elle n'est pas en mesure de constituer une majorité avec les libéraux du FDP (9,8 %). Face à elle, le chancelier Gerhard Schröder affirme être le seul à pouvoir former un gouvernement, son parti, le SPD, ayant, lui, fait mieux que prévu (34,2 %, 222 sièges), bien que l'appui des Verts (8,1 %) soit également insuffisant pour former une majorité. L'irruption du Parti de gauche (8,7 % des voix), avec lequel aucun parti ne veut gouverner, ajoute à la confusion. **Le 20**,

Angela Merkel est élue, avec 98,6 % des voix (219 sur 222), chef du groupe parlementaire CDU-CSU. **Le 22**, elle rencontre Gerhard Schröder à Berlin pour discuter de la faisabilité d'une «*grande coalition*» CDU-SPD pour gouverner l'Allemagne.

18 NOUVELLE-ZÉLANDE : Aux élections législatives, les travaillistes du premier ministre sortant Helen Clark obtiennent 41 % des suffrages (50 sièges sur 121) et devancent de deux points le Parti national d'opposition conduit par l'ancien gouverneur de la Banque centrale, Don Brash (48 sièges). Les nationalistes de New Zealand First obtiennent sept élus, les Verts six et le Parti maori quatre.

19 CORÉE DU NORD : La signature d'une déclaration conjointe entre les six pays négociateurs en vue de «*la paix et de la stabilisation dans la péninsule coréenne*» (Chine, Corée du Nord, Corée du Sud, États-Unis, Japon et Russie) marque une désescalade dans la crise déclenchée en octobre 2002 par les accusations de Washington, selon lesquelles le régime de Pyongyang aurait poursuivi un programme clandestin d'enrichissement d'uranium.

19 GUATEMALA : 12 mineurs sont tués dans un centre de détention pour jeunes, à San José Pinula (à 35 kilomètres de la capitale). La guerre entre les gangs juvéniles a fait 53 morts depuis le 15 août, dans huit prisons guatémaltèques.

19 POSTE : La Deutsche Post annonce le rachat amical du logisticien britannique Exel pour un montant de 5,5 milliards d'euros, une transaction qui la met au premier rang mondial en matière de logistique.

19 BELGIQUE : Les autorités judiciaires belges délivrent un mandat d'arrêt international, assorti d'une demande d'arrestation immédiate, à l'encontre d'Hissène Habré, 63 ans, président du Tchad de 1982 à 1990.

20   OR : L'once d'or atteint à Londres son plus haut niveau depuis plus de dix-sept ans, à 467,05 dollars (384 euros) l'once.

20   AUTRICHE : Décès, à l'âge de 96 ans, de Simon Wiesenthal, le *« chasseur de nazis »* qui a traqué toute sa vie les criminels de la Seconde Guerre mondiale. Il a permis d'en traduire devant la justice plus d'un millier, dont Adolf Eichmann, l'exécutant de *« la solution finale du problème juif »*, jugé et exécuté en Israël en 1962. Les hommages du monde entier saluent l'action infatigable de celui qui était devenu la *« conscience mondiale »* de la Shoah.

20   SOUDAN : Pour la première fois de son histoire, le pays se dote d'un gouvernement d'union nationale, conformément à l'accord de paix conclu en janvier entre le régime de Khartoum et les anciens rebelles sudistes du SPLM (Mouvement populaire de libération du Soudan), mettant ainsi fin à plus de vingt et un ans de guerre civile dans le sud du pays.

21   CATASTROPHES : À l'approche du nouveau cyclone Rita, menaçant le sud des États-Unis, environ 2 millions de personnes sont évacuées, en particulier les habitants de Houston (Texas). Cette fuite massive provoque des embouteillages monstres, dans lesquels 24 personnes trouvent la mort, alors que s'installe une pénurie de carburant, en raison de la cessation d'activité des raffineries de pétrole. **Le 24**, l'œil du cyclone, qui a été rétrogradé de la catégorie 5 à 3, touche la côte, où il provoque moins de dégâts que ne le craignaient les autorités, qui ont cette fois réagi avec célérité, après avoir tiré les enseignements de la débâcle lors du passage de Katrina, trois semaines plus tôt.

21   BANQUE : Le groupe néerlandais ABN Amro prend le contrôle de Banca Antonveneta

(9ᵉ banque italienne), en rachetant à la Banca Popolare Italiana (BPI) sa participation de 29,5 %.

21 BRÉSIL : Le président de la Chambre des députés, Severino Cavalcanti (Parti progressiste, droite), annonce sa démission, sans admettre pour autant l'accusation d'extorsion de fonds lancée contre lui. **Le 26**, la démission de quatre élus du Parti des travailleurs (PT), impliqués dans des affaires de corruption, fait perdre à la gauche sa majorité au Congrès. **Le 28**, le communiste Aldo Rebelo, candidat soutenu par le gouvernement du président Lula, est élu président de l'Assemblée nationale, au second tour, par 258 voix contre 243 au candidat de l'opposition, José Thomaz Nono.

22 UNION EUROPÉENNE : Organisé pour la première fois par l'Espagne, un «*vol charter*» ramène à Bucarest des immigrés clandestins roumains, en provenance de trois pays (Espagne, France, Italie).

22 ITALIE : Le ministre italien de l'économie et des finances, Domenico Siniscalco, démissionne pour dénoncer «*l'inertie absolue*» du gouvernement Berlusconi face au conflit avec le gouverneur de la Banque centrale, Antonio Fazio, mis en cause dans un scandale bancaire. Giulio Tremonti lui succède le jour même.

22 ÉLECTRONIQUE : Le nouveau P-DG américain du groupe japonais Sony annonce un plan de relance de l'entreprise prévoyant la suppression de 10 000 emplois et la fermeture de 11 usines dans le monde.

23 BRÉSIL : Décès, à l'âge de 93 ans, d'Apolonio de Carvalho, figure emblématique de la gauche brésilienne, et ancien membre des Brigades internationales et de la Résistance française.

25 POLOGNE : Aux élections législatives, deux formations de droite, les catholiques conservateurs de Droit et justice (PiS) de Jaroslaw Kaczynski, avec

26,5 % des voix, et les libéraux de la Plate-forme civique (PO, 24 %), balaient les sociaux-démocrates de l'Alliance des gauches démocratiques (SLD), au pouvoir depuis 2001, qui n'obtient que 11 % des voix, contre 41 % en 2001. **Le 27**, le choix de Kazimierz Marcinkiewicz comme premier ministre crée la surprise. Le renoncement de M. Kaczynski devrait profiter à son frère jumeau, Lech, candidat à l'élection présidentielle du 9 octobre.

25 SUISSE : Par référendum, les Suisses approuvent à 56 % (et 53,8 % de participation) l'extension de l'accord de libre circulation des personnes aux dix nouveaux membres de l'Union européenne.

25 AUTOMOBILE : Le petit mais riche fabricant allemand de voitures de sport Porsche annonce reprendre 20 % du capital du premier constructeur européen, l'allemand Volkswagen, pour le protéger des risques d'une d'OPA hostile.

PORSCHE-VOLKSWAGEN : DEUX HISTOIRES MÊLÉES

1934 : Hitler décide de lancer une « *voiture du peuple* » à moins de 1 000 marks. Le nouveau chancelier du Reich confie la réalisation de cette *volkswagen* à celui que l'on considère alors comme le meilleur ingénieur automobile d'Allemagne, Ferdinand Porsche.

1938 : L'usine Volkswagen de Wolfsburg sort de terre. La future « Coccinelle » est présentée en 1936 par Ferdinand Porsche.

1941 : Anton Piëch est nommé à la direction de la société Volkswagen. Il est le gendre de Ferdinand Porsche et le père de Ferdinand Piëch, futur patron du groupe Volkswagen dans les années 1990.

1947 : Porsche devient un constructeur automobile. Ferdinand Porsche ayant eu maille à partir avec les Américains en 1945, il est emprisonné puis envoyé en France, pour y conseiller... Renault, fraîchement nationalisé. Libéré en 1947, il rentre en Allemagne, où son fils Ferry vient de créer une nouvelle société Porsche, destinée à construire des voitures de sport. Porsche présentera sa première création, la 356, dès 1948, en Autriche.

1949 : Volkswagen devient un conglomérat public. D'abord confisquée par les vainqueurs de la guerre, l'usine est rendue au gouvernement allemand en 1949, qui l'érige en conglomérat, doté d'un actionnaire public, le Land de Basse-Saxe.

1950 : Porsche s'installe à Stuttgart. Ferdinand Porsche meurt en 1951, son fils Ferry et sa fille Louise Piëch (mère de Ferdinand Piëch) se partagent à parts égales la propriété de Porsche. Ces deux branches familiales sont encore copropriétaires du groupe.

1954 : La Coccinelle atteint son premier million d'exemplaires. Modèle unique de Volkswagen jusqu'en 1968, elle battra le record historique de la Ford T en atteignant, en 1973, 16 millions d'exemplaires produits.

1963 : Lancement de la Porsche 911. Porsche gagnera les 24 Heures du Mans à de nombreuses reprises.

1972 : Ferry Porsche se retire. Son entreprise est transformée en société anonyme. En 1984, Porsche sera cotée en Bourse.

1974 : Volkswagen lance la première Golf. La firme, privatisée en 1960, a racheté Audi en 1964, l'espagnol Seat en 1986 et le tchèque Skoda en 1991.

1992 : Ferdinand Piëch est nommé président du directoire de Volkswagen. Il quittera ce poste en 2002, pour présider le conseil de surveillance.

26 ULSTER : La Commission internationale indépendante sur le désarmement constate la destruction complète du stock d'armes de l'Armée républicaine irlandaise (IRA), en application de l'accord de paix de 1998. Le premier ministre britannique

Tony Blair salue cet « *événement important* » qui met fin à trente-six ans de conflit.

26 TCHAD : 75 personnes, dont 55 civils, périssent lors d'une attaque menée par des hommes armés venus du Soudan voisin contre le village de Madayoun.

26 CATHOLICISME : Le Vatican révèle la rencontre, deux jours plus tôt, à la résidence d'été de Castel Gandolfo, du pape Benoît XVI et de son compatriote, le théologien contestataire allemand Hans Küng, référence intellectuelle de l'Église progressiste.

27 CÔTE D'IVOIRE : Le président Laurent Gbagbo reconnaît que l'élection présidentielle ne pourra se tenir à la date prévue, le 30 octobre.

27 ÉTATS-UNIS : La soldate américaine Lynndie England est condamnée à trois ans de prison et radiée de l'armée. Les photos des humiliations qu'elle avait infligées à des détenus irakiens de la prison d'Abou Ghraib en 2003 avaient choqué le monde entier.

27 AFGHANISTAN : Réputé pour sa probité, le ministre de l'intérieur, Ali Ahmad Jalali, démissionne du gouvernement pour n'avoir pu « purger » le pays des responsables impliqués dans le trafic de drogue.

28 ÉTATS-UNIS : Le principal responsable républicain de la Chambre des représentants, Tom DeLay, est inculpé dans une affaire de financement politique au Texas, et doit quitter « *temporairement* » son poste de chef de la majorité à la Chambre. Le 4 octobre, il est inculpé une seconde fois.

28 AUTOMOBILE : Le groupe DaimlerChrysler annonce la suppression de 8 500 emplois au sein de sa filiale Mercedes.

28 RUSSIE : Le groupe gazier Gazprom, premier producteur mondial, détenu à 50 % par l'État russe, annonce racheter au milliardaire Roman Abramovitch 72 % des actions de Sibneft, cinquième société pétrolière de Russie (15 % de l'extraction), pour 13,09 milliards de dollars (10,9 milliards d'euros). Il s'agit de la plus grosse transaction jamais opérée sur le marché local.

29 IMMIGRATION : Cinq Africains trouvent la mort lors d'une tentative collective de franchissement de la frontière entre le Maroc et l'enclave espagnole de Ceuta. Des incidents identiques se multiplient depuis l'été à Melilla, autre enclave espagnole au Maroc.

29 ALGÉRIE : Avec un taux officiel de participation de 76,76 %, les électeurs algériens votent à 97,36 % en faveur du « oui » au référendum sur le projet de charte présidentielle pour *« la paix et la réconciliation nationale »*, destiné à tourner la page d'une guerre civile ayant fait près de 150 000 morts en treize ans. Les deux principaux partis d'opposition, le Front des forces socialistes (FFS) et le Rassemblement pour la culture et la démocratie (RCD), fortement implantés en Kabylie, qui avaient appelé au boycottage de la consultation, en contestent les résultats.

ALGÉRIE :
TREIZE ANNÉES DE GUERRE CIVILE

12 janvier 1992 : Le second tour des élections législatives est annulé par l'armée. Le Front islamique du salut (FIS), qui avait remporté en décembre 1991 une large victoire au premier tour des législatives, est dépossédé de sa victoire.

14 janvier 1992 : Création du Haut Comité d'État (HCE), présidé par Mohammed Boudiaf, qui instaure l'état d'urgence en février.

4 mars 1992 : Dissolution du FIS. La violence s'amplifie.

29 juin 1992 : Assassinat du président Boudiaf.

15 juillet 1992 : Le président du FIS, Abassi Madani, et le vice-président Ali Belhadj, emprisonnés depuis 1991, sont condamnés à douze ans de prison.

30 janvier 1994 : Liamine Zeroual, désigné par le HCE, devient chef de l'État.

30 janvier 1995 : Attentat à la voiture piégée devant le commissariat central d'Alger : 42 morts, 286 blessés.

Janvier-juillet 1997 : Plusieurs massacres collectifs sont perpétrés contre des civils aux portes d'Alger et dans l'ouest du pays, dont certains sont revendiqués par les GIA.

15 avril 1999 : Victoire contestée par l'opposition d'Abdelaziz Bouteflika à l'élection présidentielle.

6 juin 1999 : L'Armée islamique du salut (AIS, branche armée du FIS), en trêve depuis octobre 1997, dépose les armes.

13 juillet 1999 : Promulgation de la loi sur la « *concorde civile* », prévoyant une amnistie partielle des islamistes armés. Elle est approuvée le 16 septembre par référendum (98,63 %).

13 janvier 2000 : Fin du délai accordé aux groupes islamistes armés pour se rendre. Les GIA et le Groupe salafiste pour la prédication et le combat (GSPC) rejettent la proposition de M. Bouteflika.

2002 : Environ 1 400 personnes tuées dans les violences.

2003 : Recul de la violence avec moins de 250 morts, dû à l'affaiblissement et à l'atomisation des groupes armés.

14 août 2005 : Le chef de l'État annonce un référendum sur « *un projet de charte pour la paix et la réconciliation nationale* ».

29 UNION EUROPÉENNE : L'Union européenne (UE) ouvre des négociations avec la Serbie-et-Monténégro pour la conclusion d'un accord de stabilisation et d'association (ASA), premier pas vers l'adhésion à l'UE.

30 BELGIQUE : Jean-Claude Van Cauwenberghe, ministre-président de la Région wallonne, démissionne après avoir été mis en cause dans un scandale immobilier à Charleroi, ville dont il a été le maire.

30 ESPAGNE : Les députés catalans adoptent un statut d'autonomie élargi qui entend faire de la Catalogne une «*nation*» à part entière. Ce vote est la première étape d'un parcours législatif qui doit conduire le texte devant le parlement central de Madrid. ■

Science

1ᵉʳ GÉNÉTIQUE : La revue *Nature* publie le premier séquençage du génome du chimpanzé, réalisé par un consortium international. La comparaison de son ADN avec celui de l'homme devrait permettre de mieux comprendre l'évolution des espèces sœurs.

2 INSTITUT PASTEUR : La biologiste Alice Dautry est nommée à la tête de l'Institut Pasteur. Âgée de 55 ans, cette responsable d'une unité de recherche devra restaurer un climat de confiance au sein de l'institution secouée par une année de crise et le départ de son ancien président, Philippe Kourilsky.

12 ESPACE : Plusieurs équipes d'astronomes annoncent avoir détecté avec le Very Large Telescope de l'European Southern Observatory (ESO) installé au Chili l'explosion cosmique la plus lointaine jamais observée, une déflagration de rayons gamma à 12,7 milliards d'années-lumière de la Terre.

12-15 AVIATION AUTOMATIQUE : Le premier concours universitaire international de drones miniatures est organisé par la Direction générale pour l'armement (DGA) au camp militaire de Mourmelon (Marne).

14 GÉOGRAPHIE : Décès, à l'âge de 71 ans, de Roland Paskoff, géographe spécialiste du littoral.

19 ESPACE : L'Agence spatiale américaine, la Nasa, rend public son plan pour envoyer quatre astronautes sur la Lune, à partir de 2018. Près de cinquante ans après la dernière mission Apollo, ce projet s'en inspirera, tout en intégrant des éléments de la navette spatiale.

29 RECHERCHE : Le premier ministre Dominique de Villepin présente un «*pacte pour la recherche*» contenant une loi d'orientation et de programmation dont l'examen par le Parlement devrait débuter avant la fin de l'année, une série de mesures réglementaires et fiscales ainsi que des dispositifs déjà en place, comme l'Agence nationale de la recherche (ANR). ■

Culture

1er NUMÉRISATION : Google appelle les bibliothèques et les éditeurs allemands, espagnols, français, italiens et néerlandais à lui soumettre les ouvrages qu'ils souhaitent voir indexés par le moteur de recherche.

1er MUSIQUE : Décès, à l'âge de 78 ans, du chanteur et guitariste R.L. Burnside, figure du blues rural du Mississippi.

2 PATRIMOINE : Prague, capitale de la République tchèque, inaugure les Journées européennes du patrimoine, qui se déroulent tout au long du mois. **Les 17 et 18**, plus de 12 millions de visiteurs investissent, en France, les 15 480 sites ouverts. Le bâtiment phare de ces journées est le Grand Palais, à Paris, fermé depuis 1993, qui rouvre ses portes après la spectaculaire restauration de sa verrière.

3 PHOTOGRAPHIE : Le photographe britannique Philip Blenkinsop, de l'agence Vu, reçoit le Visa d'or News du Festival international de photojournalisme de Perpignan (Pyrénées-Orientales) pour son travail sur le tsunami du 26 décembre 2004.

4 MUSIQUE : Décès de Roland Bourdin, homme de théâtre, comédien, animateur de radio et collaborateur de la firme discographique Decca, cocofondateur avec Marcel Landowski et Jean-Pierre Wallez, en 1978, de l'Ensemble orchestral de Paris (EOP).

4 MUSÉES : Le musée consacré à l'artiste Max Ernst (1891-1976), l'un des précurseurs du surréalisme, est inauguré à Brühl, près de Cologne, sa ville natale en Allemagne. Il présente 60 sculptures, 700 graphismes, deux frises murales, des collages et de nombreuses peintures.

5 MUSÉES : Fermeture du musée des Arts et Traditions populaires (ATP) de Paris, qui va décentraliser ses collections à Marseille, au fort Saint-Jean, où l'ouverture du musée des Civilisations de l'Europe et de la Méditerranée est prévue en 2008.

7 OPÉRA-COMIQUE : Renaud Donnedieu de Vabres, ministre de la culture et de la communication, annonce la nomination à la tête de l'Opéra-Comique, à Paris, du metteur en scène et comédien français Jérôme Deschamps. Celui-ci succède à Jérôme Savary, nommé en octobre 1998, entré en fonction depuis le 1er octobre 2000, atteint par la limite d'âge. Jérôme Deschamps prendra ses fonctions pour la saison 2007-2008.

9 CINÉMA : Décès, à l'âge de 85 ans, du coureur cycliste, comédien et restaurateur André Pousse, une figure du cinéma français, spécialisé dans les seconds rôles à l'accent parisien.

9 OPÉRA : L'Opéra Bastille propose désormais 62 places debout à 5 euros à chacune de ses représentations. Un espace spécial a été créé à cet effet en deux endroits distincts, au fond du parterre, bénéficiant, selon la direction, d'une excellente visibilité.

9 ARCHÉOLOGIE : Inauguré sur le campus universitaire de Bordeaux, l'Archéopôle d'Aquitaine se veut un lieu de rencontre entre le public et la recherche « *en train de se faire* », et propose la reconstitution en 3D des sites archéologiques.

10 CINÉMA : Le jury du 62ᵉ Festival de Venise décerne le Lion d'or à Ang Lee, cinéaste américain d'origine taïwanaise, pour son western gay *Brokeback Mountain*. Un Lion spécial est attribué à la comédienne française Isabelle Huppert pour l'ensemble de son œuvre.

10 MUSIQUE : Décès, à l'âge de 81 ans, du chanteur et multi-instrumentiste (guitare, violon, basse, mandoline, harmonica et batterie) américain Clarence « Gatemouth » Brown.

12 BD : Décès, à l'âge de 78 ans, de Raymond Maric, journaliste, dessinateur et scénariste de bandes dessinées, notamment celles des aventures de Bibi Fricotin et des Pieds nickelés.

12 ART : Ouverte jusqu'au 31 décembre, la 8ᵉ Biennale d'art contemporain de Lyon rassemble 61 artistes regroupés sous le thème d'« Expérience de la durée ».

12 SPECTACLE : Pour la première fois depuis 1971, la chanteuse-comédienne Marie Laforêt remonte sur scène pour un récital de ses chansons fétiches.

13 CINÉMA : *La Marche de l'empereur*, le documentaire de Luc Jacquet, devient le premier film français de l'Histoire en terme de recettes au box-office américain, détrônant même le triomphal *Cinquième Élément* de Luc Besson.

14 LITTÉRATURE : Décès, à l'âge de 72 ans, de l'écrivain français d'origine russe Vladimir Volkoff. Marqué par Maurras, il revendiquait son engagement à droite.

14 CINÉMA : Décès, à l'âge de 91 ans, du réalisateur américain Robert Wise. Ayant débuté comme monteur d'Orson Welles pour *Citizen Kane*, il était ensuite devenu un réalisateur éclectique, remportant dix Oscars avec de grands succès de la comédie musicale comme *West Side Story* (1961), ou *La Mélodie du bonheur* (1965).

16 LITTÉRATURE : Décès, à l'âge de 56 ans, de la journaliste, écrivain et poète Nina Hayat. D'origine algérienne, elle a décrit sa dualité culturelle à travers le personnage de son père, dans *L'Indigène aux semelles de vent*.

17 FRANCE-CHINE : L'Année de la France en Chine se termine par un « *incroyable pique-nique* » sur la Grande Muraille, muselé par les autorités de Pékin.

17 LITTÉRATURE : Décès, à l'âge de 79 ans, de Jacques Lacarrière, écrivain voyageur et érudit épicurien. Passionné par la Grèce, elle lui avait inspiré en 1976 son livre le plus connu, *L'Été grec*.

17 CINÉMA : Décès, à l'âge de 56 ans, du réalisateur Jean-Claude Guiguet, qui fut également critique à la *Nouvelle Revue française* et à *Études*.

19 MUSIQUE : Deux ans après la mort de Marie Trintignant et la condamnation du chanteur Bertrand Cantat, le groupe bordelais Noir Désir publie l'album *En public* et le DVD alors en préparation.

22 DANSE : Benjamin Pech, 31 ans, est nommé danseur étoile du ballet de l'Opéra de Paris.

23 ARCHITECTURE : La structure moderne

entourant l'autel antique de l'Ara Pacis dédié à l'empereur Auguste, conçue par l'Américain Richard Meier, est inaugurée par le maire de Rome, Walter Veltroni. Ce premier bâtiment contemporain du centre de Rome suscite une polémique.

24 CINÉMA : Le Festival de Saint-Sébastien décerne sa Conque d'or au film *Stesti* (*Something Like Happinesss*) du réalisateur tchèque Bohdans Slama, et son prix de la mise en scène au Chinois Zhang Yang pour *Xiang Ri Kui* (*Sunflowers*).

25 MUSIQUE : Décès, à l'âge de 74 ans, du pianiste de jazz français Georges Arvanitas, un des maîtres du swing.

26 PEINTURE : Sœur Jacques-Marie, ancienne infirmière et modèle du peintre Henri Matisse, décède à l'âge de 84 ans. C'est grâce à cette religieuse dominicaine que le peintre s'intéressa à la chapelle de Vence (Alpes-Maritimes), consacrée en 1951, un de ses chefs-d'œuvre.

26 MUSÉES : Les élus de la région Nord-Pas-de-Calais choisissent le projet de l'agence japonaise Sanaa (Kazuyo Sejima et Ryue Nishizawa) pour construire l'extension du musée du Louvre à Lens, dont l'ouverture est prévue pour 2009.

26 MUSÉES : Un ensemble ultramoderne de trois annexes au musée d'art contemporain espagnol Reina Sofia, conçu par l'architecte français Jean Nouvel, est inauguré à Madrid par la reine.

27 SCULPTURE : Décès, à l'âge de 83 ans, du sculpteur belge Pol Bury. Ayant débuté sa carrière comme peintre aux côtés des surréalistes, ses sculptures mobiles ont ensuite établi sa renommée internationale.

28 CINÉMA : La Cinémathèque française rouvre ses portes à Paris-Bercy (12ᵉ). Pour son inauguration, le bâtiment conçu par l'architecte américain Frank Gehry (auteur du musée Guggenheim de

Bilbao en Espagne), et réaménagé, propose une exposition confrontant les films du cinéaste Jean Renoir aux toiles de son père, le peintre Pierre-Auguste Renoir.

LA CINÉMATHÈQUE FRANÇAISE : SOIXANTE ANS D'HISTOIRE MOUVEMENTÉE

9 septembre 1936 : Création de la Cinémathèque française. Paul-Auguste Harlé en est le premier président. Henri Langlois secrétaire général, Georges Franju, chargé des recherches, et Jean Mitry, archiviste.

26 octobre 1948 : Une salle de projection de 60 places ainsi que le premier Musée du cinéma d'Henri Langlois sont inaugurés sur trois étages au 7, avenue de Messine, à Paris.

Décembre1955 : Henri Langlois inaugure la nouvelle salle (260 places) de la Cinémathèque au 29 de la rue d'Ulm, à Paris.

5 juin 1963 : La Cinémathèque s'installe dans la salle du Palais de Chaillot grâce aux crédits alloués par André Malraux.

1968 : En janvier, Henri Langlois est écarté de la présidence par les pouvoirs publics. La nomination d'un nouveau président, Pierre Barbin, déclenche l'« *affaire Langlois* ». Un divorce à l'amiable permet de placer la conservation des films sous tutelle de l'État, et la diffusion des films sous la responsabilité de la Cinémathèque.

14 juin 1972 : Inauguration du Musée du cinéma, place du Trocadéro. C'est le premier de ce type dans le monde.

1984-1996 : Jack Lang, ministre de la culture, songe à installer au Palais de Tokyo la Cinémathèque et le Musée du cinéma, et à y fédérer plusieurs institutions. Ce projet deviendra emblématique des ratés des grands chantiers de la culture.

1996 : Une nouvelle structure de préfiguration du Palais du cinéma est mise en place sous le ministère de Philippe Douste-Blazy.

7 novembre 1997 : Inauguration de la salle des Grands Boulevards, à Paris.

30 juin 1998 : Catherine Trautmann, ministre de la culture, abandonne le projet de réaménagement du Palais de Tokyo, et annonce que la Maison du cinéma s'installera dans l'ancien Centre culturel américain au 51 rue de Bercy. Après sa faillite, ce lieu avait été acheté 23,5 millions d'euros par l'État.

29 octobre 2002 : Jean-Jacques Aillagon, ministre de la culture, prévoit une cohabitation puis une fusion de la Cinémathèque française et de la BiFi.

Fin février 2005 : Fermeture des salles du Palais de Chaillot et des Grands Boulevards.

29 PEINTURE : Décès, à l'âge de 69 ans, du peintre britannique Patrick Caulfield, figure singulière du pop art, réputé pour ses intérieurs et natures mortes.

30 CHANSON : Les fils du parolier Étienne Roda-Gil sont déboutés de leur demande de saisie de l'album du chanteur Julien Clerc, à paraître le 3 octobre. Ils reprochaient au chanteur d'avoir utilisé des textes d'Étienne Roda-Gil, dont certains auraient été modifiés.

30 ART : Jugeant que l'exposition ouverte à Montpellier le 17 juin n'a pas attiré assez de visiteurs, Georges Frêche, président (PS) de la région Languedoc-Roussillon, supprime la Biennale d'art contemporain chinois. ■

Sport

4 FORMULE 1 : Le Colombien Juan Pablo Montoya (McLaren-Mercedes) remporte, sur le circuit de Monza, le Grand Prix d'Italie, devant la

Renault de Fernando Alonso, qui se rapproche du titre de champion du monde.

4 APNÉE : Le Vénézuélien Carlos Coste remporte les premiers championnats du monde d'apnée en poids constant organisés dans la baie de Villefranche-sur-Mer (Alpes-Maritimes).

6 ÉQUITATION : Après le retrait d'agrément ministériel à la Fédération française d'équitation (FFE), le député (UMP) du Val-d'Oise Francis Delattre annonce la création d'une Fédération des sports équestres (FSE).

8-11 JUDO : Aux championnats du monde, qui se déroulent au Caire (Égypte), la France réussit, avec sept médailles, dont une en or pour Lucie Décosse (moins de 63 kilos), un de ses meilleurs bilans en se plaçant au cinquième rang mondial. Le Japon, avec 11 médailles, dont trois en or, domine le score.

10 TENNIS : En finale dames de l'US Open de Flushing Meadow (New York), la Belge Kim Clijsters (n° 4) gagne son premier titre du Grand Chelem, en battant la Française Mary Pierce (n° 12) en deux sets (6-3, 6-1). **Le 11**, le Suisse Roger Federer (n°1) s'impose en finale hommes de l'US Open (6-3, 2-6, 7-6 7-1, 6-1) face au vétéran du circuit, l'Américain Andre Agassi (n° 7).

11 FORMULE 1 : Au Grand Prix de Belgique, disputé sur le circuit de Spa-Francorchamps, le Finlandais Kimi Räikkönen (McLaren-Mercedes) termine premier, devant l'Espagnol Fernando Alonso (Renault), qui n'est plus qu'à un podium du titre mondial.

18 TENNIS : En Fed Cup, disputée à Roland-Garros (Paris), la joueuse russe Elena Dementieva, vainqueur de ses deux simples, face à Mary Pierce (7-6 (7-1), 2-6, 6-1) puis face à Amélie Mauresmo (6-4, 4-6, 6-2), a conclu son week-end victorieux en s'imposant avec sa compatriote Dinara Safina dans le double (6-4, 1-6, 6-3).

18 FORMULE 1 : Le pilote français Sébastien Loeb refuse la victoire dans le rallye de Grande-Bretagne, après que la course eut été interrompue, en signe de deuil, à la suite de la mort accidentelle du Britannique Michael Park, copilote de l'Estonien Markko Märtin (Peugeot).

18 CYCLISME : Roberto Heras, chef de file de l'équipe Liberty Seguros, devient le premier coureur à remporter à quatre reprises le Tour d'Espagne.

19 FOOTBALL : Didier Deschamps démissionne de ses fonctions d'entraîneur de l'AS Monaco, après un début de saison catastrophique.

22 BOXE : Le boxeur américain Levander Johnson, 35 ans, décède après avoir été victime d'une hémorragie cérébrale, cinq jours plus tôt, lors de son combat pour le titre IBF des légers contre le Mexicain Jesus Chavez. Ce décès porte à cinq le nombre de morts sur le ring à Las Vegas depuis 1994.

24 CYCLISME : Pat McQuaid, un Irlandais de 56 ans, succède au président sortant de l'Union cycliste internationale (UCI), le Néerlandais Hein Verbruggen, dont la gestion était contestée.

25 CYCLISME : Le Belge Tom Boonen devient, à Madrid, champion du monde, en devançant l'Espagnol Alejandro Valverde et le Français Anthony Geslin.

25 BASKET-BALL : L'équipe de Grèce devient championne d'Europe, en battant, à Belgrade, l'Allemagne (78-62). La France, éliminée la veille de la finale par un seul point d'écart, remporte la médaille de bronze sur l'Espagne (98-68), réalisant ainsi sa meilleure performance depuis 1948. **Le 30**, Antoine Rigaudeau, 33 ans, 127 sélections en équipe de France, annonce qu'il met fin à sa carrière de basketteur professionnel.

25 FORMULE 1 : L'Espagnol Fernando Alonso (Renault) devient, à 24 ans, le plus jeune champion du monde de l'histoire de la Formule 1, grâce à sa troisième place dans le Grand Prix du Brésil, remporté par le Colombien Juan Pablo Montoya.

25 MOTOCYCLISME : Grâce à sa deuxième place dans le Grand Prix de Malaisie, le pilote italien Valentino Rossi décroche son septième titre mondial, à quatre courses de la fin de saison.

Octobre

- Reprise du travail à la SNCM, qui sera privatisée

- Suspension du général Poncet, commandant de l'opération Licorne en Côte d'Ivoire

- En élargissant son capital, EDF ouvre la porte à la privatisation

- Scènes de guérilla urbaine à Clichy-sous-Bois (Seine-Saint-Denis)

- Laborieuse désignation d'un gouvernement de coalition CSU-SPD en Allemagne

- Les Irakiens disent « oui » à la Constitution, le procès de Saddam Hussein est repoussé

- La grippe aviaire aux portes de l'Europe

- Séisme dévastateur au Cachemire pakistanais

- Harold Pinter prix Nobel de littérature, l'AIEA prix Nobel de la paix

France

1ᵉʳ TRANSPORTS MARITIMES : Les forces de l'ordre dégagent le port d'Ajaccio, bloqué par les marins de la Société nationale Corse-Méditerranée (SNCM), en grève depuis le 20 septembre. **Le 2**, le Syndicat des travailleurs corses (STC) lève le blocus des ports de l'île, permettant la reprise du ravitaillement et du trafic touristique, mais de nouveaux incidents ont lieu avec les forces de l'ordre. **Le 3**, une rencontre, à Marseille, entre le ministre de l'économie Thierry Breton, celui des transports, Dominique Perben, et les syndicats de grévistes, ne donnant aucun résultat, le gouvernement propose de porter la part des salariés dans le capital de 5 à 9 %. **Le 7**, les forces de l'ordre dégagent les accès aux terminaux pétroliers de Fos-sur-Mer (Bouches-du-Rhône), bloqués depuis le 27 septembre par une grève des agents du Port autonome de Marseille (PAM). **Le 8**, les autonomistes du FLNC du « 22 octobre » menacent les éventuels repreneurs de la SNCM. **Le 10**, une réunion entre Thierry Breton, Dominique Perben et les syndicats, à Marseille, se solde par un échec. Les marins CGT de la SNCM votent la poursuite de la grève, tandis que les agents du PAM suspendent leur mouvement. **Le 12**, face au risque d'un dépôt de bilan de la SNCM, la CFDT appelle l'ensemble des personnels à reprendre le travail «*pour sauver l'entreprise*». **Le 13**, les marins CGT votent à 87 % la reprise du travail, qui a lieu dans un climat d'amertume, alors que le Syndicat des travailleurs corses (STC) critique très durement la CGT. Les vingt-quatre jours de grève auront coûté 5 millions d'euros à l'entreprise maritime, désormais en voie de privatisation. **Le 17**, *Le Parisien* fait état de soupçons de malversations concernant certaines ventes de produits à bord des navires de la compagnie.

3 PRESSE : *Le Figaro*, propriété de l'avionneur Serge Dassault depuis un an, investit 5 millions d'euros pour lancer une nouvelle formule en trois cahiers.

LE FIGARO : UNE HISTOIRE DE 180 ANS

Janvier 1826 : Naissance du *Figaro*, journal périodique qui « *dit tout sur le théâtre, la critique, les sciences, les arts, les mœurs, le scandale, les modes…* ».

16 novembre 1866 : Il devient quotidien et tire à 56 000 exemplaires.

1922 : Installation au Rond-Point des Champs-Élysées et rachat par le parfumeur François Coty, qui le fusionne avec *Le Gaulois*, en 1928.

Novembre 1942-août 1944 : Le quotidien suspend sa parution.

1964 : Jean Prouvost devient propriétaire du *Figaro*.

Juillet 1975 : Rachat par la Socpresse de Robert Hersant.

Août 1976 : Le journal s'installe rue du Louvre.

30 janvier 2002 : Le groupe Dassault entre à hauteur de 30 % dans le capital de la Socpresse.

Printemps 2004 : Dassault détient 87 % du capital, le reste des parts appartenant à Aude Jacques-Ruettard, héritière de Robert Hersant.

Septembre 2005 : Le groupe s'installe 14, boulevard Haussmann (Paris 9e).

3 JUSTICE : Condamné à perpétuité en 1966 pour le meurtre de Ludovic Taron, 11 ans, Lucien Léger, jusque-là « *plus ancien détenu de France* », est libéré après quarante et un ans de réclusion.

3 CIRCULATION : Huit mois après avoir été annoncé par Jean-Pierre Raffarin, alors premier ministre, le « *permis à 1 euro par jour* » entre en vigueur. Ce nouveau dispositif est destiné à faciliter le financement du permis de conduire pour les jeunes âgés de 16 à 25 ans.

4 SOCIAL : La journée d'action syndicale unitaire pour l'emploi et les salaires rassemble 470 000 personnes dans toute la France, selon la police, et 1,3 million selon les syndicats. Dans l'ensemble de la fonction publique d'État, la proportion de grévistes est de 27,8 % selon le ministère. À la SNCF, elle est de 32,30 %, d'après la direction, et le service garanti, dispositif voté le 22 juin par le conseil d'administration du Syndicat des transports de l'Île-de-France (STIF), est, pour la première fois, appliqué. Interrogé à l'Assemblée nationale, le premier ministre Dominique de Villepin assure avoir « *écouté le message* » adressé par les Français aux responsables politiques. **Le 6**, il propose, sur France 2, d'ouvrir des « *discussions franches* » avec les syndicats sur l'emploi et les salaires, et évoque un effort pour les fonctionnaires.

4 BOURSE : Le CAC 40 dépasse la barre des 4 600 points, retrouvant son niveau d'avril 2002, et progressant de 20 % depuis le début de l'année.

5 POLITIQUE : Souffrant d'une migraine, le ministre de l'intérieur Nicolas Sarkozy n'assiste pas au conseil des ministres. Il reçoit néanmoins, dans la matinée, Brigitte Bardot, venue plaider la cause des animaux.

7 ILLETTRISME : L'INSEE publie une étude selon laquelle 9 % des adultes de 18 à 65 ans souffrent d'illettrisme en France.

8 POLITIQUE : Décès, à l'âge de 87 ans, de Joël Le Tac, compagnon de la Libération, ancien député (UNR) de Paris, et ancien directeur de l'Institut national de l'audiovisuel (INA).

9 FN : Lors de la fête des Bleu-Blanc-Rouge, au Bourget (Seine-Saint-Denis), le président du Front national, Jean-Marie Le Pen, se dit prêt « *à accueillir comme l'enfant prodigue* » les dissidents qui avaient suivi, en 1998, son bras droit Bruno Mégret au Mouvement national républicain, et qui le soutiendront lors de l'élection présidentielle de 2007. **Le 11**, Jean-Marie Le Pen évince le numéro trois du parti, Carl Lang, et le remplace par un de ses proches, Louis Aliot (36 ans). **Le 25**, il suspend « *provisoirement* » Marie-France Stirbois, ainsi qu'un autre responsable du bureau politique.

9 LUXE : Louis Vuitton Moët Hennessy (LVMH) inaugure sur les Champs-Élysées, à Paris, le plus grand magasin de luxe au monde (1 800 m²), dont l'ouverture au public a lieu **le 12**. Bernard Arnault rappelle, à cette occasion, que LVMH représente « *l'esprit d'entreprise français* ».

10 PRIX NOBEL : Le prix Nobel d'économie 2005 est attribué à l'Américain Thomas Schelling et à l'Israélo-Américain Robert Aumann pour « *avoir amélioré notre compréhension des conflits et de la coopération au moyen de la théorie des jeux* ».

10 HÔTELLERIE : Le conseil de surveillance d'Accor choisit Gilles Pélisson, neveu du cofondateur Gérard Pélisson, pour diriger le troisième groupe hôtelier du monde. Mais le conseil impose à ses côtés un président venu de l'extérieur, Serge Weinberg, chargé de réformer la gouvernance.

12 DIPLOMATIE : Jean-Bernard Mérimée, représentant de la France à l'ONU de 1991 à 1995, est mis en examen par le juge Philippe Courroye pour « *trafic d'influence* » et « *corruption active d'agent public étranger* » dans le cadre du programme « Pétrole contre nourriture » pour l'Irak de Saddam Hussein. Il est le second ambassadeur français à être inculpé, après Serge Boidevaix, le 8 septembre. **Le 27**, le cinquième rapport de la commission d'enquête de Paul Volcker sur le programme « Pétrole contre nourriture » révèle que 2 400 entreprises ont permis à Saddam Hussein de détourner 1,8 milliard de dollars entre 1996 et 2003.

12 POLICE : Décès, à l'âge de 82 ans, du commissaire Roger Le Taillanter, qui dirigea deux brigades prestigieuses, la Mondaine et celle de la répression du banditisme. Ce représentant de la grande époque du « 36 Quai des Orfèvres », ami du cinéaste Jean-Pierre Melville, qu'il conseilla pour ses films, était devenu écrivain à sa retraite.

13 EMPLOI : Patronat et syndicats concluent un projet d'accord, qui devra être inscrit dans la loi, créant un nouveau contrat de travail à durée déterminée (CDD) réservé aux seniors âgés de plus de 57 ans, ayant pour objectif de faire remonter de 36,8 à 50 % le taux d'emploi des quinquagénaires en France, un des plus bas d'Europe. Le même jour, le premier ministre Dominique de Villepin annonce la signature du 100 000ᵉ contrat nouvelle embauche (CNE).

13 BOURSE : Le leader européen de rencontre en ligne, Meetic, atteint, pour son premier jour de cotation en Bourse, un succès (+14,3 %) qui confirme le retour des investisseurs vers les titres Internet.

13 ESSENCE : Selon la commission de transparence sur la fiscalité pétrolière, l'État, loin de tirer profit de la flambée du prix du pétrole, subira une moins-value de 73 millions d'euros, en raison de la baisse de la consommation.

14 ISLAM : La cour d'appel de Lyon condamne l'imam salafiste Abdelkader Bouziane, expulsé vers l'Algérie en avril 2004, et relaxé en première instance, à six mois d'emprisonnement avec sursis et à 2 000 euros d'amende pour les propos tenus dans le mensuel *Lyon Mag*, selon lesquels battre sa femme est « *autorisé par le Coran, mais dans certaines conditions* ».

14 JUSTICE : Émile Louis, 71 ans, est condamné à trente ans de réclusion, une peine assortie d'une période de sûreté des deux tiers, par la cour d'assises d'appel des Bouches-du-Rhône, pour viols avec actes de torture et de barbarie sur sa seconde épouse, et viols sur sa belle-fille, à Draguignan, au début des années 90. L'accusé a déjà été condamné le 25 novembre 2004 par la cour d'assises de l'Yonne à la réclusion criminelle à perpétuité dans l'affaire des sept jeunes filles disparues entre 1975 et 1979.

17 ARMÉE : Le général Henri Poncet, ex-chef de l'opération Licorne en Côte d'Ivoire, ainsi que deux autres officiers, sont suspendus après le décès suspect d'un Ivoirien, le 13 mai. Soupçonnés d'avoir couvert un assassinat, ils auraient ainsi, selon le ministère, commis une « *faute grave* ». **Le 18**, une information judiciaire pour « *homicide volontaire* » est ouverte contre les militaires français mis en cause.

FRANCE - CÔTE D'IVOIRE :
LA CRISE ENTRE LES DEUX PAYS

Septembre 2002 : Paris lance l'opération Licorne en Côte d'Ivoire : 4 000 soldats sont déployés sous mandat de l'ONU, au côté de 6 500 casques bleus de toutes nationalités.

Le 6 novembre 2004, peu après 13 heures, deux avions de combat de type Soukhoï appartenant aux forces armées ivoiriennes survolent le camp français de Bouaké. L'un d'entre eux largue des roquettes. Neuf soldats français sont tués, ainsi qu'un civil américain.

En représailles, l'armée française détruit la quasi-totalité de l'aviation militaire ivoirienne. Ces événements déclenchent des manifestations antifrançaises et l'évacuation de plus de 8 000 Français de ce pays, coupé en deux par la rébellion.

Le 29 novembre 2004, Michèle Alliot-Marie, ministre de la défense, dénonce le bombardement auprès du procureur de la République près le tribunal aux armées de Paris, en invoquant l'article 698-1 du Code de procédure pénale.

Le 19 janvier 2005, une information judiciaire, confiée à la juge Brigitte Raynaud, est ouverte pour « *assassinats* » et « *tentative d'assassinats* ».

18 JUSTICE : Poursuivi pour « *trafic d'influence et recel d'abus de biens sociaux* » dans l'affaire des HLM des Hauts-de-Seine, l'ancien conseiller général (RPR) des Hauts-de-Seine Didier Schuller est condamné à cinq ans de prison, dont deux ferme, et 150 000 euros d'amende. Il annonce immédiatement faire appel du jugement. Patrick Balkany, maire (UMP) de Levallois-Perret et député des Hauts-de-Seine, poursuivi dans la même affaire, est relaxé.

18 TRAFIC : Une quinzaine de personnes sont interpellées lors du démantèlement d'un réseau de trafic de nourrissons d'origine bulgare. Huit bébés sont retrouvés en bonne santé.

20   EMPLOI : Le président de la République se rend à Lyon, pour inaugurer, dans une agence de l'ANPE, une *« plate-forme des vocations »*. Il s'agit de son premier déplacement en province, et en avion, depuis son accident vasculaire du 2 septembre.

21   PROTESTANTISME : Le premier ministre, Dominique de Villepin, rendant hommage à la Fédération protestante de France (FPF), qui fête son centenaire, fait un vibrant éloge de la loi de 1905 de séparation des Églises et de l'État, alors que le ministre de l'intérieur souhaite la création d'une *« commission de réflexion juridique sur les relations des cultes avec les pouvoirs publics »*, en vue de son aménagement. **Le 23**, Édouard Balladur, ancien premier ministre, se prononce à son tour pour une modification de la loi de 1905.

21   BUDGET : L'Assemblée nationale adopte, lors de l'examen du projet de loi de finances 2006, un amendement qui allège l'impôt de solidarité sur la fortune (ISF) pour les dirigeants et salariés d'entreprise détenant des actions nominatives pendant cinq ans. Mais le gouvernement refuse un amendement exonérant la résidence principale. **Le 25**, pour la première fois, les centristes de l'UDF, menés par François Bayrou, votent contre le volet recettes.

24   EDF : En signant avec la direction un contrat définissant ses missions de service public, le premier ministre Dominique de Villepin entame la procédure de privatisation partielle, consistant en une ouverture de 15 % du capital qui devrait rapporter environ 7 milliards d'euros. **Le 25**, la CGT dépose une pétition de 100 000 signatures contre cette privatisation. **Le 28**, l'action est proposée aux particuliers à un prix situé entre 28,50 et 33,10 euros.

24   IMMIGRATION : Dans un entretien au *Monde*, le ministre de l'intérieur, Nicolas Sarkozy, déclare vouloir à la fois expulser les sans-papier et «*renforcer des droits des immigrés en situation légale*», ne trouvant pas «*anormal qu'un étranger puisse voter*» aux élections municipales. **Le 25**, le président de la République Jacques Chirac lui réplique en déclarant que «*le droit de vote est lié à la nationalité*». **Le 28**, *Le Parisien* publie un sondage selon lequel 52% des Français sont opposés à cette proposition.

24 INFORMATIQUE : L'Institut national de recherche en informatique et en automatique (Inria) signe, avec le fondateur et président de Microsoft, Bill Gates, un accord-cadre prévoyant que des équipes communes travailleront à Orsay (Essonne), et que les logiciels conçus par ces équipes franco-américaines seront libres de droit.

24 TRANSPORTS URBAINS : Après vingt jours de grève de la Régie des transports de Marseille (RTM), la municipalité met en place un service gratuit de 50 cars de substitution, pour atténuer la paralysie du centre-ville. **Le 28**, le préfet refuse la réquisition demandée par la mairie. **Le 31**, Bernard Brunhes, le médiateur nommé par le gouvernement, arrive à Marseille, où il entame immédiatement ses consultations.

25 SÉCURITÉ SOCIALE : L'Assemblée nationale commence à examiner le projet de loi de financement pour 2006, le premier depuis la réforme de l'assurance-maladie d'août 2004. Il prévoit une franchise de 18 euros à la charge de l'assuré sur les actes médicaux de plus de 91 euros.

25 TRAVAIL AU NOIR : Pour lutter contre le travail illégal dans le bâtiment, une charte de bonne conduite est signée conjointement par sept organisations professionnelles du secteur du bâtiment et travaux publics (BTP) et cinq syndicats de salariés de la branche (CGT, CFDT, FO, CGC, CFTC).

26 TERRORISME : Le ministre de l'intérieur,

Nicolas Sarkozy, présente au conseil des ministres un projet de loi antiterroriste, prévoyant le renforcement de la vidéosurveillance, qui sera débattu en novembre à l'Assemblée nationale. La Commission nationale de l'informatique et des libertés (CNIL), sans rejeter le texte en bloc, formule plusieurs réserves et demande des garanties.

26 LOGEMENT : Le ministre de la cohésion sociale, Jean-Louis Borloo, présente au conseil des ministres un projet de loi « *portant engagement national pour le logement* », contenant des mesures techniques visant à développer l'offre de terrains à bâtir.

26 JUSTICE : Dans l'affaire des marchés publics d'Île-de-France, l'ex-président RPR du conseil régional d'Île-de-France Michel Giraud et l'ex-bras droit de Jacques Chirac, Michel Roussin, sont condamnés chacun à une peine de quatre ans de prison avec sursis, et à des amendes respectives de 80 000 et 50 000 euros, ainsi qu'à une privation de cinq ans de leurs droits civiques. Sur les 47 prévenus, seul François Donzel, élu écologiste, accusé d'avoir perçu 2 millions de francs, se voit infliger une peine de prison ferme. Gérard Longuet, ex-président du Parti républicain, est relaxé.

26 AMIANTE : Le Sénat publie le rapport de sa mission d'information sur les conséquences de la contamination par l'amiante. Alors que la nocivité de l'amiante est connue depuis le début du XXe siècle, le Sénat stigmatise la lenteur de la réaction des pouvoirs publics, « *anesthésiés* » par le lobby des industriels, et craint entre 60 000 et 100 000 morts dans les vingt-cinq ans à venir.

26 SÉCHERESSE : La ministre de l'écologie, Nelly Olin, présente en conseil des ministres un « *plan de gestion de la rareté de l'eau* » qui autorisera notamment la création de nouvelles retenues d'eau pour l'irrigation agricole.

27 RÉFORME DE L'ÉTAT : Le premier ministre Dominique de Villepin consacre l'essentiel de sa cinquième conférence de presse mensuelle, à laquelle assiste pour la première fois Nicolas Sarkozy, à la modernisation des services publics, et annonce la prochaine suppression du Commissariat général au Plan, remplacé par un «*conseil d'analyse stratégique*». Alain Etchegoyen, commissaire général du Plan, juge cette décision «*brutale, discrétionnaire et improvisée*». **Le 28**, Matignon annonce que M. Etchegoyen est démis de ses fonctions.

27 TERRORISME : *Le Figaro* révèle que, selon l'enquête en cours sur les «*filières tchétchènes*», des islamistes seraient en possession de deux missiles sol-air, faisant planer des menaces sur les vols aériens en France.

27 PRESSE : L'assemblée générale du Monde SA vote une augmentation de capital qui conclut avec succès l'ensemble du plan de restructuration économique et financière décidé à l'automne 2004. Le groupe Lagardère et le groupe espagnol Prisa apportent chacun 25 millions d'euros en numéraire, et le groupe italien Stampa 2,5 millions d'euros.

25 VIOLENCES URBAINES : Visitant de nuit une cité sensible d'Argenteuil (Val-d'Oise), le ministre de l'intérieur Nicolas Sarkozy est confronté à des échauffourées avec des jeunes qu'il traite de «*gangrène*» et de «*racaille*». **Dans la nuit 27 au 28**, à Clichy-sous-Bois (Seine-Saint-Denis), des groupes de jeunes s'en prennent à des policiers, à des pompiers et à des bâtiments publics, après la mort de deux adolescents électrocutés dans un transformateur EDF où ils s'étaient réfugiés. **Le 29**, après une nouvelle nuit de violences, au cours de laquelle une balle est tirée contre un véhicule de CRS, une manifestation silencieuse de plusieurs centaines de personnes a lieu dans les rues de la ville. **Le 30**, Nicolas Sarkozy, prône la « *tolérance zéro* » contre les délinquants, déclaration suivie d'une nouvelle nuit d'émeutes, au cours de laquelle une grenade lacrymogène atteint une mosquée. **Le 31**, les familles des victimes refusent d'être reçues par Nicolas Sarkozy, qui se rend sur place. Les interventions du ministre de l'intérieur sont de plus en plus contestées par la gauche, mais aussi par Azouz Begag, ministre délégué à la Promotion de l'égalité des chances.

28 RÉSISTANCE : Décès, à l'âge de 92 ans, de Georges Guingouin. Figure emblématique de la Résistance, il avait imposé pendant la Seconde Guerre mondiale son autorité de « *préfet du maquis* », qui vaudra à ce communiste d'être fait compagnon de la Libération.

28 EMPLOI : Pour le sixième mois consécutif, le nombre des demandeurs d'emploi baisse, pour atteindre les 2,3 millions, soit 100 000 de moins qu'en février.

31 PRESSE : Le quotidien *France-Soir*, titre mythique de Pierre Lazareff, en cessation de paiement depuis le 27, obtient un sursis du tribunal de commerce de Bobigny (Seine-Saint-Denis) qui le place en redressement judiciaire pour une période de six mois.

31 AFFAIRES : Quarante ans après l'enlèvement, devant la brasserie Lipp, à Paris (6ᵉ), de Mehdi Ben Barka, le maire de Paris, Bertrand Delanoë, lui rend hommage, lundi 31 octobre, en inaugurant une place à son nom, à l'angle de la rue du Four et de la rue Bonaparte. ◾

International

1er INDONÉSIE : Trois attentats frappent à quelques minutes d'intervalle les stations balnéaires de Jimbaran et de Kuta, sur l'île touristique de Bali, faisant au moins 26 morts, dont les trois kamikazes, et quatre touristes australiens, et plus de 120 blessés. Pour la première fois en Indonésie, il s'agit d'attentats-suicides.

1er IRAK : Alors que débute le Ramadan, l'armée américaine lance une nouvelle opération militaire près de la frontière syrienne contre les insurgés sunnites irakiens et les combattants du mouvement djihadiste Al-Qaida, afin de tenter de rétablir le calme avant le référendum constitutionnel du 15. Quelque 1 000 soldats participent à cette opération, baptisée Iron Fist (« Main de fer »), alors que le nombre total de soldats américains est porté à 152 000 (+14 000). **Le 6**, le président George Bush affirme que l'Irak est, pour *« les terroristes, le front principal de la guerre contre l'humanité »*. **Le 19**, le journaliste britannique Rory Carroll, du *Guardian*, est enlevé à Bagdad, puis libéré le lendemain. Le même jour, le ministère français des affaires étrangères confirme la mort de Fred Nérac, caméraman d'ITN, le 22 mars 2003, près de Bassora. **Le 24**, 17 personnes sont tuées à Bagdad dans trois attentats-suicides spectaculaires, près d'hôtels habités par des journalistes étrangers sur la place du Paradis, où la statue de Saddam Hussein avait été déboulonnée le 9 avril 2003. **Le 25**, le seuil des 2 000 morts américains depuis le début de la guerre est franchi, le nombre des morts irakiens étant de 25 000 à 30 000 selon une ONG britannique.

1er BANQUES : La fusion entre Mitsubishi Tokyo Financial Group (MTFG), deuxième institution bancaire au Japon, et de Union Financial Japan (UFJ) Holdings, numéro quatre du secteur, donne naissance au nouveau groupe japonais MUFG. Totalisant 190 000 milliards de yens (1 400 milliards d'euros) d'actifs, il devient la première banque mondiale — en terme de bilan — devant le géant américain Citigroup.

1er ÉTATS-UNIS : Robert Iger, 54 ans, jusqu'ici numéro deux du groupe, prend ses fonctions de P-DG de la Walt Disney Company, tournant, en douceur, une page de l'histoire du studio hollywoodien. Il succède à Michael Eisner, 63 ans, qui quitte son poste un an avant l'expiration de son contrat.

2 CATHOLICISME : En ouvrant, à Rome, la 11e Assemblée ordinaire du Synode des évêques, le pape Benoît XVI revient sur les thèmes de la laïcité et du relativisme des sociétés contemporaines. Pékin a refusé les visas aux quatre évêques chinois dont la présence avait été annoncée par le pape.

2 ALLEMAGNE : Deux semaines après les élections législatives qui n'ont pu départager les forces en présence, les électeurs de Dresde (Saxe), appelés à se prononcer en raison du décès d'une candidate, élisent un député chrétien-démocrate (CDU), portant ainsi l'avantage du parti conservateur d'Angela Merkel au Bundestag à quatre sièges (226) sur les sociaux-démocrates (SPD) du chancelier sortant Gerhard Schröder (222). **Le 10**, les négociations entre les deux partis aboutissent à un accord pour que la présidente de la CDU, Angela Merkel, soit désignée chancelière d'un gouvernement de «*grande coalition*». Mais elle doit accepter, en échange, de partager à égalité les 16 ministères entre chrétiens-démocrates et sociaux-démocrates. C'est la première fois qu'une femme dirigera un cabinet allemand. **Le 12**, le chancelier sortant Gerhard Schröder confirme qu'il n'en fera pas partie. **Le 13**, le SPD désigne son président, Franz Müntefering, comme vice-chancelier de cette grande coalition, et Franz-Walter Steinmeier, proche de Gerhard Schröder, ministre des affaires étrangères. **Le 24**, les deux forces de la coalition concluent un accord sur la réalisation d'un plan d'économies d'au moins 35 milliards d'euros dans le budget 2007, s'ajoutant aux 15 milliards prévus en 2006. **Le 31**, Franz Müntefering renonce à briguer un nouveau mandat de secrétaire général du SPD, et déclare douter de sa participation à la «*grande coalition*» d'Angela Merkel, plongeant les négociations en cours dans l'incertitude.

3 ÉTATS-UNIS : George W. Bush désigne une avocate texane, Harriet Miers, 60 ans, pour siéger à la Cour suprême. **Le 27**, elle doit se retirer sans attendre les auditions de confirmation, le président cédant à son aile conservatrice qui la juge trop modérée dans la bataille contre l'avortement. **Le 31**, le président George Bush nomme Samuel Alito, un magistrat très conservateur, pour la remplacer.

4 UNION EUROPÉENNE : Les ministres des affaires étrangères des 25 parviennent, après vingt-quatre heures de négociations laborieuses, à fixer le cadre des négociations avec la Turquie en vue de son adhésion. L'Autriche, qui y était opposée, abandonne sa revendication d'un partenariat privilégié contre l'ouverture de négociations d'adhésion avec la Croatie. Le même jour, Jacques Chirac, évoquant les projets de licenciements de Hewlett Packard en Europe, et particulièrement en France, accuse Bruxelles de ne pas défendre «*avec suffisamment de détermination et d'énergie les intérêts de l'Europe, et en particulier les intérêts économiques*». **Le 6**, dans *Le Monde*, le président de la Commission européenne, José Manuel Durão Barroso, lui rappelle le devoir de ne pas attaquer les institutions européennes.

4 AFGHANISTAN : Devenu le porte-parole des talibans depuis la chute du régime islamiste, en 2001, le mufti Latifullah Hakimi est arrêté, dans la province pakistanaise du Baloutchistan. **Le 5**, en visite à Paris, le président Hamid Karzaï promet d'éradiquer la drogue de son pays, redevenu premier producteur mondial d'opium.

4 OUZBÉKISTAN : L'Union européenne adopte un embargo sur les exportations d'armes vers l'Ouzbékistan en raison du refus de Tachkent d'accepter une enquête internationale indépendante sur la tuerie d'Andijan en mai.

4 RUSSIE : Quatre-vingt-cinq ans après son exil, cinquante-huit ans après sa mort, le général tsariste Anton Denikine est réhabilité dans son pays d'origine. Sa dépouille et celle de son épouse sont inhumées en grande pompe, au monastère Donskoï de Moscou.

5 DROIT INTERNATIONAL : Le Tribunal constitutionnel de Madrid, en se déclarant apte à juger les crimes commis contre les Indiens du Guatemala, établit sa compétence pour juger les génocides et crimes contre l'humanité commis hors d'Espagne, quelle que soit la nationalité des victimes. Il suit ainsi le précédent posé par la Belgique en 1993, qui avait dû faire machine arrière dix ans plus tard devant l'afflux de plaintes.

JUSTICE INTERNATIONALE : UN LONG PARCOURS DEPUIS NUREMBERG, EN 1945

Au lendemain de la Seconde Guerre mondiale, les Alliés créent les tribunaux militaires internationaux de Nuremberg (1945) et de

Tokyo (1946), où dignitaires nazis et responsables japonais sont jugés pour crimes contre la paix.

1993 : La justice internationale prend véritablement son essor avec la création du Tribunal pénal international pour l'ex-Yougoslavie (TPIY) par le Conseil de sécurité.

Novembre 1994 : Le Tribunal pénal international pour le Rwanda (TPIR) est à son tour établi. Dans la foulée, trois autres tribunaux *ad hoc* sont mis sur pied : le Tribunal spécial pour la Sierra Leone, celui pour le Cambodge et le Tribunal spécial irakien, créé à la veille de l'arrestation de Saddam Hussein à Bagdad, en décembre 2003.

17 juillet 1998 : Le traité de fondation de la Cour pénale internationale (CPI) est adopté par 162 États. La CPI est compétente pour juger les génocides, crimes contre l'humanité et crimes de guerre commis à partir du 1er juillet 2002, date de sa mise en place effective, mais n'intervient que lorsque les États sont jugés inaptes à engager des poursuites. Plusieurs pays, dont les États-Unis, s'opposent à sa juridiction.

Printemps 2001 : La Belgique ouvre un procès au titre de sa loi dite « *de compétence universelle* », contre quatre Rwandais.

Une vingtaine de commissions « Vérité et réconciliation » sont apparues depuis le début des années 80. Celle de l'Afrique du Sud, mise en place à la fin de l'apartheid, passe pour l'exemple le plus réussi.

5 ASSURANCES : Un mois après la confirmation de la condamnation de l'État français dans le cadre de l'affaire Executive Life, la justice américaine annule le jugement condamnant Artémis, la holding de tête du groupe Pinault, à payer 700 millions de dollars d'amende.

5 ITALIE : Marina Berlusconi, fille aînée du président du conseil, est nommée présidente de la Fininvest, la holding de tête de la famille qui contrôle de nombreux médias du pays.

6 ITALIE : Victime en 2003 d'une banqueroute frauduleuse qui a creusé un trou de plus de 14 milliards d'euros dans ses caisses, le groupe agroalimentaire Parmalat fait son retour à la Bourse de Milan, et réclame plus de 50 milliards d'euros de dommages et intérêts aux banques.

6 AÉRONAUTIQUE : Le constructeur européen Airbus lance la fabrication de l'A350, concurrent du 787 Dreamliner de Boeing, en renonçant aux aides accordées par la France, l'Allemagne, le Royaume-Uni et l'Espagne. Le représentant américain au commerce maintient néanmoins son recours à l'OMC, reprochant à l'avionneur européen d'être subventionné.

6 IMMIGRATION : Six émigrants africains sont tués en tentant, avec des centaines d'autres, de franchir la clôture frontalière de l'enclave espagnole de Melilla, au Maroc. De nombreux clandestins sont arrêtés, d'autres fuient dans le désert, où ils sont abandonnés plusieurs jours, sans aide ni assistance. **À partir du 10**, la plupart sont renvoyés dans leur pays natal sur des vols marocains. **Le 12**, plaidant pour un « *partenariat stratégique* » entre l'Union européenne et l'Afrique, le président de la Commission, José Manuel Barroso, propose la tenue d'un sommet d'urgence avec l'Algérie et le Maroc pour contrôler l'immigration.

6 PANDÉMIE : Selon les revues *Science* et *Nature*, des chercheurs américains ont recréé in vitro le virus de la grippe espagnole, qui avait fait des dizaines de millions de morts dans les années 10, pour mieux se préparer à lutter contre une éventuelle pandémie de grippe aviaire. **Le 13**, la Commission européenne confirme la présence du virus « *hautement pathogène* » H5N1 chez les oiseaux retrouvés morts en Turquie. En Roumanie, des élevages sont abattus après la découverte de cas similaires. La psychose commence à gagner ces pays, où la population dévalise les pharmacies. **Le 14**, le premier ministre français, Dominique de Villepin, demande de « *ne pas céder à la panique* ». **Le 17**, des cas suspects sont identifiés en Macédoine, en Croatie ainsi qu'en Grèce, premier pays de l'Union européenne à être concerné. **À partir du 19**, plusieurs pays (Allemagne, Pays-Bas, Norvège) prescrivent l'enfermement préventif des volailles, tandis que la menace fait chuter de 20 % les ventes de volailles en grande surface. **Le 20**, des foyers sont découverts en Oural (Russie) et, **le 21**, en Grande-Bretagne. **Le 25**, le gouvernement français prescrit le confinement des élevages de volailles dans 21 départements présentant un risque particulier de contact avec des oiseaux migrateurs, vecteurs potentiels de la transmission du virus grippal H5N1. Le rassemblement d'oiseaux vivants sur des marchés ou expositions est interdit sur l'ensemble du territoire. **Le 26**, la Commission européenne déconseille de manger des œufs crus, tandis que Dominique Bussereau, ministre français de l'agriculture, réactive les systèmes d'information utilisés pour la crise de la vache folle.

7 PRIX NOBEL : Le prix Nobel de la paix est attribué à l'Agence internationale de l'énergie atomique (AIEA) et à son directeur général, l'Égyptien Mohamed el-Baradei, pour leurs efforts en faveur de la non-prolifération des armes nucléaires dans le monde.

7 BELGIQUE : Pour la première fois depuis treize ans, une grève générale est organisée à l'appel du syndicat socialiste FGTB, pour protester contre des projets de réforme de la Sécurité sociale et des retraites. **Le 12**, la Poste, fortement endettée et menacée d'un dépôt de bilan, annonce qu'elle cède la moitié de son capital à la Poste danoise. **Le 28**, la seconde grève nationale en moins d'un mois entend protester contre le projet de réforme de la préretraite par le gouvernement.

7 CHIMIE : Le britannique Ineos, en rachetant

Innovene, qui appartenait à British Petroleum, pour 9 milliards de dollars (7,2 milliards d'euros), devient la quatrième entreprise mondiale du secteur.

7-8 CATASTROPHES : Le passage de la dépression tropicale Stan en Amérique centrale fait au moins 668 morts au Guatemala, pays le plus touché, et près de 850 disparus, dont la moitié sont des enfants. Les glissements de terrain provoquent d'énormes dégâts, estimés à plus de 130 millions de dollars. Les routes et ponts sont détruits, la route Panaméricaine est coupée. Environ 3 millions de personnes sont affectées.

8 SÉISME : Un violent séisme, d'une magnitude de 7,3 à 7,5 sur l'échelle de Richter, avec pour épicentre Muzaffarabad, située à 100 kilomètres au nord de la capitale Islamabad, ravage le Cachemire sous administration pakistanaise, faisant plus de 76 000 morts et 69 000 blessés, parmi lesquels de nombreux enfants. La partie indienne de la région est également touchée, avec plus de 1 000 morts. Tandis que la communauté internationale se mobilise peu, l'Inde, pourtant en conflit avec le Pakistan au sujet du Cachemire, se singularise en offrant son aide. Les secours ne parvenant que difficilement dans les zones ravagées, les pluies et le froid menacent la vie des milliers de sans-abri. **Le 12**, le président pakistanais, le général Pervez Musharraf, admet que son gouvernement n'était pas préparé à affronter une telle catastrophe. **Le 18**, il propose à l'Inde d'ouvrir la ligne de contrôle (LOC) qui sépare, dans le territoire disputé du Cachemire, l'Inde du Pakistan. **Le 21**, l'OTAN consent un effort humanitaire *« sans précédent »* en mobilisant un millier d'hommes pour venir en aide au Cachemire. **Le 23**, l'ONU lance un appel à l'aide pour les quelque 800 000 sans-abri, le jour même où Al-Qaida demande aux musulmans de venir en aide aux victimes du séisme.

8 ÉTATS-UNIS : Delphi, premier équipementier automobile américain, et numéro deux mondial, annonce sa décision de se placer sous la protection de la loi sur les faillites. La direction propose de fermer des usines, et de réduire les salaires de moitié.

9 POLOGNE : Le libéral Donald Tusk (Plateforme civique, PO) arrive en tête du premier tour de l'élection présidentielle avec 36,33 % des voix devant son principal concurrent, le catholique conservateur Lech Kaczynski (Droit et justice, 33,1 %). 500 000 voix séparent les deux candidats de droite. Le taux d'abstention élevé (environ 40 %) choque Lech Walesa, premier président de la Pologne démocratique, qui se pose la question de l'utilité de ses combats. **Le 23**, au second tour, Lech Kaczynski, 56 ans, frère jumeau du président de Droit et justice, est élu président de la République avec 54,04 % des suffrages, contre 45,96 % pour son rival, le libéral Donald Tusk, avec une participation de 50,99 %. **Le 31**, Le président sortant, Aleksander Kwasniewski, nomme le catholique conservateur Kazimierz Marcinkiewicz (Droit et justice) chef du gouvernement. Celui-ci renonce à une coalition avec les libéraux, et forme un gouvernement minoritaire qui remplace le gouvernement de gauche de Marek Belka, battu aux élections législatives du 25 septembre.

10 ÉTATS-UNIS : Le conseil d'administration de Refco, principal courtier américain des marchés à terme, introduit en Bourse en août, révèle que les comptes du groupe sont faux, et que le P-DG, Philip Bennett, dissimule, depuis 1998, 430 millions de dollars (356 millions d'euros) de dettes et de mauvaises créances. **Le 17**, Refco annonce vendre sa principale activité de courtage à terme pour 768 millions de dollars (640 millions d'euros) à JC Flowers, et son intention de se placer sous la loi de protection des faillites.

10 OUGANDA : Milton Obote, premier président du pays après l'indépendance en 1962, meurt en exil dans un hôpital sud-africain à l'âge de 80 ans.

11 CANADA : En rachetant son concurrent canadien Falconbridge, pour 12,8 milliards de dollars canadiens (9,1 milliards d'euros), le groupe minier Inco va donner naissance, début 2006, au premier producteur mondial de nickel, devant le russe Norilsk Nickel.

12 LIBAN-SYRIE : Le gouvernement syrien annonce le suicide du ministre de l'intérieur, Ghazi Kanaan. Entendu par la commission d'enquête de l'ONU sur l'assassinat de l'ancien premier ministre libanais Rafic Hariri à Beyrouth, le 14 février, il avait déclaré, le matin même, sur une chaîne privée libanaise de radio, y faire «*probablement* [*sa*] *dernière déclaration*». **Le 20**, un rapport d'une commission d'enquête de l'ONU, rédigé par le juge allemand Detlev Mehlis, dénonce l'implication du beau-frère et du frère du président Bachar al-Assad, ainsi que celle du président libanais, Émile Lahoud. **Le 21**, le président américain George Bush demande une réunion d'urgence du Conseil de sécurité de l'ONU sur le sujet. **Le 29**, pour éviter les foudres de l'ONU, la Syrie crée sa propre commission sur l'assassinat de Rafic Hariri. **Le 31**, le Conseil de sécurité de l'ONU adopte unanimement la résolution 1636 qui somme Damas d'arrêter tout Syrien soupçonné d'implication dans l'attentat qui a coûté la vie à Rafic Hariri.

13 RUSSIE : Naltchik, la capitale de Kabardino-Balkarie, république à dominante musulmane du Caucase du Nord, est la cible d'un assaut de plusieurs dizaines de rebelles musulmans armés. **Le 14**, les forces russes reprennent le contrôle de la ville, mettant fin à deux prises d'otages. Les combats ont fait au moins 137 morts, dont 72 parmi les assaillants. Le chef de guerre tchétchène, Chamil Bassaev, revendique cette opération.

13 ITALIE : Le Parlement italien, dominé par la droite au pouvoir, adopte une série de mesures modifiant le mode de scrutin au profit d'une forme de système proportionnel, à quelques mois des élections législatives du printemps 2006.

13-15 FEMMES : Pour sa première édition, le Women's Forum for the Economy and Society (Forum des femmes) réunit, à Deauville (Calvados), plus de 500 femmes chefs d'entreprises, cadres, élues, ainsi que des militantes venues du monde entier.

14 JAPON : Le Parlement japonais adopte, par 134 voix contre 100, la privatisation du système postal japonais, réforme préconisée depuis longtemps par le premier ministre Junichiro Koizumi au nom de l'efficacité économique.

14 BRÉSIL : Le Conseil administratif de défense économique (CADE), chargé de veiller à la libre concurrence, condamne 20 laboratoires pharmaceutiques à une amende correspondant à 1 ou 2 % du chiffre d'affaires brut réalisé en 1998, pour avoir voulu empêcher l'arrivée de médicaments génériques.

15 IRAK : Dans une capitale et un pays en état de siège, où les attentats ont fait plus de 500 morts en dix-huit jours, 15,5 millions d'électeurs se prononcent par référendum sur le projet de constitution élaboré par l'assemblée élue en janvier, instituant un État fédéral. Malgré quelques attaques, aucun incident majeur ne vient troubler le scrutin. **Le 26**, les résultats officiels sont publiés. Avec un taux d'abstention de 37 %, 78,59 % des électeurs approuvent le texte. Seules deux provinces sunnites votent majoritairement « non », alors qu'il en fallait trois pour bloquer le processus. La voie est ainsi ouverte pour des élections législatives, prévues le 15 décembre. Les États-Unis et l'ONU saluent «*une nouvelle journée historique*» de l'histoire du pays.

15 TIBET : La première locomotive du train le plus haut du monde arrive à Lhassa, en provenance de Golmud (Chine). L'ouverture commerciale de cette nouvelle ligne de chemin de fer, prévue au printemps 2007, désenclavera le Tibet, tout en accélérant également la sinisation.

16 ITALIE : Pour la première fois, la gauche organise des primaires pour choisir son chef. Plus de 4 millions d'Italiens prennent part au vote et désignent à 74,1 % l'ancien président de la Commission européenne Romano Prodi pour conduire la coalition aux élections législatives de 2006.

16 SYRIE : Pour la première fois, des partis et des personnalités arabes et kurdes d'obédiences politiques diverses publient sur Internet une plate-forme commune «*pour le changement national démocratique*» dont l'objectif est le changement de régime par les voies «*pacifiques et démocratiques*», afin d'instaurer un «*État de droit*».

16 CATHOLICISME : Pour la première fois, un pape accorde un entretien télévisé. Benoît XVI, interrogé par la première chaîne publique polonaise, TVP1, raconte, pendant seize minutes, son amitié avec Jean-Paul II.

17 PROCHE-ORIENT : L'armée israélienne impose à nouveau des restrictions de circulation aux Palestiniens de Cisjordanie, au lendemain d'une attaque meurtrière dans laquelle trois Israéliens ont été tués. **Le 26**, le premier attentat-suicide meurtrier depuis le retrait israélien de la bande de Gaza, en août, tue cinq Israéliens et en blesse une trentaine d'autres dans la ville côtière de Hadera (nord du pays). **Le 27**, en représailles, l'armée israélienne bombarde la bande de Gaza, tuant sept Palestiniens dans le camp de réfugiés de Jabaliya.

17-20 CHINE : En visite à Pékin, le secrétaire d'État américain Donald Rumsfeld se fait l'écho des préoccupations de Washington face à la modernisation de l'armée populaire.

18 UE : Le ministère français de l'agriculture désavoue les positions que pourrait prendre le commissaire européen Peter Mandelson au sujet de l'agriculture dans le cadre de la renégociation du cycle de Doha par l'Organisation mondiale du commerce (OMC). **Le 27**, Jacques Chirac rappelle, au sommet informel de Hampton Court (Londres), que la France opposera son veto à toute remise en cause de la politique agricole commune (PAC), telle qu'elle a été réformée en 2003. **Le 28**, la Commission européenne, en proposant une baisse de 30 à 65 % des droits de douane agricoles, ne tient pas compte des réticences françaises.

18 GRANDE-BRETAGNE : Le premier ministre Tony Blair, cédant à la forte pression des syndicats, décide de maintenir à 60 ans l'âge légal de la retraite pour les salariés du secteur public, alors qu'il avait l'intention de porter celui-ci à 65 ans. Le même jour, la Chambre des communes vote le rétablissement de la carte d'identité obligatoire, qui avait été abandonnée en 1952.

19 IRAK : L'ancien dictateur Saddam Hussein comparaît, avec sept coaccusés, devant le Tribunal spécial irakien (TSI), qui tient sa première audience dans le secteur fortifié de la « zone verte » de Bagdad. Premier chef d'État arabe à être jugé dans son propre pays, il est d'abord entendu pour le massacre de 143 chiites, en 1982, après un attentat raté contre lui. L'audience est retransmise à la télévision irakienne, en léger différé pour permettre à la censure américaine de s'exercer. Combatif, l'ancien dictateur récuse ses juges et plaide non-coupable. Mais de nombreux témoins cités, effrayés, ne se présentant pas à la barre, l'audience est ajournée au 28 novembre. **Le 20**, l'avocat d'un des coaccusés de Saddam Hussein est enlevé à son domicile de Bagdad, et exécuté.

19 GÉORGIE : Salomé Zourabichvili, diplomate française de carrière, devenue ministre des affaires étrangères quatre mois après la «*révolution démocratique*» de novembre 2003, est démise de ses fonctions par le premier ministre, Zourab Nogaïdeli. **Le 20**, entre 5 000 et 10 000 Géorgiens se rassemblent à l'hippodrome de Tbilissi, la capitale, pour lui manifester leur appui.

20 NIGERIA : Le Club de Paris, instance informelle regroupant 19 pays créanciers, efface 60 % de la dette du pays le plus endetté d'Afrique.

20 MANCHE : Eurotunnel annonce un plan de départs volontaires de 900 employés (français et britanniques), soit le quart de ses salariés.

20 INFORMATIQUE : Le moteur de recherche Google annonce un bénéfice net trimestriel multiplié par sept, de 382 millions de dollars entre juillet et septembre (320 millions d'euros), et un doublement de son chiffre d'affaires (1,58 milliard de dollars). Le 21, à Wall Street, le cours de l'action bondit de 12,1 %, et atteint des sommets inégalés (339,9 dollars).

22 RUSSIE : Décès d'Alexandre Iakovlev, à l'âge de 81 ans. Idéologue de la perestroïka, il fut une figure du mouvement réformateur de la fin des années 80, et était resté un infatigable défenseur de la démocratie et de la liberté de la presse.

22 BANQUES : Le groupe italien Unicredit annonce avoir acquis, par offre publique d'échange, 74,26 % du capital de la banque allemande HypoVereinsbank (HVB). Avec l'acquisition de deux filiales de sa proie, l'autrichienne Bank Austria et la polonaise BHP, il réalise ainsi la plus importante fusion transfrontalière jamais réalisée dans le secteur bancaire européen, d'un montant d'environ 19 milliards d'euros.

22   TRANSPORT AÉRIEN : Un Boeing 737 de la compagnie nigériane Bellview Airlines, qui devait relier Lagos à Abuja, s'écrase à son décollage, tuant les 111 passagers et les sept membres d'équipage.

23   ARGENTINE : Le président Nestor Kirchner sort renforcé des élections législatives et sénatoriales partielles, qui donnent environ 40 % des voix aux candidats de son parti.

23   BRÉSIL : À près de 64 %, les Brésiliens disent « non » au référendum sur l'interdiction du commerce des armes à feu. Au Brésil, 36 000 personnes sont assassinées tous les ans dont 63,9 % par armes à feu.

24   ÉTATS-UNIS : Le président George Bush nomme Ben Bernanke, 51 ans, à la tête de la Réserve fédérale américaine, la « Fed ». Ce républicain modéré succédera, le 31 janvier 2006, à Alan Greenspan, 79 ans, qui dirige la première banque centrale du monde depuis dix-huit ans.

24   CATASTROPHES : Le cyclone Wilma ravage la Floride, faisant quatre morts et environ 10 milliards de dollars de dégâts, après être passé en Haïti, où l'on déplore 10 morts, et sur le Yucatán (Mexique) où la station balnéaire de Cancún, inondée, a dû être évacuée. **Le 27**, Cuba accepte l'assistance des États-Unis après les inondations provoquées par le cyclone, mais les États-Unis ne donneront pas suite.

24   ÉTATS-UNIS : Décès, à l'âge de 92 ans, de Rosa Parks, pionnière du mouvement des droits civiques. Elle avait refusé, en 1955, de céder sa place à un Blanc dans un bus, déclenchant un mouvement de soutien mené par le jeune pasteur Martin Luther King. **Le 30**, son cercueil est exposé au Capitole, à Washington, honneur habituellement réservé aux présidents défunts. Elle est la première femme à bénéficier de ce cérémonial.

24 ALLEMAGNE : Deux investisseurs étrangers, la société Mecom, de l'Irlandais David Montgomery, et l'américain Veronis Suhler Stevenson (VSS), achètent au groupe de presse allemand Holtzbrinck les deux principaux quotidiens diffusés dans la capitale, le *Berliner Zeitung* et le *Berliner Kurier*.

26 CHINE : Décès, à l'âge de 89 ans, de Rong Yiren, ancien vice-président de la République populaire, et porte-drapeau du capitalisme en Chine après l'épisode maoïste.

26 IRAN : Quatre mois après son élection à la tête de la République islamique, le président Mahmoud Ahmadinejad déclare, dans une conférence consacrée à un « *monde sans sionisme* », qu'« *Israël doit être rayé de la carte* ». Ces propos soulèvent l'indignation de la communauté internationale, préoccupée par les ambitions nucléaires de Téhéran. **Le 27**, le premier ministre israélien Ariel Sharon déclare que l'Iran n'a plus sa place au sein de l'ONU, et Jacques Chirac qualifie ces propos de « *tout à fait insensés et irresponsables* ».

27 PAYS-BAS : Onze immigrés clandestins meurent dans l'incendie du centre de rétention de l'aéroport d'Amsterdam-Schipol.

27 CHINE : La troisième banque chinoise, China Construction Bank, en introduisant 12 % de son capital à la Bourse de Hongkong, réalise l'opération la plus importante au monde depuis celle de Kraft Foods en 2001, et espère ainsi lever 8 milliards de dollars (6,6 milliards d'euros).

27 UE : Les chefs d'État et de gouvernement des 25 se réunissent en sommet informel au palais de

Hampton Court, près de Londres, pour débattre des projets d'action proposés par Tony Blair, mais sans trouver d'unanimité sur le *« fonds d'ajustement à la mondialisation »*.

27 COMMERCE MONDIAL : L'Organisation mondiale du commerce (OMC) rejette la proposition de l'UE sur un tarif douanier concernant la banane, estimant qu'il empêcherait les exportateurs latino-américains d'avoir un accès équitable au marché.

28 ÉTATS-UNIS : Le directeur de cabinet du vice-président américain Dick Cheney, Lewis « Scooter » Libby, est inculpé de faux témoignage, parjure et entrave à la justice dans l'affaire des fuites, aux dépens d'un agent de la CIA épouse d'un diplomate américain opposé à une intervention en Irak. Il démissionne aussitôt de ses fonctions.

29 INDE : Trois attentats contre des marchés et un autobus, à New Delhi, font 61 morts et 188 blessés. Malgré la revendication de ces attentats par un groupe séparatiste cachemiri, l'Inde et le Pakistan confirment l'ouverture de la frontière à la suite du séisme du 8. Le même jour, le déraillement d'un train en Andhra Pradesh (sud-est du pays) fait 110 morts et 92 blessés.

30 CÔTE D'IVOIRE : Le mandat régulier du président Laurent Gbagbo prend fin. Mais l'ONU, prenant acte de l'impossibilité d'organiser, dans un pays divisé, des élections présidentielles, le maintient en poste pour un an au maximum. Alors que l'on craignait un soulèvement populaire, seules quelques échauffourées ont lieu à Abidjan.

31 TÉLÉPHONE : L'opérateur téléphonique espagnol Telefonica lance une OPA amicale de 17,7 milliards de livres (26 milliards d'euros) sur le britannique O2. Il s'agit de l'offre la plus importante du secteur depuis l'éclatement de la bulle technologique en 2001.

31 VACCINS : Le groupe pharmaceutique suisse Novartis achète le laboratoire américain Chiron, numéro deux mondial des vaccins, pour 5,1 milliards de dollars (4,25 milliards d'euros), soit sa troisième plus grosse acquisition depuis le début de l'année. ■

Science

1ᵉʳ ESPACE : Le vaisseau russe Soyouz décolle de la base de Baïkonour pour rejoindre la station spatiale internationale (ISS), avec à son bord un équipage auquel se joint le troisième « *touriste spatial* », l'Américain Gregory Olsen, qui a payé 20 millions de dollars son accès au vol. **Le 11**, Soyouz se pose dans la steppe kazakhe, ramenant à son bord l'astronaute russe Sergueï Krikalev, qui, avec 800 jours cumulés, bat le record de durée des séjours dans l'espace.

3 ASTRONOMIE : Une éclipse partielle de soleil parcourt le sud de la France. Elle est annulaire en Espagne, avant de traverser l'Algérie, la Tunisie et l'Afrique orientale.

3 PRIX NOBEL : Le prix Nobel de médecine et de physiologie est attribué à deux chercheurs australiens, Barry Marshall et Robin Warren, pour leur découverte sur les origines des ulcères digestifs. **Le 4**, le prix Nobel de physique est décerné aux Américains Roy Glauber et John Hall, ainsi qu'à l'Allemand Theodor Hänsch, pour la qualité de leur apport théorique et expérimental au développement des applications du laser. **Le 5**, le prix Nobel de chimie est décerné au Français Yves Chauvin et aux

Américains Robert Grubbs et Richard Schrock, pour leurs travaux sur les réactions dites « *de métathèse* », utilisées en chimie organique.

7 MÉDECINE : La réunion annuelle de la Société américaine des maladies infectieuses annonce l'efficacité d'un vaccin préventif du col de l'utérus, fruit des recherches du professeur Ian Frazer (université du Queensland). Mis au point par la société australienne CSL Ltd, ce vaccin est développé, sous le nom de Gardasil, par les multinationales pharmaceutiques Sanofi-Pasteur et Merck.

8 ESPACE : Le satellite européen Cryosat, conçu pour mesurer avec précision l'épaisseur des glaces polaires, s'abîme dans l'océan Arctique peu après son lancement par une fusée Rockot du Cosmodrome de Plessetsk (Russie).

12-17 ESPACE : Le vaisseau Shenzhou-VI (« Vaisseau divin-VI ») et ses deux « *taïkonautes* », Fei Junlong et Nie Haisheng, lancé de la base de Jiuquan (Mongolie-Intérieure), par une fusée Longue Marche-2F, effectue un vol de 115 heures et 32 minutes, accomplissant 76 orbites autour de la Terre. Il s'agit du second vol spatial habité chinois, le prochain devant avoir lieu en 2007.

13 ESPACE : La fusée Ariane-5 lance avec succès, depuis Kourou (Guyane française), deux satellites, dont le satellite français de communications militaires Syracuse 3A, qui va permettre de décupler les capacités de communications de l'armée française, et d'assurer des liaisons d'une discrétion inégalée, totalement protégées contre le brouillage.

19 CLONAGE : Cinq mois après avoir franchi une étape majeure dans la maîtrise du clonage dans l'espèce humaine, le professeur Wook Suk-hwang (université de Séoul, Corée du Sud) annonce la création du premier centre de recherche sur cette technique, ainsi que le lancement d'une fondation mondiale sur les cellules souches.

27 INFORMATIQUE : Le superordinateur Blue Gene d'IBM bat son propre record de vitesse de calcul avec 280 600 milliards d'opérations par seconde (soit 280,6 téraflops).

28 CHIMIE : Décès, à l'âge de 62 ans, de l'Américain Richard Smalley, colauréat du prix Nobel de chimie 1996. La découverte, avec le Britannique Harold Kroto et l'Américain Robert Curl, des fullerènes avait révolutionné le monde du carbone. ∎

Culture

1er MUSÉES : Le musée Getty annonce le départ de Marion True, directrice et curatrice des antiquités de la villa Getty de Malibu (Californie), provisoirement fermée. La raison invoquée n'est pas directement liée au procès intenté par les autorités italiennes contre elle pour acquisition et recel de biens archéologiques exportés illégalement, mais concerne une affaire de conflit d'intérêts concernant l'achat d'une maison en Grèce.

1-2 FÊTE : Pour sa 4e édition, la « Nuit Blanche », élaborée par Jean Blaise, bat son record d'affluence à Paris, avec 1,3 million de visiteurs. Pour la première fois, le parc du château de Versailles ouvre ses bosquets à l'art contemporain.

2 CINÉMA : Le Grand Prix du 14e Festival de Biarritz, qui s'est ouvert le 26 septembre, est attribué à *Tatuado*, de l'Argentin Eduardo Raspo.

3 NUMÉRISATION : Le groupe Internet américain Yahoo annonce sa participation à l'élaboration d'une bibliothèque numérique de plusieurs dizaines de milliers de livres, accessibles gratuitement aux internautes.

3 LITTÉRATURE : Décès, à l'âge de 40 ans, de l'écrivain, éditeur et militant gay Guillaume Dustan, mort à la suite d'une intoxication médicamenteuse involontaire.

4 JARDINS : Décès, à l'âge de 59 ans, de Jean-Paul Pigeat, créateur du Festival international des jardins de Chaumont-sur-Loire (Loir-et-Cher).

5 CINÉMA : Neuf ans après l'ouverture du MK2 dans le XIXe arrondissement de Paris, Marin Karmitz inaugure un nouveau complexe cinématographique de six salles de cinéma (1 080 places au total), un café et une boutique de livres et DVD.

5 TÉLÉVISION : En lançant Foxlife, nouvelle chaîne de télévision diffusée sur CanalSat, le magnat américain Rupert Murdoch manifeste son intérêt pour l'Europe continentale.

5 LITTÉRATURE : Décès, à l'âge de 87 ans, du journaliste et écrivain Maurice Chavardès. Son nom est attaché aux débuts de *Témoignage chrétien*, journal issu de la Résistance.

7 MUSIQUE : Le ministre de la culture, Renaud Donnedieu de Vabres, annonce, à la session de clôture du Forum national des musiques actuelles (Foruma) qui se tient à Nancy depuis le 5 octobre, la création d'un Conseil supérieur pour les musiques actuelles (CSMA).

10 ART : Dans un discours prononcé à la Foire internationale d'art contemporain (FIAC), qui se tient à Paris, et accueille 83 000 visiteurs, le premier ministre Dominique de Villepin annonce des mesures en faveur de la création contemporaine, parmi lesquelles l'allégement de la fiscalité sur les œuvres d'art et les revenus des artistes.

13 LITTÉRATURE : Le prix Nobel est attribué

au dramaturge britannique Harold Pinter, en qui le jury salue un auteur engagé, et un homme hostile aux guerres américaines.

HAROLD PINTER,
UN HOMME DE LETTRES BATAILLEUR

L'essentiel de l'œuvre de Harold Pinter est publiée chez Gallimard, traduite par Éric Kahane puis Jean Pavans :

La Collection, suivi de *L'Amant* et *Le Gardien* (1967).

C'était hier (1971).

No man's land, suivi de *Le Monte-plats*, *Une petite douleur*, *Paysage* et *Dix sketches* (1985).

L'Anniversaire (1985).

Le Retour (1985).

Trahisons, suivi de *Hot-house*, *Un pour la route et autres pièces* (1987).

L'Ami retrouvé (scénario de film tiré du roman de Fred Uhlman) (1989).

La Lune se couche, suivi de *Ashes to ashes*, *Langue de la montagne*, *Une soirée entre amis et autres textes* (1998).

Les Nains, seul roman de Pinter (2000).

Autres voix. Prose, poésie, politique (éd. Noir sur Blanc-Buchet-Chastel, 2001).

Le Scénario Proust (2003).

Célébration. La Chambre (2003).

La Guerre, poèmes (2003).

Au cinéma, Pinter a notamment travaillé avec Joseph Losey pour *The Servant* (1963), *Accident* (1967) et *Le Messager* (1971). Il a adapté *Le Dernier Nabab* de Fitzgerald pour Elia Kazan (1976).

13 DANSE : Le ministre de la culture, Renaud Donnedieu de Vabres, présente son « *action en faveur de la danse* », regroupée autour de trois axes, l'accompagnement de la carrière des interprètes et de leur reconversion, le partage des outils, et la préservation du répertoire.

14 BD : Sortie du 33ᵉ album des aventures d'Astérix, intitulé *Le ciel lui tombe sur la tête*, tiré à 8 millions d'exemplaires, dont plus de 3 millions en France.

15 MUSÉES : Le musée De Young de San Francisco (Californie), fermé depuis 2000, rouvre dans de nouveaux locaux conçus par les architectes suisses Jacques Herzog et Pierre de Meuron.

17 ART CONTEMPORAIN : Le Suisse Marc-Olivier Wahler, ancien directeur du Swiss Institute de New York, est nommé directeur du Palais de Tokyo, à Paris, où il succédera, en février 2006 à Nicolas Bourriaud et Jérôme Sans.

17 LITTÉRATURE : Décès, à l'âge de 100 ans, de Pa Kin (ou Ba Jin), grande figure de la littérature chinoise du xxᵉ siècle.

17 ARCHITECTURE : Le 23ᵉ prix de l'Équerre d'argent du groupe Moniteur récompense la bibliothèque universitaire des sciences du campus d'Orléans, réalisée par Florence Lipsky et Pascal Rollet.

17 CINÉMA : Décès, à l'âge de 93 ans, de Jean Lescure, président de l'Association française des cinémas d'art et d'essai (Afcae) de 1966 à 1992. Il avait également animé et longtemps présidé la Confédération internationale des cinémas d'art et d'essai (Cicae).

19-23 ÉDITION : La Foire du livre de Francfort (Allemagne) attire 280 000 personnes (10 000 de plus qu'en 2004), et attribue le prix de la paix à l'écrivain turc Orhan Pamuk.

20 DIVERSITÉ CULTURELLE : La 33ᵉ conférence générale de l'UNESCO adopte, contre l'avis des États-Unis, une convention sur la diversité culturelle, donnant un «*coup d'arrêt à la libéralisa-*

tion sans frein» pour une meilleure «*garantie de la survie des cultures minoritaires*».

20 PEINTURE : Décès, à l'âge de 71 ans, de l'artiste belge Jean-Michel Folon, peintre, dessinateur, affichiste, homme de théâtre et de télévision. Ses affiches et ses génériques de télévision en ont fait un graphiste populaire. Le président de la République, Jacques Chirac, déclare avoir perdu «*un ami personnel*» dont «*le talent était aussi grand que son cœur*».

22 SCULPTURE : Le sculpteur franco-américain Arman décède à New York (États-Unis), à l'âge de 76 ans. Peintre, graveur et sculpteur, de son vrai nom Armand Pierre Fernandez, né à Nice, il est devenu célèbre en pratiquant les «*accumulations*» d'objets manufacturés pour en faire une forme de critique de la société de consommation.

22 MUSIQUE : Sous la verrière rénovée du Grand Palais, à Paris, quatre concerts et des DJ, rock et électro, donnent une soirée exceptionnelle intitulée «Le Grand Live», organisée par Radio France et sa filiale «jeune», Le Mouv'.

26 MUSIQUE : Inauguration de la médiathèque musicale de la Cité de la musique, à Paris (19e), conçue par l'architecte Christian de Portzamparc. D'un coût de 7 millions d'euros hors mobilier, elle a été édifiée sur deux niveaux au-dessus du hall d'accueil de la Cité.

26 CINÉMA : Décès, à l'âge de 94 ans, de la comédienne et actrice d'origine roumaine Jany Holt.

27 ÉDITION : Gallimard lance sa quinzième collection au format de poche, «Folio Biographies», en publiant huit biographies.

27 PRIX LITTÉRAIRE : Le Grand Prix du roman de l'Académie française est attribué à Henriette Jelinek, pour *Le Destin de Iouri Voronine* (éd. de Fallois).

28 PEINTURE : Décès, à l'âge de 78 ans, de

Raymond Hains, l'un des derniers Nouveaux Réalistes, artiste de la dérision dont les affiches lacérées ont assuré la notoriété.

30 ARCHITECTURE : 100 000 personnes assistent à la cérémonie d'inauguration de la Frauenkirche (église Notre-Dame), à Dresde (Saxe). Totalement détruite en février 1945 par les bombardements alliés, sa reconstruction a duré douze ans et coûté 131 millions d'euros. ■

Sport

2 FOOTBALL : Le Tribunal supérieur de la justice sportive (STDJ) ordonne l'annulation des résultats de 11 matches du championnat du Brésil de football arbitrés par Edilson Pereira de Carvalho, accusé d'avoir arrangé des rencontres pour favoriser des parieurs internautes.

2 ÉQUITATION : Hurricane Run, poulain français de trois ans monté par l'Irlandais Kieren Fallon, remporte le 84ᵉ prix de l'Arc de Triomphe, sur l'hippodrome de Longchamp à Paris.

2 FORMULE 1 : En terminant deuxième du rallye du Japon, derrière le Finlandais Marcus Grönholm, le Français Sébastien Loeb, sur Citroën Xsara, conserve son titre de champion du monde. **Le 23**, il réalise, au volant de sa Citroën Xsara, l'exploit de remporter toutes les spéciales du Tour de Corse, pour décrocher sa première victoire dans l'épreuve. **Le 30**, il remporte, à Portaventura, le Rallye de Catalogne, offrant à Citroën son troisième titre d'affilée de champion du monde des constructeurs.

5 TENNIS : Le quotidien sportif *L'Équipe* révèle

que l'Argentin Mariano Puerta a été contrôlé positif le 5 juin, à Roland-Garros, le soir de sa défaite en finale des Internationaux de France de tennis face à l'Espagnol Rafael Nadal.

8-15 ESCRIME : Aux championnats du monde d'escrime, qui se déroulent à Liepzig (Allemagne), l'équipe de France réalise le meilleur score de son histoire avec dix médailles, dont quatre en or, une d'argent et cinq de bronze, s'installant de nouveau au premier rang des nations, devant la Russie.

9 CYCLISME : À 35 ans, le sprinteur allemand Erik Zabel remporte pour la troisième fois de sa carrière Paris-Tours, en battant d'une demi-roue l'Italien Daniele Bennati.

12 FOOTBALL : En battant Chypre (4-0), les Bleus de l'équipe de France se qualifient pour le Mondial 2006, en Allemagne. **Le 13**, Christian Karembeu, 34 ans, milieu de terrain de l'équipe de France sacrée championne du monde en 1998, annonce sa retraite sportive.

LA FRANCE QUALIFIÉE SANS JOIE POUR LE MONDIAL 2006 : UN PARCOURS PÉNIBLE

5 matchs nuls :
4 septembre 2004 : France-Israël : 0-0.
8 septembre 2004 : Îles Féroé-France : 0-2.
9 octobre 2004 : France-Eire : 0-0.
13 octobre 2004 : Chypre-France : 0-2.
26 mars 2005 : France-Suisse : 0-0.
30 mars 2005 : Israël-France : 1-1.
3 septembre 2005 : France-Îles Féroé : 3-0.
7 septembre 2005 : Eire-France : 0-1.
8 octobre 2005 : Suisse-France : 1-1.
12 octobre 2005 : France-Chypre : 4-0.

12-13 DOPAGE : Trois journalistes du *Point* et deux de *L'Équipe* sont mis en examen pour avoir refusé de donner à la justice le nom de leurs informateurs sur l'affaire de dopage concernant l'équipe Cofidis.

14 ALPINISME : Décès, à l'âge de 75 ans, de Lucien Bérardini, dont le nom est attaché à deux premières mythiques de l'histoire de l'alpinisme, celles de la face ouest des Drus en 1952, et de la face sud de l'Aconcagua (Argentine, 6 960 mètres) en 1954.

15 RUGBY : Avec près de 80 000 spectateurs réunis dans une ambiance festive au Stade de France, à Saint-Denis, pour un match de la 9e journée de championnat (Top 14) à l'issue duquel le Stade français l'emporte (29-15) sur Toulouse, le record d'affluence pour un match de rugby est battu.

16 FORMULE 1 : En remportant, à Shanghai, le Grand Prix de Chine, sa septième victoire de la saison, le champion du monde espagnol Fernando Alonso permet à Renault de devenir champion du monde des constructeurs, vingt-huit ans après ses débuts dans la discipline.

24 ALPINISME : Des secouristes confirment la mort de sept alpinistes français et de 11 guides népalais, portés disparus depuis le jeudi 20 octobre dans la chaîne de l'Himalaya (Népal), alors qu'ils entamaient l'ascension de Kang Guru (6 981 mètres).

26 VOILE : En terminant deuxième, à Salvador de Bahia (Brésil), de la seconde étape de la Transat 6,50, gagnée par l'Espagnol Alex Pella, le Français Corentin Douguet remporte le classement général de la course en solitaire. ∎

Novembre

- Trois semaines de violences dans les banlieues, la France en état d'urgence

- François Hollande met le PS en ordre de marche pour 2007 au congrès du Mans

- Conflits sociaux : la CGT enchaîne les échecs

- Accord de gouvernement en Allemagne, Angela Merkel enfin chancelière

- Bouleversement du paysage politique en Israël

- Ellen Johnson Sirleaf, première présidente africaine

- Décès de George Best, le grand footballeur britannique

France

1ᵉʳ VIOLENCES URBAINES : Alors que l'agitation dans les banlieues s'étend à plusieurs communes de Seine-Saint-Denis, le premier ministre Dominique de Villepin reçoit les familles des deux adolescents dont la mort, le 27 octobre, à Clichy-sous-Bois, est à l'origine de ces violences. Dans la **nuit du 1ᵉʳ au 2**, elles s'étendent à d'autres départements (Val-d'Oise, Yvelines, Val-de-Marne). Devant la gravité de la situation, Dominique de Villepin annule son voyage au Canada, et Nicolas Sarkozy, ministre de l'intérieur, le sien en Afghanistan et au Pakistan. Dans la **nuit du 2 au 3**, les émeutes prennent de l'ampleur : des bâtiments publics et des magasins sont brûlés, et des tirs à balles réelles prennent pour cibles policiers et pompiers. Le département des Hauts-de-Seine, dont le conseil général est présidé par M. Sarkozy, est également touché. **Le 3**, le premier ministre reçoit des élus et des associations à Matignon afin de préparer un *« plan d'action »* pour les zones urbaines sensibles. Dans la **nuit du 3 au 4**, un dépôt d'autobus est brûlé à Trappes (Yvelines). **Le 4**, pour la première fois, des voitures sont incendiées en plein jour, à Bobigny (Seine-Saint-Denis). Dans la **nuit du 4 au 5**, le nombre de voitures brûlées s'accroît encore, des grandes villes de province sont désormais touchées, ainsi que certains arrondissements populaires de Paris. **Le 5**, une réunion de crise a lieu autour du premier ministre à l'hôtel Matignon. Dans la **nuit du 5 au 6**, environ 1 300 voitures brûlent, dont la moitié en région parisienne, et une trentaine dans Paris même. **Le 6**, Jacques Chirac réunit à l'Élysée un conseil de sécurité intérieure, à l'issue duquel il déclare brièvement, sortant de dix jours de silence, que *« le dernier mot doit rester à la loi »*. Le même jour, l'Union des organisations islamiques de France (UOIF) édicte une *« fatwa concernant les troubles qui touchent la France »*. Dans la **nuit du 6 au 7**, la plus violente, 1 400 voitures sont brûlées, dont 1 000 en province. Pour la première fois, des églises sont visées, dans le Nord et à Sète (Hérault). **Le 7**, un homme, grièvement blessé le 4 à Stains (Seine-Saint-Denis), meurt des suites d'un œdème cérébral. Le soir, Dominique de Villepin intervient à la télévision pour annoncer le recours à la loi d'état d'urgence de 1955 permettant un couvre-feu *« partout où c'est nécessaire »*. Dans la **nuit du 7 au 8**, 1 173 véhicules sont brûlés, ainsi que plusieurs écoles. **Le 8**, un Conseil des ministres extraordinaire adopte le décret activant les mesures d'exception de la loi du 3 avril 1955, permettant l'application du couvre-feu dans les quartiers pendant douze jours. L'après-midi, à l'Assemblée nationale, le premier ministre présente une série de mesures en faveur des banlieues. Le soir, Amiens (Somme) est la première ville à se voir appliquer un couvre-feu préfectoral. **À partir du 9**, les violences commencent à décroître. Nicolas Sarkozy annonce son intention de faire expulser les étrangers impliqués dans les violences, y compris ceux en situation régulière. **Le 10**, Jacques Chirac assure que le retour de l'ordre est sa « *priorité absolue* », et appelle les parents à faire preuve de « *responsabilité* » vis-à-vis de leurs enfants. Le soir, sur France 2, Nicolas Sarkozy « *persiste et signe* » en traitant les délinquants de « *voyous ou racailles* ». **Le 11**, un des cinq policiers impliqués dans l'agression, à coups de poing et de pied, d'un jeune homme, le 7, à La Courneuve (Seine-Saint-Denis), est placé en détention provisoire, et quatre autres sous contrôle judiciaire, provoquant l'émotion des policiers syndicalistes d'Alliance, qui jugent cette sanction « *disproportionnée* ». Deux engins incendiaires sont lancés contre la mosquée de Carpentras. Les rassemblements sur la voie publique sont interdits pour deux jours à Paris. **Les 12 et 13**, la décrue des violences se confirme, surtout en Île-de-France, mais des incidents éclatent, pour la première fois, dans le centre de Lyon. **Le 13**, de passage à Paris, José Manuel Barroso, président de la Commission européenne, offre à Dominique de Villepin de mobiliser 50 millions d'euros sur les fonds de développement urbain. **Le 14**, le Conseil des ministres, convoqué extraordinairement un lundi, adopte un projet de loi autorisant la prolongation de l'état d'urgence pour une durée de trois mois. Le soir, Jacques Chirac s'exprime officiellement à la télévision, pour la première fois depuis le début des désordres. Déplorant le « *poison* » des discriminations, le président de la République diagnostique une « *crise d'identité* » et propose, entre autres mesures, l'instauration d'un service civil volontaire qui pourrait concerner 50 000 jeunes en 2007. **Le 15**, les députés adoptent par 346 voix (UDF, UMP) contre 148 (gauche, Verts) le projet de loi prolongeant l'état d'urgence. Le soir, une église est incendiée à Romans-sur-Isère (Drôme), mais l'accalmie se confirme dans la **nuit du 15 au 16. Le 16**, le Sénat adopte à son tour la prolongation de l'état d'urgence, par 202 voix contre 125 (PS, PCF, radicaux de gauche). **Le 18**, plus aucune commune n'est soumise au couvre-feu. En trois semaines de violences, plus de 9 000 véhicules ont été brûlés, ainsi que des dizaines d'édifices publics (écoles, gymnases, entrepôts, commerces, un théâtre, etc.), causant environ 200 millions d'euros de dégâts en Île-de-France. Trois mille cent une personnes ont été mises en garde à vue, 135 informations judiciaires ont été ouvertes, 562 majeurs et 577 mineurs ont été incarcérés, et 126 policiers ou gendarmes blessés. **Le 29**, s'exprimant en anglais sur la chaîne américaine CNN, qui avait évoqué un Paris en feu, le premier ministre réfute le terme d'«*émeutes*» pour préférer celui de «*troubles sociaux*».

2 SÉCURITÉ SOCIALE : L'Assemblée nationale adopte le projet de loi de financement de la Sécurité sociale (PLFSS) pour 2006, qui prévoit de réduire le déficit de la Sécu à 8,9 milliards d'euros et instaure un forfait de 18 euros pour les actes médicaux lourds. Seule l'UMP a voté pour, le PS et le PCF ont voté contre, comme une majorité de députés UDF, les autres s'abstenant.

2 ARMÉE : Les généraux Henri Poncet et Renaud de Malaussène se voient infliger un «*blâme du ministre*» Michèle Alliot-Marie. Les ex-commandants de l'opération Licorne sont ainsi sanctionnés pour avoir couvert l'assassinat, le 13 mai, d'un Ivoirien, Firmin Mahé.

2 TÉLÉPHONE : Les renseignements téléphoniques (le 12) s'ouvrent à la concurrence. Les nouveaux opérateurs mettront en place des numéros à six chiffres, commençant par 118.

3 TRANSPORTS URBAINS : Dans le conflit qui paralyse Marseille depuis un mois, les propositions faites par le médiateur Bernard Brunhes ne satisfaisant pas les traminots de la Régie des transports marseillais (RTM), la grève est reconduite. **Le 4**, le tribunal de grande instance de Marseille, saisi en référé par la direction, juge illégal le motif de la grève déposé le 28 septembre — les craintes de privatisation du futur tramway — et décide une astreinte de 10 000 euros par jour de grève supplémentaire. **À partir du 5**, le travail reprend, mais **le 11** les traminots entament une nouvelle grève. **Le 24**, les grévistes suspendent leur mouvement au 46e jour du conflit, sans avoir rien obtenu.

3 DÉPORTATION : Le président de la République Jacques Chirac inaugure, à l'occasion des cérémonies du 60e anniversaire de la libération du camp de concentration du Struthof (Alsace), le Centre européen du résistant déporté (CERD).

3 HAUTE COUTURE : Le groupe italien Ferragamo vend la griffe française Emmanuel Ungaro, dont il est propriétaire depuis 1996, au fonds d'investissement américain d'Asim Abdullah, d'origine pakistanaise.

4 PRESSE : Le ministère des finances donne son feu vert au rachat des journaux du pôle Ouest de la Socpresse par le groupe Ouest-France, ce qui renforce l'emprise du groupe sur la région.

7 PRESSE : *Le Monde* lance une « nouvelle formule », plus aérée et plus illustrée, organisée autour de trois axes (l'actualité, son décryptage, et des rendez-vous).

8 BANQUE : Les 330 agences CCF, Banque Hervet, Banque de Baecque-Beau, UBP et Banque de Picardie s'appellent désormais HSBC, du nom de la banque britannique qui les a rachetées en avril 2000.

8 CONCURRENCE : Le Conseil de la concurrence condamne France Télécom à régler une amende de 80 millions d'euros pour abus de position dominante dans l'Internet à haut débit (ADSL) entre 1999 et 2002.

9 PS : Avec une participation de près de 80 %, les militants socialistes votent à 53,63 % en faveur de la motion de la direction, présentée par François Hollande avant le congrès du parti au Mans, celle du Nouveau parti socialiste (NPS) recueille 23,54 % des voix, tandis que Laurent Fabius, avec 21,17 % des voix, tente de contester les résultats. **Le 20**, pour la première fois depuis 1990, le 74e congrès du PS, réuni au Mans (Sarthe), parvient à une « synthèse » entre sa majorité, dirigée par François Hollande, et ses deux minorités, celles de Laurent Fabius et du NPS, animé par Vincent Peillon, Henri Emmanuelli et Arnaud Montebourg, ce dernier refusant de se soumettre à ce compromis. **Le 24**, François Hollande, seul candidat, est réélu premier secrétaire du parti, par 76,96 % des voix. **Le 25**, Arnaud Montebourg quitte le NPS, le considérant comme « mort ». **Le 26**, le conseil national désigne une nouvelle direction, qui réintègre en son sein les partisans du « non » à la Constitution européenne, ainsi que tous les présidentiables pour 2007.

9 JUSTICE : Sept anciens collaborateurs du président François Mitterrand, dont son ex-directeur de cabinet adjoint Gilles Ménage, sont symboliquement condamnés pour les écoutes téléphoniques illégales pratiquées par la cellule antiterroriste de l'Élysée entre 1983 et 1986.

LE TRIBUNAL JUGE MITTERRAND RESPONSABLE DES ÉCOUTES

4 mars 1993 : *Libération* publie 16 comptes rendus de conversations d'Edwy Plenel, journaliste au *Monde*, écouté en 1985 et 1986. Il porte plainte quatre jours plus tard.

19 mars 1993 : Le parquet ouvre une information judiciaire confiée au juge d'instruction Jean-Paul Valat.

9 décembre 1994 : Gilles Ménage, ancien directeur de cabinet de François Mitterrand, est mis en examen avec Christian Prouteau et trois autres membres de la cellule de l'Élysée. L'un d'entre eux, Pierre-Yves Guézou, se pend trois jours plus tard.

12 janvier 1995 : Le juge reçoit anonymement cinq disquettes de transcription d'écoutes.

19 février 1997 : Les archives du préfet Prouteau sont mystérieusement découvertes dans un box à Plaisir (Yvelines).

15 novembre 2004 : Début du procès devant le tribunal correctionnel de Paris.

13 JUSTICE : Décès, à l'âge de 95 ans, de Mᵉ Joe Nordmann, ex-avocat du Parti communiste français, et accusateur de Goering au procès de Nuremberg, en 1945.

14 CONSTRUCTION NAVALE : Les Chantiers de l'Atlantique, filiale d'Alstom Marine, reçoivent une commande de plus de 1 milliard d'euros de la société italienne Mediterranean Shipping Company (MSC) pour la construction de deux paquebots de croisière.

14 TRANSPORT AÉRIEN : La compagnie charter française Air Horizons, qui emploie 267 personnes, dépose son bilan.

14 PRESSE : *Le Midi libre* (groupe Le Monde) lance *Montpellier Plus*, quotidien gratuit tiré à 25 000 exemplaires. C'est la première fois, en France, qu'un groupe de presse régional lance un journal d'information gratuit.

15 JUSTICE : La cour d'appel de Toulouse condamne José Bové, ancien porte-parole de la Confédération paysanne, à quatre mois de prison ferme pour la destruction d'un champ de maïs transgénique à Menville (Haute-Garonne), en juillet 2004. **Le 19**, il se pourvoit en cassation. **Le 27**, il appelle au boycottage des produits de la firme multinationale Monsanto.

15   POLITIQUE : Décès, à l'âge de 84 ans, d'André Barjonet, ancien secrétaire du Centre d'études économiques de la CGT, et ancien dirigeant du PSU.

17   EDF : La mise sur le marché de 15 % du capital de l'électricien national, devant lui permettre de lever plus de 6 milliards d'euros, remporte un succès sans précédent, 4,85 millions de particuliers et 126 000 salariés (environ 60 %) achètent des actions au prix unitaire de 32 euros. Depuis 1993, aucune privatisation partielle n'a remporté un tel succès. **Le 21**, la première cotation est décevante, le cours devant être soutenu par l'achat massif des banques. **Le 23**, le titre chute de 2,97 %.

LES PRIVATISATIONS PRÉCÉDENTES

17 juin 2004 : Le motoriste SNECMA. Quelque 800 000 particuliers ont acheté la moitié des actions ainsi vendues, et les salariés ont acquis plus de 3 % du capital. L'opération a rapporté 1,45 milliard d'euros.

8 juillet 2005 : Gaz de France. 3,15 millions de particuliers ont acquis 43 % des titres offerts et les salariés ont acheté à cette occasion 3,08 % du capital. L'opération a rapporté 2,5 milliards d'euros à l'État, qui a vendu une part de ses actions, et 2 milliards d'euros de fonds propres à GDF, qui a augmenté son capital.

---

17   TRAVAUX PUBLICS : Le groupe français Saint-Gobain s'empare du plâtrier britannique BPB pour un montant de 5,8 milliards d'euros pour donner naissance au numéro un mondial du secteur, au terme d'une OPA de quatre mois.

18   DISTRIBUTION : Carrefour annonce vouloir supprimer 1 700 postes en 2006 et 2007, soit 1,5 % de ses effectifs.

20 PÉDOPHILIE : La petite Aurélia est enlevée près d'Angers. Le 21, elle est retrouvée vivante. Le 24, le couple Dominique et Alfreda Guillouche, mis en examen pour violences aggravées, reconnaît avoir déjà commis des agressions sexuelles sur une dizaine de fillettes.

21 JUSTICE : Le journaliste du *Monde* Jean-Michel Dumay et le PDG des éditions Stock sont relaxés du délit de diffamation pour avoir soutenu l'hypothèse de l'accident camouflé dans l'affaire de la Josacine, dans laquelle Jean-Marc Deperrois, condamné à vingt ans de prison en 1997, clame son innocence.

21 PCF : Décès, à l'âge de 85 ans, de Madeleine Vincent, figure de la Résistance, du PCF et du féminisme, épouse de Guy Ducoloné, ancien député des Hauts-de-Seine. Elle fut l'une des figures féminines marquantes autour de Georges Marchais.

21 PRESSE : L'hebdomadaire féminin *Elle* fête son 60ᵉ anniversaire.

ELLE A 60 ANS, UNE GRANDE DAME

21 novembre 1945 : Hélène Gordon-Lazareff lance le premier numéro de l'hebdomadaire, l'année où les femmes votent pour la première fois en France.

1981 : Rachat du groupe Hachette par Matra — dirigé par Jean-Luc Lagardère — avec l'appui de Daniel Filipacchi.

28 avril 2001 : Numéro spécial « Femmes afghanes », épuisé le second jour de parution.

2004 : Création de la Fondation Elle pour l'éducation des femmes.

---

21 BANLIEUES : Jacques Chirac, qui reçoit l'Association des maires de France (AMF), dont le congrès annuel se tient à Paris, demande l'application « *stricte* » de la loi SRU (solidarité et renouvellement urbain) obligeant les communes à atteindre un quota de 20 % de logements sociaux. **Le 22**, il réunit à l'Élysée les dirigeants des chaînes publiques et privées de télévision pour leur demander de respecter la « *diversité* » de la société française, en affichant davantage de représentants des minorités à l'antenne.

22 PRESSE : *Libération* ne paraît pas, à la suite de l'annonce, la veille, d'un plan supprimant 52 postes, et remettant en cause l'accord sur les 35 heures signé en 1999. **Le 26**, après la plus longue grève de son histoire, le quotidien reparaît, en expliquant, sur quatre pages, les causes et les conséquences du conflit.

22 CONFLITS SOCIAUX : Une journée d'action, la sixième de l'année, lancée par quatre syndicats de la SNCF (CGT, SUD-Rail, FO et FGAAC) est faiblement suivie, 22,8 % seulement des cheminots faisant grève. La direction accordant néanmoins prime et hausse de salaire, le mot d'ordre n'est pas renouvelé. **Le 23**, une grève dans les transports parisiens (RATP), lancée par la CGT, est également peu suivie.

23 BUDGET : L'Assemblée nationale adopte en première lecture, par 336 voix contre 187, le volet recettes de la loi de finances 2006. Seul le groupe UMP, qui dispose de la majorité absolue, vote pour, les groupes socialiste et communiste votant contre, ainsi que la moitié du groupe UDF, dont le président du parti, François Bayrou, et le président du groupe, Hervé Morin. **Le 30**, au Sénat, sur le même texte, 27 des 33 sénateurs centristes (UC-UDF) s'abstiennent.

24 RÉCIDIVE : La proposition de loi UMP sur la récidive, instaurant le port d'un bracelet électronique mobile pour les délinquants sexuels et violents, a été adoptée définitivement jeudi par le Parlement, Sénat et Assemblée nationale ayant approuvé les conclusions de la commission mixte paritaire (CMP, 14 députés et sénateurs), la droite votant pour, la gauche contre.

24 ALCOOLISME : Dans un rapport qu'il remet au ministre de la santé, Xavier Bertrand, le directeur de l'agence de télévision Capa, Hervé Chabalier, propose de «*dénormaliser*» l'alcool, et souligne le déni de ce problème, notamment par les médecins.

25 RETRAITES : Le conseil d'administration de la Régie autonome des transports parisiens (RATP) donne un avis favorable à la réforme du régime des retraites de ses agents à dater du 1er janvier 2006, dont les avantages, maintenus, seront désormais pris en charge par le régime général.

26 MINORITÉS : Des associations noires se regroupent pour créer un Conseil représentatif des associations noires (CRAN), ayant pour objectif de «*dire le besoin de reconnaissance et de mémoire*» et lutter contre les discriminations «*ethno-raciales*».

26 RELIGION : Décès, à l'âge de 98 ans, d'Élisabeth Behr-Sigel, théologienne de l'Église orthodoxe, qui a œuvré pour donner une place plus grande aux femmes dans l'Église.

28 CONCURRENCE : Six palaces parisiens sont condamnés à des amendes allant de 55 000 euros pour le Meurice à 248 000 euros pour le Crillon, pour «*avoir régulièrement échangé des informations confidentielles sur leur activité commerciale respective*».

29 IMMIGRATION : Le premier ministre Dominique de Villepin annonce, après les émeutes dans les banlieues, un durcissement du contrôle de l'immigration en France, qu'il s'agisse des conditions du regroupement familial, de la lutte contre les fraudes au mariage ou de la sélection des étudiants étrangers.

29 CHÔMAGE : Pour le septième mois consécutif, le nombre des demandeurs d'emploi diminue. Avec 130 000 chômeurs de moins depuis avril, soit un taux de chômage de 9,7 % — l'un des plus élevés d'Europe —, la France compte 2 358 100 demandeurs d'emploi.

29 COLONISATION : Les députés UMP refusent d'examiner la proposition du PS visant à abroger une disposition de la loi du 23 février imposant aux programmes scolaires de reconnaître « *le rôle positif de la présence française outre-mer, notamment en Afrique du Nord* ».

30 CONCURRENCE : Le Conseil de la concurrence condamne, pour « *entente ayant restreint le jeu de la concurrence sur le marché* », les trois opérateurs français de téléphonie mobile à une amende totale de 534 millions d'euros, 256 millions pour Orange (France Télécom), 220 millions pour SFR (Vivendi) et 58 millions pour Bouygues Telecom (Bouygues). France Télécom et SFR décident de faire appel.

ENTENTES :
LES PLUS LOURDES SANCTIONS

— 150 millions d'euros en septembre 2000 pour neuf banques dont le Crédit agricole (68,6 millions), BNP et la Société générale (38,1 millions chacune) pour entente dans le crédit immobilier.

— 80 millions d'euros en novembre 2005 pour France Télécom pour abus de position dominante dans l'Internet rapide. Le groupe avait déjà été condamné à une amende de 20 millions d'euros dans cette affaire, doublée en appel.

— 40 millions d'euros en septembre 2003 pour France

Télécom pour non-respect d'une injonction du Conseil de la concurrence de baisser ses tarifs de fichiers pour les annuaires.

— 12 millions d'euros en juin 2005 pour Connex, Transdev et Keolis pour entente dans les transports urbains. L'amende représente 5 % du chiffre d'affaires des filiales concernées. ■

International

1er ALLEMAGNE : Trois semaines après la formation d'une grande coalition gouvernementale entre la droite (CDU-CSU), menée par Angela Merkel, et les sociaux-démocrates (SPD) de l'ex-chancelier Gerhard Schröder, le président de la CSU (droite bavaroise), Edmund Stroiber, annonce son retrait du futur gouvernement. **Le 11**, deux mois après les élections législatives, un accord sur le programme de la grande coalition droite-gauche, la deuxième du genre dans l'histoire du pays, est conclu entre la CDU-CSU et le SPD. Il donne la priorité à la réduction des déficits, l'objectif étant de réaliser au moins 35 milliards d'euros d'économies en 2007, et prévoit une hausse de 3 % des taux de TVA et d'imposition des hauts revenus. **Le 14**, Gerhard Schröder fait ses adieux de chancelier aux militants du SPD, réunis en congrès à Karlsruhe. Ceux-ci approuvent l'accord de coalition, tout comme ceux de la CDU-CSU, réunis à Berlin. **Le 15**, Matthias Platzeck, 51 ans, est élu à la tête du SPD, où il succède à Gerhard Schröder. Le 22, Angela Merkel est élue chancelière par la Chambre des députés, par 397 voix contre 202, et 12 abstentions, devenant, à 51 ans, la première femme à diriger l'Allemagne. **Le 23**, la nouvelle chancelière effectue à Paris sa première visite officielle à l'étranger, où elle rencontre le président Jacques Chirac. Elle se rend ensuite à Bruxelles, où elle est reçue aux sièges de l'Union européenne et de l'Alliance Atlantique (OTAN), avant de rendre visite au premier ministre britannique Tony Blair, à Londres. **Le 30**, elle prononce, au Bundestag, son discours de politique générale, dans lequel elle déclare vouloir redonner à l'Allemagne son rôle de « *moteur de l'Europe* », et annonce un programme de privatisations.

UNE NOUVELLE ÈRE
DANS LES RELATIONS
FRANCO-ALLEMANDES

Le gouvernement de coalition que dirige Angela Merkel constitue un exercice inédit depuis 1969 dans les relations entre Paris et Berlin :

1966-1969 : La précédente grande coalition du chancelier Kiesinger et de Willy Brandt (1966-1969) n'a pas été un temps fort de la coopération franco-allemande.

1998-2002 : Vingt ans plus tard, la cohabitation entre le président Chirac et son premier ministre, Lionel Jospin (1998-2002), n'avait pas été non plus toujours facile à gérer pour le chancelier Schröder.

En 2003, en pleine crise irakienne, le président Chirac et le chancelier Schröder ont profité du 40e anniversaire du traité de l'Élysée pour se rapprocher, renouant avec la vieille tradition des couples franco-allemands.

1er GRANDE-BRETAGNE : L'autorité de la concurrence britannique, la Competition Commission, donne son feu vert au rachat du London Stock Exchange (LSE) par Euronext ou par la Deutsche Börse, à condition qu'elles assurent l'indépendance des activités de compensation.

LA LONGUE BATAILLE
ENTRE PLACES EUROPÉENNES

Début des années 1990 : Les Bourses européennes s'entendent pour construire une plate-forme commune, baptisée Euroquote. Mais le London Stock Exchange (LSE) et la Deutsche Börse (DB), qui gère la Bourse de Francfort, font avorter le projet.

1998 : En juillet, le LSE et la DB annoncent leur volonté de connecter leurs deux marchés d'actions à partir du 4 janvier 1999, date du basculement dans l'euro.

1999 : Échec du rapprochement entre Londres et Francfort. Les dirigeants n'ont pas réussi à s'entendre sur l'harmonisation du fonctionnement des deux grandes Bourses.

2000 : En mars, création d'Euronext, fusion des Bourses de Paris, Amsterdam et Bruxelles (Lisbonne rejoindra l'alliance en 2001). Londres et Francfort réactivent leur projet de rapprochement et, en mai, annoncent une fusion. Mais, en août, le groupe suédois OM Gruppen, qui contrôle la Bourse de Stockholm, lance une contre-offre sur le LSE, qui échoue mais fait aussi capoter l'alliance LSE-DB.

2004 : En décembre, la DB propose une nouvelle offre d'achat sur le LSE.

2005 : En janvier, le LSE repousse l'offre de DB. En février, Euronext fait savoir son intérêt pour Londres, sans déposer d'offre formelle. En mars, sous la pression de ses actionnaires, la DB retire son offre sur le LSE. En mai, Werner Seifert, président du directoire de la DB, artisan des différentes tentatives de rapprochement avec Londres, est contraint à la démission.

1er GRANDE-BRETAGNE : Instauration d'un test de 24 questions à choix multiple pour les candidats à l'acquisition de la nationalité britannique.

1er CRIMES DE GUERRE : Pour la première fois de son histoire, Israël obtient l'adoption d'un de ses projets de résolution à l'ONU. Par consensus, l'Assemblée générale fait du 27 janvier la Journée internationale de commémoration des victimes de l'Holocauste.

1er IRAK : Pour la première fois, un enfant d'une dizaine d'années se fait exploser dans un attentat-suicide à Kirkouk contre le convoi d'un chef de la police, le général Khattab Abdallah Areb. **Le 9**, pour la première fois, une kamikaze européenne, la Belge Muriel Degauque, se fait exploser près de Bagdad. **Le 10**, un attentat-suicide dans un restaurant du centre de Bagdad (31 morts et 28 blessés) est revendiqué par la branche irakienne d'Al-Qaida. **Le 18**, au moins 75 fidèles sont tués, et 90 autres blessés, lors d'attentats-suicides perpétrés contre deux mosquées chiites au moment de la prière à Khaneqin, à 170 kilomètres au nord-est de Bagdad, près de la frontière iranienne.

2 GRANDE-BRETAGNE : David Blunkett, ministre du travail et des retraites, proche du Premier ministre Tony Blair, démissionne à la suite d'accusations de conflits d'intérêt. Il avait déjà dû quitter le ministère de l'intérieur, en décembre 2004, pour avoir accéléré l'obtention d'un visa pour la domestique philippine de son ancienne maîtresse. John Hutton, membre du cabinet de Tony Blair, lui succède immédiatement.

2 ALLEMAGNE : Deutsche Telekom annonce la suppression de 32 000 emplois entre 2006 et 2008, sur un effectif total de 244 000 personnes.

2 TERRORISME : Selon le *Washington Post*, l'agence de renseignements américaine (la CIA) détiendrait des membres du réseau Al-Qaida dans des «*prisons secrètes*» en Europe de l'Est. Tout au long du mois, une polémique se développe sur des vols organisés par la CIA transportant des prisonniers vers ces lieux secrets. **Le 30**, le *New York Times* et le *Guardian* indiquent que près de 300 de ces vols auraient eu lieu vers l'Europe depuis 2001.

3 POLOGNE : Après l'échec des négociations pour la formation d'un gouvernement de coalition entre les deux principales formations de droite, les libéraux de la Plate-Forme civique (PO) annoncent officiellement qu'ils entrent dorénavant dans l'opposition. **Le 10**, les populistes de Samoobrona (Auto-défense) et les catholiques fondamentalistes de la Ligue des familles polonaises (LPR) apportent leur soutien au gouvernement conservateur minoritaire de Kazimierz Marcinkiewicz, qui est investi par 272 voix sur 460 par la Diète.

3 OGM : La Commission européenne autorise l'importation du maïs génétiquement modifié 1507 de la société Pioneer/Mycogen. L'autorisation court sur dix ans.

4-5 AMÉRIQUES : Le 4e Sommet des Amériques, qui réunit les chefs d'État et de gouvernement de 34 pays à Mar del Plata (Argentine), se solde par un échec pour les États-Unis. Le président George Bush, accueilli sous les huées de 40 000 personnes menées par le footballeur Diego Maradona, ne parvient pas à faire signer l'accord de libre-échange qu'il projetait.

6 BIRMANIE : La junte entame le déménagement de la capitale de Rangoun à Pyinmana, en pleine jungle. Le transfert devrait être terminé au printemps 2006.

6 AZERBAÏDJAN : Selon la commission électorale, le parti pro-présidentiel, Yeni Azerbaïdjan, a remporté 58 % des voix aux élections législatives, dont le résultat est contesté par la coalition d'opposition, ainsi que par les observateurs occidentaux. **Le 9**, près de 10 000 manifestants défilent à Bakou pour dénoncer les fraudes électorales, et, **le 13**, 20 000 demandent la démission du nouveau gouvernement.

Le 26, la police disperse violemment une manifestation de l'opposition.

7-9 PANDÉMIE : La première conférence mondiale sur la lutte contre la grippe aviaire, réunie à Genève par les quatre organisations internationales compétentes pour la santé humaine et animale, l'agriculture et l'alimentation (OMS, OIE, FAO, Banque mondiale), décide un plan d'action d'un montant d'un milliard de dollars sur trois ans. **Le 9**, le laboratoire suisse Roche annonce qu'il triplera sa production de l'antiviral Tamiflu en 2006. **Le 16**, la Chine confirme qu'un cas confirmé et un cas mortel supposé de grippe aviaire ont été recensés dans la province centrale de Hunan. **Le 17**, deux nouveaux foyers de grippe aviaire, l'un dans la province du Hubei (Centre), l'autre dans la région de Xinjiang (Nord-Ouest), sont détectés, portant leur nombre à 13 en un mois. Pékin décide de vacciner rapidement 5 milliards de volailles, dans un pays qui en élève, chaque année, quelque 14 milliards.

8 ÉTATS-UNIS : Le milliardaire républicain Michael Bloomberg est réélu pour un second mandat de quatre ans à la tête de la mairie de New York, battant son rival démocrate Fernando Ferrer. Le même jour, les électeurs de Californie rejettent par référendum quatre mesures présentées par le gouverneur républicain Arnold Schwarzenegger.

8 IRAK : Un avocat de l'un des accusés dans le procès du président déchu Saddam Hussein est tué, et un autre blessé par balles, dans l'ouest de Bagdad, lors d'une attaque ciblée. **Le 15**, Le Sénat américain somme, par 98 voix contre 0, le président George Bush de présenter un plan pour « *l'achèvement réussi de la mission* » dans laquelle il a entraîné les États-Unis en Irak, mais sans l'assortir d'un calendrier contraignant. **Le 17**, pour la première fois depuis le début de la guerre, un parlementaire, le démocrate

John Murtha, propose un retrait immédiat des troupes américaines d'Irak, massivement repoussé par la Chambre des représentants, le lendemain. **Le 28**, le procès pour crimes contre l'humanité de l'ancien président Saddam Hussein et de ses sept coaccusés est ajourné au 5 décembre, moins de trois heures après sa reprise devant le Tribunal spécial irakien (TSI), à Bagdad.

8 LIBERIA : L'ancienne économiste Ellen Johnson Sirleaf, 67 ans, remporte le deuxième tour de l'élection présidentielle avec 59,4 % des suffrages, contre 40,6 % à son rival, l'ex-footballeur George Weah, qui conteste les résultats. La « Dame de fer » de Monrovia est la première femme à être démocratiquement élue en Afrique.

LIBERIA : 25 ANS DE TROUBLES

1980 : L'assassinat du président William Tolbert met fin à la domination des descendants d'esclaves sur les autochtones.

1985 : Le général Samuel Doe remporte des élections contestées, installant un régime de terreur et de corruption. Il sera capturé et torturé à mort en 1990 par Prince Johnson, l'un des chefs rebelles.

1989 : Charles Taylor déclenche la rébellion contre le régime Doe. La guerre civile durera jusqu'en 1996 et fera 250 000 morts.

1997 : Charles Taylor bat Ellen Johnson Sirleaf à la présidentielle.

1998 : La guerre civile reprend.

2003 : Inculpé en juin pour crimes de guerre en Sierra Leone, Charles Taylor est contraint de quitter le pouvoir en août sous la pression de la rébellion. En octobre, un gouvernement de transition et une mission des Nations unies sont installés à Monrovia.

2005 : En juin, l'ONU proroge l'embargo sur les diamants et le bois du Liberia.

9 UNION EUROPÉENNE : Un renouvellement des directions générales de l'Union européenne, dont est victime le Français François
Lamoureux, directeur général des transports et de
l'énergie, haut fonctionnaire historique entré en
1978 à l'exécutif européen, et proche de Jacques
Delors, marque la prise de pouvoir des Anglo-Saxons
au détriment de Paris et de Berlin.

9 GRANDE-BRETAGNE : Les députés britanniques rejettent, par 322 voix contre 291, l'allongement du délai de garde à vue de 14 à 90 jours que
prévoyait la loi antiterroriste, le ramenant à 28 jours.
C'est la première défaite du premier ministre Tony
Blair à la Chambre des communes depuis son élection en 1997.

LE LABOUR S'IMPOSE

1er mai 1997 : Le Labour revient au pouvoir après dix-huit
ans dans l'opposition. Il obtient la majorité absolue aux Communes. Tony Blair, 44 ans, devient premier ministre.

7 juin 2001 : Élections générales : le Labour conserve la
majorité absolue.

6 octobre : L'armée britannique participe à l'intervention en
Afghanistan.

15 février 2003 : Un million de manifestants antiguerre défilent à Londres.

18 mars : La Chambre des communes approuve l'envoi de
42 000 soldats britanniques en Irak.

5 mai 2005 : Le Labour remporte une troisième victoire et
garde la majorité absolue aux Communes.

1er juillet : Début de la présidence britannique de l'Union
européenne.

9 JORDANIE : Trois attentats-suicides, visant
des grands hôtels de la capitale Amman, font au total

57 morts, et au moins 300 blessés. **Le 10**, Abou Moussab al-Zarkaoui, d'origine jordanienne, et chef d'Al-Qaida en Irak, les revendique par un communiqué diffusé sur Internet. **Le 13**, la télévision jordanienne diffuse le témoignage d'une femme kamikaze rescapée de ces attentats, qui exhibe sa ceinture d'explosifs.

ATTENTATS D'AMMAN : LES CINQUIÈMES EN TROIS ANS

28 février 2002 : Premier attentat meurtrier commis en Jordanie depuis plus de dix ans : une bombe explose à proximité de la voiture du chef de la lutte antiterroriste, Ali Bourjak. Deux de ses voisins sont tués.

28 octobre 2002 : Premier attentat antiaméricain dans l'histoire du royaume : le diplomate américain Laurence Foley est tué par balles à Amman.

13 septembre 2003 : Annonce du démantèlement d'un réseau dirigé par Al-Qaida et le groupe kurde irakien Ansar Al-Islam, qui projetait des « attentats contre des objectifs américains et israéliens ». Les journaux *Al-Destour* et *Al-Raï* rapportent que 15 personnes envisageaient de s'attaquer à « *des touristes, des étrangers et des membres des forces de la sécurité jordanienne* ».

19 août 2005 : Une attaque aux roquettes Katioucha vise le port d'Aqaba, dans le sud de la Jordanie, et la station balnéaire voisine israélienne d'Eilat. Un soldat jordanien est tué et un autre blessé.

9 INDE : Décès, à l'âge de 85 ans, de Kocheril Raman Narayanan, président de la République de 1997 à 2002.

9 PÉTROLE : Selon les chiffres publiés par l'Office britannique des statistiques nationales (ONS), les importations de brut dépassent pour la première fois depuis vingt-cinq ans les exportations, annonçant le déclin de la manne pétrolière en Grande-Bretagne.

10   ISRAËL : L'ancien premier ministre Shimon Peres, 82 ans, perd la présidence du Parti travailliste israélien au profit du syndicaliste Amir Peretz, 53 ans, qui souhaite mettre fin à la coalition gouvernementale avec le Likoud du premier ministre Ariel Sharon. **Le 17**, ce dernier et Amir Peretz se mettent d'accord pour organiser des élections générales anticipées. **Le 21**, le premier ministre Ariel Sharon, 77 ans, présente sa démission au chef de l'État Moshé Katsav, demande la dissolution de la Knesset, abandonne le Likoud (droite nationaliste), le parti qu'il a contribué à créer en 1973, annonce la création d'un nouveau parti « *centriste* », baptisé Kadima (En avant) pour gagner les élections anticipées, dont la date est fixée au 28 mars 2006, et œuvrer « *pour la paix* » avec les Palestiniens. **Le 30**, Shimon Peres annonce renoncer à toute activité politique au sein du Parti travailliste, et rejoindre le nouveau parti d'Ariel Sharon lors des élections législatives.

10   AÉRONAUTIQUE : Le dernier avion du constructeur américain Boeing, le 777-200 LR Worldliner, bat le record du monde du plus long vol commercial sans escale en reliant Hongkong à Londres, via le Pacifique (20 100 kilomètres).

10   ÉTATS-UNIS : Un mois après l'annonce par Refco, premier courtier américain indépendant, que ses comptes étaient falsifiés, la société disparaît, son principal actif, sa filiale de courtage sur les marchés à terme, ayant été racheté par le groupe financier britannique Man (courtages, fonds, spéculatifs) à l'issue d'une mise aux enchères organisée par le tribunal des faillites de Manhattan pour 323 millions de dollars (277 millions d'euros).

11   ÉTATS-UNIS : Décès, à l'âge de 95 ans, de Peter Drucker, considéré comme l'un des plus grands penseurs du monde de l'entreprise, dont les livres sont étudiés dans les plus grandes universités mondiales.

12 ESPAGNE : Des centaines de milliers de personnes manifestent à Madrid contre un projet de loi réformant l'école privée, présenté par le gouvernement du socialiste José Luis Rodriguez Zapatero.

12 AFGHANISTAN : Les résultats définitifs des élections législatives et régionales du 18 septembre sont publiés. Plus de la moitié des 249 élus de l'Assemblée nationale sont d'ex-moudjahidins, qui ont ravagé le pays de 1992 à 1996.

13 CATHOLICISME : Le père Charles de Foucauld, tué à Tamanrasset (Sahara algérien) le 1er décembre 1916, est béatifié.

13 CHINE : Une explosion dans une usine pétrochimique PétroChina, à Jilin, provoque une pollution au benzène du fleuve Songhua. **Le 24**, la nappe, de 80 kilomètres de long, atteint la ville d'Harbin (nord-est du pays), métropole de 4 millions d'habitants, qui est privée d'eau courante pendant quatre jours. **Le 27**, Pékin présente ses excuses à la Russie, dont le fleuve Amour reçoit comme affluent le fleuve Songhua à 600 kilomètres en aval de la zone polluée. Le même jour, un coup de grisou dans une mine de Qitaihe, dans le Heilongjiang, fait 160 morts et une dizaine de blessés. **Le 2 décembre**, Xie Zhenhua, le plus haut responsable chinois de l'environnement, est limogé.

13 BURKINA FASO : Blaise Compaoré, 54 ans, président depuis dix-huit ans, est réélu dès le premier tour de l'élection présidentielle.

14 PROCHE-ORIENT : L'armée israélienne tue le chef de la branche armée du Hamas à Naplouse (Cisjordanie), Amjad al-Hinnaoui.

14 RUSSIE : Le président Vladimir Poutine procède à un remaniement de son gouvernement, en nommant vice–premiers ministres son ministre de la défense Sergueï Ivanov, et le chef de l'administration présidentielle, Dmitri Medvedev, qui apparaissent ainsi comme ses dauphins potentiels pour l'élection présidentielle de 2008.

14   GAZ NATUREL : Premier producteur mondial de gaz, avec environ 20 % du marché mondial, le géant russe Gazprom obtient du gouvernement français l'autorisation de vendre du gaz en France aux entreprises et aux collectivités locales.

15   PROCHE-ORIENT : La secrétaire d'État Condoleezza Rice, en tournée au Proche-Orient, arrache à Jérusalem un accord sur l'ouverture du point de passage de Rafah, dans le sud de la bande de Gaza, qui permet d'accéder à l'Égypte. **Le 25**, son ouverture effective met fin à l'enfermement des 1,3 million d'habitants du territoire palestinien de Gaza, dont Israël a achevé de se retirer le 12 septembre.

15   QUÉBEC : André Boisclair est élu à la tête du Parti québécois (PQ), formation qui entend organiser un nouveau référendum sur l'indépendance du Québec si elle revient au pouvoir.

15   TCHAD : L'ancien président Hissène Habré, 63 ans, sous le coup d'un mandat d'arrêt international de la justice belge, est interpellé, à Dakar (Sénégal), où il est réfugié depuis 1990, et placé sous mandat de dépôt dans l'attente de l'examen de son extradition. Au cours de ses huit ans de présidence, environ 40 000 personnes auraient trouvé la mort, et 200 000 auraient été torturées.

HISSÈNE HABRÉ :
DE LA CHUTE À LA PRISON

1er décembre 1990 : Le régime tchadien est renversé. Le président Hissène Habré se réfugie au Sénégal.

27 janvier 2000 : Ouverture à Dakar d'une information judiciaire pour crimes contre l'humanité.

3 février 2000 : Hissène Habré est inculpé et placé en résidence surveillée.

19 septembre 2000 : La Belgique lance un mandat d'arrêt international contre l'ancien président tchadien.

16 ITALIE : Le Parlement adopte une réforme de la Constitution qui accentue le fédéralisme, en renforçant les pouvoirs des régions en matière de santé, d'éducation et de police locale.

16-18 INFORMATION : Au Sommet mondial sur la société de l'information (SMSI), réuni à Tunis, un accord est trouvé sur une modification progressive du contrôle d'Internet entre les États-Unis, hostiles à tout contrôle international, et le reste du monde, inquiet de l'hégémonie américaine, via une société de droit californien, l'Icann (Internet Corporation for Assigned Names and Numbers). En marge du sommet, un journaliste de *Libération* est poignardé par des inconnus que l'on soupçonne d'être liés aux autorités toujours prêtes à réduire la liberté de l'information à sa plus simple expression.

17 SRI LANKA : Le premier ministre sortant Mahinda Rajapakse remporte l'élection présidentielle, succédant à la présidente Chandrika Kumaratunga en exercice depuis onze ans. **Le 21**, il nomme un nationaliste radical, Ratnasiri Wickremanayake, à la tête du gouvernement.

17 TERRORISME : Après dix ans de procédure, la Haute Cour de Londres rejette l'ultime recours de l'islamiste algérien Rachid Ramda, soupçonné d'avoir financé les attaques terroristes dans le métro parisien, en 1995.

17 OR : L'once d'or atteint, à 487,20 dollars, à Londres, son cours le plus élevé depuis dix-huit ans.

18 TRANSPORT AÉRIEN : Les États-Unis et

l'Union européenne signent un accord de principe, dit « *ciel ouvert* » sur la libéralisation du transport aérien entre les deux rives de l'Atlantique, dans le but de développer le trafic et la concurrence.

19 MONACO : Une messe pontificale conclut trois jours de célébration de l'intronisation officielle du prince souverain Albert II. Âgé de 47 ans, il a *de facto* succédé à son père Rainier III à la mort de ce dernier, le 6 avril.

19 CATHOLICISME : Le pape Benoît XVI retire, par un décret (*motu proprio*), au monastère franciscain d'Assise (centre de l'Italie) l'autonomie qui lui avait été concédée par Paul VI, mettant ainsi au pas un centre de rencontres internationales connu pour ses idées progressistes. **Le 29**, le Vatican publie un texte interdisant l'ordination de prêtres homosexuels, car ils se trouvent « *dans une situation qui fait obstacle à une relation juste avec des hommes et des femmes* ».

20 AÉRONAUTIQUE : Boeing annonce, lors de l'ouverture du Salon aéronautique de Dubaï, la signature d'un contrat de 9,7 milliards de dollars (8,3 milliards d'euros) avec la compagnie Emirates pour la vente de 42 Boeing 777. Quelques heures auparavant, en marge de la visite du président américain George Bush à Pékin, le constructeur américain ratifiait une commande par la Chine de 70 Boeing 737 d'une valeur de 4 milliards de dollars, reprenant ainsi l'avantage sur son concurrent européen Airbus.

20-21 PÉTROLE : À la faveur d'une visite du président russe Vladimir Poutine au Japon, les deux pays signent un accord sur la construction d'un oléoduc de 4 100 kilomètres reliant la Sibérie centrale à la côte pacifique. M. Poutine confirme que le Japon aura accès au pétrole (1,5 million de barils par jour) qui arrivera au port de Nakhodka, face à l'archipel nippon.

21 KENYA : Un référendum rejette, par 58,3 % des voix, le projet de réforme constitutionnelle présenté par le président Mwai Kibaki, n'accordant que des pouvoirs limités au poste proposé de premier ministre. **Le 23**, prenant acte de ce vote sanction, le président dissout son gouvernement. **Le 27**, il rejette la demande de l'opposition de procéder à des élections législatives anticipées, et interdit les rassemblements sur la voie publique.

21 PANDÉMIE : Dans son rapport sur l'état de la pandémie de sida en 2005, l'Onusida indique qu'avec 4,9 millions le nombre de nouvelles infections reste égal à celui de 2004. 40,3 millions de personnes sont porteuses du virus, dont 43 % de femmes, et les décès causés par la maladie sont évalués à 3,1 millions, dont près de 600 000 enfants.

21 UNION EUROPÉENNE : Les ministres européens de la défense adoptent un « code de conduite » volontaire entre les États membres visant à ouvrir à la concurrence le marché de l'armement, jusqu'alors très opaque, et qui représente 30 milliards d'euros par an.

21 AUTOMOBILE : Le constructeur automobile américain General Motors, numéro un mondial, annonce la suppression de 30 000 emplois en Amérique du Nord, au lieu des 25 000 prévus en juin.

21 ASSURANCES : La holding française Artémis de François Pinault est condamnée par le tribunal fédéral de Los Angeles à payer 189 millions de dollars (160 millions d'euros) au département des assurances de Californie pour « *enrichissement indu* » dans le procès civil de l'affaire du rachat de la compagnie d'assurances Executive Life.

21-22 BOSNIE : Dix ans après la fin de la guerre, les dirigeants bosniaques, réunis à Washington par le Département d'État, s'engagent à réviser le traité de Dayton, en menant des réformes politiques, économiques et militaires.

22 JAPON : Le Parti libéral-démocrate (PLD) au pouvoir approuve un projet de révision constitutionnelle reconnaissant au pays le droit de disposer d'une armée, et de jouer un rôle plus important dans la sécurité mondiale. Ce projet de réforme de la Constitution pacifiste de 1947 suscite l'inquiétude en Asie.

23 RUSSIE : La chambre basse du Parlement russe (Douma) adopte en première lecture, par 370 voix contre 18, un projet de loi obligeant les organisations non gouvernementales (ONG) à se faire enregistrer. Ce renforcement du contrôle de l'État accentue la reprise en main du pays par le président Vladimir Poutine.

23 CHILI : Inculpé pour fraude fiscale dans l'affaire des comptes bancaires secrets à l'étranger, l'ancien dictateur (1973-1990) Augusto Pinochet, 90 ans, est assigné à résidence à Santiago. **Le 24**, il reçoit une deuxième assignation à résidence, dans l'affaire de l'« opération Colombo » (assassinat de 119 opposants en 1975).

23 TRANSPORTS MARITIMES : Après les marées noires provoquées par les naufrages de l'*Erika* (décembre 1999) et du *Prestige* (novembre 2002), la Commission européenne présente un ensemble de mesures renforçant les contrôles des « navires-poubelles », qui devront ensuite être adoptées par le Conseil des ministres, puis par le Parlement européen.

24 SUCRE : Les ministres de l'agriculture de l'Union européenne adoptent, à la demande de l'Organisation mondiale du commerce (OMC), une réforme du régime sucrier réduisant les aides accordées aux producteurs, et concentrant la production dans quelques pays, dont la France et l'Allemagne.

24 GRANDE-BRETAGNE : Pour lutter contre la consommation trop rapide d'alcool, l'Angleterre et le pays de Galles autorisent leurs pubs à rester ouverts au-delà de vingt-trois heures, rompant avec une tradition datant de la Seconde Guerre mondiale.

25 LIBAN-SYRIE : Près d'un mois après avoir été sommée par le Conseil de sécurité de l'ONU de coopérer à l'enquête sur l'assassinat de l'ancien premier ministre libanais, Rafic Hariri, la Syrie accepte que cinq responsables soient interrogés à Vienne par la commission Mehlis.

LA SYRIE CÈDE SUR L'ENQUÊTE HARIRI

14 février 2005 : Le premier ministre libanais, Rafic Hariri, est tué dans un attentat à Beyrouth.

7 avril 2005 : Le Conseil de sécurité de l'ONU adopte la résolution 1595, en vertu de laquelle une commission internationale est chargée de l'enquête sur cet assassinat. Son mandat est de trois mois reconductible.

26 avril 2005 : La Syrie achève le retrait de ses troupes du Liban, exigé depuis septembre 2004 par l'ONU.

16 juin 2005 : Le juge allemand Detlev Mehlis, qui préside la commission, commence ses investigations.

19 octobre 2005 : Le juge remet au Conseil de sécurité un rapport d'étape, dans lequel il relève des « *preuves convergentes* » de l'implication de hauts responsables sécuritaires syriens et libanais dans l'assassinat. Il se plaint de l'insuffisance de la coopération syrienne.

31 octobre 2005 : Le Conseil de sécurité adopte à l'unanimité la résolution 1636 qui somme la Syrie de coopérer « *sans réserves et sans conditions* » à l'enquête conduite par M. Mehlis.

---

25 OCDE : Le Mexicain José Angel Gurria est choisi pour succéder comme secrétaire général de l'Organisation de coopération et de développement économiques (OCDE) au Canadien Donald Johnston, qui abandonnera ses fonctions en mai 2006.

25   IRAK : Pour la première fois, une Allemande, archéologue, est enlevée, avec son chauffeur irakien. **Le 26**, l'enlèvement d'un Américain, un Britannique et deux Canadiens, travaillant pour une ONG chrétienne, est revendiqué par un groupe inconnu. **Le 27**, deux cassettes vidéo montrent les otages, en compagnie de six autres détenus iraniens.

25   ITALIE : À l'appel des grandes centrales syndicales, une grève générale paralyse la péninsule pour protester contre le budget d'austérité du gouvernement pour 2006. Il s'agit de la sixième grève générale depuis le retour au pouvoir de Silvio Berlusconi en 2001.

27   GABON : Le président sortant Omar Bongo Ondimba, au pouvoir depuis trente-huit ans, est réélu avec 79,18 % des suffrages exprimés.

27   TCHÉTCHÉNIE : Les candidats du parti pro-Kremlin, Russie Unie, dominent les élections législatives, en recueillant 61,9 % des voix, les communistes étant deuxièmes, avec près de 12 %. Les séparatistes, qui qualifient ce scrutin de « *farce* », appellent à l'abstention. Saluant le résultant, le président russe Vladimir Poutine y voit le retour au « *régime constitutionnel* ».

27   SUISSE : À la suite d'une initiative populaire, lancée en février 2003, un référendum approuve, à 55,7 % des votants, et dans tous les cantons, l'adoption d'un moratoire de cinq ans interdisant la culture de plantes transgéniques.

27   LIECHTENSTEIN : Par référendum, l'avortement est dépénalisé sous condition. En Europe occidentale, seule l'Irlande n'a pas autorisé l'avortement, sauf en cas de danger de mort pour la femme.

27 HONDURAS : Manuel Zelaya, le candidat du parti libéral (PL, droite) à la présidence du Honduras, gagne les élections avec 49,9 % des voix. Porfirio Lobo, du Parti national au pouvoir (PN, droite), recueille 46,16 % des suffrages et accepte la victoire de son rival.

27-28 UNION EUROPÉENNE : Dix ans après le lancement du « processus de Barcelone », instaurant un partenariat entre l'Union européenne et dix pays du pourtour méditerranéen, un accord sur la formulation d'un code de lutte contre le terrorisme est conclu à Barcelone, où le sommet Euromed ne réunit que deux des dix chefs d'État des pays partenaires.

28 CANADA : La Chambre des communes adopte, par 171 voix contre 133, une motion de censure, provoquant la chute du gouvernement libéral minoritaire de Paul Martin, qui dissout la Chambre. Les élections auront lieu en janvier 2006.

28 JAPON : Un nouveau record du dollar permet à la Bourse de Tokyo de poursuivre sa progression, et à l'indice Nikkei de franchir la barre des 14 900 points pour la première fois depuis cinq ans.

30 ARABIE SAOUDITE : Pour la première fois, deux femmes sont élues au conseil d'administration de la chambre de commerce et d'industrie de Djeddah.

30 AIDE HUMANITAIRE : Le secrétaire général de l'ONU Kofi Annan lance un appel sans précédent aux pays donateurs pour faire face, en 2006, à 26 crises humanitaires frappant près de 31 millions de personnes. 4,7 milliards de dollars sont, selon lui, nécessaires.

30 ISLAM : L'Italie se dote d'un Conseil consultatif musulman afin de « *résoudre les problèmes d'intégration* » et de constituer un « *islam italien* ». ■

Science

1ᵉʳ ASTRONOMIE : Une équipe d'astronomes américains du Southwest Research Institute de Boulder (Colorado) annonce que le télescope spatial Hubble leur a permis d'identifier deux nouvelles lunes de Pluton, la planète la plus lointaine du système solaire.

9 PHYSIQUE : Le Centre national de la recherche scientifique (CNRS) décerne au physicien Alain Aspect sa médaille d'or 2005, pour ses recherches.

9 ESPACE : Une fusée russe Soyouz-Fregat lance, à partir du cosmodrome de Baïkonour, au Kazakhstan, la sonde européenne Venus Express, qui devrait se mettre en orbite autour de l'étoile du Berger en avril 2006.

10 ASTRONOMIE : L'Afrique du Sud inaugure le Grand Télescope d'Afrique australe (SALT). Situé dans le désert du Karoo, il dispose d'un miroir hexagonal de 11 mètres, le plus large de l'hémisphère Sud.

16 CHIMIE : Décès, à l'âge de 89 ans, d'Henry Taube, chimiste américain d'origine canadienne, prix Nobel de chimie 1983 pour ses travaux sur les réactions d'oxydoréduction.

17 ESPACE : La nouvelle fusée lourde Ariane 5 ECA lancée depuis le centre spatial guyanais de Kourou (Guyane) place en orbite avec succès deux satellites de télécommunications et de télévision d'un poids total de plus de 8 tonnes, la plus grosse charge utile jamais mise sur orbite par le lanceur européen.

18 MÉDECINE : Une équipe de chercheurs

suisses, dirigée par le professeur Karl-Heinz Krause, annonce avoir identifié un mécanisme cellulaire lié à la physiopathologie de la maladie d'Alzheimer, marquant une nouvelle étape dans la compréhension de cette maladie.

23 RECHERCHE : Présenté au Conseil des ministres, le projet de loi baptisé «Pacte pour la recherche» prévoit, entre autres mesures, la création d'un Haut Conseil de la science et de la technologie, et un financement qui devrait atteindre en 2010 24 milliards d'euros, soit une progression de 27,3% par rapport à 2004.

LE « PACTE POUR LA RECHERCHE » SERA DISCUTÉ AU PARLEMENT DÉBUT 2006

6 janvier 2004 : Jacques Chirac annonce une loi sur la recherche.

7 janvier 2004 : L'appel «Sauvons la recherche!» recueille 70 000 signatures.

9 mars 2004 : 2 000 directeurs de laboratoire «démissionnent».

28 et 29 octobre 2004 : États généraux de la recherche à Grenoble.

4 janvier 2005 : Jacques Chirac promet un milliard d'euros supplémentaires par an pour la recherche.

9 février 2005 : Création de l'Agence nationale de la recherche.

29 septembre 2005 : Dominique de Villepin présente un «Pacte pour la recherche».

25 RÉCHAUFFEMENT CLIMATIQUE : Deux articles publiés dans la revue *Science* par les chercheurs du projet Epica (European Project for Ice Coring in Antarctica) constatent que les glaces de l'Arctique, vieilles de 650 000 ans, confirment le déséquilibre actuel des gaz à effet de serre.

25 AVIATION : Décès, à l'âge de 91 ans, d'Élisabeth Boselli, pionnière de l'aviation, première femme pilote de l'armée française, en 1945.

26 RECHERCHE : Décès, à l'âge de 65 ans, de Nicole Mamelle, épidémiologiste, chercheuse engagée au Service de la santé périnatale.

27 MÉDECINE : Une équipe française, coordonnée par les médecins français Bernard Devauchelle et Jean-Michel Dubernard, qui a conduit la première greffe d'une main en 1998, réalise, au CHU d'Amiens (Somme), la première greffe mondiale de visage, sur une patiente défigurée par un chien.

LES GREFFES :
PLUS D'UN SIÈCLE D'HISTOIRE

1869 : Le Suisse Jacques-Louis Reverdin invente la greffe d'épiderme.

1905 : Réussite d'une greffe de cornée par l'Autrichien Edouard Zirm.

1933 : Première transplantation de rein de cadavre, par le Russe Sergueï Voronoy. La patiente survit quatre jours.

1952 : L'équipe du Français Jean Hamburger transplante un rein d'une mère à son fils, qui meurt au bout de 21 jours.

1963 : Greffe de moelle osseuse réalisée par le Français Georges Mathé.

1967 : Le Sud-Africain Christian Barnard réalise la première greffe cardiaque. Le receveur survit 17 jours. Aux États-Unis, greffe de foie par Thomas Starzi.

1968 : Première greffe de cœur en Europe par le Français Christian Cabrol.

1969 : Aux États-Unis, greffe d'un poumon à un condamné à mort.

1987 : Première transplantation cœur-poumons-foie, par l'Anglais Roy Calne.

1998 : Première greffe de la main, par le Français Jean-Michel Dubernard. ▪

Culture

1er ÉDITION : Dans sa première parution, le guide Michelin consacré à New York accorde sa plus haute distinction — trois étoiles — à quatre restaurants, dont trois français.

1er PEINTURE : *La blanchisseuse*, d'Henri de Toulouse-Lautrec, est adjugée chez Christie's, à New York, pour 22,4 millions de dollars, un record pour l'artiste français.

3 PRIX LITTÉRAIRES : Le prix Goncourt est attribué à François Weyergans pour *Trois jours chez ma mère* (Grasset), et le prix Renaudot à Nina Bouraoui pour *Mes mauvaises pensées* (Stock). **Le 7**, Jean-Philippe Toussaint reçoit le prix Médicis pour *Fuir* (Éditions de Minuit), Régis Jauffret le prix Femina pour *Asile de fous* (Gallimard), et Sylvie Germain le Goncourt des lycéens pour *Magnus* (Albin Michel). **Le 8**, Michel Houellebecq, que l'on donnait favori pour le Goncourt, obtient le prix Interallié pour *La Possibilité d'une île* (Fayard).

4 BIBLIOTHÈQUES : En signant avec la British Library un accord pour numériser et mettre en ligne 100 000 titres en 2006, Bill Gates, patron de Microsoft, relance la bataille des bibliothèques virtuelles. **Le 14**, les ministres européens de la culture, réunis à Bruxelles, approuvent l'idée d'une bibliothèque numérique européenne, présentée par la

Commission à la demande de six pays (Allemagne, Espagne, France, Hongrie, Italie et Pologne).

5 LITTÉRATURE : Décès, à l'âge de 79 ans, de l'écrivain britannique John Fowles, auteur de *Sarah et le lieutenant français* (Seuil, 1972), dont Harold Pinter avait fait l'adaptation pour le film de Karel Reisz, *La maîtresse du lieutenant français*.

5 MUSIQUE : Décès, à l'âge de 76 ans, de Link Wray, guitariste américain, auteur, en 1958, de « Rumble » (« Baston »), instrumental révolutionnaire.

8 CHANSON : La 4ᵉ édition du prix Constantin, qui distingue les artistes émergents les plus marquants de l'année, récompense la chanteuse Camille, pour son deuxième album *Le fil*.

10 DANSE : Décès, à l'âge de 50 ans, de Fernando Bujones, danseur étoile américain d'origine cubaine, souvent comparé par la presse de son pays à Noureev et à Baryshnikov.

13 RADIO : La célèbre émission de France-Inter « Le masque et la plume » fête un demi-siècle de critique littéraire, théâtrale et cinématographique.

« LE MASQUE ET LA PLUME » : CINQUANTE ANS DE JOUTES

13 novembre 1955 : Michel Polac et François-Régis Bastide, qui animaient respectivement une émission théâtrale et une émission littéraire, lancent ensemble sur la radio parisienne Paris IV « Le masque et la plume ». L'émission, d'une durée de deux heures, ne traite pas encore de cinéma.

1957 : Désormais sur Paris-Inter, « Le masque » obtient une audience nationale ; de mensuelle, l'émission devient hebdomadaire. En septembre est créée une tribune sur le cinéma, avec Pierre Marcabru, Claude Mauriac, Georges Sadoul,

Georges Charensol. Portée par la Nouvelle Vague et la défense du cinéma d'auteur, cette tribune voit le public affluer.

1961 : Entrée en scène de Jean-Louis Bory, prix Goncourt 1945, critique littéraire dans la presse écrite et critique de cinéma au « Masque ». Le « *jeune chien fou* » Bory et le « *vieux grigou* » Charensol décident de faire de l'émission « *un spectacle* », n'hésitant pas à s'opposer dans des joutes épiques mais empreintes de respect mutuel.

1964 : Gilles Sandier, adepte d'un théâtre engagé, rejoint l'équipe. Il s'affrontera à Pierre Marcabru.

1970 : Michel Polac quitte « Le masque ». Menacée de disparaître en raison des positions prises par les critiques en mai 1968, l'émission est sauvée grâce à une pétition de milliers d'auditeurs.

Janvier 1976 : Une version télévisée du « Masque » sur FR3 est arrêtée après trois numéros sous la pression des producteurs et réalisateurs de cinéma.

Juin 1979 : Jean-Louis Bory se suicide.

1982 : François-Régis Bastide, nommé ambassadeur par François Mitterrand, cède son fauteuil à Pierre Bouteiller, producteur sur France-Inter.

1984 : Georges Charensol quitte « Le masque ».

1990 : Renouvellement presque complet de la tribune de critiques, dirigée par Jérôme Garcin depuis 1989.

16 ÉDITION : Selon *Le Canard enchaîné*, l'éditeur Vincent Barbare (éditions First) s'est vu imposer par le ministre de l'intérieur, Nicolas Sarkozy, de ne pas éditer un ouvrage de Valérie Domain, journaliste à l'hebdomadaire *Gala*, sur son ex-femme Cécilia. **Le 18**, celle-ci assure dans *Le Parisien* avoir « *demandé* » à M. Sarkozy de l'« *aider* » à protéger sa vie privée.

18 AUDIOVISUEL : La signature du deuxième contrat d'objectif entre l'Institut national de l'audiovisuel (INA) et l'État permettra de sauvegarder, d'ici à 2015, l'intégralité des archives télé et radio, et d'ici à 2009 les archives vidéo.

19 PHOTO : La vente de la collection du cinéaste et producteur Claude Berri, qui est organisée par Christie's dans le cadre de la 9ᵉ édition de « Paris Photo », au Carrousel du Louvre, à Paris, totalise 2,9 millions d'euros.

20 MUSÉES : Le ministre de la culture, Renaud Donnedieu de Vabres, visite l'exposition consacrée au peintre Jacques Monory qui inaugure le nouveau musée d'art contemporain du Val-de-Marne, le Mac/Val, installé à Vitry-sur-Seine, premier du genre en banlieue parisienne. Au terme de trois jours de portes ouvertes, 12 000 personnes visitent les 13 000 mètres carrés d'un lieu présentant, par roulement, les œuvres collectionnées depuis 1982 par le Fonds départemental d'art contemporain (FDAC) du Val-de-Marne.

20 MUSIQUE : Décès, à l'âge de 80 ans, du ténor américain James King, qui a dominé la scène internationale des années 60 dans les rôles du répertoire wagnérien et straussien.

21 TÉLÉVISION : L'acteur français Thierry Frémont reçoit à New York un International Emmy Award, prix décerné par l'Académie internationale de la télévision, pour son interprétation du rôle de tueur en série Francis Heaulme dans le téléfilm *Dans la tête du tueur*, réalisé par GMT Productions pour TF1.

21 POÉSIE : Seize pages de poèmes écrits par Bob Dylan sont vendues aux enchères chez Christie's, pour 78 000 dollars.

22 MUSIQUE : Mariah Carey est consacrée meilleure artiste féminine dans la catégorie Soul/R & B aux American Music Awards.

24 PEINTURE : Le musée Sakip Sabanci d'Istanbul présente la première exposition en Turquie consacrée au peintre espagnol Pablo Picasso, comprenant 135 œuvres de l'artiste dont certaines jamais montrées au public depuis sa mort en 1973.

28 TÉLÉVISION : TF1 et France Télévisions signent un pacte pour lancer la Chaîne française d'information internationale (CFII). Le groupe public aura la maîtrise de la ligne éditoriale de la future chaîne, le groupe privé se voyant chargé de sa gestion. Le recrutement de 130 journalistes est envisagé pour 2006.

29 SCULPTURE : Décès, à l'âge de 70 ans, du sculpteur français Toni Grand, qui avait participé au mouvement Support-Surface. ■

Sport

1er JEUX OLYMPIQUES : Les deux Corées décident de présenter une délégation commune aux Jeux asiatiques de 2006 et aux Jeux olympiques d'été de 2008, à Pékin.

5 BRIDGE : L'équipe de France féminine devient championne du monde à Estoril (Portugal).

13 TENNIS : Amélie Mauresmo est la première Française à remporter, à Los Angeles, le Masters de tennis féminin, qui confronte chaque année les huit meilleures joueuses mondiales. Au terme d'une finale franco-française, elle bat sa compatriote Mary Pierce sur le score de 5-7 7-6 (7-3) 6-4.

16 FOOTBALL : À l'issue du match Turquie-Suisse de qualification pour la Coupe du monde 2006, gagné (4-2) par la Suisse, à Istanbul, les joueurs turcs agressent violemment leurs adversaires dans les vestiaires. **Le 17**, la FIFA demande de lourdes sanctions.

17 FOOTBALL : Robert Hoyzer, l'arbitre allemand qui avait truqué des matches, est condamné à 29 mois de prison, dont cinq ferme.

18 VOILE : Jean-Pierre Dick et Loïck Peyron (Virbac-Paprec) remportent, à Bahia (Brésil), la Transat en double dans la catégorie des monocoques de 60 pieds, en battant le record de la traversée, après 13 jours, 9 heures et 19 minutes de course. **Le 20**, Pascal Bidégorry et Lionel Lemonchois (Banque populaire) s'imposent à Bahia dans la classe des multicoques de 60 pieds (18,28 mètres), dans laquelle 6 abandons (sur 10 concurrents) sont intervenus pour avarie ou chavirage.

18 ÉQUIPEMENT : Le Qatar inaugure, à Doha, dans le cadre de sa politique de formation sportive en vue des Jeux asiatiques en 2006, le complexe Aspire (Academy for Sports Excellence), immense complexe omnisports abrité par une coupole couverte.

19 NATATION : Laure Manaudou bat son propre record de France sur 800 mètres, en 8 minutes, 22 secondes, 89 centièmes.

21 TENNIS : Malgré sa défaite, la veille, face à l'Argentin David Nalbandian au Masters de Shanghai, Roger Federer reste numéro un mondial au classement ATP pour la deuxième année d'affilée.

25 FOOTBALL : Décès, à l'âge de 59 ans, de George Best, originaire d'Irlande du Nord. Surnommé « Bestie » (le Meilleur), il était considéré comme le meilleur joueur britannique de tous les temps. **Le 3 décembre**, ses obsèques, à Belfast (Irlande du Nord), réconcilient les deux communautés dans une cérémonie quasi œcuménique et nationale.

25 FORMULE 1 : Décès, à l'âge de 34 ans, du pilote Richard Burns, le seul Britannique à avoir remporté, au volant d'une Subaru, le championnat du monde, en 2001.

27 GYMNASTIQUE : Le Français Yann Cucherat remporte deux médailles, l'argent à la barre fixe, et le bronze aux barres parallèles, aux championnats du monde de Melbourne (Australie). Aucun Français n'avait réussi à décrocher deux médailles lors d'une même édition des championnats du monde depuis Raymond Dot en 1950.

28 FOOTBALL : Le milieu de terrain brésilien du FC Barcelone Ronaldinho est sacré 50e Ballon d'or France Football, à Paris.

29 FOOTBALL : David Di Tommaso, 26 ans, défenseur français du FC Utrecht (Pays-Bas), décède dans son sommeil d'un « *arrêt cardiaque subit* ».

Décembre

- Acquittement des inculpés d'Outreau, la justice en question

- Contrats records signés entre la France et la Chine

- Polémique sur le rôle « positif » de la colonisation

- Les islamistes désormais principale force d'opposition en Égypte

- Compromis à la conférence de l'OMC à Hongkong

- Accord sur le budget européen au conseil de Bruxelles

- Réouverture du Petit Palais, à Paris

France

1er JUSTICE : Au terme du procès en appel de l'affaire de pédophilie d'Outreau (Pas-de-Calais), ouvert le 7 novembre, et marqué par la rétractation des enfants accusateurs, ainsi que par les « *regrets* » exceptionnellement exprimés par Yves Bot, procureur général de Paris, les six derniers accusés sont tous acquittés. Sur les 17 inculpés initiaux, 13 sont ainsi innocentés. Le ministre de la justice, Pascal Clément, présente solennellement à ceux-ci et à leurs familles les « *excuses de l'institution judiciaire* », et ordonne une enquête de l'Inspection générale des services judiciaires, tandis que le premier ministre, Dominique de Villepin, promet aux acquittés une « *réparation rapide* ». **Le 5**, le chef de l'État écrit aux innocentés pour leur présenter ses « *regrets et excuses devant ce qui reste un désastre judiciaire sans précédent* ». **Le 6**, Dominique de Villepin et le garde des Sceaux Pascal Clément les reçoivent. **Le 7**, l'Assemblée nationale vote la création d'une commission d'enquête chargée de « *rechercher les causes des dysfonctionnements de la justice* ». **Le 21**, Marylise Lebranchu, ministre de la justice (2000-2002) au moment de l'instruction de l'affaire, démissionne de la commission. **Le 26**, les treize acquittés demandant, dans une pétition publiée par *Le Figaro*, que les débats n'aient pas lieu à huis clos, comme prévu, le président de la commission, André Vallini (PS), précise qu'ils pourront être entendus publiquement, puisque «*c'est leur désir*». Néanmoins, une des acquittées annonce qu'elle boycottera les travaux de la commission.

ERREURS JUDICIAIRES : LES PRÉCÉDENTS

1er février 1955 : Jean Deshays, docker accusé d'avoir assassiné un fermier et condamné à dix ans de travaux forcés en 1949, obtient son acquittement.

27 septembre 1969 : Jean-Marie Deveaux, garçon boucher condamné à vingt ans de réclusion en 1963 pour l'assassinat de la fille de ses patrons, est rejugé et acquitté.

29 juin 1985 : La cour d'assises de la Gironde acquitte Guy Mauvillain, condamné dix ans plus tôt à dix-huit ans de réclusion, pour le meurtre d'une vieille dame qu'il avait toujours nié.

25 avril 1985 : Roland Agret, condamné à quinze ans de réclusion en 1973 pour l'assassinat d'un garagiste, obtient la révision de son procès et son acquittement. Il avait bénéficié d'une grâce médicale en 1977.

24 avril 2002 : Patrick Dils, condamné à perpétuité en 1989 pour le meurtre de deux enfants, est acquitté.

1er ENSEIGNEMENT : Le premier ministre Dominique de Villepin présente des mesures d'accompagnement des jeunes en difficulté, visant à responsabiliser leurs parents. Un contrat sera proposé à ces derniers, impliquant des droits, mais aussi des devoirs, dont le non-respect pourra être sanctionné par une suspension des allocations familiales.

1er TERRORISME : L'islamiste algérien Rachid Ramda, soupçonné d'être le financier des attentats meurtriers de 1995 à Paris, est extradé de Grande-Bretagne, et remis à la France, qui le réclamait depuis dix ans. **Le 5**, il est placé sous mandat de dépôt. **Le 15**, une perquisition de la surveillance du territoire (DST) à Clichy-sous-Bois (Seine-Saint-Denis) permet de découvrir un dépôt d'armes et d'explosifs, mettant en lumière le lien existant entre grand banditisme et islamisme radical. **Le 16**, l'Unité de coordination de la lutte antiterroriste (UCLAT) qualifie de *«particulièrement élevée»* la menace terroriste en France.

1er ISLAM : 17 membres de la Fédération des musulmans de France, hostiles au président Mohamed Bechari, annoncent la constitution d'une nouvelle association, le Rassemblement des élus du CFCM (RE-CFCM).

6 UMP : Le bureau politique du parti présidentiel approuve une modification de statut permettant aux adhérents de choisir le candidat unique à la présidentielle de 2007 à qui ils apporteront leur *«soutien»*, comme le souhaitait son président Nicolas Sarkozy.

6 ÉLECTIONS : Les députés reportent d'un an les élections municipales, cantonales et sénatoriales, initialement prévues en 2007.

6 TVA : Lors de la réunion des ministres des finances européens, à Bruxelles, l'Allemagne s'oppose à la baisse de 19,6 % à 5,5 % le taux de la TVA s'appliquant à la restauration en France, promesse électorale faite par Jacques Chirac en 2002.

7 COLONISATION : Devant les risques de manifestations contre l'article 4 de la loi du 23 février reconnaissant *«le rôle positif de la présence française outre-mer»*, le ministre de l'intérieur, Nicolas Sarkozy, renonce à se rendre en visite en Martinique et en Guadeloupe. **Le 9**, pour calmer les esprits, le président de la République rappelle, dans une intervention télévisée, que «*dans la République, il n'y a pas d'histoire officielle*», et confie au président de l'Assemblée nationale, Jean-Louis Debré, la création d'une «*mission pluraliste*» sur l'action du Parlement dans le domaine de l'histoire. **Le 15**, les chefs de partis de gauche s'affichent ensemble pour signer une pétition commune, lancée à l'initiative du socialiste Dominique Strauss-Kahn, réclamant l'abrogation de l'article 4 de la loi du 23 février. **Le 23**, le ministre de l'intérieur, Nicolas Sarkozy, charge l'avocat Arno Klarsfeld de mener un «*travail approfondi sur la loi, l'Histoire et le devoir de mémoire*».

HISTOIRE ET POLITIQUE : UN ENJEU MAJEUR

16 juillet 1995 : À l'occasion du cinquante-troisième anniversaire de la rafle du Vel'd'Hiv', Jacques Chirac prononce un discours historique par lequel il reconnaît « *les fautes commises par l'État*» dans la déportation des juifs de France au cours de la Seconde Guerre mondiale.

Septembre 1996 : Le chef de l'État qualifie de « *guerre d'Algérie*» ce que l'on appelait jusque-là les « *événements*». Trois ans plus tard, les députés voteront à l'unanimité une proposition de loi en ce sens.

Décembre 1996 : En mémoire d'André Malraux, M. Chirac fait introduire dans un collectif budgétaire une mesure reconnaissant la qualité d'anciens combattants aux volontaires des Brigades internationales.

Novembre 1998 : À Craonne, M. Jospin réintègre dans la « *mémoire collective nationale*» de la Grande Guerre les mutins de 1917, fusillés pour avoir refusé d'être sacrifiés dans des offensives meurtrières. M. Chirac fait connaître son désaccord.

Avril 2000 : Le Parlement adopte une proposition de loi reconnaissant que l'esclavage et la traite des Noirs constituent des «*crimes contre l'humanité*». Le texte prévoit notamment que les manuels et les programmes d'histoire devront désormais accorder à la traite et à l'esclavage «*la place conséquente qu'ils méritent*».

29 janvier 2001 : M. Chirac promulgue la loi reconnaissant le génocide arménien de 1915, qui a été définitivement adoptée par les députés le 18 janvier.

Octobre 2001 : La commémoration du massacre des manifestants pro-FLN, tués par la police parisienne le 17 octobre 1961, divise le Conseil de Paris. Le maire, Bertrand Delanoë, inaugure une plaque à leur mémoire. Claude Goasguen (droite) estime que ce geste est une «*provocation*».

7 TRANSPORTS AÉRIENS : Mise en liquidation judiciaire de la compagnie charter française Air Horizons (ex-Euralair), propriété de l'homme d'affaires franco-égyptien Raymond Lakah, qui emploie 275 personnes, et possède sept avions.

8 TGV : L'ouverture de la liaison TGV Paris-Saint-Malo relie désormais directement la capitale à la cité malouine en 2 h 56'.

8 JUSTICE : L'homme d'affaires et ancien ministre Bernard Tapie, reconnu coupable de fraude fiscale, est condamné à trois ans de prison. La partie ferme de sa peine, huit mois, confondue avec ses précédentes condamnations, ne sera donc pas exécutée.

8 EXTRÊME DROITE : Jacques Bompard, maire d'Orange (Vaucluse), quitte le Front national (FN) pour rejoindre Mouvement pour la France (MPF) de Philippe de Villiers.

9 ÉTAT D'URGENCE : Saisi en référé par 74 professeurs d'université, le Conseil d'État juge légale la prorogation pour trois mois de l'état d'urgence, appliqué depuis le 18 novembre, après les violences urbaines dans les banlieues.

9 OGM : Pour la première fois, un tribunal

(Orléans) relaxe des faucheurs volontaires de plants de maïs transgéniques, en invoquant le «*danger imminent*» de telles cultures.

10 POLITIQUE : Le ministre de la cohésion sociale, Jean-Louis Borloo, devient coprésident, aux côtés d'André Rossinot, du Parti radical, le plus vieux parti de France (106 ans), associé à l'UMP.

10 VIOLENCES URBAINES : En marge du festival rock des Transmusicales de Rennes (Ille-et-Vilaine), l'annulation d'une rave party entraîne des affrontements entre policiers et jeunes qui provoquent d'importants dégâts en centre-ville.

12 SOCIAL : Rencontrant symboliquement au ministère du travail, rue de Grenelle, patronat et syndicats, le premier ministre, Dominique de Villepin, annonce la création du contrat de transition professionnelle (CTP), permettant, dans six bassins d'emploi, aux salariés d'entreprises de moins de 300 salariés d'être pris en charge pendant leur formation.

12 TRANSPORTS : Le ministre des transports, Dominique Perben, signe avec les Chemins de fer luxembourgeois la mise en route d'une autoroute ferroviaire entre Perpignan et Luxembourg, qui permettra de transporter 30 000 poids lourds par an.

13 VIOLENCES URBAINES : Répondant, dans *Le Parisien*, à 50 questions posées par des lecteurs qu'il a reçus à l'Élysée, le président Jacques Chirac évoque la question des banlieues. Faisant allusion aux propos du ministre de l'intérieur Nicolas Sarkozy, il rappelle qu'«*en politique, le choix des mots est évidemment essentiel*».

13 ARMÉE : Fait sans précédent depuis l'affaire des «*généraux d'Alger*» de 1961, le général de corps d'armée (4 étoiles) Henri Poncet, ancien commandant du dispositif militaire français «Licorne» en Côte d'Ivoire, est mis en examen pour «*complicité d'homicide volontaire*» dans l'assassinat de l'Ivoirien

Firmin Mahé, le 13 mai. La juge Brigitte Raynaud, chargée d'instruire le dossier, accusant le procureur de mener une *« enquête parallèle »*, provoque une polémique entre magistrats.

L'AFFAIRE MAHÉ

13 mai 2005 : Arrêté par des soldats français, Firmin Mahé est tué.

17 octobre 2005 : Une information judiciaire pour *« homicide volontaire »* est confiée à la juge Brigitte Raynaud.

2 novembre 2005 : *« Blâme du ministre »* aux généraux Henri Poncet et Renaud de Malaussène, qui sont mutés.

30 novembre 2005 : Quatre militaires sont mis en examen.

13 PRESSE : Pierre Louette, 42 ans, succède, à la présidence de l'Agence France-Presse (AFP), à Bernard Eveno, démissionnaire.

13 ENSEIGNEMENT : Le ministre de l'éducation nationale, Gilles de Robien, lance son plan ZEP (zones d'éducation prioritaires), donnant la priorité aux 250 collèges les plus difficiles. Labellisés « Ambition réussite », ils bénéficieront de moyens supplémentaires, et de 1 000 *« professeurs expérimentés »* à la rentrée 2006.

LES ZEP : 25 ANS D'EXISTENCE

1981 : Les zones d'éducation prioritaires (ZEP) sont créées par Alain Savary, ministre de l'éducation nationale.

1982 : On compte 362 zones d'éducation prioritaires représentant 8,3 % des élèves de l'école primaire, et 10 % des élèves des collèges.

1990 : Lionel Jospin, ministre de l'éducation nationale, crée une indemnité de *« sujétion spéciale »* pour les enseignants en ZEP. Le nombre de ZEP passe à 544.

1998 : Ségolène Royal, ministre déléguée à l'enseignement scolaire, annonce, en janvier, un plan de relance des ZEP. Le nombre de ZEP passe de 558 en 1997 à 670 en 1999.

2005 : On compte 911 REP et ZEP qui rassemblent 21,4 % des collégiens, et environ 18 % des écoliers.

14 DETTE : Dans son rapport sur la dette publique, le président de BNP Paribas, Michel Pébereau, évalue son montant à 1 100 milliards d'euros, et s'inquiète de son accroissement, depuis 1980, de 20 % à 66 % du produit intérieur brut (PIB). Le soir même, dans une intervention télévisée, le premier ministre Dominique de Villepin annonce qu'il présentera au Parlement, en juin 2006, un « *engagement national de désendettement* ».

14 PRIVATISATIONS : Au terme de cinq mois de négociations, le ministre des finances Thierry Breton et le ministre des transports Dominique Perben annoncent les noms des repreneurs des trois sociétés concessionnaires d'autoroutes (Autoroutes du sud de la France, ASF, Autoroutes Paris-Rhin-Rhône, APRR, et Société des autoroutes du nord et de l'est de la France, SANEF), auxquels l'État cède sa participation majoritaire. Les français Vinci et Eiffage, et l'espagnol Abertis apporteront ainsi à l'État 14,8 milliards d'euros.

14 TRANSPORTS : Les conducteurs SNCF des RER D et une partie de leurs collègues du RER B reprennent le travail, « *dans l'amertume* », au terme de dix jours d'une grève marquée, **le 12**, par l'intervention du président de la République, qui l'a qualifiée de « *disproportionnée et incompréhensible* ».

14 DÉLINQUANCE : Le ministre de la justice, Pascal Clément, lance un système national de parrainage des mineurs délinquants ou en difficulté par des professionnels d'entreprise.

14 AFFAIRES : Le tribunal de Paris condamne

l'ancien préfet du Var, Jean-Charles Marchiani, à une double condamnation à de la prison ferme (3 ans et 18 mois) pour avoir perçu des commissions occultes en lien avec l'attribution de marchés publics. Faisant appel, il est laissé en liberté.

15 CONSTRUCTION NAVALE : L'électronicien de défense Thales et l'entreprise publique spécialisée dans le naval militaire DCN concluent un accord permettant à Thales de prendre 25 % du capital des chantiers navals publics français.

19 VIOLENCE : Une enseignante de 28 ans du lycée professionnel Louis-Blériot d'Étampes (Essonne) est poignardée à trois reprises par un de ses élèves. Le ministre de l'éducation, Gilles de Robien, propose l'installation d'antennes justice-police dans les établissements scolaires qui en feraient la demande. L'enseignante porte plainte pour « *outrages et menaces* » concernant des faits antérieurs à son agression.

20 POLITIQUE : Deux semaines après avoir retrouvé la plénitude de ses droits civiques, dont l'avait privé en 2004 sa condamnation dans l'affaire du financement du RPR, Alain Juppé se réinscrit sur les listes électorales de la mairie de Bordeaux. **Le 21**, il est reçu par le président Jacques Chirac, et rencontre le premier ministre Dominique de Villepin.

20 JEUNESSE : De Clichy-sous-Bois (Seine-Saint-Denis), où ont commencé, en octobre, les violences dans les banlieues, le collectif « Devoir de réagir », qui réunit des célébrités comme le rappeur Joey Starr, le comédien Jamel Debbouze ou le footballeur Lilian Thuram, appelle les jeunes des cités à s'inscrire sur les listes électorales.

20 BUDGET : Le Parlement adopte définitivement le projet de loi de finances pour 2006. Le déficit s'établit finalement à 46,967 milliards d'euros, au lieu des 46,804 milliards d'euros initialement prévus Parmi les principales mesures adoptées, le « *bouclier*

fiscal» interdira une imposition supérieure à 60%
du revenu, les tranches de l'impôt sur le revenu
seront ramenées de 6 à 4, et les intérêts des plans
d'épargne logement de plus de douze ans seront
taxés.

21 35 HEURES : Devant la menace de l'actionnaire allemand de délocaliser la production en
Pologne, les syndicats du constructeur de chariots
Fenwick signent un accord permettant de passer de
35 à 37,5 heures de travail par semaine, sans hausse
de salaires.

22 TERRORISME : Le Parlement adopte définitivement le projet de loi présenté par le ministre
de l'intérieur Nicolas Sarkozy complétant l'arsenal
juridique français sur la prévention et la répression
d'actes terroristes. La vidéosurveillance et les
contrôles d'identité seront renforcés, et les données
de connexion sur Internet pourront être conservées.

22 BUDGET : Le Parlement adopte le collectif
budgétaire pour 2005, qui crée une taxe sur les
billets d'avion souhaitée par Jacques Chirac en
faveur des pays en développement, et met en place
un dispositif d'exonération des plus-values.

22 CHÔMAGE : Après plusieurs jours de négociations, un accord est trouvé entre partenaires
sociaux sur la future convention de l'UNEDIC. Avec
pour objectif 2,4 milliards d'euros d'économies en
trois ans, il prévoit d'augmenter de 0,08 point les
cotisations, à parts égales entre employeurs et salariés. Malgré les refus de la CGT, puis de FO, de le
signer, l'approbation de trois syndicats (CFDT,
CFTC et CFE-CGC) suffit à le valider.

22 SYNDICALISME : LA CFE-CGC élit à sa
présidence Bernard Van Craeynest, président de la
Fédération de la métallurgie, qui succède à Jean-Luc
Cazettes, décédé en septembre.

22 CHÔMAGE : Un décret du ministère de

l'emploi et de la cohésion sociale, publié au *Journal officiel* du 24, modifie le code du travail en instituant une nouvelle forme de surveillance des demandeurs d'emploi, ce qui suscite une vive polémique syndicale.

23 NOUVELLE-CALÉDONIE : La Société minière du Sud-Pacifique (SMSP) s'engage à construire « *irrévocablement* » une usine métallurgique au nord de l'île avec le groupe canadien Falconbridge, soutenu par Paris, espérant ainsi s'emparer du gisement du Koniambo, aux mains du français Eramet. **Le 28**, ce dernier est débouté de son action contre Falconbridge.

À NOUMÉA,
LA « GUERRE DU NICKEL » RELANCÉE

1998 : Les accords de Bercy — signés entre l'État, la société publique Eramet et les indépendantistes — prévoient le transfert du massif du Koniambo, qui appartient à Eramet, aux Kanaks et à leur partenaire canadien, la société Falconbridge, à condition que ceux-ci prennent, avant le 31 décembre 2005, la décision de construire une usine pour exploiter ce minerai.

2004 : Le groupe minier français Eramet se dit prêt à exploiter le massif de Koniambo.

---

29 FISCALITÉ : Saisi par les députés socialistes, le Conseil constitutionnel annule une disposition du collectif budgétaire 2005 qui refusait le droit à récupération de la TVA payée par les transporteurs routiers sur les péages entre 1996 et 2000. Dans le budget 2006, il valide le « *bouclier fiscal* » plafonnant les impôts directs à 60 % des revenus, mais rejette le plafonnement des avantages fiscaux, donnant ainsi, selon François Hollande (PS), un « *cadeau de Noël aux plus favorisés* ».

29 CHÔMAGE : Pour le huitième mois consécutif, le nombre des demandeurs d'emploi diminue. Le taux de chômage est désormais de 9,6 % (- 0,1 %).

29 POLITIQUE : Décès, à l'âge de 93 ans, de Pierre Château-Jobert, compagnon de la Libération, devenu un des dirigeants de l'Organisation de l'armée secrète (OAS) en Algérie.

30 BOURSE : Le CAC 40 clôture l'année à 4 714,61 points, en ayant gagné 23,4 % depuis le 1er janvier, son meilleur score depuis 1999.

31 VŒUX : Dans sa traditionnelle allocution de fin d'année, le président Jacques Chirac, vantant les atouts de la mondialisation, mais souhaitant favoriser le maintien de l'emploi en France, appelle les Français à retrouver le sens moderne du mot patriotisme.

31 ARMÉE : Le porte-avions *Clemenceau* quitte le port de Toulon pour l'Inde, où il sera démantelé, la justice ayant rejeté la veille le recours en référé d'associations écologistes qui l'estiment insuffisamment désamianté.

LA JUSTICE AUTORISE LE DÉPART POUR L'INDE DU *CLEMENCEAU* ET DE SON AMIANTE

16 juin 2003 : Le *Clemenceau* est vendu à une société espagnole pour être désamianté et démoli en Espagne.

17 octobre 2003 : Le remorqueur du navire ne se dirige non vers l'Espagne, mais vers la Turquie. La France dénonce le contrat passé avec la société espagnole. Un transfert au Pirée est envisagé, mais la Grèce refuse. Le 10 novembre, un remorqueur de la marine nationale récupère le navire.

25 juin 2004 : L'État annonce le désamiantage du *Clemenceau* à Toulon, avant son départ en Inde pour la démolition. Les travaux commencent en novembre.

9 mars 2005 : Premier recours des associations devant les tribunaux pour empêcher le départ en Inde.

22 décembre 2005 : Annonce du départ imminent du porte-avions.

26 décembre 2005 : Recours en référé des associations devant le tribunal administratif de Paris.

31 INVESTISSEMENTS ÉTRANGERS : Un décret renforce l'arsenal législatif défendant 11 secteurs stratégiques contre d'éventuelles OPA étrangères. ■

International

1er FINANCES : La Banque centrale européenne resserre sa politique de crédit, en relevant son principal taux directeur d'un quart de point, à 2,25 %, la première hausse depuis cinq ans.

1er AFRIQUE du SUD : La Cour constitutionnelle juge discriminatoire la loi interdisant l'union entre personnes de même sexe, mais suspend sa décision dans l'attente d'un vote au Parlement.

2 BELGIQUE : Les députés votent, par 77 voix contre 62, une proposition de loi ouvrant aux couples homosexuels de droit à l'adoption d'enfants, belges ou étrangers.

2 OPA : Le groupe français Saint-Gobain réussit son offre d'achat sur le plâtrier britannique BPB, dont il contrôle désormais 86,12 % du capital, au terme d'une bataille de quatre mois.

3-4 AFRIQUE : Le 23e sommet France-Afrique, dont le thème est la jeunesse, réunit à Bamako (Mali) les chefs d'État de 53 pays africains, à l'exception de la Côte d'Ivoire. Le président de la République française appelle les pays riches à doubler l'aide au développement, afin de réduire l'exode des jeunes sans emploi vers les pays industrialisés, et annonce des facilités de délivrance de visas français de longue durée pour certaines catégories de travailleurs (cadres, artistes, enseignants, chercheurs).

4 VENEZUELA : Les partisans du président vénézuélien Hugo Chavez remportent la totalité des 167 sièges de l'Assemblée nationale, une victoire entachée par un taux d'abstention d'environ 75 %, l'opposition ayant appelé au boycott du scrutin.

4 KAZAKHSTAN : Noursoultan Nazarbaïev, 65 ans, est réélu pour un troisième mandat présidentiel. Avec 91 % des voix, il devance largement ses quatre adversaires, dont Jarmakhan Touyakbaï, principal candidat de l'opposition, qui obtient 6,64 % des suffrages exprimés.

4 CÔTE d'IVOIRE : Charles Konan Banny, économiste de 63 ans, qui s'est tenu à l'écart de la crise, est nommé premier ministre, avec l'appui de la France et de l'Union africaine (UA). **Le 28**, il constitue un gouvernement de transition, dans lequel la rébellion obtient six ministères, et dont la priorité sera d'organiser le désarmement et l'élection présidentielle, au plus tard le 31 octobre 2006.

4 HONGKONG : Environ 250 000 personnes (63 000 selon la police) manifestent pour réclamer plus de démocratie.

5 PROCHE-ORIENT : Un attentat-suicide, à Netanya, au nord de Tel-Aviv, cause la mort de cinq Israéliens, outre le kamikaze. En représailles, l'armée israélienne décrète le bouclage total de la Cisjordanie.

5 FRANCE-CHINE : En visite en France, le premier ministre chinois Wen Jiabao signe avec son

homologue français Dominique de Villepin une série
d'accords industriels. La Chine achète 150 Airbus
A320, pour un montant record de près de 6,5 milliards d'euros. Les appareils seront livrés, entre 2007
et 2010, à six compagnies aériennes chinoises, mais
avec, en contrepartie, un transfert de technologie.
En outre, la Chine et Eurocopter investiront chacun
300 millions d'euros dans le développement conjoint
de l'hélicoptère civil de transport de six tonnes, et la
France développera en Chine une liaison TGV.

5 GRANDE-BRETAGNE : Le *Civil Partnership Act*, ou « partenariat civil », permettant l'union
de deux personnes de même sexe, entre en vigueur
en Angleterre et au pays de Galles. **Le 21**, Elton
John, star de la pop, donne le coup d'envoi de ces
unions, en officialisant, à Windsor, sa liaison de
douze ans avec David Furnish. 700 couples homosexuels se marient le même jour.

5 IRAK : Lors de la reprise du procès de Saddam Hussein et de ses sept coaccusés, l'ancien dictateur déclare ne pas avoir « *peur de la peine de
mort* ». **Le 6**, l'ancien dictateur quittant l'audience,
le procès est à nouveau ajourné. **Le 21**, lors de la
sixième audience, il affirme avoir été « *torturé* » par
les Américains, accusations qualifiées de « *ridicules* »
par la Maison-Blanche.

5 IRAK : Un ingénieur français, Bernard
Planche, employé par l'ONG américaine Aaccess, est
enlevé à son domicile à Bagdad. **Le 6**, un nouvel
Occidental est enlevé. **Le 8**, l'Armée islamique en
Irak affirme avoir « *exécuté* » le ressortissant américain enlevé en novembre, alors qu'un ultimatum
pèse sur les autres otages occidentaux. **Le 18**, l'otage
allemande Suzanne Osthoff, enlevée le 25 novembre,
est libérée par ses ravisseurs. **Le 23**, six Soudanais,
dont un diplomate de l'ambassade, sont enlevés à
Bagdad. **Le 28**, la chaîne satellitaire Al-Arabiya dif-

fuse une vidéo montrant Bernard Planche, menacé par un groupe inconnu d'être exécuté si la France «*ne mettait pas fin à sa présence illégitime en Irak*». **Le 31**, sept étrangers, dont cinq Soudanais, sont libérés par leurs ravisseurs irakiens.

5 ALGÉRIE : Un communiqué révèle que le président Abdelaziz Bouteflika, hospitalisé à Paris le 26 novembre, a été opéré d'un ulcère hémorragique à l'estomac. **Le 15**, Alger publie deux bulletins de santé pour tenter de calmer les rumeurs alarmistes circulant sur son état de santé. **Le 17**, il quitte l'hôpital, et s'adressant le soir même au peuple algérien à la télévision, lui demande de ne pas être «*inquiet*» à son sujet. **Le 31**, il regagne Alger, où il est ovationné par des milliers de personnes à son arrivée. Après avoir signé la loi de finances pour 2006, il déclare avoir retrouvé ses «*pleines capacités*» pour gouverner.

6 GRANDE-BRETAGNE : David Cameron, député de 39 ans, succède à Michael Howard à la présidence du Parti conservateur, au terme de deux mois de sélection interne. Il confirme son intention de réformer profondément la principale formation d'opposition. **Le 28**, il reçoit le soutien du chanteur rock d'origine irlandaise Bob Geldof.

6 CHINE : Une manifestation de paysans réclamant de meilleures compensations aux expropriations de terres pour la construction d'une centrale électrique est brutalement réprimée, dans la province de Guangdong, près de Canton. Avec de trois à 30 morts, selon les sources, ces violences sont les plus graves depuis le massacre de Tiananmen, en 1989.

6 IRAK : Quarante policiers et recrues sont tués, et 70 autres blessés, dans un double attentat-suicide perpétré contre l'Académie de police de Bagdad. Les deux kamikazes sont des femmes. **Le 18**, de son bureau ovale de la Maison-Blanche, le président George Bush déclare que les États-Unis sont «*en train de gagner la guerre*» en Irak. **Le 22**, le premier ministre britannique Tony Blair, son homologue polonais Kazimierz Marcinkiewicz, les présidents roumain et albanais rendent visite à leurs troupes respectives, et évoquent l'éventualité d'un retrait. Si l'Ukraine et la Bulgarie retirent leurs dernières troupes, la Pologne maintient ses effectifs. **Le 23**, le secrétaire américain à la défense Donald Rumsfeld annonce, à Falloujah, le retrait de deux brigades de combat (entre 5 000 et 9 000 soldats) d'ici au printemps 2006. **Le 25**, des violences à Bagdad font 18 morts, dont cinq soldats irakiens et deux américains. Depuis le 1er janvier, on dénombre 7 400 Irakiens tués dont 4 020 civils, 1 693 policiers et 430 soldats. En outre, 1 702 insurgés ont été tués.

6 AFRIQUE DU SUD : Déjà inculpé en juin pour corruption, l'ancien vice-président Jacob Zuma est poursuivi pour viol.

6 HUMANITAIRE : L'Organisation mondiale du commerce (OMC) autorise les pays pauvres à importer des copies de médicaments brevetés pour pallier une crise sanitaire.

6 TRANSPORTS AÉRIENS : 116 personnes trouvent la mort, à Téhéran, lors de la chute d'un appareil militaire iranien, un Hercules C130, sur un quartier résidentiel de la capitale.

7 INTERNET : Lancement du nom de domaine «.eu», par l'Union européenne, qui vise à enregistrer un million de sites Internet, à comparer aux 44 millions de noms «.com» enregistrés aux États-Unis.

8 IRAN : Le nouveau président Mahmoud Ahmadinejad réitère ses diatribes d'octobre, en déclarant qu'Israël est une «*tumeur*» au Proche-Orient, dont il propose le transfert en Europe. **Le 14**,

il accuse Israël et les pays occidentaux d'avoir
« *inventé le mythe du massacre des juifs* ».

8 HUMANITAIRE : La Croix-Rouge adopte un
nouvel emblème, le cristal rouge, qui, s'ajoutant à la
croix et au croissant, permettra à Israël de rejoindre
ce mouvement.

8 CROATIE : Le général Ante Gotovina, en fuite
depuis juillet 2001, et considéré comme responsable
de l'expulsion de 200 000 Serbes de la Krajina, et de
la mort de près de 150 civils en août 1995, est arrêté
dans l'archipel espagnol des Canaries. Cette capture
met fin au contentieux entre le Tribunal pénal international pour l'ex-Yougoslavie (TPIY) et Zagreb, et
ouvre de nouvelles perspectives à l'adhésion de la
Croatie à l'Union européenne. **Les 10 et 11**, des
dizaines de milliers de nationalistes croates manifestent en faveur du général.

8 ÉTATS-UNIS : La secrétaire d'État américaine Condoleezza Rice tente de rassurer, à
Bruxelles, ses alliés de l'OTAN au sujet des rumeurs
d'éventuels transferts, par la CIA, de prisonniers islamistes vers des « *prisons secrètes* » situées en Europe,
dans lesquelles ils seraient soumis à la torture.

SUR LA PISTE DES ACTIVITÉS CACHÉES DE LA CIA EN EUROPE

17 juin 2004 : L'organisation non gouvernementale Human
Rights First accuse Washington de détenir des suspects dans
13 centres de détention secrets, en Asie, à Diego Garcia ou en
haute mer.

5 juin 2005 : Amnesty International estime que les États-Unis
ont créé « *un archipel* » de prisons secrètes dans le monde.

2 novembre 2005 : Le Washington Post cite huit États, dont
la Thaïlande, l'Afghanistan et « *plusieurs pays démocratiques
d'Europe de l'Est* » ayant accueilli des sites secrets de détention.

23 novembre 2005 : Le Conseil de l'Europe ouvre une enquête sur d'éventuels transferts ou détentions secrets dans ses États membres.

30 novembre 2005 : L'organisation de défense des droits de l'homme Human Rights Watch (HRW) accuse les États-Unis de détenir au moins 26 « *détenus fantômes* » dans des lieux secrets. Certains y auraient été torturés.

6 décembre 2005 : La chaîne américaine ABC News affirme que 11 membres présumés d'Al-Qaida ont été transférés par la CIA de leur lieu de détention, en Europe de l'Est, vers l'Afrique du Nord, avant la visite de Condoleezza Rice.

8 DANEMARK : Adoptée par le gouvernement libéral-conservateur sous la pression de l'extrême droite, une circulaire impose des tests de culture générale et de langue aux nouveaux immigrants pour accéder à la citoyenneté danoise.

8 SUÈDE : Décès, à l'âge de 91 ans, de Rudolf Meidner, économiste, apôtre du plein-emploi. Cet artisan du modèle suédois était surnommé le « *père des fonds salariaux* ».

9 AMÉRIQUE LATINE : Le Venezuela adhère au Mercosur (Marché commun du cône sud), où il rejoint le Brésil, l'Argentine, l'Uruguay et le Paraguay.

9 PROCHE-ORIENT : Le président du bureau politique du groupe radical palestinien Hamas, Khaled Mechaal, affirme, en Syrie, que son mouvement ne reconduira pas l'accord de trêve dans les attaques anti-israéliennes, qui expire à la fin 2005. **Le 15**, le Hamas réalise une percée notable en Cisjordanie occupée aux élections municipales partielles.

9 GAZ NATUREL : La nomination de l'ex-chancelier Gerhard Schröder à la présidence de la filiale germano-russe de Gazprom chargée de construire un gazoduc de 1 200 kilomètres reliant la Russie à l'Allemagne sous la mer Baltique, et qu'il a lui même contribué à mettre en place comme chancelier, suscite une vive polémique en Allemagne et en Pologne.

9-11 ENVIRONNEMENT : La conférence de l'ONU sur le changement climatique, qui réunit 194 pays à Montréal depuis le 28 novembre, aboutit à la signature d'un accord sur la prolongation du protocole de Kyoto au-delà de son échéance, en 2012. Les États-Unis, non signataires à Kyoto, s'associent finalement à l'accord.

CHANGEMENT CLIMATIQUE : UNE LENTE PRISE DE CONSCIENCE

1990 : Le premier rapport du GIEC (Groupe d'experts intergouvernemental sur l'évolution du climat) établit que l'humanité modifie le climat par ses émissions de gaz à effet de serre.

1992 : La convention de l'ONU sur les changements climatiques adoptée lors du Sommet de la Terre à Rio de Janeiro prévoit que les États prennent des « *mesures de précaution* » pour limiter le changement climatique. Elle est aujourd'hui ratifiée par 194 États, dont les États-Unis.

1997 : Signé en décembre, le protocole de Kyoto engage les pays développés à réduire leurs émissions de gaz à effet de serre de 5,2 % en 2012 par rapport à 1990.

2001 : Les États-Unis annoncent qu'ils ne ratifieront pas Kyoto. Malgré cette opposition du premier émetteur de gaz à effet de serre de la planète, la communauté internationale décide de maintenir le protocole.

2005 : Le protocole de Kyoto entre en vigueur grâce à la ratification de la Russie en 2004.

10 ÉTATS-UNIS : Décès, à l'âge de 89 ans, de l'ancien sénateur démocrate Eugene McCarthy, symbole de l'opposition à la guerre du Vietnam.

11 ÉGYPTE : Le parti du président Hosni Moubarak, le Parti national démocrate (PND), remporte, à l'issue des élections législatives, qui se déroulent en quatre étapes depuis le 9 novembre, 326 sièges sur 454, en tenant compte du ralliement de 179 indépendants. Les islamistes des Frères musulmans deviennent, avec 88 sièges, la principale force d'opposition. La participation n'a été que de 25 %, et de graves violences ont marqué les scrutins, faisant 13 morts. **Le 31**, le nouveau gouvernement, dirigé par le premier ministre sortant Ahmed Nazif, est officiellement formé.

11 CHILI : La socialiste Michelle Bachelet, ministre de la santé en 2000, puis de la défense en 2002, fille d'un général torturé sous la dictature militaire, arrive en tête au premier tour de l'élection présidentielle, avec 45,87 % des voix. Elle devance l'entrepreneur milliardaire Sebastian Pinera, candidat de la droite modérée de Rénovation nationale, qui obtient 25,48 % des suffrages. **Le 27**, le Parti communiste lui apporte son soutien. Elle sera élue le 15 janvier 2006.

11 GRANDE-BRETAGNE : La plus grande explosion d'un dépôt de carburant survenue en Europe en temps de paix provoque un gigantesque incendie à 40 kilomètres au nord de Londres, et un énorme nuage de fumée qui se répand du sud-est de l'Angleterre jusqu'en France.

11 AUSTRALIE : Des agressions racistes contre des personnes de type méditerranéen sur des plages provoquent des violences raciales dans les banlieues sud de Sydney, où des jeunes d'origine libanaise ou arabe se livrent à des représailles.

12 LIBAN : Le député Gebrane Tuéni, patron et éditorialiste du quotidien *An-Nahar*, et farouche opposant à la Syrie, est assassiné à Beyrouth dans un attentat à la voiture piégée. **Le 14**, ses obsèques rassemblent des dizaines de milliers de Libanais qui réclament la démission du président Émile Lahoud, et crient leur hostilité à la Syrie. **Le 27**, pour la première fois dans la série des quinze attentats qui, depuis un peu plus d'un an, ont secoué le pays, un suspect, un ressortissant syrien, est arrêté.

LA MAJORITÉ DES LIBANAIS JUGENT LA SYRIE RESPONSABLE DU CYCLE D'ATTENTATS

1er octobre 2004 : Le député et ministre Marouane Hamadé est gravement blessé dans un attentat à l'explosif.

14 février 2005 : L'ancien premier ministre Rafic Hariri est tué dans l'explosion d'un véhicule piégé.

2 juin 2005 : L'historien et éditorialiste du quotidien *An-Nahar*, Samir Kassir, est tué dans sa voiture piégée.

21 juin 2005 : L'ancien secrétaire général du Parti communiste, Georges Haoui, subit le même sort.

12 juillet 2005 : Le ministre de la défense, Elias Murr, est blessé dans un attentat.

25 septembre 2005 : La journaliste May Chidiac est blessée dans l'explosion de sa voiture.

12 décembre 2005 : Gebrane Tuéni est tué dans l'explosion d'une voiture piégée.

13 ÉTATS-UNIS : Stanley « Tookie » Williams, condamné à mort en 1981 pour le meurtre de quatre personnes, et qui a toujours clamé son innocence, est exécuté au pénitencier de San Quentin (Californie), après que le gouverneur, l'acteur républicain Arnold Schwarzenegger, eut refusé de le gracier, et que la Cour suprême eut rejeté un ultime recours. Il est le 1 003e condamné exécuté depuis le rétablissement de la peine de mort, en 1976.

LES EXÉCUTIONS AUX ÉTATS-UNIS

1930-1950 : Le nombre d'exécutions aux États-Unis a atteint un record dans les années 1930 (167 par an en moyenne). Il a nettement diminué dans les années 1950.

1960-1976 : 191 exécutions.

1972 : La Cour suprême juge arbitraire l'application de la peine de mort. Sa décision frappe de nullité son application dans 40 États.

1976 : La peine de mort est réautorisée. Gary Gilmore, 36 ans, est exécuté le 17 janvier 1977 dans l'Utah. 38 États (sur 50) réintroduisent la peine de mort.

Janvier 2000 : Le gouverneur de l'Illinois, George Ryan, déclare un moratoire dans son État. Trois ans plus tard, il gracie les 167 condamnés à mort.

Juin 2002 : La Cour suprême déclare non constitutionnelle l'exécution des retardés mentaux.

Mars 2005 : La Cour suprême interdit l'exécution des mineurs.

13 COLOMBIE : Le président Alvaro Uribe propose de démilitariser 180 kilomètres carrés dans le sud-ouest du pays pour rencontrer les guérilleros des Forces armées révolutionnaires de Colombie (FARC), afin de tenter de négocier un accord d'échange entre les 59 otages qu'elles détiennent, dont la Franco-Colombienne Ingrid Betancourt, et 500 guérilleros incarcérés. **Le 27**, 28 militaires sont tués dans une embuscade tendue par les FARC.

13 AÉRONAUTIQUE : La Corée du Sud choisit Eurocopter, filiale du groupe franco-allemand Eurocopter, pour la construction en coopération de son futur hélicoptère de transport militaire, un programme portant sur 245 appareils, d'un montant d'environ 6 milliards de dollars (5,03 milliards d'euros).

13 ÉTATS-UNIS : La Réserve fédérale américaine (Fed) porte à 4,25 % le taux des fonds fédéraux
(+0,25 %, la 8e hausse en un an).

13 INDUSTRIE CHIMIQUE : Un conseil
extraordinaire des ministres de l'UE adopte le projet de règlement « Reach » (Registration, Evaluation
and Authorization of Chemicals) destiné à lutter
contre l'utilisation de substances chimiques dange-
reuses dans l'industrie.

13-18 COMMERCE MONDIAL : La 6e conférence ministérielle de l'Organisation mondiale du
commerce (OMC) réunit, à Hongkong, 149 délégations tentant de sauver le « *cycle de Doha* » sur la libéralisation des échanges. Plusieurs milliers d'altermondialistes, paysans sud-coréens en tête,
manifestent contre la mondialisation et ses conséquences. **Le 18**, les négociations, qui achoppaient
sur la question des aides agricoles, aboutissent à un
compromis. Les subventions à l'exportation des pays
riches seront « *progressivement* » supprimées d'ici
2013. En contrepartie, les pays du Sud, qui ont
formé, sous la houlette du Brésil, un bloc face aux
Américains et aux Européens, se verront garantir la
libre circulation, c'est-à-dire l'absence de quotas et
de taxes, pour 97 % de leurs exportations à partir de
2008.

14 TANZANIE : Le Parti révolutionnaire ou
Chama cha Mapinduzi (CCM), au pouvoir depuis
l'indépendance du pays en 1961, remporte largement les élections présidentielle et législatives. Le
ministre des affaires étrangères Jakaya Kikwete succède, avec 80 % des suffrages, à Benjamin Mkapa, les
députés du CCM conservant la majorité absolue au
Parlement.

14 CATHOLICISME : L'Allemand Eugen Dre-
wermann, l'une des principales figures de la contes-
tation catholique, annonce qu'il quitte l'Église. Il

avait été suspendu d'enseignement dès 1982, et suspendu de ses fonctions de prêtre en 1992.

14 CONCURRENCE : La Cour de justice européenne approuve le blocage par la Commission, en 2001, de la fusion des deux entreprises américaines Honeywell et General Electric.

14 TERRORRISME : Le Parlement européen valide, par 387 voix contre 204 et 29 abstentions, la conservation des données téléphoniques sur une période de six mois à deux ans.

14 AÉRONAUTIQUE : La compagnie australienne Qantas Airways annonce la commande de 115 Boeing 787 Dreamliner (65 achats fermes et 50 options) pour un montant évalué à 18 milliards de dollars (15 milliards d'euros), dont la livraison est attendue à partir de 2008.

14-15 IMMIGRATION : Un vaste réseau d'immigration clandestine est démantelé grâce à une action conjointe des polices italienne, française et britannique. 53 personnes, arrêtées en France, en Italie, au Royaume-Uni, en Grèce et en Turquie, auraient permis à 4 000 personnes d'atteindre la Grande-Bretagne.

15 IRAK : 15,8 millions d'électeurs sont appelés à élire les 275 députés de l'Assemblée nationale. Le scrutin se déroule, grâce à des mesures de sécurité exceptionnelles, dans le calme, et avec une participation élevée. Parmi les 19 coalitions de partis politiques, regroupant 212 listes totalisant 7 648 candidats, les premiers résultats partiels montrent que le vote communautaire a été privilégié. Les chiites votent pour la liste conservatrice AIU dans le Sud, les Arabes sunnites pour l'alliance sunnite dans le Centre et le Nord, et les Kurdes votent en masse pour leur liste dans le Nord. **Le 23**, Le Fonds monétaire international (FMI) annonce l'octroi à l'Irak de son premier crédit-relais, d'un montant de 685 millions de dollars (578 millions d'euros). **Le 29**, devant le désaccord persistant entre chiites et sunnites sur la formation d'un éventuel gouvernement, les États-Unis et l'ONU se déclarent favorables à la mise en place d'une mission d'évaluation des résultats.

IRAK : DE LA GUERRE AUX ÉLECTIONS

20 mars 2003 : Invasion de l'Irak par les forces américano-britanniques.

9 avril 2003 : Chute de Bagdad.

1ᵉʳ mai 2003 : Le président américain George Bush déclare la fin des « *opérations majeures* ».

28 juin 2004 : Transfert de souveraineté au gouvernement d'Iyad Allaoui.

30 janvier 2005 : Premier scrutin multipartite, boycotté par les sunnites.

15 octobre 2005 : Adoption par référendum de la Constitution irakienne instaurant le fédéralisme.

15-17 UNION EUROPÉENNE : Le conseil des chefs d'État et de gouvernement, à Bruxelles, réussit à éviter la crise en adoptant le budget de l'Union pour l'exercice 2007-2013. D'un montant de 862,3 milliards d'euros (1,04% du revenu national brut européen), il consacrera 157 milliards pour aider les dix nouveaux membres. La Grande-Bretagne accepte une réduction de son « *rabais* » plus importante que celle proposée (10,5 milliards, contre 8, alors que la France demandait 14), tandis que la France souscrit à une « *remise à plat* » de la politique agricole commune (PAC) en 2008. **Le 17**, dans une allocution radiotélévisée, le président de la République, Jacques Chirac, annonce vouloir relancer en 2006 la réforme des institutions européennes « *dans le respect du vote des Français* », le 29 mai.

LE PROJET BRITANNIQUE DE BUDGET EUROPÉEN DIVISE LES NOUVEAUX MEMBRES DE L'UNION EUROPÉENNE

Décembre 2003 : L'Allemagne, la France, la Grande-Bretagne, les Pays-Bas, l'Autriche et la Suède se prononcent pour un budget plafonné à 1 % du PIB de l'Union européenne.

2004 : La Commission de Romano Prodi propose un budget de l'ordre de 1 025 milliards d'euros pour la période 2007-2013, soit 1,24 % du PIB européen.

Juin 2005 : Le premier ministre du Luxembourg, Jean-Claude Juncker, dont le pays préside alors l'Union européenne, soumet au Conseil européen un compromis fixant à 871 milliards sur sept ans l'enveloppe budgétaire, soit 1,06 % du PIB. 20 pays acceptent, mais la Grande-Bretagne refuse le gel du rabais dont elle bénéficie sur sa contribution.

Décembre 2005 : La présidence britannique propose un budget de 846,7 milliards, soit 1,03 % du PIB européen.

15 ÉTATS-UNIS : Un accord entre le Congrès et la Maison-Blanche interdit l'usage de la torture contre des prisonniers. **Le 22**, le Congrès, après avoir d'abord refusé toute reconduction, proroge jusqu'au 3 février 2006 la loi *Patriot Act*, adoptée après les attentats du 11 septembre 2001, conférant des pouvoirs étendus au gouvernement en matière de lutte antiterroriste.

17 TRANSPORT FERROVIAIRE : Des dizaines de milliers de personnes manifestent à Turin contre le projet de liaison TGV transalpine vers Lyon.

18 BOLIVIE : Le candidat du Mouvement pour le socialisme (MAS, gauche) Evo Morales, d'origine indienne, est élu président par 53,7 % des voix. Proche de Fidel Castro, ce premier président indigène est favorable à la culture de la coca en Bolivie, que les États-Unis veulent éradiquer, tout en se déclarant partisan de la lutte contre le trafic de drogue. **Le 21**, il annonce une révision de tous les contrats d'exploitation d'hydrocarbures passés avec les multinationales.

18 RÉPUBLIQUE DÉMOCRATIQUE du CONGO (RDC) : Par référendum, les Congolais se prononcent, à environ 83,8 % selon des résultats partiels, pour le projet de nouvelle Constitution. Ce premier scrutin démocratique depuis quarante ans dans l'ex-Zaïre ouvre un cycle électoral devant mener à des élections législatives et présidentielles d'ici à juin 2006.

18 ISRAËL : Le premier ministre israélien, Ariel Sharon, 77 ans, est victime d'une légère attaque cérébrale pour laquelle il est hospitalisé d'urgence. **Le 19**, lors de primaires organisées au sein du Likoud, Benyamin Nétanyahou, ancien ministre des finances, est désigné, par 44 % des voix contre 33 % au ministre des affaires étrangères, Sylvan Shalom, pour succéder à Ariel Sharon à la tête du parti conservateur.

19 ITALIE : Antonio Fazio, gouverneur de la Banque centrale depuis 1993, démissionne après avoir été mis en cause, depuis de longues semaines, dans une enquête judiciaire pour « *délit d'initié* » dans la gestion de deux OPA bancaires. **Le 23**, le Parlement, modifiant les règles de nomination, abolit le mandat à vie du gouverneur de la Banque d'Italie. **Le 29**, l'économiste Mario Draghi est nommé à ce poste, succédant à M. Fazio.

19 AFGHANISTAN : Pour la première fois depuis trente ans, le pays a un Parlement. Les 249 élus de la chambre basse (Wolesi Jirga) et les 102 du Sénat (Meshrano Jirga) se réunissent, à Kaboul, en présence du vice-président américain, Dick Cheney.

20 CHINE : Pékin annonce une révision à la hausse de son produit intérieur brut (PIB) pour l'année 2004. Celui-ci serait supérieur de 16,8 % aux chiffres officiels antérieurs, soit un supplément de 284 milliards de dollars (237 milliards d'euros). Ces résultats placent en 2004 la Chine (en incluant Hongkong) au quatrième rang des puissances économiques mondiales, derrière les États-Unis, le Japon et l'Allemagne.

20 INTERNET : Un accord entre Google et Time Warner prévoit que le moteur de recherche en ligne le plus utilisé dans le monde va acquérir 5 % du capital d'America Online (AOL), filiale du groupe multimédia. L'entente avec AOL, qui était convoité par Microsoft, permet à Google, devenu la plus grosse entreprise de la Toile mondiale, de contrer les efforts de la société de Bill Gates pour se développer sur l'Internet.

GOOGLE ET AOL
TISSENT LEUR TOILE EN COMMUN

Janvier 2000 : America Online (AOL) rachète Time Warner et devient AOL Time Warner.

Mai 2002 : Richard Parsons devient patron du groupe.

Juillet 2002 : Robert Pittman, numéro deux et ancien d'AOL, démissionne alors que la fusion est qualifiée d'échec.

Janvier 2003 : Steve Case, fondateur d'AOL, est démis de la présidence du conseil d'administration. Le groupe affiche 100 milliards de dollars de perte en 2002.

Septembre 2003 : Time Warner abandonne le nom d'AOL.

Mars 2005 : Time Warner paie 300 millions de dollars pour solder une enquête de la SEC sur les comptes gonflés d'AOL.

20 ÉTATS-UNIS : Le tribunal de Harrisburg (Pennsylvanie) inflige une défaite aux néocréationnistes, adversaires de la théorie de l'évolution de

Darwin, en statuant qu'un enseignement privilégiant l'origine divine dans la création du monde est anticonstitutionnel.

20 CONFLITS : L'ONU met en place une commission de consolidation de la paix, chargée d'aider les pays qui émergent d'un conflit à ne pas rechuter dans la violence.

20-22 ÉTATS-UNIS : Pour la première fois depuis vingt-cinq ans, une grève des transports urbains paralyse New York. Déclarée illégale par la justice, le syndicat des travailleurs (TWU) avait été condamné à payer une amende d'un million de dollars par jour de grève.

20 ENVIRONNEMENT : Sept États fédéraux du nord-est des États-Unis décident de réduire leurs émissions de gaz à effet de serre en instaurant un marché local de CO_2. Cela va à l'encontre de la politique fédérale, Washington n'ayant pas signé le protocole de Kyoto.

21 DETTE : Le Fonds monétaire international (FMI), accédant à la demande du groupe des huit pays les plus industrialisés (G8), annule la dette de 19 pays pauvres, d'un montant de 3,3 milliards de dollars.

23 RWANDA : Le procureur du Tribunal aux armées de Paris (TAP) ouvre une information judiciaire contre X pour *« complicité de génocide »* à la suite d'une plainte de deux rescapés rwandais accusant l'armée française.

25 CATHOLICISME : Dans son premier message de Noël, le pape Benoît XVI lance un appel à la paix, et souligne les risques d'*« atrophie spirituelle »* et du *« vide du cœur »* générés par la société moderne.

25 LIBYE : La Cour suprême annule, pour *« violations de procédure »*, les condamnations à mort prononcées contre cinq infirmières bulgares et un médecin palestinien, accusés d'avoir inoculé le virus du sida à 426 enfants libyens.

INFIRMIÈRES BULGARES : UN NOUVEAU PROCÈS AURA LIEU

16 février 1999 : Cinq infirmières bulgares et un médecin palestinien, employés à l'hôpital de Benghazi (Libye), sont arrêtés.

7 février 2000 : Les accusés sont jugés pour avoir volontairement inoculé le virus du sida à plus de 400 enfants.

26 août 2002 : Trois des inculpés retirent leurs aveux, affirmant avoir été torturés.

3 septembre 2003 : Des experts internationaux mettent en cause les mauvaises conditions d'hygiène dans l'hôpital.

6 mai 2004 : Condamnation à mort des prévenus.

23 décembre 2005 : Création d'un fonds de compensation pour les familles.

---

25 PANDÉMIE : Le ministère chinois de l'agriculture annonce la mise au point d'un nouveau vaccin vétérinaire efficace contre la grippe aviaire due au virus H5N1.

27 INDONÉSIE : Les ex-rebelles indépendantistes du Mouvement pour un Atjeh libre (GAM) annoncent la dissolution de leur armée, en application de l'accord de paix signé le 15 août avec le gouvernement.

27 RUSSIE : Conseiller économique depuis 2000 du président Vladimir Poutine, le libéral Andreï Illarionov annonce sa démission.

28 PROCHE-ORIENT : Israël établit une « *zone de sécurité* » dans le nord de la bande de Gaza, après que le Djihad islamique y eut lancé des roquettes. **Le 29**, la branche d'Al-Qaida en Irak revendique, pour la première fois, des tirs de roquettes contre Israël à partir du territoire libanais.

30 ÉGYPTE : La police évacue de force quelque 1 500 réfugiés Soudanais campant devant les bureaux de l'ONU, faisant au moins 23 morts et de nombreux blessés. ■

Science

4-5 RECHERCHE : La 19e édition du Téléthon affiche 99 044 125 euros de promesses de dons, au terme de trente heures d'émission en direct sur France 2.

8 PHYSIQUE : Selon la revue *Nature*, deux équipes américaines — l'une à Harvard, l'autre au Georgia Institute of Technology — ont réussi à piéger, un très bref instant, un photon dans un nuage d'atomes de rubidium, ouvrant la voie vers la conception de vastes réseaux de communication quantique.

20 PHYSIQUE : Décès, à l'âge de 81 ans, de Charles-Noël Martin, ancien collaborateur d'Irène Joliot-Curie, grand vulgarisateur scientifique, et passionné de Jules Verne.

22 MÉTÉOROLOGIE : La fusée Ariane-5, lancée de la base de Kourou (Guyane), met sur orbite un satellite indien de télécommunications INSAT 4A, ainsi que le satellite Météosat-9, de seconde génération MSG-2. Celui-ci, développé par l'Agence spatiale européenne (ESA), permettra d'affiner, grâce à sa précision, les prévisions météorologiques.

22 CANCER : Une équipe franco-autrichienne

de biologistes et de médecins annonce, dans *The New England Journal of Medicine*, avoir identifié un mécanisme immunitaire directement impliqué dans la physiopathologie de l'évolution des cancers colorectaux.

23 CLONAGE : Le chercheur sud-coréen Hwang Woo-suk, considéré comme un des meilleurs spécialistes mondiaux, démissionne de sa chaire d'études vétérinaires à l'université de Séoul après la condamnation pour « *falsification* » d'un article de mai 2005, où il annonçait une « *première mondiale* » dans le domaine du clonage thérapeutique. **Le 29**, la commission d'enquête universitaire publie des conclusions accablantes pour le chercheur.

HWANG WOO-SUK
AVAIT TRUQUÉ SES TRAVAUX

23 février 1997 : Clonage de la brebis Dolly en Écosse par Ian Wilmut.

12 février 2004 : Hwang Woo-suk annonce la création d'embryons humains par clonage en Corée du Sud.

6 août 2004 : La loi française de bioéthique interdit la création d'embryons humains par clonage.

19 mai 2005 : Hwang Woo-suk annonce dans *Science* une amélioration considérable du taux d'obtention d'embryons.

19 octobre 2005 : Inauguration du premier centre de recherche au monde sur le clonage par l'État sud-coréen.

24 novembre 2005 : Hwang Woo-suk démissionne de son laboratoire.

18 décembre 2005 : Lancement par l'université nationale de Corée du Sud d'une enquête sur Hwang Woo-suk.

28 ESPACE : Premier maillon du système de localisation Galileo, futur concurrent européen du

GPS (Global Positioning System) américain, le satellite expérimental Giove-A est placé sur orbite par une fusée russe Soyouz-Fregat lancée de la base de Baïkonour, au Kazakhstan. ■

Culture

1er PRIX LITTÉRAIRE : Le 6e prix Baobab de l'album de jeunesse est décerné, au Salon du livre et de la presse jeunesse de Montreuil (Seine-Saint-Denis), à Davide Cali et Serge Bloch pour *Moi j'attends* (éd. Sarbacane).

3 CINÉMA : Le film *Caché*, réalisé en France par le réalisateur autrichien Michael Haneke, reçoit le trophée du meilleur film de l'année lors de la cérémonie des European Film Awards, à Berlin, Michael Haneke recevant celui du meilleur réalisateur, et Daniel Auteuil celui du meilleur acteur.

4 CHANSON : Décès, à l'âge de 83 ans, de Gloria Lasso. D'origine espagnole, elle représenta la chanson française exotique des années 50 et 60.

5 ART : Le Turner Prize, principale récompense de l'art contemporain, est décerné à Londres à l'Anglais Simon Starling.

7 PEINTURE : Le peintre Vladimir Velickovic, d'origine yougoslave, est élu à l'Académie des beaux-arts au fauteuil précédemment occupé par Bernard Buffet.

8 LITTÉRATURE : Décès, à l'âge de 91 ans, du Britannique George Painter, spécialiste des biographies d'écrivain français (Proust, Gide, Chateaubriand).

8 MUSÉES : Le Petit Palais, rénové en quatre

ans pour un coût de 72 millions d'euros, par la Ville de Paris dont il abrite le musée des Beaux-Arts, est inauguré par le maire de Paris, Bertrand Delanoë. **Le 10**, les salles d'exposition, dont la surface passe de 15 000 à 22 000 mètres carrés, sont ouvertes au public.

LA RENAISSANCE DU PETIT PALAIS

1897-1900 : Construction de l'édifice, sous la direction de l'architecte Charles Girault, pour l'Exposition universelle de 1900.

1902 : Le Petit Palais devient le musée des Beaux-Arts de la Ville de Paris. Les frères Dutuit font la première donation d'une collection.

1982 : Le bâtiment se dégrade. Première étude de rénovation.

1997 : Adoption du projet culturel de Gilles Chazal, conservateur général du Petit Palais.

1998 : Lancement du concours d'architecture par la direction du patrimoine et de l'architecture de la Ville de Paris.

1999 : Le jury désigne l'atelier d'architecture Chaix et Morel.

2001 : Fermeture du Petit Palais.

2003 : Démarrage des travaux.

---

9 PEINTURE : Décès, à l'âge de 94 ans, de Boris Taslitzky. Résistant, ancien déporté et militant du Parti communiste français, il était, avec André Fougeron (1913-1998), la dernière grande figure du réalisme socialiste de l'après-Seconde Guerre mondiale.

9 MUSIQUE : Décès, à l'âge de 93 ans, du pianiste américain d'origine hongroise György Sandor. Élève de Béla Bartók, il fut le grand interprète des œuvres du compositeur hongrois.

9 ÉDITION : Décès, à l'âge de 76 ans, de

Luciano Mauri, patron du groupe Messaggerie Italiane, troisième groupe d'édition italien, et numéro un de la distribution de livres et de presse en Italie.

9 LITTÉRATURE : Décès, à l'âge de 77 ans, de Robert Sheckley, un des géants de la science-fiction américaine.

10 INSTITUT : Membre de l'Académie des sciences morales et politiques depuis 1997, et de l'Académie française depuis 2001, Gabriel de Broglie, 74 ans, est élu chancelier de l'Institut. Il remplace l'ancien premier ministre Pierre Messmer, 89 ans, qui devient chancelier honoraire.

11 CINÉMA : Paramount Pictures annonce le rachat, pour 1,6 milliard de dollars, du studio de cinéma indépendant DreamWorks SKG, fondé en 1994 par Steven Spielberg, Jeffrey Katzenberg et David Geffen.

12 CINÉMA : Décès, à l'âge de 67 ans, de la comédienne Annette Stroyberg. D'origine danoise, découverte par Vadim, elle fut l'une des principales figures féminines de la Nouvelle Vague.

12 ACADÉMIE : Pierre Mazeaud, président du Conseil constitutionnel, est élu membre de l'Académie des sciences morales et politiques. **Le 15**, le philosophe et anthropologue René Girard est reçu à l'Académie française, où il succède au révérend père Ambroise-Marie Carré, décédé le 15 janvier 2004.

13 PEINTURE : La communauté d'agglomération du Grand Rodez (Aveyron) accepte la donation du peintre Pierre Soulages, né à Rodez en 1919. Les 250 œuvres, d'une valeur de 16 millions d'euros, seront abritées dans un musée qui devra être construit dans les six ans. **Le 20**, ce projet reçoit le label Musée de France.

14 LITTÉRATURE : Décès, à l'âge de 74 ans, de Rodney Whitaker, écrivain américain connu sous les pseudonymes de Trevanian et Nicolas Seare.

15 ANTIQUITÉS : Le duc de Westminster, troisième fortune de Grande-Bretagne, achète, pour 50 millions d'euros, les 420 stands des marchés Serpette et Paul-Bert du marché aux puces de Saint-Ouen (Seine-Saint-Denis).

15 PEINTURE : Le rejet de son pourvoi devant la Cour de cassation rend définitive la condamnation à un an de prison ferme de l'ancien doyen de la faculté de droit d'Aix-en-Provence, Charles Debbasch (qui vit au Togo), pour détournement d'œuvres du peintre Victor Vasarely.

15 CINÉMA : Le cinéaste Jean-Claude Brisseau, réalisateur de *Noce blanche*, est condamné à un an d'emprisonnement avec sursis et 15 000 euros d'amende par le tribunal correctionnel de Paris pour harcèlement sexuel de deux jeunes actrices.

15 ÉCHANGES CULTURELS : L'Année du Brésil en France s'achève, au terme des 2 400 manifestations qui, dans 161 villes, ont attiré près de 15 millions de personnes.

15 ARCHITECTURE : Une des tours du futur World Trade Center de New York, qui sera construit sur le site de « Ground Zero », est confiée à l'architecte britannique Norman Foster.

16 CINÉMA : Le prix Louis Delluc du meilleur film français de l'année 2005 est attribué aux *Amants réguliers*, réalisé par Philippe Garrel.

20 PATRIMOINE : La portion nord de la galerie des Glaces du château de Versailles est ouverte au public après sa restauration.

22 DROIT D'AUTEUR : S'opposant au projet de loi sur le piratage soutenu par le ministre de la culture Renaud Donnedieu de Vabres, des députés de droite comme de gauche adoptent deux amendements légalisant les échanges de fichiers sur Internet via le système « peer to peer » (P2P). Les vacances parlementaires interrompent le débat, remis à janvier.

23 INTERMITTENTS : Faute d'accord sur l'assurance chômage des artistes et des techniciens du spectacle, le protocole de 2003 est prorogé.

23 ART : L'homme d'affaires portugais José Berardo trouve un accord avec le gouvernement pour installer au Portugal sa collection d'art contemporain de près de 4 000 œuvres. La France avait proposé plusieurs sites, dont l'île Seguin, à Boulogne-Billancourt (Hauts-de-Seine), où avait déjà été envisagée, sans succès, l'installation de la fondation Pinault.

25 FESTIVAL : La 34ᵉ édition du Festival d'automne à Paris s'achève par la Fiesta brésilienne de Claudio Segovia, au Théâtre du Châtelet. Avec une cinquantaine de manifestations, cette édition a totalisé 112 200 entrées, contre 111 700 en 2004.

25 MUSIQUE : Décès, à l'âge de 75 ans, du guitariste britannique Derek Bailey, dont les compositions ont eu une grande influence sur de nombreux musiciens de jazz. ■

Sport

1ᵉʳ FOOTBALL : L'assemblée générale de Sportinvest, holding du Racing Club de Strasbourg (dernier de la Ligue 1), refuse l'offre de reprise du lunetier Alain Afflelou au profit de celle de Philippe Ginestet, un actionnaire minoritaire du club.

4 TENNIS : Pour la première fois de son histoire, la Croatie remporte la Coupe Davis grâce à la victoire de Mario Ancic (22ᵉ joueur mondial).

4-5 DOPAGE : L'Agence mondiale antidopage (AMA), qui organise un symposium international sur le dopage génétique à Stockholm (Suède), annonce avoir lancé plusieurs programmes de recherche pour dépister cette pratique.

DIFFÉRENTES GÉNÉRATIONS DE PRODUITS DOPANTS

1960 : Amphétamines (stimulant du système nerveux).
1970 : Stéroïdes anabolisants (développement de la masse musculaire).
1980 : Testostérone (masse musculaire) et hormone de croissance.
1990 : EPO (érythropoïétine, oxygénation du sang).
2003 : THG (tétrahydrogestrinone, masse musculaire).

---

5 BOXE : Le Vénézuélien Lorenzo Parra conserve son titre WBA des poids mouche de boxe en battant aux points le Français Brahim Asloum, à Paris. Dans la même rencontre, la Française Myriam Lamare conserve son titre de championne WBA des super-légers de boxe dames, en battant la Britannique Jane Couch.

6 CYCLISME : Décès, à l'âge de 72 ans, de l'ancien champion luxembourgeois Charly Gaul. Vainqueur du Tour de France en 1958, ses qualités de grimpeur l'avaient fait surnommé l'« Ange de la montagne ».

9-11 NATATION : Aux championnats d'Europe en petit bassin de Trieste (Italie), la championne olympique française Laure Manaudou enchaîne les performances de haut niveau, remportant trois médailles d'or (sur 800 mètres, 100 mètres dos et 400 mètres), et battant son propre record du monde du 400 mètres libre.

11 CROSS-COUNTRY : L'équipe de France masculine conserve son titre de championne d'Europe en s'imposant à Tilburg (Pays-Bas).

13 DOPAGE : Le Tribunal arbitral du sport

(TAS) suspend pour deux ans les sprinters américains Tim Montgomery et Chryste Gaines, bien qu'ils n'aient jamais été contrôlés positifs.

17 RUGBY : Décès, à l'âge de 58 ans, de Jacques Fouroux. Capitaine, puis entraîneur du XV de France de 1981 à 1990, le « Petit Caporal », avait remporté deux Grands Chelems, et conduit les Bleus en finale de la première Coupe du monde, en 1987, en Nouvelle-Zélande.

20 SKI : Sept mois après son rachat par le groupe finlandais Amer Sports, l'équipementier sportif Salomon (matériel de ski et rollers) annonce un plan social prévoyant la suppression de 378 emplois dans ses usines de Haute-Savoie.

21 DOPAGE : L'Argentin Mariano Puerta, positif lors d'un contrôle antidopage réalisé après sa finale perdue aux Internationaux de France de Roland-Garros contre l'Espagnol Rafael Nadal, le 5 juin, est suspendu de toute compétition pour huit ans par la Fédération internationale de Tennis (ITF).

23 ALPINISME : Lionel Daudet décide de renoncer, à l'âge de 36 ans, à l'alpinisme en solitaire qui faisait sa gloire.

26 ATHLÉTISME : Ladji Doucouré, champion du monde du 110 mètres haies et du relais 4 x 100 mètres à Helsinki en août, est élu « *champion des champions français 2005* » par la rédaction de *L'Équipe*.

27 FOOTBALL : L'ex-entraîneur de Sochaux Guy Lacombe remplace Laurent Fournier, limogé, au poste d'entraîneur du Paris SG (Ligue 1).

28 ÉQUIPEMENT : Le Conseil d'État, en refusant définitivement l'agrandissement du stade Grimonprez-Jooris, à Lille (Nord), met fin à une procédure de six ans. ∎

INDEX DES NOMS DE LIEUX
ET DES THÈMES

INDEX DES PERSONNES CITÉES

Table 603

Table 605

606   *Table*

Table 607

Composition et impression Bussière
à Saint-Amand (Cher), le 7 février 2006.
Dépôt légal : février 2006.
Numéro d'imprimeur : 52341-053421/1.
ISBN 2-07-032089-8./Imprimé en France.

16050